Sophia wird sich als kleines Mädchen, umgeben von Frauen, ihrer selbst bewusst. Ihre Umwelt erlebt sie von dem Augenblick an ganz unmittelbar und wird im Nachkriegsdeutschland unter sowjetischer Besatzung Zeugin von Begebenheiten, über die niemand spricht und die ihr niemand erklärt. Es ist eine unheimliche, düstere Welt, aus der sie, alle Hindernisse beiseite schiebend, ausbricht. Die Einladung ihrer Lehrerin, den Jungen Pionieren beizutreten, ignoriert sie, ohne sich um irgendwelche Konsequenzen zu kümmern. Hellhörig wird sie, als sie bemerkt, dass die Jungen eine ganz andere Sprache sprechen, mit der sich die Welt für sie von selbst öffnet, die jedoch Mädchen ausschließt und in die enge Welt der Frauen verweist. Bei Freundinnen und Freunden und in der Natur erfährt Sophia ein ihr gemäßeres, freies Leben. Von der Schule und der Gesellschaft fordert sie für sich die gleiche Bildung und die gleichen Möglichkeiten, die bis dahin nur Jungen zustanden, und lernt darauf zu bestehen, ebenso direkt angesprochen zu werden, wie diese, und nicht nur mitgemeint zu sein. Diese Erkenntnisse reifen während der Gymnasialzeit in Westdeutschland, ihren Aufenthalten in England und Wales und schließlich in Kalifornien, wo sie sich ihren Traum erfüllen kann und studiert. Vom Pazifik, dem äußersten Ende der westlichen Kultur aus, begreift sie sich und ihr geteiltes Land neu und beschreitet ganz ungeahnte Wege, was ihr letztlich ein Leben in zwei Welten beschert. *Sophias Verlangen* ist ein Buch, das aufzeigt, welche Kräfte der Wunsch nach Selbstbehauptung in Mädchen und Frauen freisetzt, die genauso gelernt werden muss wie lesen und schreiben.

Angela Thompson

Sophias Verlangen

Eine deutsch-deutsche amerikanische Geschichte

Roman

iUniverse, Inc.
Bloomington

1. Auflage Mai 2012
Copyright © 2012 by Angela Thompson
www.angela-thompson.com

Foto auf dem Rückumschlag: Privatbesitz Angela Thompson

iUniverse books may be ordered through booksellers or by contacting:

iUniverse
1663 Liberty Drive
Bloomington, IN 47403
www.iuniverse.com
1-800-Authors (1-800-288-4677)

ISBN: 978-1-4759-1118-3 (sc)
ISBN: 978-1-4759-1120-6 (hc)
ISBN: 978-1-4759-1119-0 (e)

Printed in the United States of America

iUniverse rev. date: 4/20/2012

Für meine Enkelin Emily, die fünfundfünfzig Jahre
nach Ende des zweiten Weltkrieges in Los Angeles geboren wurde und
die sich die Welt, in der Sophia aufwuchs, nicht wird vorstellen können,
deren Welt aber durch die Ereignisse, die in diesem Buch
beschrieben werden, zu der wurde, in der wir heute leben,
und für meine Freundinnen
Heidi, Dorothee und Edith in Dankbarkeit für ihre Freundschaft,
die sie mir über zehntausend Kilometer Entfernung durch
die Jahre gehalten haben.

Danksagung

Mein besonderer Dank gilt meiner jungen Freundin, Stefanie Kreibich, aus Dresden, die *Sophias Verlangen* mit großer Anteilnahme las und mir wertvolle Hinweise gab, sowie Alexander Thompson für seine unermüdliche technische Unterstützung.

Annetraut, vielen Dank für Deine Hilfe und aufmunternden Worte.

Wie soll zurechtkommen, wer sich nicht in das Gegebene zu schicken weiß?
—*Karoline von Günderrode, 1780 – 1806*

Ich könnte begreifen, wie man die Dokumente eigner verworrner Begebenheiten seinen Kindern und auch der nach uns lebenden Welt als eine die Menschheit überhaupt interessierende Erfahrung hinterlassen kann.
—*Caroline Schlegel-Schelling, 1763 – 1809*

Inhalt

Kapitel 1

Mit dem Mietauto in die DDR

Mit ihrem Mietauto, das sie von Los Angeles aus am Frankfurter Flughafen bestellt hatte, fuhr Sophia eines Nachts im Frühsommer 1977 mit abgeblendeten Scheinwerfern durch vollkommen verlassene Straßen eines ihr unbekannten Leipziger Stadtteils, nachdem sie unerlaubterweise, vom Grenzübergang Herleshausen/Wartha kommend, bei Leipzig-West von der Autobahn abgefahren war. Sie suchte eine Adresse, wollte zu einer Familie Nickels, über deren Schicksal und Günter Nickels Inhaftierung sie einige Monate zuvor einen Artikel in der *Zeit* mit der Überschrift „Der Fall Günter Nickels – Neu verurteilt" gelesen hatte. Der Journalist Günter Nickels hatte für sich und seine Familie einen Antrag auf Ausreise gestellt. Daraufhin hatte er Berufsverbot bekommen, der Antrag war abgelehnt worden. Nach wiederholten Anträgen war ihm wegen staatsfeindlicher Äußerungen der Prozess gemacht worden. Der Vorfall berührte Sophia. Hatte sie sich nicht vorgenommen, es besser als ihre Eltern zu machen, denen sie passives Verhalten und geflissentliches Wegschauen während des Naziregimes vorgeworfen hatte? Der Artikel lag tagelang auf ihrem Schreibtisch, bis sie schließlich bei der Redaktion der *Zeit* um eine Kontaktadresse bat. Die erbetene Auskunft für Norbert Nickels, einem Bruder des Journalisten, hatte sie postwendend erhalten. Sie schrieb sofort an Herrn Nickels, der seit seiner Flucht aus der DDR in Dortmund wohnte, und bekam umgehend einen ausführlichen Bericht sowie mehrere Zeitungsartikel, verbunden mit der Bitte, sich bei amerikanischen Politikern, wenn möglich Demokraten, für die Freilassung seines Bruders, der in akuter Lebensgefahr schwebe, sowie für die Ausreise der Familie einzusetzen und verwies auf die „Konferenz über Sicherheit und Zusammenarbeit in Europa" und die Helsinki-Schlussakte, die 1975 von 35 Ländern, zu denen auch die Sowjetunion gehörte, unterzeichnet worden war, und die gleichbedeutend für das Bestreben nach Befreiung von politischer Unterdrückung in Europa stand.

Ihre Aktentasche mit den Unterlagen, die sie nach ihrer Rückkehr aus Leipzig für ihre geschäftlichen Kontakte brauchen würde, hatte Sophia in einem Schließfach am Frankfurter Flughafen deponiert, die Adresse der Nickels hatte sie auswendig gelernt, aber die Straßenschilder an den Eckhäusern waren in der stockdunklen Nacht kaum zu erkennen. Es war Neumond. Die Luft war kühl. Ihr fröstelte, wohl auch aus einer inneren Erregung heraus. Wo war denn nur die Jacke? Und wieso bloß hatte sie in Los Angeles nicht daran gedacht, ihre Reise so zu planen, dass sie bei Vollmond in Leipzig sein würde? Die amerikanischen Kalender verzeichneten das nicht, niemand hatte sie darauf hingewiesen. Oder war es Teil des Plans? Sollte diese schwarze Nacht ein zusätzlicher Schutz sein?

Sie war schon mehrmals mit einem Mietauto in der DDR gewesen, aber bis dahin hatte sie ihr erster Weg immer direkt zu Tante Annelies geführt, die in einer Kleinstadt nicht weit von Dresden lebte, und die sie sozusagen offiziell zu einem Besuch einlud. Am nächsten Morgen würde sie sich auf dem Rathaus polizeilich melden müssen. Die Straße und das Haus kannte sie von ihrer Kindheit her, sie hätte im Schlaf dahin gefunden. Von den Menschen, die sie an diesem Abend besuchen wollte, hätte sie der Tante nichts sagen können, die hätte Sophias Vorhaben niemals verstanden und sich Sorgen gemacht. Sophia wurde mulmig zumute, was war, wenn sie auf diesem illegalen Abstecher von Vopos angehalten würde? Ein Treffen in einem Park oder außerhalb der Stadt hatte Frau Nickels verworfen. Schreiben konnten sie einander nicht, anrufen war schwierig und war die Verbindung endlich hergestellt, musste es schnell gehen, am besten kryptisch, denn irgend jemand hörte immer mit. Deshalb hatte Norbert Nickels das Treffen geplant, denn er hatte weiterhin Kontakt zu Arbeitskollegen in Leipzig, die über Umwege Nachrichten zu seiner Schwägerin trugen. Sophia konnte nur hoffen, dass alle dasselbe verstanden hatten. Als sie in jener Nacht fast blind durch die Stadt fuhr, zweifelte sie zum ersten Mal an der Weisheit ihres Entschlusses. Hätte sie ihren Besuch nicht doch anders planen und einfach frech tagsüber durch die Stadt fahren sollen? Dann hätte sie zur Not auch eine alte Frau oder Kinder nach dem Weg fragen können. Ganz unverfänglich. Aber war sie nicht befangen, wie alle, die in die DDR reisten? Selbst wenn der Grenzübertritt sich auch dieses Mal auf die Überprüfung ihrer Papiere, die eine halbe Stunde, durch einen Schlitz geschoben hinter der Fensterscheibe einer Baracke verschwanden, und die kurze Inspektion ihres Gepäcks beschränkt hatte? Jedenfalls hatte sie für den Fall, nach dem Weg fragen zu müssen, mehrere Großpackungen Wrigley's Kaugummi eingesteckt.

Sophia war müde vom Flug und der langen Fahrt. Sie fuhr an den Straßenrand, schaltete den Motor ab und stieg aus, um sich zu orientieren. Auf einem weißblau emaillierten Straßenschild über dem Eingang des Hauses, vor dem sie gehalten hatte, sah sie, dass sie nicht nur auf der richtigen Straße, sondern auch vor dem richtigen Haus war, und da stand auch das Namensschild der Nickels neben einer der Klingeln. Erleichtert schloss sie den VW ab und drückte zaghaft auf den Klingelknopf. Ihr Finger zuckte wie elektrisiert, der schrille Klingelton würde das ganze Haus aufwecken! Aber nichts regte sich. Standen jetzt alle hinter ihren Wohnungstüren und horchten? Sollte sie noch einmal klingeln? Da vernahm sie Schritte im dunklen Hausflur. Gleich darauf hörte sie den Schlüssel im Schloss und die Haustür öffnete sich einen Spalt breit.

„Ich bin Sophia Schwartz", sagte sie leise.

„Und ich bin Anja Nickels. Kommen Sie, Frau Schwartz", flüsterte eine junge Frau. Lautlos stiegen sie im Dunkeln die Treppen hoch. Es war totenstill, nur einige Holzstufen knarrten verräterisch. Im zweiten Stock verschwanden sie hinter der angelehnten Wohnungstür

3

in einem Flur, den nur das trübe Licht erhellte, das durch das Glas in der Wohnzimmertür schimmerte. „Möchten Sie ablegen, hier sind Hausschuhe für Sie", sagte Anja.

Sophia wusste, dass sie eigentlich ihre Straßenschuhe ausziehen und in irgendwelche ausgetretenen Pantoffeln schlüpfen müsste, tat aber so, als hätte sie das nicht gehört und schritt aufs Wohnzimmer zu.

Anja kam ihr zuvor und öffnete die Tür. „Darf ich vorstellen, meine Mutter, Frau Nickels, und meine Zwillingsschwester Anke."

Sie schüttelten einander die Hand. Frau Nickels sagte: „Wir befürchteten schon, Sie hätten sich verfahren oder wären an der Grenze aufgehalten worden, oder Sie hätten es sich doch noch anders überlegt."

Auf dem Wohnzimmertisch war ein Abendbrot gedeckt und Sophia verspürte plötzlich großen Hunger.

„Was darf ich Ihnen zu trinken anbieten, Apfelsaft oder Tee?" fragte Anke, schloss das Fenster und zog die Gardinen zu.

„Tee, bitte", antwortete Sophia und schaute auf ihre Armbanduhr. Es war halb elf. Nach einer anfänglichen Unsicherheit kamen sie schnell ins Gespräch. Frau Nickels weinte. Hilflos und erwartungsvoll schauten alle auf Sophia. Die musste noch zu ihrer Tante weiterfahren. Das waren noch einmal drei Stunden. Nach einer knappen Stunde verabschiedete sie sich. Am übernächsten Nachmittag würden sie sich nun doch in einem Park treffen.

Im Auto lehnte Sophia sich zurück und schloss die Augen. Nur für einen Augenblick, sagte sie sich. Da stiegen die Bilder jenes Nachmittags bei Großmutter Isolde wieder auf, als sie noch ganz klein gewesen war. Wie heute abend bei den Nickels, dachte sie. Dieselbe Angst hatte damals im Raum gelegen und sie gefangen gehalten, dieselben gedämpften Stimmen, dieselbe Ratlosigkeit in den Augen der Menschen.

Kapitel 2

Das Paradies mit Napfkuchen

Fünf Frauen saßen an jenem trüben, bitterkalten Winternachmittag im Esszimmer um den mit Meißner Porzellan gedeckten Kaffeetisch. Nicht einmal um die Mittagszeit war es richtig hell geworden. Die Außenwände des Eckzimmers strahlten ihre Kälte spürbar in den Raum, gegen die sich die Frauen mit dunklen Wolltüchern schützten, die sie sich zusätzlich über ihre Strickjacken um die Schultern gelegt hatten. Ihre Finger blieben trotzdem klamm, gaben sich steif und erschwerten jede Handarbeit. Zwischen den Doppelfenstern und auf der Schwelle vor der Balkontüre lagen Decken gegen den eisigen Luftzug, der sonst durch die Ritzen drang. Die bis zur Zimmerdecke reichende doppelte Durchgangstüre zum Wohnzimmer war seit Wochen geschlossen, um Kohlen zu sparen. Die Frauen saßen auf der äußersten Stuhlkante, sprachen mit tonlosen Stimmen und senkten ihre Köpfe. Sie waren unter sich, und dennoch war es, als nähmen sie ihre Worte am liebsten sofort wieder zurück, weil sie es insgeheim wohl für möglich hielten, dass eine von ihnen einmal etwas am falschen Ort und zur unrechten Zeit weitertragen und sie aus Versehen verraten könnte.

Das Mädchen Sophia stand auf dem Teppich zwischen Nussbaumbuffet und Esstisch. Es duftete nach frischgebackenem Napfkuchen, den Großmutter Isolde am Vormittag gebacken hatte, und der jetzt in voller runder Pracht auf dem Tisch thronte. Großmutter saß auf einem Sessel vor den Fenstern mit elfenbeinfarbenen Spitzenstores und schweren, weinroten Übergardinen, die den Raum noch dunkler erscheinen ließen. Auf einem Tischchen neben ihr stand ihr Meißner Kaffeegedeck mit der gelben Rose und dem durchbrochenen

Kuchenteller. Endlich kam die Mutter mit dem Kaffee. Die Frauen verstummten und blickten erwartungsvoll, während sie das aromatische Getränk in die anmutigen Tassen mit dem geschwungenen Rand und feinem, sich zum Tassenrand hin verzweigenden Griff einschenkte. Der Duft des Bohnenkaffees strömte ins Zimmer und belebte die kleine Gesellschaft.

„Geen Bliemchengaffee", lobte Trudi, gab ein paar Tropfen Sahne dazu, ließ zwei Zuckerwürfel in die Tasse fallen, rührte alles genüsslich, mit ihrem silbernen Kaffeelöffelchen klappernd, um, trank die Tasse in einem Zug aus, stöhnte vor Vergnügen und hielt sie der Mutter ein zweites Mal entgegen.

„Aber Gertrud, doch mit Untertasse, ich bitte dich!" Die Mutter konnte es nicht lassen, ihre Cousine bei jeder Gelegenheit zu rügen.

„Ja, ja, Edeltraut, bei dir geht es immer so fein zu", beschwerte sich Trudi beleidigt, „aber hab' du mal meine Sorgen!"

„Und warum hast du dich an diesen Nichtsnutz Erwin rangeschmissen?", fragte die Mutter missbilligend scharf. „Keiner war dir je gut genug, und dann nimmst du vor lauter Torschlusspanik den ersten besten!"

Trudi, wie alle außer der Mutter Gertrud nannten, wimmerte und sackte noch tiefer in sich zusammen, wenn andere ihr Vorwürfe wegen Erwin, ihres Verlobten, machten. Erwin war durch eine Kriegsverletzung arbeitsunfähig. Er hatte ihr Leid getan, als er sie auf der Straße anbettelte, da hatte sie ihn mitgenommen und nun lebten beide von Trudis geringem Einkommen aus der Fabrik. Tagsüber saß er stumpfsinnig auf dem Canapé in der Küche vor einem Krug Dünnbier aus der Kneipe nebenan, das er anschreiben ließ, nachts schlief er seinen Rausch neben ihr aus und merkte nicht, wenn sie noch vor Tagesanbruch zur Arbeit ging.

Nachdem die Mutter die Kerze im Stövchen angezündet, die Kaffeekanne daraufgestellt und eine gefütterte Haube zum Warmhalten darübergestülpt hatte, schnitt sie siebenmal in den Napfkuchen, während die Frauen ihr andächtig, wie bei einer heiligen Handlung, zuschauten, und legte allen ein Stück auf ihre Teller. Da war schon der halbe Kuchen verteilt. Auf einer ovalen Kuchenplatte waren große Stücke Kirschstreuselkuchen aufgeschichtet, von denen sich Trudi gleich eins neben ihr Stück Napfkuchen legte. Alle sahen ihr befremdet zu, als täte sie etwas außerordentlich Unschickliches, woran sie in ihrer Wohlerzogenheit Anstoß nahmen. Dabei hatte Trudi einfach nur Hunger. Ihr erstes Stück Kuchen hatte sie schon verschlungen, als die anderen gerade ihre silbernen Kuchengabeln in die Hand nahmen. Trudi war groß und schlank, aß von allem stets doppelt so viel und bekam immer einen Teller Kuchen oder eine Schüssel Essen mit nach Hause. Nur schade, dass Erwin davon abbekam, reute es die Mutter. Das leere Geschirr brachte Trudi abgewaschen zurück und stellte es in den Küchenschrank. Die Mutter nahm es wieder heraus, um es beim abendlichen Abwasch mit Hingabe zu schrubben.

„Komm, Sophielein, komm auf meinen Schoß", bat die Mutter nun schon zum wiederholten Male, goss warme Milch in Sophias Tasse und gab zwei Schluck Kaffee dazu, der die Milch beige färbte. Aber das Mädchen reagierte nicht, sondern blickte unbeirrt auf das ineinander verschlungene bunte Muster des Perserteppichs. Je länger sie schaute, umso mehr Blüten, Knospen und Blätter entdeckte sie, die sich für sie in einen blühenden Garten verwandelten. Sie dachte sich Schmetterlinge und Vögel hinzu, meinte sie auch zwischen den prächtigen Blüten und filigranen Ranken zu sehen, und stellte sich vor, mitten in einem solchen Garten zu leben, der sich für sie zum Paradies verwandelte, wie auf den mittelalterlichen Bildern, die die Mutter ihr in einem dicken Buch gezeigt hatte, das so schwer war, dass sie es zum Anschauen aufgeschlagen vor sich auf den Tisch legten, genau wie Großmutter Isoldes alte Bibel mit den Holzschnitten. Sophia setzte sich auf den Teppich, mitten in die Blumenpracht, streichelte über die weiche Wolle und ersann sich Freundinnen, die mit ihr auf dieser friedvollen Wiese saßen. Das sich wiederholende Muster der Teppichumrandung stellte eine schützende Grenze dar, außerhalb derer Gefahren lauerten und Sophia war bedacht darauf, ihre Hände und Füße nicht darüber hinausreichen zu lassen. Was ihr in ihrer Unschuld noch offenstand, nämlich sich das Himmelreich auszumalen, und zwar unter den erstaunlichsten Umständen und wann immer ihr danach zumute war, und eine freundliche Gegend zu betreten, war den Erwachsenen in der realen Welt und der Hölle, die sie sich geschaffen hatten, schon lange verwehrt.

„Was machst du denn, Sophielein?", hörte sie die Mutter, stellte sich aber weiterhin taub, denn sie meinte, eine liebliche Melodie im Garten zu vernehmen, bis sie gewahr wurde, dass leise Musik im Radio spielte, welches die Großmutter angeschaltet hatte, um sich von den Gesprächen der anderen abzulenken und sich nicht den Genuss von Dingen verderben zu lassen, die sie nicht ändern konnte. „Machtlos sind wir, einfach machtlos", meinte sie oft zutiefst überzeugt.

Die Musik half Sophia beim Träumen. Sie wiegte ihren Körper zum Klang der Melodien, bis die sonore Stimme des Radioansagers sie in die Wirklichkeit zurückholte. Die Gesichter der Frauen erschienen nur noch als undefinierbare helle Flächen im fahlen Licht des Spätnachmittags. Da erhob sich die Mutter, zog die Samtvorhänge zu, versicherte sich, dass die beiden Teile weit genug übereinander lagen, damit kein Lichtstrahl nach draußen entweichen würde, erst dann knipste sie die Stehlampe und die beiden Wandleuchten über dem Buffet an und entzündete zwei Kerzen auf dem Tisch, deren warmer Schein das Porzellan weich schimmern ließ. Den sonnigen Fleck, den die Stehlampe auf dem Perserteppich warf, deutete Sophia als ein aufgegangenes Himmelsgestirn.

Im milden Licht wurde sich das Mädchen auf eine ganz wundersame Weise ihrer selbst bewusst. Sophia horchte in sich hinein. Ich bin ich, durchfuhr es sie, ohne dass sie das so genau hätte benennen können. Sie kam sich so leicht vor. Es war ein jähes Erwachen, eine erregende, vollkommen irdische und zugleich schwindelnde Erfahrung durchflutete sie. Ein Jauchzen drang in ihr hoch und ließ ihren Körper leicht zittern. Dieses Inseldasein, wo sie sich selbst genug war, dieses lichte Wissen um sich, versetzte sie in einen Zustand von Glückseligkeit. Sie stand mit beiden Beinen fest auf dem Blumenteppich und wusste, dass sie nicht auf das achtete, was die Mutter ihr sagte. Erst als sie sich ihrer selbst sicher war, schaute sie auf, blickte die Frauen eine nach der anderen forschend an und spürte deren unterschwellige Angst, die ihr signalisierte, dass sie nicht zu ihnen gehörte. Und weil dieses Begebnis ihrem Wesen so vollkommen entsprach, erkannte sie es später als ein Schlüsselerlebnis. Mitten in ihrem Paradies stehend, war dieses Sichselbstbewusstwerden zugleich der Anfang des Ungehorsams. Von da an würde sie wissentlich „nein" sagen und ihren Willen behaupten, auch auf die Gefahr hin, bestraft zu werden. Oder war es vielmehr die Freiheit, selbst denken und nein sagen zu können, die ihr den Augenblick zum Paradies machte?

Der Duft des Kuchens erreichte endlich Sophia. Sie erklomm ihren Stuhl und schaute den Frauen beim Essen zu. Deren Angst hatte sich in ihren Augen und Stimmen festgesetzt, sie spiegelte sich in ihren engen Bewegungen wider, wie sie mit runden Rücken am Tisch saßen, wie sie die Kuchengabeln krampfhaft festhielten, mit der linken Hand den Kuchenteller umgriffen und nach dem Kuchenberg in der Mitte des Tisches schielten. Warum ließen sie ihre Teller nicht sittlich vor sich stehen und aßen langsam, wie die Mutter es ihr vorgemacht hatte, denn das zweite Stück gab es gewiss, ja selbst ein drittes. Ihrer Tochter erklärte die Mutter anhand von Trudis schlechtem Vorbild allerdings, dass ein drittes Stück Kuchen an einer Kaffeetafel eigentlich schon unfein sei. Aber das beeindruckte diese nicht weiter, denn so viel wollte sie nicht. Sie konnte sogar einen Streusel einfach liegenlassen und tupfte auch nicht jedes Krümel mit der Fingerspitze des rechten Zeigefingers vom Teller, um es mit der Zunge aufzunehmen. Noch mussten sie sich nicht die Bäuche in der Furcht füllen, dass es am nächsten Tag nichts mehr geben würde, noch leckten sie die Teller nicht ab, wie es viele schon heimlich in ihren Küchen taten. Dieses Tellerablecken faszinierte sie. Die Leute hielten ihre Teller mit beiden Händen rechts und links fest, hoben sie fast vertikal vor ihr Gesicht, näherten sich mit dem Mund dem Teller am unteren Rand, steckten die Zunge raus und leckten von unten nach oben den Teller ab. Je höher sie kamen, erschien ihr Gesicht bis zur Nase am oberen Tellerrand, schaute über ihn hinaus und verschwand wieder dahinter. Das wiederholten sie so oft von links nach rechts, bis der Teller abgeleckt war und sie ihn mit der Bemerkung auf dem Tisch absetzten, dass er nun nicht mehr abgewaschen werden müsse, die Arbeit hätten sie sich gespart. Das sollte witzig sein, darüber sollten alle lachen.

Langsam entspannten sich die Frauen. Das durch die Lampenschirme aus rosa Atlasseide gedämpfte Licht machte sie schön. Sie wurden lebhafter, dreister, ihre Stimmen klangen heller, sie sprachen alle auf einmal, gerade so, als schützten die vorgezogenen Gardinen und das sanfte Licht sie vor der Welt da draußen. Alle ließen sich noch einmal Kuchen vorlegen, die Mutter brachte die zweite Kanne Kaffee, Oma Isolde kredenzte allen ein Glas Kirschwasser, aus Mangel an Cognac, wie sie sagte. Sophia wiederholte das Wort Cognac, tauchte die Spitze ihres Zeigefingers ins Glas der Mutter und lachte über die beißende Schärfe auf ihrer Zunge. Das Kirschwasser wirkte anregend und ließ einen roten Hauch auf den Wangen der Frauen aufflammen. Sie kramten Feldpostkarten und Briefe aus ihren Handtaschen, tauschten sich über die Berichte ihrer Männer aus und versuchten, eine tiefere Bedeutung zwischen den Zeilen herauszulesen.

Sophia spielte mit ihrem Kuchen und hörte zu. Sie war von Frauen umgeben und wurde von Frauen getragen. Daran war nichts Besonderes, sie war es so gewohnt. Sie kannte eigentlich nur Frauen, liebte ihr langes Haar, ihre samtene Haut, ihre warmen weichen Brüste und den süßlichen Geruch ihres Schoßes. Für Sophia waren Frauen ganz selbstverständlich das Maß aller Dinge. Männer nahm sie lange Zeit nur an der Peripherie wahr. Und war wirklich einmal einer da, dann war der meist alt, stank stechend nach Tabak oder Schnaps, sagte nicht viel und brauchte womöglich die Hilfe der Frauen.

„Während solcher Stunden vergaßen wir die Gefahr, die überall lauerte, und hofften auf ein baldiges Ende des Krieges", erklärte die Mutter, als Sophia sie aus einer Erinnerung heraus Jahre später nach dem seltsamen Gebaren der Frauen fragte. „Genützt hätte es sowieso nicht, darüber zu sprechen. Es waren doch nur Vermutungen, wer wusste schon, was wirklich los war? Wir waren aufeinander angewiesen, wir gaben einander nützliche Hinweise, wie wir einen Kuchen mit weniger Eiern und Fett backen, einen Hackbraten mit durch den Fleischwolf gedrehten Pilzen oder Gemüse und einer weiteren eingeweichten Semmel strecken konnten und was wir in den Ersatzkaffee tun mussten, um den Geschmack zu verfeinern. Wir ersetzten Rosinen mit getrockneten Aprikosenstückchen, nahmen Aprikosenkerne anstatt bitterer Mandeln, und strickten aus der aufgerippelten Wolle alter Pullover Mützen und Schals für euch Kinder, oder Socken für unsere Männer an der Front." Da hatte Sophia wieder das rhythmisch metallische Klicken der Stricknadeln im Ohr.

„Was war das denn für eine Wirklichkeit, diese Nachmittage mit den Frauen?"

„Wir haben einander Mut zugesprochen und die Hoffnung aufrecht erhalten, dass unsere Männer heimkehren würden. Es wirkte beruhigend."

„Aber gab es nicht schon eine ganz andere Realität? Du hast oft gesagt, dass es schlimmer wurde, und dass ihr euch immer seltener getroffen habt, je länger der Krieg dauerte. Das waren doch welterschütternde Ereignisse, etwas davon habe ich mitbekommen, auch wenn ich noch sehr klein war."

„Herr Gott noch mal, hör endlich auf mit deiner Fragerei!", befahl die Mutter da, plötzlich aus der Fassung geratend, kurzerhand.

Sophia gab nicht auf. „Ich erinnere mich gut, dass es mit den Stimmen aus dem Radio etwas Unheimliches verband, das anders war, als das wohlige Gruseln, welches mich bei Märchen oder Geschichten vom Rübezahl überkam. Ich konnte nicht wirklich verstehen, was die Männerstimmen sagten, aber manchmal habe ich aufgeschnappte Worte preisgegeben und dann riefen die Leute erschrocken aus: ‚O Gott, was die Kleine bloß immer fragt, wo hat sie denn das nun wieder her!' Und zu mir sagten sie: ‚Ach, lass nur, Sophielein, das verstehst du noch nicht. Es ist nichts weiter, wirklich nicht', und streichelten mir übers Haar oder steckten mir ein Bonbon zu. Hast du das denn vergessen?"

Die Mutter wandte sich anstatt einer Antwort indigniert mit: „Komm du erst mal in mein Alter, mit meinen Erfahrungen, dann wirst du nicht mehr so fragen", wieder ihrer Arbeit zu.

Je öfter und durchdringender die Sirenen mit Fortschreiten des Winters, der der letzte Kriegswinter sein sollte, heulten, umso stiller wurden die Menschen in ihren Häusern, die keinen wirklichen Schutz gegen die Kräfte boten, die draußen tobten, seien es nun die Naturkräfte oder die feindlichen Streitkräfte. Die Fliegeralarme unterbrachen, was immer sie gerade taten, und trieben sie aus den Wohnungen in die nasskalten, nach Moder, Kohle und Kartoffeln riechenden Keller. Und dann kamen die Bomben so plötzlich auch über sie, dass sie nur noch fliehen konnten. Nach Tagen erreichten sie die kleine Stadt, in der Verwandte wohnten, und fanden eine vorläufige Unterkunft im Haus zweier ältlicher, wortkarger Schwestern.

„Hier riecht es komisch." Sophia rümpfte die Nase.

„Aber Sophia, so etwas sagen wir nicht, das weißt du doch!", flüsterte ihr die Mutter zu und hielt ihr erschrocken die Hand vor den Mund. Immerhin war es warm im Haus und jede hatte wieder ihr eigenes Bett.

Die beiden Schwestern taten, als hätten sie nichts gehört. Sie kochten abwechselnd und verständigten sich mit wenigen Worten und Gebärden. Zu essen gab es genug, aber es schmeckte Sophia nicht. Das „Komm, Herr Jesus, sei unser Gast" wurde heruntergeleiert. Die beiden Frauen aßen hastig und schweigsam und so schwiegen die Mutter und die Großmutter auch.

Im Haus gab es weder Spielzeug, noch Kinderbücher, noch Buntstifte. Auch im tiefverschneiten Garten war nicht viel zu sehen. Büsche, Zäune und der Geräteschuppen lagen konturenlos unter einer hohen Schneedecke. Kaum ein Vogel huschte durch die weiße Landschaft, nur hier und da stach ein Zweig oder Holzpfahl schwarz glänzend vereist aus dem Schnee. Eiszapfen hingen an Dachrinnen und unter Fensterbrettern, wo Sophia sie gerade noch erreichen konnte. Sie brach eine Zapfe ab und lutschte dran, bis die Mutter schimpfte, dass das Wasser schmutzig sei. Die Fensterscheiben waren von innen vereist und es bildeten sich Eisblumen und Farne in den wunderschönsten Mustern. Sophia hielt Münzen an die Glasscheiben und schmolz runde Löcher ins Eis, durch die sie wie durch Gucklöcher hinaussehen konnte, bis sie wieder vereisten. Es war ein Spiel, das ihre Einbildungskraft anregte und sie in eine Phantasiewelt tauchen ließ.

Die Frauen nahmen kaum Notiz von Sophia, die nicht allein bei ihnen bleiben wollte. Die Großmutter verließ das Haus schon, als es draußen noch dunkel war, suchte Arbeit und kam nach einer Hamstertour bei den Bauern mit vollen Taschen zurück. Also nahm die Mutter Sophia mit zum Einkaufen und um eine eigene Wohnung zu suchen. Gleich nach dem Frühstück stapften sie vermummt mit Einkaufstaschen und Milchkanne durch den Schnee der Vorstadtstraße, bis sie die freigeschippten Fußwege erreichten, auf denen sie zum Lebensmittelgeschäft, dem Bäcker und zur Molkerei eilten. Dabei hielten sie ihre Augen aus verzweifelter Gewohnheit selbst auf die breiten, mit Steinplatten belegten Fußwege gerichtet. Sophia war dieses ewige Nachuntensehen unheimlich. Sie ahnte, dass die Menschen ihre Köpfe am hellichten Tag nicht nur deshalb gesenkt hielten, um nicht zu stolpern, oder bei Glatteis nicht auszurutschen, sondern um nichts zu sehen und nicht erkannt zu werden. Sie blickten nie auf, auch nicht, wenn die Sonne schien, die um die Mittagszeit sogar im Winter warm im Gesicht prickelte und Sophia blinzeln musste. Trotz ständiger Ermahnungen: „Schau auf den Weg, heb die Füße", stolperte Sophia schnell einmal, wofür sie ein „Hans-Guck-in-die-Luft" gescholten wurde, weil sie mit blutenden Knien und Löchern in den Strümpfen nach Hause kam und die Schuhsohlen sich vorn lösten. Ihre Omi nannte sie ironisch liebevoll meine „Sophie-Guck-in-die-Luft", was ihr sehr gefiel, denn sie war ja kein Junge. Voller Übermut sprang, tanzte und rannte sie am liebsten durch die Stadt. Ihre Augen waren immer woanders. Sie schaute in den Himmel, wo leichte weiße Wolken dahinzogen und Schatten für sie auf die Straße warfen, die sie übersprangen oder um die sie herumrennen konnte.

Kapitel 3

Morddrohung auf dem
Marktplatz und Umsturz

Als der Schnee geschmolzen war, das erste Grün an Büschen und
Bäumen austrieb und sie eine eigene Wohnung hatten, hastete die
Mutter mit Sophia fest an der Hand über das holprige Kopfsteinpflaster
dem Konsum entgegen. Sophia kam kaum mit. Ihre Beine flogen nur so
und verhedderten sich, wie bei Gelenkpuppen, die in weißen Kleidern
mit rosa Schleifen stolz auf den Sofas der Großmütter und ältlichen
Tanten saßen und die sie nicht anrühren durfte, weil sie Porzellanköpfe
mit echtem Haar trugen. Sie hatten sich an jenem Morgen verspätet
und die Mutter befürchtete, dass in den Geschäften das Nötigste
womöglich schon ausverkauft war. Da nützten dann auch keine
Lebensmittelmarken mehr. Sie rannten quer über den Markt auf zwei
Lastautos zu, die in der Nähe des Brunnens und der Linden standen.
Sogar Sophia, die immer neue Steine in den seltsamsten Formen und
Farben im Kopfsteinpflaster erspähte, vor allem, wenn sie nass waren,
sah die Autos erst, als sie, Schatten auf dem Pflaster gewahr werdend,
aufblickte, eine Gefahr verspürte, und gegen die Mutter stieß. Diese
schien durch die Lastautos hindurchzusehen. Ihre Hand verkrampfte
sich derartig um Sophias Hand, dass es weh tat. Da war es schon zu
spät, um einen Bogen um die Armeefahrzeuge zu machen. Das erste war
ein Planwagen der Wehrmacht, wie sie auf ihr hartnäckiges Fragen hin
erfuhr. Ein Soldat machte sich am Lastauto zu schaffen, zwei weitere
standen mit gezogenen Gewehren, ihre Rücken zum Auto, wenige
Schritte vor ihnen. Die Läufe der Gewehre waren auf sie gerichtet.
Sophia riss entsetzt die Augen auf. Die Plane des Fahrzeuges war hinten

hochgerollt und oben mit Lederriemen festgeschnallt. Sie konnte in das Innere blicken und sah Männer auf Bänken sitzen. Plötzlich sprang einer auf und lehnte sich hinaus. Er erschien ganz im Licht und schrie ihnen zu: „Wir werden in Bautzen alle an die Wand gestellt!" Sophia blickte sekundenlang in seine vor Angst geweiteten Augen. Den Aufschrei hört sie ihr Leben lang.

Die Soldaten schnellten herum und brüllten: „Hinsetzen, oder ich schieße!"

Die Mutter stieß einen erstickten Schrei aus, umklammerte Sophias Hand noch fester und zerrte sie so ruckhaft nach rechts ausweichend fort, dass diese die Balance verlor und beinahe hingefallen wäre. Beide rannten, als gelte es ihren Leben.

„Was ist los?", schrie Sophia.

„Nichts, um Gottes Willen, renn was du kannst!"

Erst als sie im Schutz einer Nebenstraße angekommen waren, hielten sie an. Hier wollten sie gar nicht hin. Sophia hatte Seitenstechen, beugte sich nach vorn und schnappte nach Luft.

„O mein Gott!", stöhnte die Mutter, lehnte sich keuchend an die Hauswand und wischte sich mit einem Taschentuch den kalten Schweiß von der Stirn.

„Was ist mit den Männern?"

„Woher soll ich das wissen? Vergiss alles!"

„Was hat der eine Mann gerufen?"

„Nichts, du hast nichts gehört!" Die Mutter rang noch immer nach Luft.

„Aber ..."

„Sei still! Es ist immer noch Krieg. Der Krieg hört nie auf. Du sagst niemandem, was wir gesehen haben, verstehst du mich? Niemandem!"

Als die Mutter sich einigermaßen beruhigt hatte, eilten sie zum Konsum. Sophia wagte es, ihre Augen über den Markt schweifen zu lassen. Die Armeefahrzeuge waren verschwunden.

Der Soldat, der ihnen seine Todesangst entgegengeschrien hatte, war sehr jung. Das hatte Sophia erkannt, obwohl sie selbst noch nicht

15

vier war. Die Soldaten vor dem Fahrzeug mit den Gewehren, das waren Männer. Das Bild des jungen Soldaten hatte sich in ihre Seele gebrannt, und immer wenn sie an ihn dachte, versetzte es ihr einen Stich. Er hatte um Hilfe gerufen und sie waren weggerannt. Als sie die herausgebrüllten Worte hörte und die Mutter sie davonzerrte, ging etwas in ihr kaputt. Sie dachte sich eine Geschichte aus, wie sie den jungen Mann gerettet hatte. Sie hatte einen Stein aufgehoben und ihn einem der Soldaten mit den Gewehren ins Auge geworfen. Der hatte aufgeschrien und die anderen beiden waren darüber so erschrocken, dass sie sich umdrehten. Währenddessen hatten die Männer aus dem Lastauto springen und fliehen können. Die Soldaten hatten auf sie geschossen, aber der junge Soldat, der hatte entkommen können.

Jahre später las Sophia in der Zeitung, was sich damals in Sachsen ereignet hatte, während die Bevölkerung auf die Amerikaner als Befreier wartete, bis schließlich die Sowjetarmee einmarschierte – als Tausch für das halbe Berlin. In den Wochen des Wartens waren deutsche Soldaten in das unbesetzte Sachsen geflüchtet, um nicht in russische Gefangenschaft zu geraten, und hatten sich dort in Scheunen und Wäldern versteckt. In den Augen einiger Unverbesserlicher waren sie Deserteure, Vaterlandsverräter, wurden aufgestöbert, zusammengetrieben, abtransportiert und erschossen. Es war eine jener entsetzlichen Episoden, wie sie sich zu Kriegsende abspielen, deren zufällige Augenzeugin Sophia an jenem Vormittag geworden war.

„Hattet ihr damals ein schlechtes Gewissen?", fragte sie die Mutter und gab ihr den Zeitungsartikel.

Die überflog den Artikel, faltete die Zeitung zusammen und antwortete langsam, als müsse sie sich auf etwas besinnen: „Dazu war gar keine Zeit, bei der Schufterei und Sorge ums tägliche Brot. Ich konnte solche Gedanken nicht aufkommen lassen, das hätte ich nicht ausgehalten. Es passierte so viel Unglaubliches vor dem Einmarsch der Besatzung, es war doch kein Friede. Das Kriegsende war mit der Gewalt einer Naturkatastrophe über uns gekommen. Wenn du das nicht miterlebt hast, kannst du dir das nicht vorstellen. Nichts galt mehr. Nur der Augenblick zählte, diese unselige Gegenwart, die keine Vergangenheit zuließ, aber auch in keine Zukunft zu führen schien. Wir waren in dieser Gegenwart gefangen, in diesem Ausnahmezustand. Wir fühlten uns zugleich getrieben und festgehalten. Und dennoch folgte ein Tag dem anderen. Die Sonne ging morgens auf und abends wieder unter, wir räumten den Schutt aus unseren Städten, aßen, tranken und schliefen."

So hatte die Mutter nie zuvor gesprochen, die Sätze waren erst mühevoll stockend, dann immer schneller aus ihr herausgesprudelt, und Sophia wusste nicht, was sie antworten sollte.

Wenige Wochen nach dem unseligen Zusammenstoß mit den Soldaten wurde Sophia eines Spätnachmittags von einem ungeheuerlichen Ereignis eingefangen, als sie ihren Holzpuppenwagen von den Großeltern väterlicherseits, Eduard und Hedwig Reimers, die am anderen Ende der Stadt wohnten, nach Hause schob. Im Wagen lag ein Vierpfundroggenbrot, auf dem ihre Puppe Ulrike saß. Auf der Straße zum Marktplatz drang ihr ein unerklärliches Geräusch entgegen, ein Rumpeln, Stampfen und Donnern. Die Neugier, was es mit diesem Gedröhn auf sich haben mochte, trieb sie voran, und sie schob den schwer beladenen Puppenwagen auf dem leicht ansteigenden Fußweg dem anschwellenden Lärm entgegen. Als der Marktplatz sich vor ihr mit jedem Schritt weiter auftat, sah sie Armeefahrzeuge und Trupps marschierender Soldaten, die sich aus der Hauptstraße auf der gegenüberliegenden Seite zwischen den zweistöckigen Häusern hervor auf den Markt ergossen, der so groß wie der Markusplatz Venedigs sein soll, um die Dresdner Straße hinunter wieder zu verschwinden. Das Pflaster bebte unter ihr, der Marktplatz erdröhnte von den schwer dahinrollenden Panzern und den marschierenden Soldaten. Es war unmöglich, von der einen auf die andere Seite zu gelangen, es gab keine Lücken, durch die sie hätte schlüpfen können, ohne zu Boden getrampelt oder von einem Panzer zermalmt zu werden.

Sophia bestaunte das Spektakel. Auf dem Markt standen die Menschen, allein und in Gruppen, mehrere Meter bis zum Vorbeimarsch der Truppen auf beiden Seiten freilassend, wie hinter einer unsichtbaren Absperrung. Andere irrten umher, verschwanden in Seitenstraßen, tauchten wieder auf, empörten sich und liefen schließlich schimpfend weg. Sie traute sich nicht, jemanden zu fragen, was hier vor sich ging. Schließlich wurde sie unruhig und suchte nach einem Ausweg und lief in eine Nebenstraße, aber die mündete auch wieder in die Hauptstraße.

Ihr Auskundschaften ging langsam mit dem Puppenwagen, dessen hinteres rechtes Rad eierte, sich ständig lockerte, und wenn sie nicht aufpasste, löste es sich und rollte weg. Einmal merkte sie das Malheur nicht gleich und musste das Rad und die lange Schraube suchen. Sie überlegte, ob sie den Wagen in einem Hauseingang verstecken sollte. Aber da würde ihn bestimmt jemand wegnehmen, und was sollte mit dem Brot werden?

Ihr wurde kalt, die Häuser warfen schon lange Schatten, Sophia hatte keine Strickjacke. Ob die Mutter wusste, dass ihr der Weg nach Hause abgeschnitten war? Aber warum kam sie dann nicht von der anderen Seite nach ihr schauen? Sie hätten sich zuwinken können, so wie andere Leute. Das hatte sie beobachtet. Je länger es dauerte, umso fester hielt sie die Lenkstange ihres Puppenwagens, bis ihre Knöchel weiß unter der Haut schimmerten und ihr Staunen sich in ein ungutes Gefühl verwandelte, verbunden mit einer Bangigkeit, dass es zu Hause Schelte geben werde. War sie nicht früh genug aufgebrochen? War sie deshalb in dieser Klemme? Als sie schon glaubte, dass es immer so weitergehen würde und erwog, zu den Großeltern zurückzugehen, begann sich die Kolonne zu lichten, das Getöse nahm ab, Leute sprangen durch die Lücken. Sie schob ihren Wagen an, als ein letztes Fahrzeug kam und noch eins, und ein allerletztes Trüppchen Soldaten. Dann war es still. Die Menschen überquerten den Markt wieder in alle Richtungen und alles schien wie immer. Das war das Allerseltsamste, denn nachdem auch die letzten Soldaten zwischen den Häusern verschwunden waren, war es, als sei nichts gewesen. Der Lärm war verebbt, nur in ihren Ohren hallte es noch nach. Sie rannte die Straße runter, auf der die Armee entlang gezogen war, bog rechts in ihre Straße ein, betrat das Haus, zog den Puppenwagen rückwärts Stufe um Stufe die Treppen hoch und klingelte. Die Mutter empfing Sophia hocherfreut und fragte nicht nach dem Grund ihrer Verspätung. „Endlich bist du da! Beeil dich, geh Hände waschen und setz dich an den Tisch." Sie nahm das Brot und schnitt große Scheiben ab.

Sophia konnte es kaum aushalten, sie wollte erzählen, was ihr passiert war. „Haben wir wieder Pech gehabt?", fragte sie endlich mit vollem Mund.

„Wie denn, was denn?", wollte die Mutter wissen.

Sophia hatte die Worte eines Mannes aufgeschnappt, der zu seiner Frau sagte: ‚Jetzt haben wir schon wieder Pech, Dora. Nun sind die Amerikaner doch nicht gekommen.' Darauf flüsterte die Frau: ‚Sag das bloß nicht so laut, Otto, wenn das jemand hört, holen sie dich noch ab', und zog den Mann fort. ‚Darin haben wir ja Übung, immer wegschauen, weghören, weglaufen', hörte Sophia ihn noch sagen. ‚Machen wir einfach weiter wie bisher. Es bleibt uns ja doch nichts anderes übrig.'

„Ich mein' nur, weil die Amerikaner nicht gekommen sind."

Die Mutter erkannte die Not ihrer Tochter nicht und sagte nur: „Das ist nun mal so, Sophielein. Iss auf, es gibt noch Pudding als Nachtisch."

Von dem Tag an waren fremde Soldaten in der Stadt. Die Polizeistunde blieb monatelang in Kraft und brachte zusätzliche Unruhe in ihren Alltag. Zur Ausgangssperre kam der tägliche Stromausfall. Abend für Abend saßen sie bei Kerzenlicht in ihren Wohnungen. Die Stadt war wie ausgestorben. Sophia begriff nur wenig von dem, was zum Einzug der Sowjetarmee geführt hatte, aber alle litten unter der erbärmlichen Armut, die dem Zusammenbruch gefolgt war. Sie spitzte die Ohren, wenn die Großen einander Worte zuraunten und an früher erinnerten – ehe dieser Hitler gekommen war – als es noch Schokolade, Bohnenkaffee und überhaupt alles gegeben hatte, und das Leben viel besser gewesen war.

An einem Hochsommerabend saßen Sophia, Omi Isolde und die Mutter am Abendbrottisch und schoben sich Gabeln trockener Bratkartoffeln in den Mund, die sie mit Pfefferminztee runterspülten, als es an die Wohnungstür klopfte. Sophia legte ihre Gabel auf den Teller und wollte aufstehen, aber die Mutter bedeutete ihr sitzen zu bleiben. „Traudel, mach auf – ich bin's, Moritz!" hörten sie rufen.

Lautlos öffnete die Mutter die Küchentür und blieb abwartend im Flur stehen. „Moritz?", fragte sie ungläubig, drehte den Schlüssel um, der von innen in der Wohnungstür steckte und öffnete die Tür – erst zögernd, dann riss sie sie weit auf. „Um Gottes Willen, Moritz! Wo kommst du denn her, wie hast du uns gefunden?"

Der Vater ließ den Rucksack fallen, die Eltern umarmten einander. „Ich war bei meiner Schwester. Die hat mich hierher geschickt."

Die Großmutter drehte die restlichen Bratkartoffeln in der Pfanne um. Der Vater verschlang dazu zwei Scheiben Brot mit Speckfett. Sophia, die ihn kaum kannte, wurde gleich nach dem Abendbrot von ihm ins Bett geschickt und von da an jeden Abend. Die Mutter kam noch ins Schlafzimmer gehuscht, um ein Abendlied zu singen und mit Sophia zu beten. Als ihm das zu lange dauerte, rief der Vater sie zurück. Vom ersten Abend an beanspruchte er sie allein für sich.

„Kaum ist die alte Diktatur aus der Welt geschafft", wetterte der Vater eines abends, „zieht schon die nächste ein. Wie soll unter diesen Umständen je wieder etwas in Ordnung kommen? Wo soll ich da Arbeit finden?"

„Moritz, pass auf, was du sagst", flehte die Mutter, „Sophia versteht mehr als du denkst."

„Wieso bist du immer noch hier? Marsch, ab ins Bett!", schnauzte der Vater und drohte, „Hast du gehorcht und dein Zimmer aufgeräumt, wie ich es dir befohlen habe und bist nicht wieder weggelaufen? Ich komm' gleich nachgucken!"

Das Wort gehorchen bläute ihr der Vater ein. Sophia begehrte insgeheim auf und legte sich Antworten zurecht, die sie aber für sich behielt. Seit seiner Rückkehr hatte sie richtige Sorgen. Unbedingt gehorchen, lieb und still sein, nichts liegen lassen. Das lag ihr nicht. Wenn sie die Mutter richtig verstanden hatte, dann hatten die Soldaten gehorcht und jetzt sollte sie gehorchen. Sie litt unter dem strengen Regiment des Vaters und weinte im Bett, dass ihr Kopfkissen nass wurde und manchmal schrie sie vor Wut, bis ihr Gesicht rot wurde und ihre Stimme heiser. Sie rannte erst recht von zu Hause fort, über die Wiesen zum Bach oder zu Oma Hedie, wo sie über Nacht blieb. Dort ging es ruhiger zu, denn weder das hundert Jahre alte Haus noch der Garten, in dem jedes Jahr der lila Flieder, die Päonien und überhaupt alle Blumen und Büsche blühten, Beeren an den Sträuchern reiften und die Zweige der Kirsch-, Pflaumen-, Birnen-, und Apfelbäume sich unter der Last der Früchte bogen, hatten den Krieg gesehen. Es hatte keine Straßenkämpfe gegeben, nur vereinzelte Bomben hatten ein paar Häuser getroffen. Bis auf eine Handvoll Ruinen und einige Häuserwände, die mit Einschusslöchern übersät waren, hatte der Krieg in der Kleinstadt kaum äußerliche Spuren hinterlassen. Einige Männer waren in Kriegsgefangenschaft geraten, andere waren gefallen. Was *gefallen* heißen sollte, verstand Sophia nicht so richtig, aber sie fragte nicht, weil das Wort so einfach klang. Oma Hedie kannte deren Namen und zählte sie an ihren Fingern auf. Da waren der Müller Emil, der Petzolt Oskar, der Lötscher Helmut, der Schmidt Paul und der Wieland Friedrich. „Der Friedrich, der war ja noch ein Kind, gerade mal siebzehn, als der fiel", fügte sie kopfschüttelnd hinzu.

Der Vater pochte rigoros auf seine wohlverdiente Ruhe, verlangte peinliche Ordnung und einen auf die Minute geregelten Tagesablauf, einschließlich der Mahlzeiten, bei denen Sophia stillsitzen und ihren Teller wortlos leer essen sollte. Dieser Ordnungsdrang brachte unversehens eine schlimme Unordnung in ihre häusliche Welt, und als sie zum ersten Mal den Novellentitel „Unordnung und frühes Leid" las, dachte sie unwillkürlich an ihre Kindheit. Der Vater konnte nicht das geringste Verständnis für die Probleme und Missgeschicke, Sehnsüchte und Wünsche im Familienalltag aufbringen. Selbst bei Hochsommerwetter, wenn die Sonne Tag für Tag von einem wolkenlosen Himmel strahlte und die Abende so wunderbar warm und lang waren, musste Sophia fünf Minuten vor sechs mit gewaschenen Händen und gekämmten Haaren am Küchentisch sitzen, bevor der Vater die Wohnung betrat. Die Mutter hörte immer schon nervös auf seine Schritte im Treppenhaus. Das Abendbrot stand Punkt sechs bereit, und danach musste sie sofort ins Bett, sogar später mit Claudia, der sechs Jahre jüngeren Schwester. Das war noch bevor die Rathausuhr sieben schlug und sie kein bisschen müde war. Der Vater ließ sich auch dann nicht erweichen, wenn Sophia bettelte, wenigstens etwas länger als Claudia aufbleiben zu dürfen und versprach, sich ganz ruhig zu verhalten. Das war gemein. Es war wie eine Strafe, das Bett als Strafe, und sie erlebte diese Strenge als großes seelisches und physisches Leid. Sie sollte das Sich-mit-Wenigem-begnügen lernen und alles mit Duldung der Mutter, um ein bisschen Frieden in der Familie zu bewahren. Sophia ging dem Vater aus dem Weg und richtete von sich aus nie ein Wort an ihn. Es gab in der Wohnung keinen Ort für sie, überall schnüffelte er herum, riss ihre Zimmertüre auf, ohne anzuklopfen, so dass sie sich nirgends geborgen fühlte und immer alles verstecken musste, was ihr wichtig war. Ein liegengebliebenes Spielzeug ergriff er und feuerte es vor Wut mit unangemessener Wucht in eine Zimmerecke, so dass es zerbrach und sie die Teile unter Tränen aufsammeln und wegwerfen musste.

Nachdem die Polizeistunde aufgehoben worden war, atmeten die Menschen auf. Die Kinder kamen aus den Hinterhöfen und spielten fröhlich laut auf den Straßen Ball oder Verstecken und jagten einander kreischend vor Freude. Den neuen Bällen ging schnell die Luft aus, aber Omi Isolde brachte ihr immer wieder Nachschub. Das Leben spielte sich, wann immer möglich, außerhalb der engen Wohnungen ab, die Menschen wirkten wie belebt. Musik spielte im Radio und Volkslieder, Vorkriegsschlager, ja sogar Kirchenlieder ertönten im frohen Durcheinander. Wenn die Stimmen der Kinder nach dem Abendbrot gar zu verlockend durch das offene Fenster in ihr Schlafzimmer drangen, schaute Sophia sehnsüchtig ihrem Treiben zu und traute sich sogar, ihnen etwas zuzurufen. Nicht zu laut, damit der Vater es nicht hörte und doch laut genug, um das Geschrei der Kinder zu übertönen. Die sahen verblüfft, dass sie schon im Nachthemd war und riefen ihr ahnungslos zu: „Los, zieh dich wieder an und komm runter."

„Ich darf nicht", rief sie zurück.

„Mensch, das ist doof, hast du Stubenarrest?", hörte sie die Kinder noch. Dann waren sie schon wieder bei ihrem Spiel und rannten davon.

Hellwach war Sophia ans Bett gefesselt, während die Erde sich weiterdrehte, fortbewegte und veränderte und durfte weder mit den Nachbarskindern noch gegen sie die Welt erobern. Also dachte sie sich alle möglichen Abenteuer aus, die sie mit einer Freundin bestehen könnte. Sie fühlte, dass sie etwas versäumte, und teilte der Mutter ihren Kummer mit, die musste das doch einsehen, aber die sagte nur, sie könne da nichts tun, der Vater wolle es so, das sei nun mal so. Aber sie musste ja nicht nur so früh ins Bett, sondern sie sollte still liegen, sich nicht hin- und herwälzen, die Augen schließen und sofort schlafen, wo doch ihr Geist nach Wissen lechzte, ihr Körper sich nach Bewegung sehnte, während die Geräusche der geschäftigen Sommerabende in ihr Zimmer drangen.

Sie war ein zierliches Kind mit langen, hellblonden Haaren und strahlend grünen Augen, was sie apart aussehen ließ. Ihre Augenfarbe hatte sie eines Tages ganz allein entdeckt. Alle sagten, dass sie blaue Augen habe, wahrscheinlich passte blau in der Vorstellung der Leute besser zu ihrem blonden Haar. Sophia empfand es als etwas Besonderes, dass ihre Augen grün waren. Wieso hatte das bis dahin niemand gesehen? Das war doch nicht unwichtig!

„Warum darf ich nicht raus, wie die anderen Kinder?", muckte sie oft auf. Ihre Unterlippe zitterte. „Omi sagt, das ist Gift für mich."

Die Mutter gab keine Antwort. In dem weißgetünchten, mit dunklen Schränken, Kommoden und einem ebenso dunklen Bett möblierten Raum gab es nichts für ihre Sinne, nichts, an dem sie ihren Geist hätte schärfen können und was sie froh gemacht hätte. Es hingen keine Bilder an den Wänden, es gab keine Tapete, keinen Teppich, keine bunten Gardinen. Abend für Abend verfolgte sie die Risse und die dunkelgelb umrandeten Flecken an der Zimmerdecke, entdeckte darin Umrisse von Kontinenten, Ländern, Flüssen, Städten und sah andere phantastische Dinge.

Manchmal gelang es ihr, ein Bilderbuch unterm Kopfkissen zu verstecken, aber sie musste höllisch aufpassen, denn der Vater, von einer Unruhe getrieben, öffnete immerfort die Schlafzimmertür einen Spalt breit und guckte, ob sie endlich schliefe. Nicht immer hörte sie die heranschleichenden Schritte, und wenn sie sich verriet und er das Buch fand, wurde es ihr unter lautem Gezeter und grotesken Drohungen entrissen. Oft kam er bis zu ihrem Bett auf Verdacht und während er drohend über ihr stand, atmete sie kaum und hielt ihre Augen geschlossen, ohne mit den Lidern zu zucken. Wilde Gedanken rasten ihr im Kopf herum. Sie hasste ihn. Alles bäumte sich in ihr gegen ihn auf, wie er auf sie hinuntersah. Sie schwor sich, dass sie einmal nicht so mit ihren Kindern umgehen würde. Dieser Gedanke freute sie. Der Vater hatte letztlich doch keine Macht über sie, und damit er ihr nicht länger ins Gesicht schauen konnte, tat sie so, als drehe sie sich im Schlaf gegen die Wand und zog dabei die Bettdecke über ihren Kopf. Sie kannte den Grund nicht, für den sie eingesperrt wurde, außer dem, ein Kind zu sein. Allein das Denken konnte er ihr nicht verbieten und auch nicht erzwingen, dass sie schlief.

Als es dunkel war, zählte sie die Sterne. Das Mondlicht schien ins Zimmer und belebte die Wände und die Zimmerdecke, indem es Schatten auf sie warf. Sie holte ein Buch, aber so hell das Licht auch schien, lesen konnte sie dabei nicht. Also erträumte sie sich Geschichten in Licht und Schatten, suchte nach dem Mann im Mond und dachte an das Rollenbett des kleinen Häwelmanns. Im Dahindämmern sehnte sie sich nach tröstenden Worten, denn diese Einsamkeit tat weh und trieb ihr Tränen in die Augen. Sie streichelte sich, berührte mit ihren Fingerkuppen ganz leicht ihre Unterarme, freute sich über das unerwartete Kitzeln, das ihren Körper durchströmte und blitzschnell in den Kopf drang. Ihre Sinne erwachten, sie suchte weiter, gehörte sich selbst und tat es immer wieder. Trotz dieses erregenden Spiels vertrug sie dieses Eingesperrtsein schlecht.

War sie erst einmal im Bett, durfte sie auch nicht mehr zur Toilette und trinken durfte sie auch nichts mehr. Klopfenden Herzens schlich Sophia auf Zehenspitzen ins Bad, oder in die Küche. Dazu musste sie den richtigen Augenblick abpassen und guckte durchs Schlüsselloch, um herauszubekommen, wo der Vater war, damit sie ihm nicht begegnen würde, denn der fauchte sie an, warum sie gegen sein ausdrückliches Verbot in der Wohnung herumgeistere, scheuchte sie zurück ins Bett und drohte mit Stubenarrest. Den hab' ich ja schon, dachte sie, wünschte sich andere Eltern und fragte sich, ob sie ins Bett machen solle. Gab die Mutter ihr etwas zu trinken oder ließ sie ins Bad gehen, brachte ihn das erneut auf, denn das untergrabe seine Erziehung. Kinder müssten folgen lernen, nach dem Abendessen gebe es nichts mehr, das wäre ja noch schöner. Nicht immer schaffte sie es ins Bad. Da setzte sie sich aufs Fensterbrett, hielt sich am Fensterrahmen fest, hob das rechte Bein nach draußen und pinkelte in den Garten. Er war ein Mann, sie ein Mädchen und sie fragte sich, ob er einen Jungen auch so zwingen würde. Diese Enge übertrug sich auf ihr Wesen. In der Schule galt sie als introvertiert, wenn die Lehrer verständnisvoll waren, und als dumm, wenn sie sich keine Mühe gaben und sie nur dem Schein nach einschätzten.

Die als sozialistische Errungenschaft gepriesene allmorgendliche Haferflockenspeisung war ein klebrigfester Haferflockenbrei, der vor der ersten Schulstunde im Souterrain kellenweise ausgeteilt wurde. Sie mussten dafür eine halbe Stunde früher in der Schule sein, und standen mit ihren blechernen Essgeschirren und Löffeln die breite Treppe in den Keller runter Schlange. Sophia schmeckte das klumpige, bitterliche, unappetitlich aussehende Zeug nicht und dauernd musste sie Spelzen ausspucken, die in den Hals gerieten und piksten. Dann musste sie sehen, wie sie die wieder rausholte, ohne brechen zu müssen und vergaß den Blechnapf zu Hause. Die Lehrerin wollte mit einer Schüssel aushelfen, da sagte Sophia dreist, sie hätte schon gefrühstückt.

Die Mutter schimpfte, sie solle ihre Gedanken zusammennehmen und hielt ihr am nächsten Morgen den Behälter vorwurfsvoll entgegen. Da flehte Sophia mit bewegten Worten, diesen Papp nicht essen zu müssen, dann schon lieber gar nichts, oder nur eine trockene Scheibe Brot. Das brachte die Mutter zum Lachen und sie gab Sophia wieder zu Hause Haferflocken oder eine Marmeladenschnitte.

In der Schule lernte Sophia, die sowjetischen Soldaten hätten den Frieden gebracht, sie seien als Befreier gekommen, und sie sangen ihnen zu Ehren Lieder, sagten Gedichte auf und stellten rote Papiernelken vor Stalins Bild. Aber zu Hause hörte sie es anders und sie gingen aus Angst vor den Besatzern auf Umwegen durch die Stadt, und die Erwachsenen verhöhnten das neue Blechgeld, das so leicht wie Spielgeld sei und unmöglich etwas wert sein könne. Sie hielten es verächtlich auf ihren Handflächen und fühlten sich veräppelt, denn selbst die nötigsten Dinge blieben trotz des neuen Geldes knapp, mit dem sie in West Berlin nichts mehr kaufen konnten. Dort war es wertlos, wenn sie nicht genug hatten, um es 4 : 1 umtauschen zu können. Der tägliche Kampf um Lebensmittel, Kleidung und feste Schuhe ging weiter, das fettarme Essen konnte ihren Heißhunger nicht stillen.

Die Erinnerung an den Geldumtausch riss Sophia hoch. Ein Blick auf ihre Armbanduhr und sie wusste, dass sie vorm Haus der Nickels zwanzig Minuten lang geschlafen hatte. Weil sie aus dem kapitalistischen Ausland in die DDR einreiste, hatte sie einen Mindestumtauschsatz von DM 13.00 pro Tag für die Länge ihres Aufenthaltes in der DDR an der Grenze geben müssen, und dafür 13 Mark in DDR-Währung bekommen. Abergläubisch war sie nicht, aber die Dreizehn war ja eigentlich eine Unglückszahl. Zwangsumtausch nannten es alle, denn mit dem Geld konnten sie nichts anfangen. Sophia würde es wieder Tante Annelies geben. Sie war blitzschnell hellwach, drehte den Zündschlüssel, der Motor sprang dröhnend in der nächtlichen Stille an. War sie beobachtet worden? Sie schüttelte den Gedanken ab und fand schnell ihren Weg aus der Stadt auf die Autobahn. Ihre Hände hatten sich ums Steuer verkrampft, sie atmete durch und lockerte ihren Griff. Jetzt hieß es wach bleiben und die Abfahrt nicht verpassen. Kaum ein Fahrzeug begegnete ihr, niemand war ihr gefolgt. Endlich erreichte sie das Haus der Tante, die mit ihrer Familie in Großmutter Hedies Altbauwohnung wohnte. Im Wohnzimmer brannte noch Licht. Wehmütig blickte sie zum Fenster im Nebenhaus hoch, wo einst Valentin gewohnt hatte.

Valentin Hausmann war ein weitläufiger Verwandter und Sophia war sieben, als sie begann, ihn zu besuchen. Er hatte immer Zeit für sie und hielt Geschichten parat, ob sie nun bei einem Marmeladenbrötchen und einer Tasse Malzkaffee am Küchentisch saßen oder nebeneinander auf der Gartenbank einen Apfel aßen. „Du musst dich umsehen und umhören, Sophia, damit du deinem Namen gerecht wirst! Und jetzt bist du dran, erzähl mir von der Schule, was machst du am liebsten?" Seine tiefblauen Augen strahlten und um seine Mundwinkel zuckte es fröhlich.

Sophia überlegte angestrengt. Valentin wartete geduldig, während sie sich fragte, warum sie Onkel sagen sollte. Auch Tante mochte sie nicht. Das würde sie klären müssen, denn wenn alle sie einfach Sophia nannten, wollte sie das umgekehrt nicht anders machen müssen. Sie holte tief Luft und fragte: „Muss ich dich Onkel nennen oder darf ich einfach Valentin sagen?"

„Valentin genügt, bitte schön", lachte der amüsiert, „du kannst vielleicht Fragen stellen! Mir gefällt deine Idee. Sophia und Valentin passen gut zusammen. Da haben wir eine richtige Freundschaft. Du bist mir aber noch eine Antwort schuldig."

„Ich weiß, aber ich habe noch nichts gefunden, was ich so richtig gern mache. Am liebsten zeichne ich und denke mir Geschichten aus."

„Und, wie steht's damit, hast du eine Geschichte für mich?"

„Wenn ich groß bin, möchte ich ein Haus und einen Garten mit vielen Blumen, Büschen und Bäumen haben. In der Mitte muss eine Wiese sein, auf der ich liegen, in den Himmel gucken und träumen kann. Ich wünsche mir auch viele Bücher und ein Klavier und eine

Zwillingsschwester. Die Leute wüssten dann nie, ob ich es bin oder Clara. Gefällt dir Clara? Sie müsste Clara heißen."

„Mit einer Zwillingsschwester, das dürfte nicht so einfach sein, aber wie wär's mit einer besten Freundin?", schlug Valentin vor. „Clara ist ein schöner Name, so schön wie Sophia. Woher kennst du ihn?"

„Von Christine. Die spielt Klavier und hat mir von Clara Schumann erzählt, aber die hieß eigentlich Clara Wieck, sagt Christine, das habe ich mir gemerkt."

„Welche Christine denn?"

„Na, du weißt doch, meine Cousine, Christine Winkler."

Christine war sechs Jahre älter, sie hatte etwas an ihren Stimmbändern und konnte nur flüstern und alle in der Familie betonten voller Stolz, dass sie das absolute Gehör habe. Das Verlangen nach Musik hatte sie in Sophia geweckt. Die Winklers waren nicht ausgebombt und besaßen Regale voller Bücher an allen Wänden des Raums, in dem der Flügel stand.

„Valentin, klingt es nicht komisch, dass Clara Schumann heißt?"

„Nein, wieso denn, das ist doch wie Hausmann."

„Na, weil Clara eine Frau ist und dann soll sie Schumann heißen?!"

„Aber das ist doch so. Meine Frau hieß auch Hausmann."

„Ist Hausmann wie Hausfrau?", Sophia wusste es intuitiv besser, da war ihr die Frage aber schon rausgerutscht.

Valentin verbiss sich ein Lachen. Manches Mal war ihm seine kleine Freundin zu überklug.

„Also ich finde, Clara sollte ihren eigenen Namen haben", bestimmte Sophia. „Christine hat mir gesagt, dass sie die beste Klavierspielerin der Welt war."

„Das ist aber nicht üblich, an welchen Namen denkst du denn?"

„Mhm, lass mich mal überlegen ... ich würde sie Clara am Flügel nennen!" Dieser Einfall freute Sophia so, dass sie laut lachte.

„Wenn das mal keine Idee ist. ‚Am Flügel' müsste ihr Pseudonym sein."

„Christine kann sehr gut Klavier spielen", erklärte Sophia, statt groß zu fragen, was Pseudonym bedeutete. „Sie spielt manchmal, wenn ich bei ihr bin, aber sie hat gesagt, dass Clara Wieck noch viel, viel besser spielen konnte, dass die aber schon lange tot ist. Flügel ist ein schöner Name. Vögel haben Flügel. Ich will später einen Flügel haben und Musik machen – und dazu Freundinnen einladen. Zur Musik können wir singen und tanzen, Theater spielen und Geschichten vorlesen."

„Nur Freundinnen?", fragte Valentin.

„Freunde auch, wenn sie nett sind", sagte Sophia leichthin. „Du kannst kommen, aber es kann sein, dass es zu weit weg für dich ist. Christine geht bald auf eine Musikschule. Ich besuche sie dann und bleibe vielleicht bei ihr."

Valentin sagte nichts zu Sophias Träumen, erwähnte aber, dass er für sie ein paar Bücher in der Wohnung bereitgelegt habe.

„Warum gibt es Hexen?", fragte diese unvermittelt und malte Linien und Kreise mit der Spitze ihres rechten Schuhs in den Sand vor der Bank.

„Hexen?" fragte Valentin überrascht. „Wie kommst du denn auf Hexen? Das dachten sich die Menschen im Mittelalter aus."

„Nur so. Die Hexe von Hänsel und Gretel gibt es nicht, das weiß ich. Das Märchen hab' ich nämlich mit Oma Hedie im Theater gesehen. Erst hab' ich mich vor der Hexe gefürchtet, aber die Oma hat mir zugeflüstert, dass das die Lisette Grünberg ist, und dass die Leute auf der Bühne alle Schauspieler sind. Kennst du die Lisette? Aber ich meine, Valentin, gibt es richtige Hexen?" Sophia dachte nach, wie sie das mit den Hexen erklären sollte. Die Weißwäsche brachte sie mit ihrer Mutter in großen Weidenkörben zur Rolle. Wenn genug Schnee lag, banden sie die Wäschekörbe auf Schlitten fest, sonst kamen sie in einen Leiterwagen. Sie bekamen immer eine bestimmte Zeit zugeteilt, aber es konnte passieren, dass es bei einer Frau einmal länger dauerte oder eine andere sich verspätet hatte, dann kam der Zeitplan durcheinander und der Raum war voller Hausfrauen.

So eine Rolle mit den dicken Holzwalzen war ein Monstrum. Die beiden Riesenholzgestelle schlugen, bebten und klopften und entfesselten einen Höllenlärm. Sie mussten sich die Worte laut zurufen, flink mussten sie sein und aufpassen, dass die Wäsche gerade eingeführt wurde, sonst gab es scharfe, tiefe Kniffe oder die Bettücher wurden schief gezogen. Frau Wenzel und deren Tochter halfen bei den großen Stücken. Die gerollte Bettwäsche und Tischdecken glänzten wie neu. Das kostete nur Pfennige. Der Raum roch nach frischer Wäsche, aber in der kalten Jahreszeit lag auch ein dumpfer, feuchter Geruch von der Winterkleidung in der Luft. Bis sie an die Reihe kamen, tuschelten und klatschten die Frauen über das, was in der Stadt los war und wo es was gab, sie trugen weiter, was sie von Nachbarinnen wussten und schüttelten ihre Köpfe über das Gehörte.

„Im Rollraum kauert oft eine verhutzelte Frau in einer Ecke auf einem Stuhl", erklärte Sophia Valentin. „Die ist so hässlich wie eine Hexe mit ihren wirren Haaren und ich muss sie immerfort angucken. Wenn die das merkt, redet sie mit mir, da renne ich weg. Ich dachte, sie war eine Hexe, aber meine Mutti sagt, dass sie Frau Wenzels Mutter ist und dass die senil ist und lauter Dummheiten macht, und auf der Toilette beschmiert sie sich und die Wände."

„Weißt du, Sophia, die Menschen haben immer Angst vor dem, was sie weder verstehen noch erklären können, und da haben sie sich im Mittelalter das mit den Hexen ausgedacht, die Schuld daran sein sollten, wenn ein Unglück passierte, oder wenn die Menschen oder das Vieh krank wurden und starben. Irgend jemand muss eben immer Schuld sein. Heute wissen wir besser, woher Krankheiten kommen."

„Es gibt also keine Hexen?"

„Nein, es gibt keine", sagte Valentin mit Nachdruck. „Aber wir suchen immer nach einem Schuldigen für unsere Probleme und finden ihn meistens auch."

„Waren Hexen früher Männer?", fragte Sophia verdutzt.

„Meistens waren es Frauen. Da langte es schon, wenn eine Frau kranke Menschen mit Kräutern, selbstgemachten Salben und verschiedenen Tees heilen konnte. Wenn Frauen sich mit Krankheiten auskannten und die Menschen durch ihre Heilkunst wieder gesund wurden, konnte es für sie gefährlich werden, denn sie wurden dann von den Männern der Hexerei bezichtigt, weil sie ihnen ins Handwerk pfuschten. Es konnte auch passieren, dass sie eine Frau argwöhnisch beobachteten, weil in ihrem Garten alles gedeihte, oder sie im Winter im Haus fremdartige Blumen zum Blühen bringen konnte. Die Leute dachten dann, das sei Hexerei. Wir leben in einer komplizierten Welt, in der es oft ungerecht zugeht", erklärte Valentin, ohne Sophias Frage wirklich verstanden zu haben.

„Aber, Valentin, du hast doch gesagt, dass die Menschen immer *einen* Schuldigen suchen."

Es dauerte eine Weile, bis er Sophias Sprachproblem nachempfinden konnte. „Einen Schuldigen, so sagen wir das, wir meinen aber auch Frauen, wie im Falle von Hexen. Ich seh's schon kommen, du wirst einmal alles auf den Kopf stellen."

„Das ist falsch", entschied Sophia aufgeregt, „jetzt steht was auf dem Kopf!" Die Frauen lachten über sie, wenn sie mit so was kam.

„Ach, was bist du doch für ein Dummchen, du musst noch viel lernen, Sophielein, bis du deinem Namen Ehre machst", hatte die Mutter erst neulich gesagt, was Sophia sehr geärgert hatte.

„Du hast ja recht, das ist falsch", stimmte Valentin zu. „So wie du denkst, wirst du kämpfen und tapfer sein müssen. Meine Ida hat auch immer gekämpft. Sie wollte Rechtsanwältin werden, um anderen Frauen helfen zu können, aber unter den Nazis wurde ihr das verboten. Wenn ich es mir recht überlege, tragen die Männer die Schuld daran, dass Frauen vieles nicht dürfen. Du wirst aufpassen müssen, auch wenn die Frauen heute nicht mehr als Hexen verbrannt werden."

Sophia war erschüttert über Valentins Worte.

„Also, ich hab' jetzt Hunger, wie steht's mit dir?", hörte sie ihn in ihre Gedanken hinein. „Komm, wir essen ein Stück Kuchen mit Milchkaffee."

Da schob sie ihre Hand in die seine und sie gingen den schmalen Pfad zwischen den Gärten dem Haus zu. Sie passten gerade nebeneinander.

„Den Weg hier gibt es noch nicht lange, aber die Leute sind ihn jeden Tag gegangen und haben ihre Gärten zu beiden Seiten angelegt. Genauso musst du deinen Weg gehen, dann wird er fest unter deinen Füßen und bald folgen dir auch andere, der Weg wird breiter und es kann kein Unkraut mehr drauf wachsen. Lass dich nicht beirren, Sophia."

Sie unterhielten sich noch lange. Darüber wurde ihr Kaffee kalt. Sophia hob das Milchhäutchen mit ihrem Zeigefinger hoch und schleckte ihn ab. Valentin gab ihr die versprochenen Bücher. Eins hieß *Emil und die Detektive*, das andere war von Peter Rosegger mit dem seltsamen Titel *Als ich noch der Waldbauernbub war*, und das dritte hieß *Robinson Crusoe*. Sie konnte es kaum fassen, sie besaß nur drei Bücher, auf einmal hatte sich die Zahl verdoppelt.

„Emil und Robinson Crusoe, was sind denn das für Namen?", lachte sie.

Valentin erklärte es ihr. Alle Bücher erzählten von Jungen. Das hatte sie sofort festgestellt. Ihre Enttäuschung darüber verbarg sie aber und nahm die Bücher, die Valentin für sie in Zeitungspapier eingewickelt in ein Netz getan hatte, stolz mit nach Hause. Sie hatte schwer an ihnen zu tragen und musste oft abwechseln, weil ihr die Hände weh taten. Beglückt und stolz stellte sie sie zu den anderen Büchern aufs Regal neben ihrem Bett und fühlte sich reich.

Am nächsten Tag ging Sophia zu Christine, die ihr entgegenjubelte: „Stell dir vor, am Sonnabend fahre ich endlich, die Musikhochschule beginnt am Montag! Ich war letzte Woche mit meiner Mutter dort, um mein Zimmer einzurichten. Jetzt muss ich nur noch Koffer packen. Ich kann es kaum erwarten!"

Das war mitten in den großen Ferien. Der bevorstehende Verlust der Freundin stimmte Sophia traurig. „Komm morgen zum Kaffeetrinken. Da können wir uns richtig verabschieden. Mach kein so trauriges Gesicht, ich komm' ja auf Besuch." Christine strahlte vor Glück und Erwartung. Die Worte waren ein schwacher Trost, dennoch war das Ganze furchtbar spannend, aber dass sie im Internat wohnen würde, begriff Sophia erst in dem Moment. Nach dem Kaffeetrinken spielte Christine Klavier. Sophia stand im Musikzimmer und schaute wie hypnotisiert auf die Bücher in den Regalen. Sie hätte gerne einige in die Hand genommen und beneidete ihre Cousine, die von Sophias Begehren nichts wissen konnte.

„Ihr habt so viele Bücher", sagte Sophia verlangend.

„Ach, ich muss immer Klavier üben, zum Lesen habe ich wenig Zeit", entgegnete Christine leichthin.

„Ich würde gern eure Bücher lesen", traute sich Sophia zu sagen.

„Das sind doch nur lauter alte Bücher, die gehören meinem Vater. Aber du kannst dir ja welche aus der Stadtbibliothek ausleihen."

„Aus der was?" Von einer Bibliothek hatte Sophia noch nie gehört. Christine erklärte ihr, wie das mit dem Bücherausleihen ging und dass es nur Pfennige koste, und in der Schule gebe es auch eine Bibliothek, da seien die Bücher frei. Sophia erzählte ihrer Mutter sofort davon, aber die war entsetzt über das Ansinnen ihrer Tochter, sie wollte die schmutzigen Bücher, die die Leute sicher auch mit auf die Toilette nahmen, nicht im Hause haben. Unhygienisch sei das! Also musste sie die Bücher aus der Schulbibliothek zu Hause verstecken, und die hat sie dann tatsächlich auf dem Klo gelesen, bis sie auf die Idee kam, das Bibliotheksbuch in den Packpapierumschlag eines Schulbuches zu stecken, um Mark Twain und Erich Kästner ungestört lesen zu können. Über Mädchen gab es nur das Heidi-Buch, welches ihr Oma Hedwig auslieh. Wegschenken wollte die es nicht.

Christine sah sie in den Herbstferien wieder. Die trug ein dunkelrotes Samtkleid und stand wie immer im Mittelpunkt, während sie von ihrem neuen Leben berichtete. Alle stellten fest, dass sie eine junge Dame geworden sei und lobten ihr wunderbares Klavierspiel. Sophia fühlte, dass sie einander fremd geworden waren. Ihr Kummer darüber trieb sie auf die Straße, wo die Jungen sich anschickten, zwei Gruppen zum Fußballspielen auszuwählen. Sie hätte gern mitgespielt, wurde aber gar nicht beachtet. Obwohl sie sich den Jungen nicht unterlegen fühlte, erwuchsen ihr beim Fußballspielen ganz klare Nachteile, denn sie durfte nur mitmachen, wenn ein Junge fehlte. Dann suchten die sich das beste Mädchen aus und sie kam manchmal dran. An jenem Nachmittag wurde es ihr zu dumm, auf deren Gnade angewiesen zu sein. Sie feuerte sie nicht mehr an, und schaute auch nicht mehr zu.

Etwas verdross sie aber noch mehr, nämlich als sie entdeckte, dass es *der* Junge hieß, aber *das* Mädchen. Wieso hieß es „das" und nicht „die". Sie hatten in der Schule gelernt: „der" ist männlich, „die" ist weiblich, „das" ist sächlich, und „-chen und -lein machen alles klein" war ein Reim, der leicht einging. Sophia probierte es aus. „Die" ging bei Mädchen nicht, aber ein Mädchen war doch weiblich. Und was war mit: „Ein Männlein steht im Walde?" Das war eine Hagebutte, das galt nicht, und das Männlein wurde ja auch „es" genannt. Sogar Valentin meinte, Männlein gäbe es nur in alten Geschichten, das seien kauzige Kerle. Nein, Fräulein und Männlein ginge auch nicht, erklärte er, ohne zu lachen. Er sah sie nur seltsam an, solche Fragen hatte er noch nie gehört.

„Wenn das eine nicht geht, dann muss das andere weg", entschied sie.

„Damit wirst du wohl Probleme bekommen", prophezeite ihr Valentin.

Das ließ Sophia aufhorchen, aber das Thema war für sie noch lange nicht erledigt. Großmutter Isolde nannte kleine Jungen oft liebevoll Jungchen, vor allem, wenn sie sich die Knie aufgeschürft hatten und jämmerlich schrien. Dann sagte sie tröstend: „Nun komm schon mein Jungchen, jetzt hast du aber genug geweint", genau wie bei einem Mädchen, und wischte dem Jungen mit ihrem Taschentuch übers Gesicht. „Na, siehst du, mein Jungchen, nun lachst du ja schon wieder." Aber Jungchen war eben nur für ganz kleine Jungen.

Kapitel 4

Zweiteilung der Welt mit Friedenstauben

Sophia war zufrieden mit sich, und dass sie ein Mädchen war schmälerte ihr Selbstbewusstsein nicht. Was die Jungen machten, das konnte sie auch, vielleicht mit einer Ausnahme, die konnten an jede Hauswand pinkeln oder den Strahl im hohen Bogen um die Wette aufsteigen lassen, womit sie sich brüsteten und sich kein bisschen schämten. Und sie konnten Steine weiter werfen oder sie am Ufer des Teiches stehend übers Wasser hüpfen lassen. Es wurmte sie, dass sie da nicht mithalten konnte, denn es sah so lustig aus. Und dann war da der Werkunterricht. Dafür wurden die Mädchen und Jungen im dritten Schuljahr getrennt. Die Jungen durften in den Werkunterricht, die Mädchen mussten in die Handarbeitsstunde. Als die Lehrerin ihnen den Stundenplan vorlas und sie die Fächer auf ihre mitgebrachten Pläne eintragen sollten, begehrte Sophia auf.

„Ich will auch in den Werkunterricht", sagte sie und war schon dabei, es so einzutragen. Alle Blicke hefteten sich schlagartig auf sie und die Jungen schrien, dass es nur so auf Sophia niederhagelte: „Das geht nicht! Werkunterricht ist nichts für Mädchen!" – „Wir wollen keine Mädchen dabei haben!" – „Beim Tischler arbeiten auch nur Männer!" – „Du haust dir bloß mit dem Hammer auf den Daumen! Oder mir auf den Kopf!" Und sie erhoben sich drohend in den Bänken.

Birgit rief: „Ich will auch zum Werkunterricht. Handarbeiten machen ist blöd!"

Sophia hatte einen kleinen Aufruhr verursacht.

Die Lehrerin rief entrüstet: „Ruhe, sofort Ruhe! Was fällt euch ein? Wir sind hier doch nicht bei den Hottentotten! Also, noch einmal: die Jungen tragen für die beiden letzten Schulstunden am Sonnabend Werkunterricht ein und die Mädchen Handarbeit! Das war schon immer so."

„Stricken kann ich schon, sticken und häkeln auch", trumpfte Sophia auf, „ich will was Neues lernen."

„Sei jetzt augenblicklich still, Sophia, du störst den Unterricht!", befahl die Lehrerin schroff. „Alles kannst du längst nicht, du wirst noch viel lernen müssen!"

Es war nicht das erste Mal, dass die Lehrerin Sophia vor allen zurechtwies. Der Anreiz, in der Schule mitzumachen, wurde nach und nach merklich gedämpft. Warum sollte sie etwas tun müssen, was sie schon konnte, wenn es doch eine Wahl gab, wie sie das sah. Sie hob ihre Hand, weil sie wissen wollte, warum sie nicht in den Werkunterricht durfte. Aber die Lehrerin übersah sie einfach und als sie zu zappeln und mit den Fingern zu schnippen begann, um die Aufmerksamkeit der Lehrerin zu erzwingen, gebrauchte jene ihre Autorität und sagte: „Sophia, sitz still, sonst musst du vor die Tür. Das Thema ist abgeschlossen."

Die Jungen lachten sie aus, die Mädchen standen ihr nicht bei.

Wenn die Jungen den ganzen Samstag Nachmittag auf dem Schulhof hämmerten, sägten, hobelten und schraubten, während die Mädchen nach zwei Stunden Handarbeit nach Hause gingen, beneidete sie die. Sie zimmerten nacheinander ein Vogelhäuschen, eine Fußbank, ein Tischchen und lernten, wie ein Hobel benutzt wurde. Im Winter fertigten sie Laubsägearbeiten. Die Jungen wussten, dass Sophia gern mit ihnen gearbeitet hätte, aber statt sie zum Mitmachen einzuladen, brüsteten die sich, hänselten sie und zogen sie im Vorübergehen an den Zöpfen. Da stieg ihr das Blut in den Kopf und sie machte von da an einen großen Bogen um sie. Merkten die Mädchen nicht, dass etwas nicht stimmte? Auf ihren Wegen durch die Stadt zählte sie die Steinplatten der Fußwege, die Stufen, die sie auf und ab sprang, und die Laternen, um ihre Vorstellungskraft in Zaum zu halten.

Auch zu Hause bekam sie keine Unterstützung. „Werkunterricht brauchst du als Mädchen nicht", sagte der Vater. Aber sie sägte und leimte lieber, als dass sie mit Puppen gespielt hätte. Selbst die Mutter meinte einfallslos, das sei nun mal so, außerdem sei Kleider nähen viel schöner. Sophia war irritiert. Schließlich hackte sie bei Großvater Edie im Hinterhof Holz. Er hatte ihr einen niedrigen Baumstamm als Hackklotz hingestellt. Es machte ihr Spaß, wenn die Scheite herabfielen und sich im Halbkreis um den Holzblock häuften. Wenn mal ein Scheit zu hoch in die Luft flog, ermahnte sie der Großvater: „Nicht mit so viel Schwung, Sophia, sonst trifft dich noch ein Scheit am Kopf und du wirst dumm!"

Es würde noch viele solcher Situationen mit der Einteilung geben: hier Jungen – dort Mädchen. Und immer würde sich Sophia darüber empören, weil die Jungen bevorzugt wurden. Sie war fleißig, arbeitete sorgfältig und geschickt, wofür sie gelobt wurde, aber sie spürte ein tiefes Unbehagen bei der eintönigen Nadelarbeit und rutschte unruhig auf dem Stuhl hin und her. Manchmal explodierte sie fast. Sie wollte etwas erfinden und bauen, anstatt einen Schal zu stricken, oder Deckchen zu häkeln. Die Mutter bügelte Abplättmuster auf Tischdecken und Sophia umhäkelte Taschentücher mit buntem Garn in immer neuen Mustern. Ihre Arbeiten wurden bewundert und waren willkommene Geburtstags- und Weihnachtsgeschenke. Dazu kam das Stopfen. Jede Woche lag ein Berg kaputter Socken auf der Couch, durch den sie sich an den Abenden durchstopften.

Ihre Urgroßmutter, Lydia Ebenholz, die eine sehr feine Dame war und nie die Stuhllehne mit dem Rücken berührte und nie ihr Essen mit den Fingern anfasste, sondern sogar den Kuchen mit Messer und Gabel aß, wofür sie ein Kuchenbesteck in eine weiße Serviette gewickelt, in ihrer Handtasche trug, sah ihr beim Sticken zu und sagte tadelnd, als Sophia einen Faden Stickgarn abschnitt, der lang genug war, um die ganze Blume zu sticken, ihn teilte und einfädelte: „Langes Fädchen, faules Mädchen!" Sophia, die sehr akkurat und schnell stickte, ärgerte sich darüber. Wieso sollte sie faul sein, nur weil der Faden lang war? Im Gegenteil, das war praktisch, sparte Garn und sie musste die Enden nicht so oft verstechen. Immer hat sie lange Fäden genommen, Nadel und Faden schwungvoll durch den Stoff gezogen und dabei an den Spruch denken müssen.

Der Handarbeitsunterricht entpuppte sich als große Enttäuschung. Viele Mädchen stellten sich sehr ungeschickt mit Nadel und Faden an, wussten dauernd nicht weiter und verloren Maschen beim Stricken. Auch sonst blieb ihr Umkreis beschränkt. Sophia wusste nicht viel von dem, was möglich war, weil die eigene Anschauung fehlte und sie wenig Neues ausprobieren konnte. Ihre Eltern ermunterten sie nicht und nahmen ihre Wünsche nicht ernst, von ausgefallenen Ideen wurde sie schleunigst wieder abgebracht, und musste sehen, wo sie mit ihren Einfällen blieb. In der Schule war es oft langweilig, ihre Noten waren nur durchschnittlich, weil sie nicht aufpasste. Seltsamerweise erschien ihr, was in der Schule verlangt wurde, oft zu schwer, weil vieles so kompliziert erklärt wurde, dass sie etwas ganz anderes dahinter vermutete. Vor allem bei schönem Wetter fühlte sie sich im Klassenzimmer eingesperrt und schaute sehnsüchtig hinaus. Immer saß sie in der Reihe am Fenster, so dass die Sonnenstrahlen sie erreichen konnten. Statt im Unterricht mitzumachen, überlegte sie, was sie nach der Schule tun würde, wenn sie endlich wieder frei war. Sie verfolgte, wie der Wind mit den Blättern der Kastanienbäume spielte, die biegsamen Äste der Birken hin- und herwiegte, ein Blatt Papier vom Schulhof hochwirbelte, es wieder fallen ließ, um es erneut aufzunehmen und über die Dächer fortzutragen. Versunken schaute sie den Wolken nach, mit denen das Sonnenlicht spielte und ihre Schatten auf den Schulhof warf, und beobachtete, wie die Sonnenstrahlen durch die Zweige der Bäume tanzten. Wenn die Lehrerin sie aufrief, wusste sie oft nicht, wo sie waren. „Träum nicht so viel, pass lieber auf, sonst wird mal nichts aus dir", wurde sie getadelt. Als sie aus dem Lesebuch laut vorlesen sollte, stolperte sie gleich beim ersten Wort über den Namen Ilse, weil das große „I" fast genau wie das kleine „l" aussah, beides vertikale Striche, der erstere nur etwas dicker und einen Millimeter höher. Sie ahnte die Lösung. Die anderen flüsterten ihr vor, sie blieb aber aus Scham oder Trotz stumm. Die Lehrerin nahm die nächste Schülerin dran.

Aber sie schwieg ja nicht nur in der Schule, weil sie mit ihren Gedanken woanders war, sondern weil sie aufpassen musste, was sie sagte. Sie bekam zu Hause viel von dem mit, was die Eltern über den neuen Staat sagten, und mit dem verglichen, was unter den Nazis passiert war und ihrem Unmut darüber Luft machten. Wenn sie Sophia bemerkten, schwiegen sie abrupt und schärften ihr ein, aber auch kein einziges Wort davon weiterzutragen, die Lehrer durften nichts darüber erfahren, denn dann könnten sie ins Gefängnis kommen. Und wenn die Lehrer sie nicht anzeigten, aber eins der Kinder davon zu Hause erzählte, konnte es passieren, dass die Lehrer gleich noch mit angeklagt wurden. Schweigen erschien Sophia deshalb klüger, es war einfacher als lügen. Vertrauen konnte sie nur noch Valentin, ihren Großmüttern, dem Großvater und Marie. Schon bei Christine war sie unsicher, denn die wurde vom Staat gefördert, wie die Mutter oft betonte.

Sophia sehnte sich nach einer Schule, in der sie mehr lernen konnte. Die Mutter meinte, es gäbe andere Schulen, aber die seien für hochbegabte Kinder, dazu seien ihre Zeugnisse nicht gut genug. „Für hochbegabte Kinder", diese Worte trafen sie wie ein Schlag ins Gesicht. Sie biss die Zähne zusammen und schluckte die Tränen runter. Und wenn ihr wirklich einmal aus lauter Wut und Verzweiflung Tränen übers Gesicht liefen, wurde sie ausgelacht. Die Jungs zeigten mit den Fingern auf sie und nannten sie Heulsuse. Sie war eben doch ein Mädchen, das war der Beweis. Die Lehrerin lud Sophia wiederholt ein, den Jungen Pionieren beizutreten, die sich ab dem dritten Schuljahr nachmittags in der Schule, oder bei schönem Wetter auch mal in einem Park trafen. Sie war die einzige in ihrer Klasse, die nicht mitmachte, weil sie dann ein blaues Halstuch würde umbinden müssen und sonntags mit allen wandern gehen müsste, oder Altpapier sammeln, oder Kartoffelkäfer auf den Äckern lesen und überhaupt beim Aufbau des neuen Deutschland mithelfen – immer bereit sein, immer dabei sein. Die Eltern ließen sie gewähren.

„Kinder wollen doch sonst immer überall mitmachen", wunderte sich Großmutter Hedie.

„Nicht nur Kinder", rutschte es Sophia heraus.

„Wie meinst du das denn?"

Alle hatten bei Hitler mitgemacht, hatte Valentin gesagt, und jetzt sollte *sie* mitmachen?

„Nu, ich denk' ihr habt Spaß bei den Pionieren?" Großmutter ließ nicht locker.

„Weiß ich doch nicht. Ich geh' ja nicht hin."

„Und woher weißt du dann, dass es keinen Spaß macht?"

„Einmal war ich da, das hat mir nicht gefallen. Die treffen sich nachmittags im Klassenzimmer – ich hab' ja auch kein Halstuch."

„Aber das kriegst du doch, wenn du mitmachst."

„Ich will aber keins, ich will auch nicht in einer Riege stehen, mit Gruß und so. Die Bärbel steht immer vorn, weil die die Größte ist, die ist größer als alle Jungs."

„Also, du bist mir vielleicht 'ne komische Nudel", neckte die Großmutter, „mir würde so'n schönes blaues Schnupftüchel gefallen."

„Mir eben nicht!", rief Sophia, denn sie streunte lieber über die Wiesen und Felder, vorbei an Gärten mit blühenden Sträuchern und Blumen in allen Farben, vom satten Gelb der Sonnen- und Ringelblumen zum leuchtenden Rot der Rosen und Mohnblumen, vom strahlenden Weiß der Margeriten zum kräftigen Blau des Rittersporns und der Kornblumen, und verlor sich in der farbenprächtigen Welt. Den betörenden Duft des Flieders, den betäubend süßen Jasmin oder den Duft der blühenden Linden liebte sie ganz besonders.

Trotz ihres Freiheitsdranges ging sie sonntags in die Kirche. Die Geschichten aus der Bibel, die von einer eifrigen Kindergottesdiensthelferin ergreifend und mit leuchtenden Augen vorgetragen wurden, ödeten sie jedoch bald an, und sie ließ ihre Blicke ungeniert im Kirchenraum umherschweifen, anstatt auf ihre Hände im Schoß zu sehen, die sie auch nicht, wie verlangt, gefaltet hielt, und wurde so oft zum andächtigen Stillsitzen und Zuhören ermahnt, wie keines der anderen Kinder. Auch beim Vater-unser-aufsagen machte sie nicht mit, weil sie kein Verhältnis zu ihrem Vater hatte. Aber in der Kirche gab es viel zu sehen. Da waren die bunten Glasfenster, die bei Sonnenschein funkelten, und die ihre bunten Muster schräg auf die Steinplatten in den breiten Gang warfen. Sie stellte sich mitten in diese Farben, die ihr weißes Kleid und ihre Arme anmalten, breitete den Rock ihres Kleides aus, um mehr der Farben einzufangen, und führte selbstvergessen einige Tanzschritte aus, bis sie ob ihres seltsamen Betragens in einer Kirche zurechtgewiesen wurde. Also setzte sie sich in eine Bankreihe und betrachtete das große Bild über dem Altar, das die Himmelfahrt Jesu Christi darstellte, der, von rosa umrandeten Wolken umgeben und von Engeln empfangen, etwas steif in die Höhe strebte. Über ihm schwebte der heilige Geist in Form einer Taube. Sie sah des Heilands lange, nach unten gestreckte und dadurch seltsam verlängert wirkenden, knochigen Füße und erkannte, dass seine Jünger ihn, so sehr sie sich auch bemühten, nicht einmal mehr mit den Fingerspitzen berühren konnten, und es war ihr, als werde der Abstand zwischen dem Sohn Gottes und den zurückbleibenden Menschen, je länger sie schaute, umso größer, ein Umstand, der ihr wunderlich vorkam. Wie sollen die Menschen eines Tages nachkommen, da die Verbindung doch so ganz abzureißen drohte? Jesus blickte nicht auf die Menschen unter sich im Bild, aber auch nicht auf sie, sondern über sie hinweg, eine Wahrnehmung, die sich verstärkte, als sie ihn Sonntag für Sonntag anschaute und sich von dieser Lichtgestalt mitreißen ließ und sie doch zugleich in Frage stellte, wobei sie sich ihre eigenen Geschichten über Gott und den Himmel ausdachte, weil das Gemälde ihr jegliche heilsversprechende Aussage vorenthielt.

Eines sonntags saß sie im wunderschönsten, schneeweißen Spitzenkleid auf der dunkelbraunen Holzbank. Das Kleid hatte ihr die Mutter aus einer Plauener Spitze genäht, die ihr eine Tante geschenkt hatte. Sie fühlte sich geschmeichelt, niemand hatte so ein Sonnensommerkleid mit einem so weiten Rock, der sich fast wie ein Teller um sie stellte, wenn sie sich im Kreis drehte, und der sich schließlich in weiten Wellen wieder an ihren Körper schmiegte, wenn sie stehenblieb. Sophia konnte sich an dem ausgeklügelten Muster der Spitze nicht satt sehen und saß glücklich und kerzengerade auf der Bank. Dabei hatte sie den Rock weit um sich gelegt, so dass das Spitzenmuster über dem braunen Holz gut zur Wirkung kommen und niemand zu nahe an sie heranrücken konnte.

„Wir wollen doch nicht eitel sein, nicht wahr, Sophia? Noch dazu beim lieben Gott in seinem Haus, was soll denn der Herr Jesus da von uns denken?", tadelte sie die junge Kindergottesdiensthelferin. Sophia begriff erst gar nichts, als die Frau fortfuhr: „Der Herr Jesus möchte, dass wir bescheiden sind und ihm dienen. Also, Sophia, nimm deinen Rock zusammen und mach für die anderen Platz!"

Platz genug war in der Kirche und in der Reihe auch. Sie waren ja eine kleine Schar, und ihr wurde genau in dem Augenblick bewusst, dass sie auch in der Kirche zu einer Gruppe gehörte. Ungern, denn sie war stolz auf ihr Kleid, holte sie ihren Rock zu sich heran, legte aber ihre Hände rechts und links flach auf die Bank neben sich, damit ihr wenigstens etwas Platz blieb. Die Mädchen drängten sofort von beiden Seiten an sie heran. „So ist es brav, Sophia." Die Kindergottesdiensthelferin schien zufrieden, nickte ihr freundlich zu und erzählte die Geschichte von der Speisung der Fünftausend, die sie beim besten Willen nicht verstand – schon angesichts des Hungers, den sie oft hatten. Von zwei Fischen und fünf Broten seien fünftausend Menschen satt geworden und es sei sogar noch übrig geblieben, die Reste seien in Körbe gesammelt worden. Warum ging das heute nicht mehr? Es müssten ja nicht unbedingt Fische sein. Das wäre doch die Lösung! Sophia lächelte und behielt diesen Gedanken wohlweislich für sich.

An jenem Sonntag, an dem sie ihren Rock hatte zusammenraffen müssen, hörte sie wie zum Trotz besser als sonst zu und machte eine aufregende Entdeckung, denn die biblischen Geschichten kamen ihr auf einmal ebenso phantastisch vor, wie die Geschichten über das neue Deutschland in der Schule. Überall waren Männer, auf den Plakaten der Partei, die sich, wie sie in der Schule hörte, väterlich um sie bemühten, und in der Bibel ging es um Jesus, den Sohn Gottes, um Gott, den Vater und den Heiligen Geist, die ebenfalls immer bei ihr waren und alles über sie wussten. Dann waren da Adam und Abraham, Isaak und Jakob, Moses, Noah, David und die zwölf Jünger. Die Helden der biblischen Geschichten waren allesamt Männer. Rosa Luxemburg, Clara Wieck und Maria waren die einzigen Frauen, die ihr einfielen. Dann kam sie noch auf Lots Frau, die keinen eigenen Namen hatte, und Eva – Adam und Eva – natürlich. Aber die erschienen ihr in keinem so günstigen Licht. Sophia blickte zu den Jungen, erkannte aber nichts in deren Gesichtern, was ihr weitergeholfen hätte.

Bis dahin hatte sie nicht darüber nachgedacht, dass Gott, der auf sie aufpasste und alles wusste, sogar was sie dachte, ein Mann war. Sie begriff, dass Gott sehr stark war und dass die Jungen in der Schule nicht nur immer zuerst genannt wurden, sondern dass die Mädchen, so betrachtet, leer ausgingen, denn es gab ja keine Frau neben Gott, die eine Mutter für sie gewesen wäre, so wie er der Vater war. Die Heiden hatten Göttinnen, aber die Christen hatten nur *einen* Gott, hatte die Mutter sie belehrt. Ob ihr Vater Gott liebt? Und die Mutter, was war mit der? „Wir müssen Gott lieb haben, aber die Jungfrau Maria noch viel mehr", sagte Großmutter Isolde, die katholisch war. Und weil Sophia ihre Omi liebte, ging sie mit in die katholische Kirche, die unverschlossen war, wo es wunderbar nach Weihrauch roch, und in der wochentags Orgel gespielt wurde. Die Musik zog sie mächtig an. Sie drehte sich um und blickte wie gebannt auf die Orgelpfeifen, aus denen wahrhaft himmlische Klänge strömten. Ein Schauer ergriff sie. Solche Klänge gab es sonst nirgends und sie konnte nicht genug bekommen. Die Musik erzeugte eine ahnungsvolle Spannung in ihr und sie fühlte sich leicht schwindlig, als könne sie zu den Sternen fliegen und glaubte, Dinge zu hören und zu sehen, von denen sie bis dahin nichts geahnt hatte. Wenn die Orgel erklang, war sie glücklich, und wenn der letzte Ton verhallt war, tat etwas weh, und sie hätte am liebsten geweint vor Lust und Schmerz, aber nie hörte sie jemanden davon sprechen und sie selbst musste erst lernen, Worte für ihre tiefe Rührung zu finden.

Bei solcher Musik musste doch Frieden auf Erden sein, glaubte sie hoffnungsfroh.

Am nächsten Morgen, auf dem Schulweg, sah Sophia die strahlend weißen Friedenstauben auf den SED-Plakaten in einem ganz neuen Licht. Hatten die etwas mit der Taube gemeinsam, die Noah nach der Sintflut durch die Luke der Arche fliegen ließ, um auszukundschaften, ob es wieder Land gab, und die mit einem Olivenzweig im Schnabel zurückkam? Der Heilige Geist in Form einer Taube, die bei der Taufe Jesu Christi herabschwebte, war auf einem Gemälde dargestellt, das über dem Taufstein in einem Seitenschiff der Kirche hing. Die Frage schien ungehörig, nach der Reaktion der Erwachsenen zu urteilen, denn die schauten Sophia an, als sei sie nicht ganz bei Troste. Urgroßmutter Lydia, die, wie die Mutter wiederholt betonte, eine sehr fromme Frau war, sagte zu Sophia mit erhobenem Zeigefinger: „Kind, hüte dich vor jeder Art von Gotteslästerung!" Seitdem hütete Sophia sich vor der Urgroßmutter.

Mit der Taubenfrage verwirrte sie auch die Kindergottesdiensthelferin, so dass die ins Stottern geriet. „Mein Onkel hat Brieftauben", rief da ein Junge, erfreut über seinen Einfall, munter in die Runde. Alle lachten laut und am lautesten der Junge, dessen Onkel die Brieftauben hatte. Die Helferin musste die Kinder erst wieder beruhigen und wurde so einer Antwort enthoben.

Nicht lange nach dieser Episode verkündete ihnen ihr Klassenlehrer, Herr Kühn, dass sie über Sonntag eine Friedenstaube aus weißem Papier mit Pappe verstärkt basteln sollten. Dabei zeichnete er schwungvoll mit Kreide eine Taube auf die Wandtafel. Genauso eine sollten sie malen, ausschneiden, an einem Stock befestigen und damit am Montag zur Schule kommen. Alle Kinder ihrer Stadt würden mit Friedenstauben der Schule zustreben und mit ihnen alle Kinder in allen Städten ihrer Republik und in allen sozialistischen Nachbarländern bis nach Moskau und noch weiter würden mitmachen. Das sollten sie sich einmal vorstellen, das wäre doch ein großes Zeichen für den Frieden! Viele Kinder waren aufgeregt, weil sie fürchteten, kein Material für die Taube zu haben. Wenn sie partout keinen Stock hätten, meinte Herr Kühn, könnten sie die Taube auch auf den Ranzen kleben.

„Aber dann wird doch der Ranzen versaut!", rief Fritz laut in die Klasse.

„Oder die Taube verhunzt", schrie Klaus.

„Wir haben bestimmt keinen Leim!" meinte Sophia. „Es fehlt doch an allem, sagen meine Eltern immer." Die waren tatsächlich wenig begeistert von dem Projekt, denn woher sollten sie blütenweißes Papier und Pappe nehmen? Dann fand sich doch noch ein Blatt, das der Vater allerdings nur ungern für so einen Unfug hergeben wollte. Sogar einen Stock bekam Sophia am Nachmittag von Valentin. „Ja, ja", sagte der, „das sind so die Probleme im realexistierenden Sozialismus", und zwinkerte Sophia zu.

Am Montag Morgen wollte sie die Taube nicht mitnehmen und versteckte sie hinter der Garderobe. Die Mutter bemerkte sie gerade noch, als Sophia, die öfter etwas vergaß, die Klinke der Wohnungstür schon in der Hand hielt.

„Nimm deine Gedanken zusammen! Ich denke du brauchst die Taube heute? Hier, nimm schon, und beeil dich, sonst kommst du noch zu spät", tadelte sie die Mutter unwirsch.

Das war wirklich zu dumm, dass die Mutter sie noch erwischt hatte.

„Was ist denn?" Die Mutter schien etwas zu ahnen. „Wir haben uns gestern so viel Arbeit gemacht, also gehst du jetzt damit."

Anfangs war Sophia allein auf der abgelegenen Straße. Trotzdem trug sie die Taube nur widerwillig, hielt sie nach unten und lief damit so unauffällig wie möglich an den Häuserwänden entlang. Als sie über den Markt ging, wurde ihr das Ding mit jedem Schritt lästiger. Schon ziemlich nahe an der Schule steckte sie kurzerhand den Stock mit der Taube nach unten in eine Buchsbaumhecke, die den Vorgarten eines Hauses umsäumte. Beide Hände waren wieder frei und ihre Gedanken auch. Den Holzstab würde sie auf dem Nachhauseweg mitnehmen, denn den sollte sie zurückbringen, weil sie ihn bestimmt noch einmal gut würden brauchen können. Das hatte der Vater ihr eingeschärft.

Aber das Gefühl von Freiheit währte nur kurz. Kaum war die Taube weg, eilten von allen Seiten Kinder mit Friedenstauben der Schule entgegen. Es war ein unwirkliches Bild, eigentlich ganz schön, wie die weißen Tauben über ihren Köpfen schwebten, und Sophia überlegte schon, ob sie nicht zurückrennen und ihre holen sollte, aber dann ging sie doch unbeschwert weiter. Dem Lehrer würde sie sagen, dass sie kein Papier gehabt hätten, aber der fragte nicht nach ihrer Taube. Nach der Schule entdeckten die Kinder die Tauben als kriegerisches Spielzeug, hauten sich damit gegenseitig auf die Köpfe, fochten mit ihnen, oder entrissen sie kreischend einander, dass sie zerfledderten. Erwachsene wollten eingreifen, aber die Kinder lachten sie aus. Den Holzstab konnte Sophia nicht wiederfinden, der war futsch. Zu Hause erzählte sie, sie hätten die Tauben im Klassenzimmer lassen müssen, und fühlte sich ungut bei der Lüge.

Kapitel 5

Architektur und Sozialismus

„Wie heißt du und wie alt bist du?", fragte ein Junge Sophia über die niedrige Mauer zwischen den Häusern hinweg, als sie aus Großmutter Hedies Haus trat. Er hieß Peter und war zwei Jahre älter als sie. Sie setzten sich auf die Mauer und ließen die Beine auf ihren jeweiligen Seiten herunterbaumeln, bis Sophia sich umdrehte und sich neben Peter setzte.

„Geh nicht weg, ich bin gleich wieder da!" Mit den Worten sprang Peter von der Mauer und rannte wie ein geölter Blitz ins Haus. Im Handumdrehen war er mit mehreren großen Bogen Papier mit Rechenkästchen zurück, legte die Blätter stolz auf die Mauer und beschwerte sie mit Steinen. „Ich will Häuser bauen, wenn ich groß bin", erklärte er und beschrieb, wie er sich ein Einfamilienhaus vorstellte und schaute Sophia herausfordernd an. Zweifellos wollte er gelobt werden. Als das Lob ausblieb, weil solche Zeichnungen neu für Sophia waren, fragte er, was sie werden wolle und meinte siegessicher: „Also, Architekt kannst du nicht werden, das werden nur Männer! Ich studiere später."

Sophia war wie vom Donner gerührt. Sie glaubte ihm nicht, dass nur Männer Architekten werden konnten. Oder war das etwa wie mit dem Werkunterricht? Auf ihrer Stirn bildeten sich zwei steile Falten.

„Ich studiere auch!" sagte sie bestimmt.

„Aber du weißt ja noch nicht mal, was du werden willst! Mädchen dürfen gar nicht studieren." Peters Augen blitzten angriffslustig, als sage er der neuen Freundin den Kampf an, den er gewinnen würde.

„Das ist gelogen!", schrie Sophia außer sich. Schließlich studierte Christine Musik. Sie ärgerte sich über diesen falschen Freund, sprang auf ihrer Seite der Mauer runter und rannte weg, denn seine Behauptung, dass Mädchen keine Häuser bauen können, stand von da an zwischen ihnen.

Elke Busch aus ihrer Klasse konnte ihr nicht helfen, weil sie Gärtnerin werden wollte. Ihr Großvater hatte am südlichen Ende der Stadt eine Gärtnerei und Sophia half ab und zu. Die Arbeit machte ihr Spaß, aber um Gärtnerin zu werden, dafür brauche sie nicht studieren, hatte Elkes Großvater gesagt. Als sie mit einem Holzlöffel mit Loch und viel Ausdauer Butter und Zucker für einen Kuchen schaumig rührte, sagte sie zur Mutter: „Peter, der neben Oma Hedie wohnt, will Architekt werden, das will ich auch."

„Frauen werden nicht Architekten", antwortete die Mutter.

„Ich kann das doch studieren", sagte sie, „Peter will Architekt studieren."

„Architektur", verbesserte sie die Mutter.

„Das will ich auch studieren!"

„Dazu brauchst du viel Mathematik. Aber als Frau brauchst du nicht studieren."

Es klang so, als sei das ein Vorteil für Frauen.

„Aber ich will Häuser bauen, wenn ich groß bin."

„Frauen bauen keine Häuser, das ist Männersache", klärte die Mutter sie auf.

Das war ja wie mit Peter. „Frauen können *doch* Häuser bauen", erwiderte sie, „wenn ich das lerne, dann kann ich das auch."

„Das ist aber ein Männerberuf, wenn du dir so einen Beruf aussuchst, bekommst du keinen Mann. Und wo willst du arbeiten, Frauen nimmt bestimmt niemand, das ist eine sehr verantwortungsvolle Arbeit. Außerdem ist das Schwerarbeit auf der Baustelle."

„Schwerer als die große Wäsche oder Steineklopfen, was Omi Isolde gemacht hat? Ich will doch nicht Maurer werden."

„Also du kannst fragen!"

„Es erklärt mir ja niemand was richtig! Ich verstehe das nicht. Männer bekommen Frauen, wenn sie Architekt sind, aber ich bekomme keinen Mann, wenn ich Häuser bauen will?"

„Ja, wie stellst du dir das denn vor? Wer soll dann backen und kochen, so wie wir jetzt, und die Wohnung sauber machen? Frauen bekommen Kinder und sie helfen ihren Männern, wo sie nur können. Anders geht das nicht."

„Das glaube ich nicht." Sophias Unterlippe zuckte. Sie beruhigte sich damit, dass sie schreiben würde. Wenn sie aufpasste, würde das ja niemand merken.

„Warum willst du mich nicht studieren lassen?", fragte sie dann doch.

„Damit machst du dir das Leben nur unnötig schwer, ein Mann will keine Frau, die klüger ist als er", war die lakonische Antwort der Mutter.

„Wärst du nicht stolz auf mich, wenn ich studiere? Christines Mutter ist stolz auf sie. Und du bist stolz, wenn ich eine Decke fertig gestickt habe."

„Wir werden sehen", sagte die Mutter ausweichend.

„Und wenn der Mann auch studiert hat?", gab Sophia zu bedenken. „Wir können ja beide Architektur studieren und zusammen Häuser bauen."

„Das gibt es nicht. Ein Partner ist immer ein Mann. So steht es ja auch über den Geschäften – Maier & Söhne – zum Beispiel. Außerdem, was willst du denn mit den Kindern machen?"

„Ich will keine Kinder." Das wusste Sophia schon. Sie wollte keinen Kinderwagen schieben, wie das andere Mädchen mit ihren kleinen Geschwistern oder Nachbarskindern taten. „Und wenn der Mann nur Töchter hat, so wie bei uns?", hakte sie nach.

„Wir haben ja kein Geschäft."

„Aber wenn wir eins hätten?"

„Ganz einfach, dann heiratet die älteste Tochter einen Mann, der ins Geschäft einsteigt. Der Vater wird schon den richtigen Mann finden."

„Also ich muss heiraten, aber ich darf nicht im Geschäft arbeiten?"

„Das ist nicht üblich, weil du ja dann die Ehefrau bist, außerdem geht das gar nicht, da müssten erst die Gesetze geändert werden", erklärte die Mutter.

„Welche Gesetze?"

„Frag deinen Vater, der weiß das besser."

„Den bestimmt nicht!" Sie würde Valentin fragen und wollte noch wissen: „Und was ist, wenn die Tochter nicht heiraten will oder wenn sie keinen Mann findet, der mit dem Vater im Geschäft arbeiten will?"

„Mein Gott, frag nicht so viel, pass lieber beim Rühren auf und streich die Butter und den Zucker ab und zu vom Rand in die Mitte."

„Mach' ich ja. Also, was ist, wenn die Tochter nicht den richtigen Mann findet?"

„Dann ist das ein großes Unglück für die Familie, denn dann muss das Geschäft eines Tages aufgegeben werden, oder der Vater muss sich einen Partner suchen und das bringt andere Schwierigkeiten mit sich."

Sophia begriff nicht, warum es für sie anders sein sollte, als für Peter. So wie die Mutter es darstellte, blieben für sie nur heiraten, kochen, putzen und Kinder kriegen. Und dafür musste sie nicht studieren, das war schade ums Geld. Den Satz bekam sie noch oft zu hören. Die Küche erschien ihr so eng. Sie stellte die Schüssel auf den Tisch, ging wortlos ins Schlafzimmer und schob das Puppenbett hinter den Vorhang, wo ihre Kleider hingen. Ihr war die Freude an den Puppen sowieso vergangen, nachdem sie wieder bei ihren Cousins Karl-Heinz und Günther Liebscher gewesen war, die im Flur die elektrische Eisenbahn aufgebaut hatten. Sie liebte diese Eisenbahn, die ihrem Vater gehört hatte, und die ihre Cousins nun hatten, weil so eine Eisenbahn nichts für Mädchen war. Der Wunsch, mit der Eisenbahn spielen zu dürfen, war so groß, dass es wehtat, aber immer wurde sie zur Seite geschoben, dauernd war sie im Weg und Karl-Heinz herrschte sie an, dass sie noch auf die Schienen treten würde oder etwas kaputt machen könne.

Seinen Stabilbaukasten hatte der Vater aufgehoben, den gab er tatsächlich ihr, nachdem sie genug darum gebettelt hatte, und sie baute emsig alle Modelle auf den Vorlagen nach. Beim Bauen einer Drahtseilbahn half ihr der Vater sogar einmal und spannte ein langes Seil von einem Haken in der Wand, an dem die Gardinenstange in der Küche befestigt war, schräg nach unten führend durch die ganze Küche. In die Kabine setzte sie zwei klitzekleine Puppen, die sie viele Male auf- und abfahren ließ. Als sie etwas in der Anleitung nachlesen wollte, sah sie, dass da „Liebe Jungen!" stand und dass auf dem Kartondeckel nur zwei Jungen abgebildet waren. Der Stabilbaukasten war also auch ein Jungenspielzeug.

Als Sophia vor dem Haus der Tante parkte und den Zündschlüssel rauszog, war dieses Gefühl von Heimat und Kindheit wieder ganz gegenwärtig. Tante Annelies hatte auf sie gewartet und das Auto gehört und kam ihr schon entgegen, als sie auf den Steinplatten, die sie als Kind, immer eine überspringend, zum Haus gerannt war, mit Koffern und Umhängetasche auf die Haustür zuschritt. In der Dunkelheit fühlte sie links die Mauer, auf der sie mit Peter gesessen hatte und die ihr jetzt viel niedriger vorkam, und als sie in den frühen Morgenstunden den geräumigen quadratischen Flur betrat, dachte sie an Karl-Heinz und Günther und wie die auf dem Fußboden die elektrische Eisenbahn hatten laufen lassen.

„Wo kommst du denn um diese Nachtzeit her", fragte die Tante, „ich hatte mir schon Sorgen gemacht. Bist du an der Grenze aufgehalten worden?"

Von den Nickels konnte sie nichts erzählen, das würde die Tante nur unnötig beunruhigen und sie würde es in ihrer einfachen abgeschiedenen Welt, in der sie erst seit kurzem Westfernsehen empfangen konnte, auch gar nicht verstehen. Also nickte sie nur vage und die Tante meinte: „Na, nu bist du ja endlich da. Lass dich mal angucken. Müde siehst du aus, du wirst wohl gleich ins Bett wollen?"

Den Vorschlag nahm Sophia gerne an, aber erst musste sie auspacken: Kaffee, Schokolade, Rosinen, Zigaretten zum Tauschen,

Kaugummi und eine dunkelblaue Wollstrickjacke. Die Tante fieberte doch danach, auch wenn sie es sich nicht anmerken ließ. Sie nahm die Dinge entgegen, strich mit der Hand darüber und sagte kaum hörbar: „Nu, das kann ich gut gebrauchen, ich danke dir auch schön", legte alles in den Küchenschrank und schaffte die Jacke ins Schlafzimmer. Es war, als verstecke sie die Dinge, als sollte niemand die Geschenke aus dem Westen sehen. In was für einem Land lebe ich eigentlich, dachte Sophia. Warum schäme ich mich, wenn ich der Tante diese heißbegehrten, aber für mich so selbstverständlichen Dinge gebe? Wieso war die geblieben? Darauf würde die Tante antworten: „Nu, mir fehlt doch nichts, ich hab' doch alles, was ich brauche, ich konnte doch nicht einfach alles stehenlassen und weggehen. Und im Westen kannte ich doch niemanden." War ich leichtfertig weggegangen, sah die Tante das so? Ach nein, es war für die nur nie in Frage gekommen, es lag ganz einfach nicht in ihrem Wesen. Die Gespräche blieben einsilbig, diese wenigen Sätze über ein Leben in einer erschreckend engen Welt. Die Kleinstadt schien völlig unberührt geblieben von dem, was sich in nur wenigen Kilometern Entfernung ereignete. Aber ich bin doch auch hier aufgewachsen und wollte nichts als weg.

Um überhaupt etwas zu sagen, erwähnte Sophia belanglose Begebenheiten, Unverfängliches von früher, als sie noch dort gewohnt hatte und erzählte von sich nur ganz private Dinge, die überall passierten. Die wirklichen Gründe für die Flucht sparte sie aus. Instinktiv schützte sie also die Tante, die nun sowieso nicht mehr weggekonnt hätte. In solchen Momenten duckte sie sich, ihr kam der aufrechte Gang abhanden, den sie in der freien Welt angenommen hatte. Wenn sie es merkte, straffte sie sich ruckhaft, fragte sich, welche moralischen Grundsätze sie dabei geleitet hatten, dass sie aus ihrer kommunistisch besetzten Heimat flüchten wollte und auf welches sittliche Handeln sich diejenigen beriefen, die in derselben kommunistisch besetzten Heimat blieben. Ihr Heimweh verschwieg sie, dieses schmerzhafte, beharrliche Gefühl der doppelten Heimatlosigkeit.

„Bienenstich gibt es keinen in Los Angeles", sagte Sophia.

„Nu, Bienenstich kann ich keinen backen, dazu fehlen mir die Mandeln", meinte die Tante lapidar.

Verdammt, dachte Sophia, warum habe ich nicht Pflaumenkuchen mit Hefeteig gesagt? „Das nächste Mal bringe ich Mandeln mit."

„Nu, das wär schön, darüber würde ich mich freuen."

Sophia schaute sich verstohlen um, nichts hatte sich seit ihrer Kindheit in den Wohnungen und Städten verändert, nur dass sich alles noch farbloser grau-beige präsentierte, was aufs Gemüt drückte. Der Putz an den Häuserfassaden war vom Ruß noch dunkler geworden und fiel überall in großen Placken ab, so dass das Gemäuer bloß lag. Risse zogen sich über die Stockwerke, die in den Stadtzentren notdürftig unter Bannern mit sozialistischen Parolen, auf denen ein knallhartes Rot und ein unwirkliches Weiß hervorstachen, versteckt wurden. Die Holzzäune um die Vorgärten standen schiefer, als sie es in Erinnerung hatte, die Straßen waren voller Schlaglöcher und schmal geblieben, das Kopfsteinpflaster rüttelte sie und das Auto gehörig durch. Da lockern sich doch die Schrauben, wieso fallen die Trabis nicht auseinander? In dieser Welt war die Zeit stehen geblieben, und die Zeiger der Kirchturm- und Rathausuhren zeigten weiterhin den Augenblick der Bombeneinschläge an. Es war aber keine verwunschene Märchenzeit, die nur darauf wartete, wachgeküsst zu werden, sondern der realexistierende Sozialismus, der die Menschen in einem giftigen, tiefschlafähnlichen Zustand gefangen hielt und ihr körperliche Schmerzen verursachte.

Der nationalsozialistischen Vergangenheit stellte sich auch die DDR nicht. Die Partei proklamierte ungeniert, in einem neuen Deutschland ganz von vorn begonnen zu haben – ohne geschichtlichen Ballast, frei von jeder Schuld. War das wie die Stunde Null, von der vor allem westdeutsche Schriftsteller sprachen, eine Idee, die Sophia nicht nachvollziehen konnte? 1959 feierte die DDR ihren Staat mit dem Bild eines lachenden Mädchens in der Uniform der Jungen Pioniere vor der DDR-Flagge. Unter dem Plakat stand: „Ich bin 10 Jahre wie unsere Republik". Das Komma hatten sie vergessen. 1969, zur Feier des 20. Jahrestags des Staates, gab es ein zweites Plakat, das eine strahlende junge Frau mit dem DDR-Emblem mit Hammer und Zirkel als Anstecknadel am Pulli zeigte. Darunter stand in Blockbuchstaben: „ICH BIN 20". „Eine schöne Frau, das muss ich sagen", urteilte die Tante arglos. Danach war es wirtschaftlich bergab gegangen, aber über die Gründe dafür wurde geschwiegen. Vom rasanten wirtschaftlichen Wachstum in der Bundesrepublik sahen und hörten die Menschen im Westfernsehen, wirklich vorstellen konnten sie es sich wohl kaum. Diese vertrackte Situation löste in Sophia Unbehagen aus und sie fragte sich, wie lange das noch so weitergehen könne? Wie lange werden sich Millionen Menschen noch zwingen lassen, in einem Land zu leben, das ihnen vorschreibt, wie sie denken müssen, das sie nicht verlassen dürfen und wo Reisefreiheit zum Sehnsuchtswort wird? Wie lange würden sie noch ohne die kleinen alltäglichen Annehmlichkeiten des Lebens, wie eine Tasse Bohnenkaffee, auskommen wollen? Wir haben alle nur das eine Leben.

Kapitel 6

Eine Frau wie Marie

Nachdem sie das Puppenbett weggeschoben hatte, zog Sophia ihre Sandalen an und rannte geradewegs zu ihrer Lieblingstante Marie. Die wohnte in einem alten Haus mit Holzveranda am Ende einer gepflasterten Straße, genau da, wo die in einen Feldweg überging. Das Haus war umgeben von einem weitläufigen Garten, in dem sie Beete mit den verschiedensten Kräutern und allerhand Blumen, Gemüse und Obst zog. Immer hingen Kräuter zum Trocknen gebündelt von der Decke der Veranda und erfüllten die Luft mit ihrem Duft und im Frühsommer hingen dort Aprikosen auf Stränge aufgereiht und im Herbst Apfelschnitze und Pilze. Getrocknete Samen aller Art verwahrte Marie in Leinensäckchen, die sie auf ihrer Nähmaschine fertigte. Sie mischte auch verschiedene Tees zusammen, füllte sie in Tütchen, schrieb auf, wie lange die Tees ziehen mussten und wie viele Tassen jeden Tag davon getrunken werden sollten und wann. Die Leute kamen zu ihr, wenn sie Fieber hatten oder anhaltender Husten sie plagte, wenn sie nicht schlafen konnten, oder Verdauungsprobleme hatten. Marie hatte auch gute Ratschläge und aufmunternde Worte parat und erkundigte sich, wie es der Familie ging. Und wenn Sophia nach Hause ging, gab sie ihr Pfefferminz- und Lindenblütentee oder ein Bündel Majoran, Petersilie oder Rosmarin mit.

Diese Marie hörte amüsiert zu, wenn Sophia von ihren Ideen und Plänen erzählte, während sie im Garten von einem Beet zum anderen schritt, Unkraut zupfte, Samen einsammelte, oder Blüten abknipste und in ihre Strohtasche legte. Wenn die Sonne nach einem Regenschauer schien, duftete es wunderbar und die Bienen, Wespen und Schmetterlinge flogen von Blüte zu Blüte. Zu Sophias Idee, Architektin werden zu wollen, sagte sie, dass im Grunde alles möglich sei. „Du erinnerst mich an mich – als ich so alt war wie du. Es hat schon immer Frauen gegeben, die sich nicht an die Norm gehalten haben, aber die haben es nicht leicht gehabt. Manche sind sogar von der Familie enterbt worden und kein Mann hätte die je genommen – die hießen dann Blaustrümpfe." Das Wort Blaustrumpf kannte Sophia nicht, auch was Norm und enterbt bedeutete, war ihr schleierhaft. Aber bevor sie fragen konnte, sprach Marie weiter: „Du wirst ziemlich allein mit deinen Wünschen sein und wirst dir viel gefallen lassen müssen, auch jetzt noch, nach dem Krieg. Vor allem musst du lernen, dich zu behaupten, denn Männer fürchten kluge Frauen – aber auch die Frauen werden nicht immer auf deiner Seite stehen."

„Und warum fürchten die Männer kluge Frauen?"

„Weil du ihnen Macht wegnimmst. Wir Frauen sollen doch glauben, dass nur Männer Häuser bauen können. Weißt du, Sophia, ich hatte auch einmal kühne Pläne, ich wäre gern Biologin geworden, durfte aber nur bei einem Arzt im Büro helfen. Das machte keinen Spaß. Es ist schwer, sich zu bescheiden und nur das zu machen, was der Chef sagt, selbst wenn er ein guter Chef ist. Ich konnte ihn nicht ausstehen, er war jovial und behandelte mich so von oben herab, er nannte mich Marie, aber ich musste Herr Doktor sagen: ‚Ja, Herr Doktor, sofort, Herr Doktor!' Da war ich froh, als Ursula kam und ich aufhören konnte."

„Was ist eigentlich mit Ursula?"

„Später", sagte Marie. Die Antwort kannte Sophia schon. Von Ursula, die ein paar Jahre älter als Sophia war, sprach Marie nur selten. Darüber wurde viel gemunkelt, denn Ursula lebte seit Kriegsende bei Verwandten im Westen.

Für den Biologieunterricht mussten sie verschiedene Blüten und Pflanzen von den Wiesen und Feldern mitbringen. Sophia wollte gerade fragen, was eine Biologin macht, als Marie sagte: „Weißt du, die Hauptsache ist, wir machen, was uns wirklich Freude bereitet. Ich hatte großes Glück, als meine Großmutter, die noch im Krieg gestorben ist, mir dieses Haus vererbte, weil meine Brüder ja studierten, wie sie es begründete. Meine Großmutter hat auch schon Kräuter getrocknet und Tees gemischt. Sie hat nicht nur den wunderbaren Kräutergarten, sondern auch den Rosengarten angelegt, der Wind weht den Duft der Rosen zu uns herüber. Das Haus und der Garten waren gut für mich und Ursula. Hier konnten wir überleben. Großmutter hat mir viel beigebracht und der Apotheker Kunert von der Sonnenapotheke am Markt und unser Arzt, Dr. Bechstein, schicken ihre Patienten zu mir. Das hat sich schnell herumgesprochen. Vor allem seit Kriegsende habe ich viel Zulauf, weil es kaum Medikamente gibt."

Von dieser schönen, charmanten und fröhlichen Tante lernte Sophia ganz nebenbei sehr viel, denn die nahm sie überall hin mit. Mit Marie konnte sie über alles sprechen, auch über Jungen, und anders als mit der Mutter, bekam sie auf alles eine Antwort. Auf den Wegen zu Kunden erzählte Marie Geschichten, zu denen sie, in einer Art Wettbewerb, ein neues Ende erfanden. Am liebsten ging Sophia mit zur Schneiderin, wenn Marie zur Anprobe musste. Da gab es viel zu sehen, sie bewunderte die Stoffe, die verschiedenen Farben Nähseide und Kisten voller Knöpfe, Schnallen und Bänder. Marie konnte sich so leicht und elegant bewegen und stand einfach vor ihnen in einem rosa Seidenunterrock mit Spitzen, aus dem ihre halbe Brust rausguckte. So etwas Schönes hatte Sophia noch nie gesehen. Sie liebte diese Marie mit ihren spontanen Ideen, die ihr so vollkommen vorkam und fuhr einmal mit ihr, vier Frauen, zwei Männern und zwei Leiterwagen mit dem Zug ein paar Stationen weit, um in die Heidelbeeren zu gehen, die dort im lichten Mischwald in einer nie wieder gesehenen Fülle wuchsen. Es war eine lustige Gesellschaft, die sich angeregt unterhielt und Wanderlieder sang. Sophia wäre gern bis in die große Stadt gefahren oder noch viel weiter, und schaute vom Bahnsteig voller Fernweh die Schienen entlang, die sich in der Ferne zu einem einzigen glänzenden Band vereinten, und versuchte sich vorzustellen, wie es auf der nächsten Haltestelle aussah und der übernächsten.

Während die kleine Gruppe heiter schwatzend dem Heidelbeerwald zustrebte, hielt sie sich neben Marie und flüsterte: „Was ist mit Ursula, erzähl mir von ihr."

„O, meine Sophia, ich hätte nichts von Ursula sagen sollen, das ist eine lange Geschichte, die passt heute nicht hierher."

„Aber was ist mir ihr, wo ist sie?"

„Sie lebt weit weg von hier, sei lieb und frag nicht mehr, versprich es mir. Wenn du größer bist oder die Zeiten sich ändern, erzähl ich dir alles. Lass uns heute froh sein und Heidelbeeren pflücken."

„Ich verspreche es dir", sagte Sophia feierlich und nahm Maries Hand.

Am Waldrand suchten sie einen geeigneten schattigen Platz, an dem sie die Emaille- und Zinkeimer abstellen und ihre Strickjacken und Tücher ablegen konnten, ohne fürchten zu müssen, dass ein Dieb damit davonlief. Alle banden sich Blechmessbecher vor den Bauch. Sophias Becher baumelte sehr schräg und sie fürchtete, Beeren daraus zu verlieren, wenn sie sich bückte. Also leerte sie ihn öfter als nötig. Dann wieder rieb sie von einer besonders dicken Beere die weißliche Schicht ab, bis sie rundum glänzend tief dunkelblau war, bevor sie sie in den Mund steckte. Die Leute verglichen und maßen, wie viel schon in den Eimern war – sechs Liter, acht Liter. Sie lobten die Größe und volle Süße der Beeren und das hochgewachsene Heidelbeerkraut, so dass sie sich weniger tief bücken mussten und die Beeren leicht vom Kraut abstreifen konnten. Einige unreife Beeren und Blättchen, die sich einschmuggelten, lasen sie mit flinken Fingern wieder raus. Die Heidelbeeren füllten Eimer um Eimer und bildeten kleine runde Hügel, die über den Rand hinausschauten. Sie fanden immer neue, an Beeren noch reichere Stellen, und erzählten Geschichten, vermischt mit dem Klatsch und Tratsch der Kleinstadt. Die Männer kommentierten die politische Lage, taten so, als wüssten sie viel, blähten ihre Brustkörbe und alle erfreuten sich der Sonne, die beim Pflücken im Halbschatten unter den hohen Kronen der Bäume gut auszuhalten war. Zur Mittagspause verspeisten sie am Waldrand die mitgebrachten Wurst- und Käseschnitten und tranken Kaffee und Obstsaft aus Thermosflaschen.

Sophia wurde des Beerenpflückens bald überdrüssig, erforschte den Wald und die Wiese davor nach anderen Schätzen, haschte nach Schmetterlingen, die von Blüte zu Blüte flogen und schaute zu, wie sie auf einer Blume landeten, ihre Flügel zuklappten und wieder ausbreiteten. Der Duft der Wiesenblumen stieg in der warmen Sommerluft schwer und würzig empor, das Gesumme unzähliger Insekten, die geschäftig über den Blumen herflogen, wurde lauter, je genauer sie hinhörte. Sie fand Pilze, die sie unmöglich stehen lassen konnte, band ihre zum Kleid passende Schürze ab, knotete sie zusammen und sammelte sie darin, beobachtete Käfer, die so waghalsig über kleine Zweige und Tannennadeln kletterten, dass sie umkippten, runterfielen, auf dem Rücken landeten und mit den Beinen in der Luft zappelten, bis sie ihnen mit einem Stöckchen einen Schubs gab und ihnen wieder auf die Beine half. Sie strich über das Moos, das an verrottenden Baumstämmen und auf feuchten Steinen wuchs und hier und da schon Sporen hatte.

Wie müde sie waren, merkten sie erst auf dem Rückweg zum Bahnhof. Die Straße lag das letzte Stück voll in der Sonne, die auf ihren Gesichtern brannte, und ihre Schritte verlangsamten sich, obwohl es bergab ging. Am Brunnen auf dem Bahnhofsvorplatz, füllten sie kühles Wasser in ihre Becher und tranken es gierig, trotz der Warnung der älteren Frauen, dass sie vom Wasser auf die vielen Beeren Magenkrämpfe bekommen würden, was aber dann doch nicht passierte. Im Zug fielen den Leuten die Augen zu, als sie auf den blonden Holzbänken saßen, ihre Füße eingeklemmt zwischen den mit Heidelbeeren gefüllten Eimern. Sophia schmiegte sich an Marie, schaute zum Fenster raus und träumte. Zu Hause würde es Heidelbeerkuchen geben, Heidelbeerkompott mit Hefeklößen, Heidelbeersaft mit Holundersaft vermischt und Heidelbeermarmelade.

Durch Maries Zuspruch bestärkt, verriet sie Valentin ihren Wunsch zu studieren. Zwar meinte der auch, dass sie sich damit einen steinigen Weg aussuche, ermutigte sie aber: „Wenn du wirklich Architektin werden willst, dann schaffst du das! Du kannst dann auch gleich in den Küchen einiges zweckmäßiger planen."

59

„Wie meinst du das denn, Valentin?"

„Nun, weil Männer ja kaum kochen, wissen die auch nicht, wie sie die Küchen besser einrichten könnten, und die Frauen werden ja nicht gefragt. Ich koche jeden Tag und hätte gern links neben dem Herd eine breite, tiefe Arbeitsfläche in der Höhe der Herdplatte, auf der ich alles zubereiten und gleich in den Topf oder die Pfanne geben könnte. Ich meine kein provisorisches Beistelltischchen, sondern etwas fest Eingebautes. Unter der Arbeitsfläche müsste ein Schubfach für Messer und andere Utensilien sein, darunter griffbereit Platz für Töpfe und Pfannen und gleich daneben das Küchenbecken. So könnte ich beim Gemüseputzen gleichzeitig sehen, dass die Zwiebeln nicht anbrennen. In meiner Küche muss ich alles auf dem Küchentisch vorbereiten, das ist sehr umständlich, außerdem ist der zu tief."

„Also, wenn ich Häuser bauen will, dann muss ich auch an die Küchen denken?", fragte Sophia eifrig bemüht.

„An die Küchen und Bäder", bestätigte Valentin. „Schau mal deiner Mutter beim Kochen und Backen zu und dann überleg dir, wie die Küche aussehen müsste, damit sie nicht so viel hin- und herrennen muss."

„Und du meinst, ich kann so was?" Sophia strahlte.

„Aber natürlich! Du musst dir einfach überlegen, wie du besser arbeiten könntest. Männer denken oft nicht praktisch genug."

Valentin hatte keine Kinder. Seine Frau, die Ida hieß, war bei der Geburt des ersten Kindes gestorben und das kleine Mädchen hatte nur zwei Wochen gelebt. Valentin zeigte ihr das einzige Bild von Eveline. Hinten auf dem Foto stand ihr Name mit Geburts- und Sterbedaten. Sie wäre genau dreißig Jahre älter als Sophia. „Der kleine Wurm wollte nicht ohne Mutter auf der Welt sein", hatte ihr Großmutter Hedie auf ihre Frage hin erklärt, aber sie glaubte das nicht, weil Valentin so lieb war. Der hätte Eveline versorgen können, dann wäre er heute nicht allein. Was würde er wohl sagen, wenn sie ihn ins Vertrauen ziehen und ihm verraten würde, dass sie Bücher schreiben will? Unter ihren Aufsätzen stand oft „Thema verfehlt", statt einer Note. Sophia sah das aber anders, denn sie schrieb über das, was sie am meisten interessierte.

Großmutter Isolde hatte ihr wieder zwei Bücher mitgebracht und da verstand sie auf einmal, dass die jemand geschrieben hat und dass der Name des Dichters auf dem Umschlag stand.

„Ich hab's ja gewusst, du weißt nicht, was du werden willst!", rief Peter hämisch, als sie keine Antwort bereit hatte, weil sie nichts vom Bücherschreiben verraten wollte. „Mädchen können sowieso nicht so viel machen, wie Jungen. Die kriegen Kinder, wenn sie groß sind, das weiß ich von meiner Mutter", protzte er.

Das klang genau wie das, was ihre Mutter sagte, nur abfälliger. Bis zu dem Moment hatte Sophia gedacht, dass sie Peter doch noch gern habe. Sie hatte ihm klopfenden Herzens aufgelauert und dann so getan, als käme sie ganz zufällig vorbei. Aber jetzt stieg Wut in ihr hoch. „Ich kann machen, was ich will! Deine blöden Zeichnungen von Häusern, das ist doch langweilig. Ich schreibe später Bücher, die andere Leute lesen!"

„Das möchte ich sehen", höhnte Peter, „du kriegst Kinder. Oder du kannst beim Bäcker Brötchen verkaufen, wie Susi Müller." Damit rannte er davon. Sophia lief in den Garten und setzte sich auf die Schaukel. Beim Auf und Ab ließ sich ganz anders träumen, und wenn sie bis zum Querbalken hoch schaukelte, so dass sie fast überkippte, tauchten hinterm Zaun Häuser auf, die ihr sonst verborgen blieben, und sie konnte über die hohe Hecke in den Nachbargarten gucken, wo sie sah, dass Peter den Kaninchenstall ausmisten musste. Nach diesem feurigen Wortgefecht kam ihre Freundschaft nicht wieder ins Lot. Jemand, der ihr sagte, sie könne nicht Architektin werden und auch keine Bücher schreiben, sondern nur Brötchen verkaufen, von dem wollte sie nichts wissen. Das war die erste verlorene Liebe. Aber nie hat sie Peter und ihren Streit vergessen.

Von da an sah sie die Verkäuferinnen in den Bäckereien und Molkereien mit anderen Augen. Die Frauen waren rundlich, trugen weiße gestärkte Schürzen mit langen Bändern, die hinten zu einer großen Schleife gebunden waren, und alle hatten dieselbe Dauerwellenfrisur. Manchmal stand beim Bäcker auch ein junges Mädchen mit langen

Zöpfen hinter der Theke und zählte Sophia die Brötchen ins Netz. Nein, sagte sie sich, nein, das würde sie nie tun. Sie nahm die Schleifen aus ihren Zöpfen, von denen sie prompt eine verlor, und ließ die Haare offen über die Schultern fallen. Dass Verkaufen überhaupt gelernt werden musste, verstand sie nicht, schließlich half ja Hilde Böhme, Charlottes ältere Schwester, die mit ihr in dieselbe Klasse ging, nach der Schule oft in der Fleischerei ihrer Eltern. Als sie nach dem Streit mit Peter, mit Elke und anderen Mädchen ihre Pausenbrote essend auf dem Schulhof stand, fragte sie die, was sie einmal werden wollten.

„Wie meine Mutter will ich werden und viele Kinder bekommen", meinten gleich zwei wie aus einem Munde. Gerlinde wollte auf die Post gehen, „aber nur, bis ich heirate." Elke würde in ihrer Gärtnerei arbeiten. Das leuchtete Sophia ein.

„Ich werde Kindergärtnerin", sagte Inge, „das gefällt mir. Meine große Schwester leitet den Kindergarten neben der Kirche und ich helfe oft."

„Verkäuferin will ich werden", meinte Hilde, „oder Schwester."

„Wie Schwester?", fragte Sophia.

„Schwester im Krankenhaus, du bist vielleicht blöd!"

„Mit einem Häubchen", grinste der schmächtige Hansi, der ihnen oft auflauerte.

Nein, nie im Leben würde sie je ein Häubchen tragen und auch keine weiße Schürze. Da kamen die Jungen und mischten sich ein. Und was wollten die werden? Ach so, Arzt natürlich.

„Lokführer, Mensch!", rief Klaus, „ist doch klar!"

„Essenkehrer", grölte Heiner alle übertönend, „mein Vater ist Essenkehrer, vor dem fürchten sich die kleinen Kinder, weil er so schwarz ist", und zog eine Fratze. Damit machten die Jungs sich wieder davon.

„Ich werde Lehrerin", sagte Rosi ruhig und bestimmt. „Meine Mutter ist Lehrerin. Das ist ein guter Beruf. Ich gehe morgens mit ihr in die Schule und nach der Schule gehe ich zu meiner Oma, die kocht für uns alle Mittagessen."

Wer war die Lehrerin, die Rosis Mutter war? Sie sah ihre Lehrerin vor sich, bei der sie nicht lesen gelernt hatte, das hatte ihr Opa Edie beigebracht. Als Sophia ihm nicht aus ihrem Schulbuch vorlesen wollte, hatte er die Zeitung genommen und gesagt: „Setz dich mal neben mich und lies die Überschrift, ich hatte heute noch gar keine Zeit zum Zeitunglesen." Sophia las die Überschrift, dann den ersten Satz noch etwas holprig, der zweite ging schon besser und dann las sie den ganzen Artikel. „Na bitte, das geht doch!", lobte sie der Opa.

Von da an konnte sie auch in der Klasse laut lesen. Lehrerin werden, das konnte sie sich vorstellen. Sie hatte ein glückliches Naturell und wollte den Jungen in nichts nachstehen. Die Mädchen nahmen mit viel weniger fürlieb. In den Pausen kicherten und zischelten sie über die Jungs, und weil sie nicht mitmachte, zogen sie Sophia auf und warfen ihr vor, sie sei zu ernsthaft. Sie dagegen fand die kindisch.

Als Sophia das nächste Mal bei Großmutter Hedwig war, bemerkte die beiläufig: „Der Peter ist gestern zu seinen Eltern nach Berlin gefahren, die haben endlich eine Wohnung auf der Stalinallee bekommen."

Peter war gegangen, ohne auf Wiedersehen zu sagen. Das tat weh, aber sie ließ sich nichts anmerken. Um ihre Traurigkeit zu verbergen, schaute sie sich eingehend eine sehr bunte Postkarte an, die sie unter Großmutters Schätzen gefunden hatte. Unter dem Bild eines mit Stroh gedeckten Hauses, das in einem Garten von Rosen umrankt lag, standen Buchstaben, die sie kannte, dennoch konnte sie die Worte nicht lesen.

„Das ist englisch", sagte die Großmutter, als die merkte, wie wissbegierig Sophia die Karte betrachtete und hin- und herdrehte, „das kannst du nicht lesen. Das Haus ist hübsch, nicht wahr?"

Sophia ritt der Teufel. „Doch, ich kann das lesen", antwortete sie und fühlte, wie ihr das Blut ins Gesicht schoss.

„Na, dann lies mal vor und zeig, was du kannst", lächelte die Großmutter ungerührt.

Sophia schwieg. Wenn sie die Buchstaben kannte, wieso konnte sie dann die Wörter nicht lesen?

„Siehst du, du kannst es nicht lesen. Gib mal die Karte her."

Sophia wollte erst nicht, aber dann merkte sie, dass ihre Reaktion dumm war und hielt sie der Großmutter hin.

„Also, hier steht: ‚Greetings from Anne Hathaway's Cottage in Stratford upon Avon.' In der Stadt wurde William Shakespeare, der größte englische Dichter, geboren. Anne Hathaway war seine Frau und die wohnte in diesem Haus. Als ich jung war, war ich einmal einen Sommer lang in England und fuhr mit dem Bus nach Stratford upon Avon, und habe die Karte als Andenken gekauft. Aber ich war nie wieder da, denn dann kam der Krieg."

England, ja, da möchte sie auch hinfahren. Aber wie? Und vorher wollte sie englisch lernen. Darüber zerbrach sich Sophia den Kopf.

Kapitel 7

Adam und Eva und wo ist Felix Vater?

Das neue Schuljahr war schon weit fortgeschritten, als Sophia merkte, wie einige Mädchen aus der Klasse auf Felix Weber mit den Fingern zeigten und hinter ihm hertuschelten. Ihr war nichts daran aufgefallen, dass er mit Familiennamen wie seine Mutter und deren Eltern hieß. Das war doch normal, vor allem, da sie alle zusammen in einem Haus wohnten, wo neben der einzigen Klingel nur Weber stand. Woher wussten die Mädchen, dass Felix' Mutter keinen Mann hatte? Sophia war das egal, sie erfuhr aber bald noch ganz andere Dinge, wie dass der Mann von Felix' Mutter, die in einem Betrieb arbeitete, weder im Krieg gefallen war, noch sie verlassen hatte. Sie hatte einfach keinen, ja sie war nie verheiratet gewesen und doch hatte sie ein Kind, was anscheinend die ganze Stadt wusste. Auch Großmutter Hedie. Dass Felix keinen Vater hatte, fand Sophia nicht so unerhört, denn ihr eigener Vater nutzte ihr wenig und erschwerte nur das Familienleben. Felix hatte einen Großvater, der mit ihm im Schuppen werkte und bastelte. Irgendwann beschäftigte sie die Tatsache des Vaterloseins aber doch, denn es schien etwas Schlechtes über Felix' Mutter auszusagen. Das färbte auf ihn ab und er wurde, wann immer es den Kindern einfiel, während der großen Pause oder nach der Schule aus ihren Spielen ausgeschlossen oder gehänselt.

Sophia mochte ihn und irgendwann tauschten sie die ersten schüchternen Blicke aus. Geschwister hatte Felix keine und Sophias Schwester Claudia war so klein, dass sie nicht zählte. Sie hätte Felix gern nach der Schule nach Hause eingeladen, aber das durfte sie nicht. Also ging sie mit zu ihm. Seine Großeltern empfingen sie freundlich, und sie half bei allem, was er und sein Großvater bauten. „Das ist viel besser als Werkunterricht", beteuerte der, „was wir bauen, können wir wirklich gebrauchen." So einfach hatte Sophia sich Werkunterricht nicht vorgestellt. Eines Tages schlug Felix' Großvater vor, ein Tischchen mit einem Schubfach für sie zu bauen, das sie neben ihr Bett stellen konnte. Sophia war selig, half tüchtig mit und zum Schluss strich sie es blau an. Von dem Tischchen hat sie sich nie getrennt und es hat nicht nur die Erinnerung an Felix und dessen Großvater wachgehalten, sondern diese Brücke zurück in ihre Kindheit jederzeit begehbar erhalten.

Felix kam nie in die Kirche, aber zu den Jungen Pionieren ging er auch nicht. „Sie sind Freidenker", sagte Großmutter Hedie, aber was das hieß, erklärte sie nicht, nur dass sie nicht an Gott glaubten. Das verstand Sophia nicht so richtig. Sie versuchte sich Gott als in ihrem Leben nicht existierend vorzustellen, dabei kam sie aber nicht weit, denn – so hatte sie es in der Kirche und bei der Mutter gelernt – Gott war überall und sah und hörte alles, also auch, wenn sie naschte oder log, Verstecken nützte nichts. Bei dem Gedanken überkam sie eine grausige Angst vor der Hölle, weil es ihr nicht immer gelingen wollte, alles richtig zu machen, und sie spielte mit der erlösenden Vorstellung, dass das Leben ohne Gott einfacher wäre. Felix erzählte sie, dass sie wegen der Musik zur Kirche ginge. Der wollte aber trotzdem nicht mitkommen. „Wir machen abends oft Hausmusik. Mein Großvater spielt Klavier und meine Mutter singt dazu und ich lerne Flöte spielen, um sie zu begleiten. Klavier spielen lehrt mich meine Mutter auch."

Sophia fragte, ob sie einmal zuhören dürfe. Sie wurde sofort eingeladen. Felix holte eine Blockflöte für sie und brachte ihr das Notenlesen bei. Als sie der Mutter von Felix erzählte und wissen wollte, warum sie kein Klavier hätten, sagte die: „Mein Klavier ist im Krieg verbrannt, das weißt du doch!"

„Und was machst du jetzt?"

„Ja, was soll ich jetzt machen? Denk doch selbst mal nach. Ich kann eben nicht mehr spielen, wo sollte ich denn ein Klavier herholen und die Zeit zum Spielen?"

„Aber bei Felix haben sie abends Zeit." Sophia sah die Mutter aggressiv an.

„Sag mal, wie kommst du überhaupt dazu, zu diesen Leuten zu gehen, wer hat dir das erlaubt?", schrie die Mutter sie an.

„Aber ich hab' doch mit Felix und seinem Großvater mein Nachttischchen gebaut, das weißt du doch!", verteidigte sich Sophia. „Und ich lerne dort Klavierspielen. Können wir nicht ein Klavier kaufen, bitte?"

„Wo denkst du hin, wer soll das bezahlen?"

„Felix sagt, dass es alte Klaviere zu kaufen gibt, die nicht teuer sind."

„Du weißt nicht, was du da redest. Im übrigen sind die Webers nicht ausgebombt."

Dagegen kam Sophia nicht an. Der verdammte Krieg, der hatte alles für sie verdorben. Die anderen Kinder wussten nichts von solchen Verlusten, auf deren Speichern und Kellern befanden sich wahre Schätze, die verkauft oder eingetauscht werden konnten, so dass der Mangel in den ersten Nachkriegsjahren nicht so auffiel. Bei Sophia gab es nichts zum Tauschen. Die Bodenkammer stand leer und im Keller lagerten nur Kohlen, Kartoffeln und ein Fass Sauerkraut und im Regal standen ein paar Gläser eingemachtes Obst und Gewürzgurken. Das Tauschen kannte sie von ihren Großeltern. Sie staunte immer, wenn Großmutter Hedie sie auf den Boden mitnahm. Da gab es Schränke voller Kleidung, Truhen mit Bettwäsche und Tischdecken, Lampen und Möbelstücke, und selbst wenn die Großmutter es altes Zeug nannte, fand Sophia es wunderschön und die Mutter hätte einiges davon gut gebrauchen können. Sie bekam aber nichts, auch wenn sie mal sagte, dass sie etwas gern hätte, hieß es nur: „Nu, da muss ich erst sehen, ob ich das nicht noch mal brauchen kann." Das war für Sophia unverständlich in dem Überfluss. Als die Großmutter gestorben war, ging sie mit Karl-Heinz aus Neugier auf die Vergangenheit auf den Boden und fand dort alles noch so, wie zu ihrer Kindheit. Die einstigen Schätze wurden für wenige Mark vom Altwarenhändler abgeholt. Sophia nahm ein bemaltes

Holzkästchen zur Erinnerung mit, in dem die Großmutter besonders schöne Knöpfe aufbewahrt hatte.

Nach den Zurechtweisungen der Kindergottesdiensthelferin weigerte sich Sophia, noch in den Kindergottesdienst zu gehen und bettelte, mit der Mutter in den Hauptgottesdienst gehen zu dürfen. Neben der Mutter fühlte sie sich richtig erwachsen. Aufmerksam hörte sie dem Bibeltext zu. Die Schöpfungsgeschichte drang ganz anders in ihr Bewusstsein und sie verstand, dass es sich bei Eva nicht um irgendeine, sondern um die allererste Frau handelte, die auf eine wunderliche Weise von Gott erschaffen worden war. Aber wie konnte das gehen, dass Eva aus einer Rippe Adams gebaut worden war? Wie soll ein Mann aus einem Klumpen Erde werden und wie kann aus einer einzigen Rippe von ihm eine ganze große Frau werden? Das war unmöglich. „Die Frau ist also die Krone der Schöpfung. Ohne sie war der Mann einsam und allein, mit dieser Gehilfin fühlte sich Adam vollkommen und glücklich und alles war genau so, wie Gott es für gut hielt. Die Frau wird sich also gerne Gott und ihrem Mann unterordnen", predigte der Pfarrer.

Sophia gefiel das nicht. Der Vater war nicht nur stärker als die Mutter, er setzte auch seinen Willen durch, und sie beide hatten Angst vor ihm. Was sollte daran gut sein?

Ein Mann, den sie vom Sehen kannte, behauptete anschließend vor der Kirche, dass den Männern tatsächlich eine Rippe fehle. Da schüttelte sie den Kopf und rief: „Das glaube ich nicht. Ich weiß, wie Kinder auf die Welt kommen und Kaninchen – und Hühnchen werden ausgebrütet."

„Bist du aber ein schrecklicher Naseweis, wie heißt du denn und wo sind deine Eltern?", entsetzte sich eine ihr unbekannte Frau, fasste Sophia am Arm und erklärte: „Die Erschaffung Evas ist Teil des göttlichen Heilsplans, daran darfst du nicht zweifeln, das ist Gotteslästerung!"

Sophia ärgerte sich, dass sie von einer fremden Frau gerügt wurde und wollte etwas antworten, aber die Frau sprach immer eindringlicher auf sie ein, so dass sie ihren ekligen Atem roch. Also rannte sie zur Mutter, die gerade vom Pfarrer ermahnt wurde, dass Kinder nicht in den Hauptgottesdienst gehörten, aber die sagte freundlich: „Ich habe meine Tochter gerne neben mir, Herr Pfarrer."

Auf dem Heimweg fragte sie die Mutter: „Wie ist das mit Eva? Warum muss die Adam helfen?"

„Hast du denn nicht zugehört, Sophielein? Gott gab beiden ihre Aufgaben und so ist es bis heute geblieben", versuchte es die Mutter zu erklären.

„Und warum war der Mann zuerst da?"

„Vielleicht, weil der Mann stärker ist und die Frau beschützt. Er ist ja auch das Oberhaupt der Familie."

„Glaubst du das?"

„Na, ja, im Leben sieht eben vieles anders aus, aber so sollte es sein."

„Das ist doof, das will ich nicht", sagte Sophia entschieden, worauf die Mutter antwortete: „Du wirst schon noch sehen, wo du mit solchen Vorstellungen hinkommst. Das wird so schnell kein Mann mitmachen. Die Rollen sind nun einmal so verteilt, dass der Mann arbeiten geht und das Geld verdient und die Frau sich um Haushalt und Familie kümmert."

Zu Hause fühlte und zählte Sophia ihre Rippen vorm Spiegel, kam auf zwölf Paar und versuchte im Schwimmbad unauffällig die Rippen der Jungs zu zählen, dünn genug waren die ja. Sie kam auf dieselbe Zahl. Wie Kinder geboren werden, hatte sie vorsichtshalber bei Valentin noch einmal nachgefragt, als sie ihm beim Füttern der Kaninchen half, weil sie es endlich genau wissen wollte, denn die Mutter hatte es ihr auf eine so rätselhafte Weise erklärt, dass sie nichts verstand. Valentin erzählte es so, dass sie begriff, wie der Samen in die Frau kommt und dann das Kind wieder aus ihr heraus. Aber die Erschaffung Adams und Evas verstand sie nicht, auch wenn sie sich ganz plastisch vorzustellen versuchte, wie Gott die ersten Menschen gemacht hatte. Große Klumpen Knetmasse gab es in allen Farben zu Hause, aus denen sie für Claudia Tiere, Bäume und andere kleine Figuren formte und auf ein Brett stellte, bis es ein ganzer Bauernhof war. Sie hatte auch dem Töpfer zugesehen, der seine Werkstatt auf der Straße zu Felix hatte. Hingerissen blieb sie stehen, wenn das Tor zur Töpferei offenstand. Ein Gefäß formen ging so schnell, es sah so leicht aus, wie eine Vase, umgeben von den Händen des Töpfers emporwuchs und unter tausend Veränderungen die Form annahm, die er ihr geben wollte. Wie gern hätte sie das auch einmal versucht. Als der Töpfer sie bemerkte, bot er ihr an: „Willst du's mal probieren?", während er eine Schüssel von der Töpferscheibe hob und sie zum Trocknen neben andere Gefäße auf ein Holzgestell setzte. „Komm ruhig näher", ermunterte er sie, „wie heißt du denn? Gefällt dir meine Arbeit?"

Sophia nickte und nannte ihren Namen.

„Wie wär's mit einem Blumentopf?", schlug der Töpfer vor, legte einen Klumpen Ton auf die Scheibe und zeigte ihr, was sie machen müsse. Nach zwei Versuchen klappte es. „Du stellst dich sehr geschickt an", lobte er, und hob den Topf von der Drehscheibe. „Jetzt bekommt er unten noch ein Loch und wir ritzen daneben ein S ein. Dann kommt er mit den anderen Gefäßen zum Brennen in den Ofen. Du kannst ihn dir das nächste Mal abholen."

Die Sache mit der Rippe war vergessen, bis Sophia während einer Predigt das Wort *Weib* hörte. Sie zupfte am Jackenärmel der Mutter, aber die reagierte nicht. Sophia genierte sich vor den Männern, denn sie kannte *Weib* nur als verächtliche Bezeichnung, als Schimpfwort wie Waschweib oder hysterisches Weib, wie der Vater die Mutter oft anschrie, und fühlte, dass Worte wie herrschen und knechten etwas mit Gewalt zu tun hatten. Aus der Bibel vorgelesen klang es ihr nicht besser. Das gab den Jungen doch die Oberhand und machte es den Mädchen schwer, wie diese Eva beschuldigt wurde, so ungehorsam gewesen zu sein, dass sie alle Menschen mit sich ins Unglück gerissen hatte. Sophia wurde es heiß. Dem Vater sah sie nichts an, als sie ihn insgeheim von der Seite anguckte. Auch die Mutter zuckte mit keiner Wimper. Sie selbst jedenfalls wäre am liebsten im Erdboden versunken, als sie hörte, was Gott weiter gesagt haben soll. Die Verse waren im Kirchenblatt abgedruckt: „Und zum Weibe sprach er: Ich will dir viel Schmerzen schaffen, wenn du schwanger wirst; du sollst mit Schmerzen Kinder gebären; und dein Verlangen soll nach deinem Manne sein, und er soll dein Herr sein."

Sophia fühlte sich gedemütigt. Da halfen keine noch so gutgemeinten Erklärungen der Mutter. Und was ist mit der Liebe, wenn der Mann über der Frau steht? Das Wort Liebe hörte sie oft in der Kirche, jedoch erschien ihr die Geschichte mit Adam und Eva lieblos, denn wie sollten ein Mann und eine Frau sich lieb haben, wenn die Frau Schuld an der Vertreibung aus dem Garten Eden war? Der Pfarrer stand in seinem schwarzen Talar groß und steif vor der Gemeinde, er sah würdevoll und unnahbar aus und sprach so ernsthaft von der Erschaffung der Menschen, dass Sophia meinte, er glaube den Hergang selber. Sie flüsterte der Mutter zu: „Das glaub' ich nicht." Die legte den rechten Zeigefinger auf ihren Mund und bedeutete ihr, still zu sein.

Zu Hause sah Sophia sich die Schöpfungsgeschichte noch einmal in ihrer Bibel mit den Holzschnitten an. Von der Erschaffung Adams und Evas gab es kein Bild, dafür aber eine Idylle im Paradies mit dem Apfelbaum, Löwen und Schafen, und eine Seite weiter war ein Bild von der Vertreibung aus dem Paradies. Sie fragte die Mutter noch einmal nach der Geschichte mit der Rippe.

„Das ist symbolisch gemeint."

Also doch nicht wahr! „Ja, aber, warum wird das dann erzählt, wenn es nicht wahr ist?"

„Vielleicht sollen die Menschen auf diese Weise verstehen, dass Mann und Frau ganz eng zusammengehören?", versuchte es die Mutter.

Das leuchtete Sophia nicht ein, schließlich verstanden sich ihre Mutter und ihr Vater nicht besonders gut. „Aber Frauen bekommen doch die Kinder, warum war der Mann dann zuerst da?", überlegte sie laut.

Die Mutter wusste darauf keine Antwort und entschied: „Das ist doch egal, ohne Frauen geht es nicht."

Die Reihenfolge: erst der Mann, dann die Frau, brachte Sophia Nachteile. Bald wurde sie noch auf weitere Merkwürdigkeiten aufmerksam. Da waren zum Beispiel die Straßennamen an den Häuserwänden, von denen viele noch in der alten deutschen Schrift geschrieben waren, die sie von Großmutter Isolde lesen gelernt hatte. Wenn die Straßen nicht nach Städten oder Zünften benannt waren oder schlicht Gartenweg, Wiesenstraße oder Wallgasse hießen, dann waren sie nach Männern benannt. Manchmal konnte ihr die Mutter sagen, nach welchem berühmten Mann eine Straße oder ein Platz hieß.

„Gibt es auch berühmte Frauen?", fragte Sophia.

„Berühmte Frauen?"

„Ja, berühmte Frauen!"

„Bestimmt", sagte die Mutter, „aber mir fallen auf Anhieb keine ein."

„Ich will einmal berühmt werden", rief Sophia übermütig.

„Na, da musst du dich eben anstrengen."

„Ich strenge mich doch an!"

„Das musst du richtig wollen, hart arbeiten und viel lernen."

„Mehr als die Jungs?"

„Ganz bestimmt. Frauen müssen doch die Hausarbeit machen und die Kinder versorgen, da bleibt wenig Zeit für andere Dinge."

„Dann mache ich eben zuerst die anderen Dinge und dann den Haushalt", stellte Sophia ganz selbstverständlich fest.

„Das geht nicht, damit wirst Du nicht durchkommen."

„Ach du, du bist langweilig, aber *eine* Frau musst du doch kennen!"

„Also, Sophia, du bist vielleicht ein Quälgeist, aber im Moment fällt mir wirklich keine Straße mit dem Namen einer Frau ein."

„Was ist mit Clara Schumann? Christine hat mir von ihr erzählt"

„So? Da muss ich mal überlegen, Clara Schumann … eine Robert-Schumann-Straße gibt es in der neuen Siedlung."

„Ach so." Sophia war enttäuscht. „Und was ist mit Clara? Also, du darfst das mit Clara nicht vergessen, ich frag' dich jeden Tag."

„Warte mal, wir haben doch irgendwo noch einen Stadtplan von Dresden, ich werd' ihn suchen, dann gucken wir mal zusammen nach", sagte die Mutter, heilfroh über ihren glücklichen Einfall.

Sophia saß stundenlang über dem Plan, las Valentin Straßen und Plätze laut vor, versuchte, sich die Stadt vorzustellen und fand die Charlottenstraße.

„Die könnte nach Schillers Frau benannt sein", meinte Valentin.

„Und was hat die gemacht?"

„Na, sie war Schillers Frau."

„Und mehr weißt du nicht?"

„Nein, außer dass sie eine Adlige war. Aber das ist doch schon viel, die Frau des zweitgrößten deutschen Dichters gewesen zu sein."

„Ich weiß nicht", überlegte Sophia, „das befriedigt mich nicht."

„Wo hast du denn das Wort her?", lachte Valentin.

„Von Marie."

„Das sieht ihr ähnlich, die hat auch immer nach Höherem gestrebt, aber dir wird es einmal besser gehen, du bist die neue Generation", sagte Valentin. Die neue Generation, das klang wie eine Verheißung.

„Übrigens sind Straßen nach Rosa Luxemburg und Käthe Kollwitz benannt, und wenn wir richtig nachdenken, fallen uns schon noch mehr Frauen ein!"

„Rosa Luxemburg kenn' ich von Plakaten, aber wer ist Käthe Kollwitz?"

Valentin zeigte Sophia einen Druck von Käthe Kollwitz.

„Das sind aber trotzdem wenige Namen, da brauchen wir wirklich eine neue Generation."

Valentin lachte. „Du bist noch sehr jung, klug bist du auch. Aber du wirst dich noch etwas gedulden müssen, von heute auf morgen geht das nicht."

Bei ihrem nächsten Besuch überraschte Valentin sie mit der Geschichte von Dorothea Erxleben und zeigte ihr die Straße in

Dresden. Sophia saß mucksmäuschenstill und staunte, dass die zur Zeit Goethes gelebt hatte und als erste Frau in Deutschland Medizin studieren durfte. Nun hatte sie zwei Frauen als Vorbild, Clara und Dorothea.

Kapitel 8

Der Westen lockt mit Bananen und Freiheit

Außer den Stunden mit Marie und Valentin und den Problemen mit der Bibel gab noch eine ganz andere Wirklichkeit. In der Schule fehlten immer öfter Mädchen und Jungen, ohne sich verabschiedet zu haben. Die Mutter erklärte, dass die wahrscheinlich in den Westen gegangen seien.

„Können wir nicht auch in den Westen gehen?"

Da merkte die Mutter, dass ihre Wortwahl etwas unglücklich war, und sagte: „Aber Sophia, das weißt du doch, viele Leute flüchten in den Westen. Die trauen sich nicht, vorher etwas davon zu sagen, sie könnten ja verraten werden."

Großmutter Hedie meinte, dass die Leute rübergemacht seien, einfach abgehauen. Es passierte auch sonst viel Seltsames in der Schule. Kinder brachten Dinge mit, die sie aus dem Westen geschickt bekamen und die dann alle bestaunten, wie Doris mit ihren dicken blonden Zöpfen, deren Vater gleich 1946 der SED beigetreten war, und die in der Klasse oft vorlaut war, aber dafür nicht zurechtgewiesen wurde. Doris war eines Tages mit einer Banane erschienen, mit der sie angab und der Klassenlehrerin zeigte. Die fragte, ob sie noch mehr Bananen zu Hause hätten und als Doris wichtigtuerisch nickte, meinte die Lehrerin, da könne sie doch alle mal kosten lassen. Eine einzige Banane bei über vierzig Kindern, dachte Sophia, die so ein gelbes, krummes Ding noch nie gesehen hatte. Das müsste ja wie bei der Speisung der fünftausend zugehen! Doris schälte die Banane halb nach unten auf, was Sophia verwunderte, dann ging sie von Bank zu Bank und schmierte mit ihrem Zeigefinger winzige, kaum fingerkuppengroße Stückchen davon auf die Tischflächen und die Kinder nahmen sie mit ihren Zeigefingern hoch und leckten die weißlichen Flöckchen mit der Zunge ab. Den Rest der Banane aß Doris ungeniert vor allen auf. Sophia roch nur an ihrem zerquetschten Bananenteilchen und wischte es dann unter der Schultischplatte ab. Jedenfalls war die ganze Begebenheit so unglaublich, dass sie Valentin davon erzählte. Der schüttelte den Kopf und meinte, da könne die Lehrerin aber nur hoffen, dass sie nicht entlassen wird.

„Weil Doris eine Banane mitgebracht hat?"

„Nein, aber weil Doris euch kosten lassen sollte und die Lehrerin damit bestätigte, dass es in unserem sozialistischen Teil Deutschlands keine exotischen Früchte gibt!"

„Es gibt ja auch keine Schokolade und keinen Bohnenkaffee, wie meine Oma Isolde immer jammert."

„Kein Wunder, dass die Leute abhauen", lachte Valentin und gab Sophia einen Apfel. „Hier nimm, Goldparmänen aus meinem Garten schmecken besser als Apfelsinen und Bananen. Solch wunderbare Äpfel gibt's in keinem Geschäft."

„Kenn' ich doch, danke, Valentin." Beide bissen in ihre Äpfel.

Während sie im Garten saßen und philosophierten, wie er es nannte, sagte sie: „Du, Valentin, wir gehen auch bald weg."

„Du meinst, ihr geht in den Westen?"

„Ich glaub' schon."

„Und woher weißt du das?"

„Meine Eltern reden abends darüber. Ich lausche manchmal hinter der Küchentür."

„Wann geht ihr denn?"

„Das weiß ich nicht, aber bald. Meine Mutti sagt, dass ich abwarten muss, dass ich es schon noch früh genug erfahren werde. Aber ich darf es niemandem sagen."

„Wenn das stimmt, dann werden wir uns nie mehr sehen." Valentin musste schlucken, seine Stimme klang merkwürdig verändert.

Da merkte Sophie, dass es mit dem Weggehen nicht so einfach war, obwohl sie es sich insgeheim heiß wünschte. „Wenn ich dich nicht mehr sehen kann, dann will ich nicht weg, Valentin." Ihre Worte überschlugen sich, ihr blieb fast der Apfel im Hals stecken, sie schnappte nach Luft. Valentin klopfte ihr auf den Rücken.

„Langsam, Sophie", sagte er und fragte: „wohin geht ihr denn?"

„Das weiß ich eben nicht. Die Mutti sagt, es ist auch Deutschland."

„Dann kann es ja nicht so schlimm sein", lachte er. „Vielleicht schreibst du mir mal, wenn du dich eingelebt hast, damit ich weiß, wo du bist und wie es dir geht. Meine Adresse kennst du ja."

Die Vorstellung wegzugehen war für Sophia in dem Moment unerträglich. Sie musste sofort nach Hause, sie wollte ihre Mutter fragen, damit sie Valentin mehr erzählen konnte. Zu Hause roch es mitten in der Woche nach Bohnenkaffee. Oma Isolde war gekommen, sie hatte auf Sophia gewartet und umarmte sie und weinte. Da weinte Sophia auch und ahnte, dass sich etwas Schlimmes zusammenbraute.

„Wenn ihr weggeht", sagte Großmutter Isolde zu ihrer Tochter, „dann hat mein Leben keinen Sinn mehr. Ich lebe doch nur für euch!"

„Aber, Mutti, du weißt doch, dass wir nicht bleiben können. Du weißt, dass Moritz das nicht aushält, seine Kollegen bespitzeln zu müssen."

„Aber meine geliebten Kinder ..."

„Du kommst nach, oder du besuchst uns, wir haben das doch alles schon besprochen. Mach es uns im letzten Moment nicht noch schwerer, als es ist, bitte."

„Wann gehen wir?", fragte Sophia.

„Morgen früh", sagte die Mutter, „das darf aber niemand wissen."

„Ich muss sofort zu Valentin und richtig Aufwiedersehen sagen", schrie Sophia außer sich und riss sich aus den Armen ihrer Großmutter. „Und zu Marie auch, sonst renne ich weg und ihr seht mich nie wieder!"

„Aber nur fünf Minuten zu beiden, Sophia, hörst du? Dann kommst du sofort zurück!" Sophia war schon im Treppenhaus und rannte durch die Stadt zu Marie und platzte ins Haus. Als sie Marie sah, brach sie in Tränen aus und rief: „Marie, wir gehen weg und du hast mir noch nicht von Ursula erzählt!"

„Ach du meine Güte, Kind, beruhige dich, was ist denn los, ich verstehe ja kein Wort", sagte Marie, aber sie begann schon zu verstehen, noch bevor Sophia sagen musste, dass sie morgen in den Westen flüchten würden.

„Bist du da sicher, Sophia, morgen schon, ihr alle?"

„Ja, Marie", schrie Sophia außer sich, „aber was ist mit Ursula, du hast mir versprochen, dass du mir von ihr erzählst. Meine Mutter sagt, dass Ursula im Westen ist, da kann ich sie doch besuchen."

„Der Westen ist groß, wohin geht ihr denn, mein Liebling?"

„Das weiß ich eben nicht, aber ich kann Ursula schreiben und dann zu ihr fahren – und du kannst ihr von mir schreiben!"

Sie setzten sich aufs Sofa und Marie begann mit ihrer Geschichte, die sie eigentlich erst viel später hatte erzählen wollen, wenn Sophia groß genug war: „Als ich sehr jung war, das war noch im Krieg, liebte ich einen Mann, der war nicht von hier. Wir waren nur wenige Wochen zusammen und wussten doch sofort, dass wir nach dem Krieg heiraten wollten. Als ich merkte, dass ich schwanger war, war Michael schon längst wieder weg. Er war ja Soldat. Dann kam Ursula zur Welt. Ich schrieb ihm an seine Einheit von Ursula, bekam aber keine Antwort. Auf dem Standesamt wollte ich seinen Namen als Ursulas Vater nicht angeben. Lange habe ich gehofft, er würde nach Kriegsende wiederkommen, aber er kam nicht und ich dachte, vielleicht ist er gefallen. Die Leute haben mit Fingern auf mich gezeigt. Zum Glück hatte ich Dr. Bechstein und unsern Apotheker, die fragten nicht danach, und die Leute, die meine Tees brauchten, auch nicht. Eines Abends, im Herbst 1947, stand Michael vor der Tür und klopfte, als es dunkel war. Er war von Westdeutschland über die Grenze gekommen. Ich erkannte seine Stimme sofort, und war ganz verwirrt, als er so unerwartet vor mir stand. Einen Moment lang freute ich mich und umarmte ihn und liebte ihn wie damals. Dann erzählte er, dass er in Köln seine Jugendliebe geheiratet hätte und wegen Ursula gekommen sei, und hat mich gebeten, ihm Ursula zu geben, er und seine Frau möchten sie adoptieren. Er versprach mir, dass er alles für sie tun würde. Wir redeten bis tief in die Nacht und er sagte immer wieder, dass es für Ursula im Westen doch viel besser sei. Michael und Ursula verstanden sich sofort richtig gut. Sie war so glücklich, endlich einen Vater zu haben, wie die anderen Kinder. Und da habe ich sie am Tag darauf nach Einbruch der Dunkelheit mitgehen lassen, weil ich wusste, dass Michael ein guter Vater sein würde. Kameraden haben ihnen an der Grenze geholfen, wieder nach Westdeutschland zu gelangen. Ursula hat ein gutes Leben bei ihm und seiner Frau, aber ich vermisse sie so sehr, es tut so weh, ich weiß ja nicht einmal, ob ich sie je wiedersehen werde – und jetzt gehst du auch noch."

Sophia kuschelte sich an Marie. „Meine Mutti sagt, dass du mal im Gefängnis warst."

„Hat sie auch gesagt, warum?"

„Nein – ich weiß nicht mehr."

„Michael und ich hatten ausgemacht, dass ich sagen soll, er sei mitten in der Nacht mit Ursula verschwunden , und dass ich nichts davon wusste. Zwei Tage später bin ich zur Polizei gegangen und wollte Ursula als vermisst melden, da haben sie mich gleich in Untersuchungshaft gesteckt, da war ich über sechs Wochen. Die Polizei wollte mir nicht glauben und drohte, ich solle endlich zugeben, dass ich von der Flucht wusste. Ich bin aber standhaft geblieben."

„Ich schreib' dir, Marie, ich versprech's dir, und du musst mir auch schreiben, aber jetzt muss ich noch zu Valentin."

„Ja, Sophielein, ich freu' mich schon auf deine Briefe, mein Herz. Komm, gib mir noch einen Kuss." Marie wischte ihre Tränen ab und lachte wieder.

Eine viertel Stunde später hämmerte Sophia an Valentins Wohnungstür und fiel fast in den Flur, als er öffnete, weil sie seine Schritte nicht gehört hatte. Er hatte nicht mit ihr gerechnet und zog sie an sich. Er saß gerade beim Abendbrot und goss ihr eine Tasse Malzkaffee mit Milch ein, schnitt eine große Scheibe Brot ab, bestrich sie mit Butter und Leberwurst, stellte alles vor Sophia und setzte sich ihr gegenüber. Es war ihre letzte Mahlzeit. Dann holte Valentin ein Foto, auf dem sie mit ihm auf der Bank im Garten sitzt und steckte es in einen Briefumschlag. „Damit du mich nicht vergisst, meine Sophia", sagte er und begleitete sie bis zur Straßenecke. Sophia weinte und weinte. Unterwegs wollte eine Frau wissen, was los sei, aber sie brachte kein Wort heraus, sondern rannte unter Tränen halb blind nach Hause. In der Küche war das Licht die ganze Nacht an, überall standen Koffer und Taschen mit ihren Kleidern. Ein Buch durfte Sophia im Tragbeutel mit den Butterschnitten mitnehmen. Sie wollte noch mal zu Valentin, aber die Mutter hielt sie zurück und schrie: „Das geht jetzt nicht mehr! Herrgott noch mal, Sophia, mach es mir nicht so schwer!"

Es war aber nicht nur die Verlockung, die Bohnenkaffee, Bananen, Schokolade und Apfelsinen auf die Menschen in der sowjetisch besetzten Zone Deutschlands ausübten, sondern das Regime in Ostberlin trieb die Menschen in die Flucht. Sophias Eltern, wie Millionen vor und nach ihnen, hatten eines Tages alles „stehen und liegen" gelassen und sich in den anderen Teil ihres Landes aufgemacht, in dem sie früher nie gewesen waren, der ihnen aber eine Freiheit versprach, auf die sie in der Ostzone vergeblich warten würden.

Die Flucht begann mit einer Zugfahrt. Das war nichts Neues, nur hatten sie nie zuvor so viel Gepäck mitgenommen, auch so geheimnisvoll war es bis dahin nie zugegangen und so weit waren sie auch noch nie gefahren. Es dämmerte gerade, als sie mit ihren schweren Koffern und Taschen das letzte Mal am Gondelteich vorbei zum Bahnhof hetzten und die Treppen zum Bahnsteig hochstürzten. Als sie durch die Sperre drängten und ihre Fahrkarten vorzeigen mussten, hörten sie schon das „Türen schließen". Kaum waren sie eingestiegen, gab es einen Ruck, und die Räder rollten unter ihnen los, bevor sie die Koffer in den Netzen über sich verstaut hatten. Im letzten Moment riss die Mutter das Abteilfenster runter und sie winkten Oma Isolde, die einsam auf dem Bahnsteig stand, und Sophia begriff, dass alle zurückbleiben würden, niemand ging mit, niemand würde nachkommen. Ohne Abschied und immer in der Angst im letzten Moment noch entdeckt zu werden, fuhren sie nach Berlin. Mit der S-Bahn erreichten sie West-Berlin und flogen am späten Nachmittag vom Flugplatz Tempelhof nach Frankfurt. Die Flugkarten hatte der Vater auf seiner letzten offiziellen Dienstfahrt nach Ostberlin in einem Westberliner Reisebüro bestellt und mit Westgeld von Oma Isolde bezahlt. Vierzig Stunden später kamen sie hungrig und erschöpft mit dem Zug in einer kleinen westdeutschen Stadt an, wo sie erst einmal bei einem Schulkameraden des Vaters unterkommen konnten.

Kapitel 9

Aufnahmeprüfung fürs Gymnasium im katholischen Westen

Sie waren kaum ein paar Monate in der Bundesrepublik, als ihr Lehrer Meffert ihnen von der Aufnahmeprüfung fürs Gymnasium erzählte. Sophia sprang wie elektrisiert auf und rief : „Ich will die Aufnahmeprüfung machen, ich will aufs Gymnasium!" Herr Meffert blickte sie belustigt an, wie sie voller Eifer nach vorn gebeugt in ihrer Bank stand und fast ihr Gleichgewicht verlor. „Dann setz dich mal wieder hin, Sophia", sagte er, „und schreibt euch auf, wann ihr wo für die Prüfung sein müsst. Diejenigen, die daran teilnehmen, bekommen natürlich an dem Tag schulfrei. Wir üben auch noch, was ihr wissen müsst." Er diktierte ihnen, was sie ihren Eltern geben sollten. Die Mutter teilte Sophias Aufregung nicht in gleichem Maße und warnte: „Da müssen wir erst sehen, was Vati dazu sagt."

„Ist mir ganz egal, ich geh' aufs Gymnasium", rief Sophia frohgemut und machte sich an ihre Schulaufgaben. Während des Abendessens diskutierten die Eltern über die Vor- und Nachteile einer höheren Schulbildung, und ob sich die für ein Mädchen überhaupt lohne, dann wurde die Entscheidung erst einmal verschoben. Es war ja noch Zeit. Aber Sophia drängte jeden Tag, bis sie endlich die Erlaubnis bekam. Lehrer Meffert setzte ihren Namen auf die Liste.

Sophia war aufgeregt, als sie am Morgen der Aufnahmeprüfung, nach einem Teller Haferflocken mit extra viel Haselnüssen und Rosinen, mit der Mutter zum Gymnasium ging, wo sie zehn Minuten vor acht sein sollten. Aus allen Straßen strebten die Kinder mit ihren

Müttern und einigen Vätern dem Gymnasium. In der Pause brachte ihr der Vater ein Päckchen Traubenzuckertabletten – zur besseren Konzentration – wie er sagte. Sie mochte das zusammengepresste süßsäuerliche Zeug, das prickelnd schäumend auf der Zunge zerging.

Nach den Prüfungen kam die Zeit des Wartens. Die Ergebnisse würden in einer Stunde bekanntgegeben, verkündete ein Lehrer. Die Jungen und Mädchen, von denen viele aus den umliegenden Dörfern gekommen waren, fragten einander nach den Rechenergebnissen und wie sie dieses oder jenes Wort buchstabiert hätten, bis endlich alle in die Aula gerufen wurden und Sophia erfuhr, dass sie die Prüfung bestanden hatte. Überglücklich rannte sie nach Hause. Nicht alle Kinder hatten bestanden und viele aus ihrer Klasse hatten sich nicht angemeldet. Wieso wollten die nicht aufs Gymnasium? Sie kamen aus Winzerfamilien oder die Eltern besaßen Geschäfte, hatten Handwerkerbetriebe und kleine Familienunternehmen, wo die Kinder zwar jeden Tag nach der Schule helfen mussten, aber arm waren die nicht.

Am ersten Schultag versammelten sich alle Punkt acht Uhr in der Aula, in die sie klassenweise vom Schulhof aus, wo sie sich aufstellen mussten, geführt wurden. Die Sextaner kamen zuerst. Direktor Dr. Sauer, den Sophia von der Aufnahmeprüfung her kannte, stand vor ihnen und begann feierlich: „Liebe Jungen und Mädchen." Immer würde er sie mit „Liebe Jungen und Mädchen" anreden, in der Aula, in den Klassen, auf dem Sportplatz. Sophia fiel es spätestens beim dritten Mal auf, dass die Mädchen ausnahmslos an zweiter Stelle genannt wurden.

Das größte Problem war das Schulgeld und Frauen in der Nachbarschaft hielten der Mutter vor, dass der Besuch des Gymnasiums für ihre Tochter unter den prekären finanziellen Umständen der Familie nicht angemessen sei. Die Mutter fühlte sich durch die Einmischung Außenstehender brüskiert, und so bewirkten diese unerbetenen Ratschläge das Gegenteil. Sie sah ein, dass es die richtige Entscheidung für ihre Tochter gewesen war.

Der Neuanfang in dieser katholischen Gegend, die der Krieg weitgehend verschont hatte, war schwer. Auch wenn sie nicht sächsisch sprachen, was die Mutter nie geduldet hatte, klang ihr Deutsch anders und sie gebrauchten viele andere Wörter. Und weil sie evangelisch war, kam es zu Wortgefechten, die nicht selten auf dem Schulweg in Raufereien endeten. Noch Jahre nach der Flucht kamen sie sich im westlichen Teil Deutschlands wie Fremde vor und bekamen von der einheimischen katholischen Bevölkerung oft genug zu hören, dass sie wieder dahin zurückgehen sollten, wo sie hergekommen waren. Sophia stählte sich jeden Morgen vor dem Schulweg:,Ich bin auch deutsch und habe dasselbe Recht wie die Einheimischen, in der Kleinstadt zu wohnen.' Sie war zerrissen zwischen zwei Deutschland.

Großmutter Isolde besuchte sie jeden Sommer für drei Wochen, aber bleiben wollte sie nicht. Eines Tages kam ein Briefumschlag mit schwarzem Rand. Großmutter Hedie schrieb, dass Valentin an einem Herzschlag gestorben sei. Sie hatte eine Traueranzeige aus der Zeitung ausgeschnitten und beigelegt. Das war das Allerschlimmste. Ihr großer Freund und Marie waren durch die Flucht für immer aus ihrem Leben gerissen worden und jetzt war Valentin gestorben!

Meist war die Mutter froh bei der Arbeit, sie bekam aber wenig Anerkennung von ihrem Mann für ihre unermüdlichen Bemühungen. Zwar sprach die Mutter davon, dass sein Einkommen ihnen beiden gehöre, denn auch sie arbeite von früh bis spät, aber das änderte wenig an der Tatsache, dass er das Geld verdiente. Im Gegenteil, ihr Mann sagte höchstens: „Mein Gott, Traudel, dann teil dir die Arbeit so ein, dass du nach dem Abendbrot mit allem fertig bist, das wäre auch für mich schöner. Außerdem bekommst du doch ein Taschengeld, ich habe keins."

„Dass du dir nicht zu blöde vorkommst, die paar Mark überhaupt zu erwähnen. Und wer soll sonntags Essen kochen und abwaschen? Ist das etwa keine Arbeit?"

„Das bisschen Kochen", warf Moritz in solchen Augenblicken verächtlich ein. „Ich denke kochen macht dir Spaß? Und abwaschen kann Sophia."

„Klar", entgegnete seine Frau voller Grimm, „du sitzt im Wohnzimmer, liest Zeitung und hörst Musik und glaubst, ich reiße mich darum, auch am Sonntag in der Küche stehen zu dürfen! Andere Männer kochen sonntags schon mal und kaufen sogar dafür ein. Aber dich möchte ich mal kochen sehen – dass ich nicht lache!"

„Ich könnte schon kochen", trumpfte er auf, obwohl er es nicht konnte.

Nur die Rabattmarken, die sie in Heftchen klebte, gehörten sozusagen ihr. Sie sammelte diese Hefte, um einmal etwas Besonderes kaufen zu können. Sophia, die der Mutter beim Einkleben der Marken zusah, die sie einfach anleckte, wusste, wie eklig süßlich der Leim schmeckte. Sie ließ den ganzen langen Streifen, den sie mit beiden Händen an den Enden festhielt, über ihre Zunge gleiten und pappte ihn dann ins Markenheft.

Nach jedem Einkauf rechnete die Mutter penibel auf Heller und Pfennig ab. Dazu saß sie mit den handgeschriebenen Quittungen vom Bäcker, dem Lebensmittelgeschäft und dem Fleischer am Küchentisch. Es dauerte eine Weile, bis sie alles zusammen hatte. Sie erinnerte sich, dass sie beim Schuster fünfzig Pfennige für eine Reparatur bezahlt hatte, oder sah die Röllchen Nähseide, die schon auf dem Nähmaschinentisch lagen, aber das Geld stimmte immer noch nicht. Sie konnte in Panik geraten, wenn nur fünf oder zehn Pfennig fehlten und rechnete und überlegte, wo der Groschen sein könnte. Dann sah sie beim Kochen das Bündel Suppengrün aus der Gärtnerei und atmete auf. Doch nicht verloren!

Wenn Moritz seine Frau so nervös nach Pfennigen suchen sah, während er ans Essen dachte und sein Magen knurrte, sagte er schon mal: „Nun hör endlich auf, Traudel, fang lieber an zu kochen, ich hab' Hunger. Auf die paar Pfennige kommt es doch nicht an."

„Doch, es kommt darauf an, Moritz", antwortete sie, „ich will wissen, wo das Geld ist, ich passe beim Bezahlen immer so genau auf und zähle das Wechselgeld sofort nach, also lass mich. Du wirst dein Essen schon pünktlich bekommen."

Sophia tat die Mutter leid. Nie würde sie sich in eine so erniedrigende Abhängigkeit bringen. Sie würde studieren und selbst Geld verdienen.

Einmal, als Sophia aus der Schule kam, fand sie die Mutter in heller Aufregung über einen Brief von den Winklers, den sie mit den Worten kommentierte: „Wie kommen ausgerechnet die dazu, uns um Hilfe zu bitten? Wie stellen die sich das vor? Die haben uns nie im Geringsten geholfen, nachdem wir ausgebombt waren."

Der Briefumschlag mit der DDR-Briefmarke lag auf dem Tisch. Sophia verstand nicht gleich und fragte: „Was wollen denn Christines Eltern?"

„Sie wollen einen Ausreiseantrag stellen und wir sollen sie aufnehmen! Was denken die sich eigentlich? Ich habe schon genug Opfer im Leben gebracht. Eine ganze Familie aufnehmen, das kann ich nicht."

Sophia las den Brief. Christine würde drüben bleiben, sie reise sowieso viel als Solistin und gäbe in aller Welt Konzerte, schrieb ihr Vater. Sophia wunderte sich und betrachtete den Briefumschlag von allen Seiten. Hatten die denn keine Angst, dass der Brief geöffnet werden könnte? Nach wortreichen Diskussionen musste Moritz den Winklers schreiben, dass er sich nicht in der Lage sehe, sie aufzunehmen. Aber er war selbst froh, die Sache so lösen zu können.

Nach Christine wagte Sophia Tante Annelies nie zu fragen, obwohl sie gern gewusst hätte, wie es der früheren Freundin ging. Das stimmte sie nachdenklich. Bestand da eine Art Konkurrenzkampf zwischen ihnen? Christine hatte Dank ihres musikalischen Talents und der Förderung des DDR-Staates Karriere gemacht. Sie lehrte an der Hochschule für Musik Franz Liszt in Weimar und durfte ins Ausland reisen. Auf der anderen Seite war sie, die aus der DDR geflohen war, der Hoffnung einer Freiheit folgend.

„Ich habe dieses Mal nicht viel Zeit, Tante Annelies." Die Worte wollten nicht so richtig raus. Sophia hatte sich beim Frühstück mit Westkaffee frischen Brötchen und selbstgemachter Marmelade einen Ruck geben müssen.

„Nu, du bist doch grade erst gekommen, ich dachte, du bleibst noch was? Die paar Stunden, das lohnt sich doch gar nicht. Wir müssen dich ja noch auf der Polizei anmelden, unten im Hausflur am schwarzen Brett bist du doch schon eingetragen." Die Tante klang gekränkt.

Sophia schwieg betreten, aber sie musste nach Leipzig.

„Für immer weg will ich ja nicht", sinnierte die Tante, „aber einmal würde ich schon gerne kommen und gucken, wie du wohnst. Das würde ich gern mal sehen, aber das wär' mir dann auch genug, dann wär' ich zufrieden."

„Ich komm' bald wieder, das verspreche ich dir. Wir machen dann einen Spaziergang durch die Stadt und melden mich an."

„Nu, ich tät' aber lieber mit dem Auto fahren, das ist doch so schön. Das hab' ich ja nicht so oft. Da könnt' ich auch gleich noch Kartoffeln holen."

Gegen elf fuhr Sophia am folgenden Tag weg. Die Tränen hielt sie zurück. Diese verdammte Politik, diese unmenschliche Grenze! Zum Treffen im Park in Leipzig kam nur Anja mit ihrer Mutter. Frau Nickels berichtete leise und hastig über den letzten Besuch bei ihrem Mann im Gefängnis, dass seine Gesundheit unter den Haftbedingungen sich weiter verschlechtert habe, erwähnte Medikamente, die er unbedingt brauche, und welche Hilfe er sich aus den USA von den Demokraten erwarte. Sie nannte Namen von Politikern, beide hofften auf einen Artikel in der *New York Times*, wovon Günter Nickels sich viel versprach.

Günter Nickels weiß mehr als ich, dachte Sophia. Und ist es nicht egal, aus welcher Partei Hilfe kommt?

Anja überreichte Sophia eine geschnitzte Holzdose. „Als kleines Dankeschön."

Frau Nickels steckte Sophia ein Stück Papier zu. „Günters Bruder wird Ihnen alles erklären. Merken Sie sich die Telefonnummer und vernichten Sie den Zettel noch vor Grenzübertritt. Kommen Sie wieder gut nach Hause und danke für alles." Damit liefen Anja und Frau Nickels nach kaum zehn Minuten einfach davon. Sophia begriff nicht gleich. Da hätte sie ja ein paar Stunden länger bei der Tante bleiben können. Hoffentlich hat mich niemand bemerkt und Verdacht geschöpft. Auf einem Umweg ging sie zum Auto und fuhr in Richtung Westen.

Mit der Bitte im Hilfe von den Winklers hatte die Teilung Deutschlands Sophia noch einmal ganz anders eingeholt. Sie war vierzehn und fragte sich, wo ihre Verantwortung liege. Ihre Eltern hätte sie nicht umstimmen können. Die Bundesjugendspiele kamen ihr in dem Augenblick gelegen, das überspielte die deutsch deutschen Probleme. Sophia konnte schnell laufen und weit springen, aber die Jungen liefen schneller und sprangen weiter. Warum war das so? Sie gab doch alles, sah weder nach rechts noch nach links, sondern lief gerade auf das Ziel zu und biss sich dabei auf die Lippen, dass es schmerzte. An dem Nachmittag, an dem sie den 100-Meterlauf schneller gerannt war, als alle Mädchen ihres Jahrgangs, aber mehrere Jungen schneller gewesen waren, ging sie allein am Fluss entlang zurück. Nicht einmal mit Marlis wollte sie sein, so niedergeschlagen war sie. Sie legte sich ins Gras, träumte den Wolken nach, hörte dem Plätschern der Wellen zu, wie sie ans Ufer schlugen und überlegte, warum das so war, das mit dem Laufen und Springen. Was müsste sie tun, um es mit den Jungen aufnehmen zu können? Sie saßen alle in der Klasse zusammen im Mathematik- und Biologieunterricht und in der Deutschstunde. Die Sportlehrerin würde ihr sagen, dass ihre Frage falsch gestellt sei, weil die Jungen mehr Muskelkraft hätten. Sophia war sich sicher, dass die Mädchen mehr aus sich herausholen könnten, wenn sie öfter üben würden. Außerdem brauchte sie richtige Turnschuhe.

Sie fragte Marlis, was sie davon halte, dass die Jungen immer zuerst genannt wurden, ganz gleich, worum es sich handele. Marlis meinte: „Das ist mir egal, mich stört das nicht. Ich weiß wer ich bin."

„Ja, du vielleicht, aber ich wette, den meisten fällt das nicht einmal auf! Der Sauer könnte es ja auch mal andersherum sagen. Und jede Rede schließt er in devoter Haltung mit *ora et labora*. Darüber amüsiert sich die ganze Schule, alle warten auf diese Schlussformel."

„Die Reihenfolge ändern? Das würde der nie tun!", lachte Marlis vergnügt. „Da käme sein Weltbild ins Wanken – außerdem hat der Angst."

„Angst? Wie meinst du das?"

„Pass doch mal auf, der Sauer guckt uns nie in die Augen. Wer weiß, was dem im Kopf herumgeht, wenn der uns sieht. Wahrscheinlich ist der so steif und guckt so scheel, weil wir so jung und schön sind", sagte Marlis vieldeutig.

„Scheinheilig ist der und autoritär. Aber das hat nicht nur was mit seinem Katholizismus zu tun. Ich fühle mich nie wohl, wenn der mich anguckt."

„Eben, der ist lüstern und verdeckt es mit seinem religiösen Gehabe. Wenn jemand so ist, dann stecken noch ganz andere Dinge dahinter, wer weiß, am Ende hat er was mit einer Frau."

„Aber der ist doch verheiratet."

„Na und? Hast du schon mal seine Frau gesehen?"

„Nein, aber so wie der aussieht!"

„Frauen ist das Aussehen der Männer egal, Hauptsache der Mann hat Macht oder viel Geld! Am besten beides."

„Woher weißt du das?"

„Das ist einfach so. Ergibt ja auch Sinn. Die Männer auf hohem Posten werden von den Frauen umschwärmt."

„Kann ich mir bei ihm schlecht vorstellen, ich begegne ihm jedenfalls ungern allein auf dem Flur."

„Stell ihn dir in Unterhosen vor, das rät meine Mutter immer."

„Was der wohl für welche trägt?"

„Sicher lange, ein Bild für die Götter." Sie lachten beide. „Der hat's leicht, der kann alles beichten und kann dann mit einem reinen Gewissen herumlaufen!"

Sophia war da nicht so sicher. „Die Priester kennen ihn alle – und er sie – das wäre doch eine blöde Situation. Also ich möchte nicht beichten gehen müssen, und alles sagen die garantiert nicht. Ob der beichten muss, dass der den Jungen eine knallt, wenn sie nicht in der Schulmesse waren?"

„Weiß ich nicht, aber dafür wird ihm niemand was anhaben können", schüttelte Marlis den Kopf. „Da müssten sich schon die Eltern beschweren. Aber die Jungs sagen doch zu Hause nicht, dass sie die Messe geschwänzt haben und stecken lieber die Ohrfeige ein. Am Ende würden die auch noch eine Ohrfeige von ihren Vätern bekommen, wenn die davon erführen. Wie ist das eigentlich mit der Prügelstrafe? Ich glaube, die ist noch nicht abgeschafft?"

„Aber das heißt ja nicht, dass der Sauer sie schlagen muss! Das ist doch faschistisch, der unterdrückt uns alle. Und es ist pure Feigheit, wenn wir zusehen. In der Sexta war ich erschrocken, daran erinnere ich mich noch gut, in der Quarta haben wir Mädchen heimlich gelacht, aber es war mir nie geheuer zumute, na ja, und heute finde ich das pervers und sadistisch – im Gegensatz zu christlich. Wenn der jeden Dienstag von Klasse zu Klasse geht und den Jungen immer vor der ganzen Klasse eine reinhaut, dass deren linke Backe rot anläuft, weil er sie dabei erwischt hat, dass sie nicht in der Schulmesse waren! Der weiß immer genau, wer nicht da war und die sind so blöd und wehren sich nicht. Und wo bleibt da die Andacht, wie soll der beten, wenn er genau aufpasst, wer von den über zweihundert Jungen gefehlt hat?"

„Selbstherrlich und bigott ist der, da kann dich's Gruseln überkommen, aber uns kann der egal sein, wir haben Gott sei Dank nicht viel mit ihm zu schaffen. Der Schönemann ist dafür umso netter, in den könnte ich mich direkt verlieben."

Der Zeichenlehrer sah tatsächlich zum Verlieben aus. „Ob der Schönemann weiß, dass alle Mädchen in ihn verknallt sind?"

„Klar weiß der das! Wenn jemand so aussieht! Pass doch mal auf, wie der sich freut, wenn er uns sieht und wie er sich über uns beugt, wenn er uns was zeigen will. Der riecht gut."

Sophia staunte. Weil sie sehr gut malen und zeichnen konnte, hatte Schönemann sich noch nie tief über sie gebeugt, sondern ihre Arbeit von oben her gelobt – oder hatte das am Ende nichts mit dem Malen zu tun, sondern weil Marlis es direkt darauf anlegte, dass er sich um sie bemühte?

„Musst du mal ausprobieren", lachte die.

„Ach, du! Du traust dir viel mehr als ich. Aber der Sauer ist genau das, was ein Christ nicht sein soll, sogar die Katholischen tuscheln über ihn. Der ist Stadtgespräch. Warum machen die Lehrer und Lehrerinnen das mit? Die sind immer dabei und sagen kein Wort, wenn er die Jungen ohrfeigt."

„Wenn die was sagen, bekommen die bloß Probleme, schließlich sind sie von ihm abhängig! Die wollen alle so schnell wie möglich befördert werden und wieder weg von hier. Diese Kleinstadt, das ist ja wie strafversetzt. Du hörst doch, wie er sie im Lehrerzimmer zusammenbrüllt. Die verachten ihn genauso wie wir, er ist doch eine Witzfigur mit seinem Igelhaarschnitt und frommen Getue. Bloß an Dr. Wedekind traut er sich nicht heran, der ist über alles erhaben."

„Wedekind ist der beste", pflichtete Sophia bei, „der hat Humor. Er könnte ja auch aufhören, wenn er wollte. Aber wieso weißt du das alles so genau? Meinst du, der Sauer hat tatsächlich was mit einer Frau?"

„Das weiß ich aus sicherster Quelle. Übrigens sind die meisten Männer so. Mein Vater ist Architekt, bei ihm müssen auch alle immer sofort spuren."

„Also, das finde ich auch blöd. Arbeiten für deinen Vater auch Frauen?"

„Nur seine Sekretärin. Frau Schmidt ist älter als meine Mutter. Sie beantwortet das Telefon, erinnert ihn an seine Termine, macht Kaffee und bringt ihm auch mal das Mittagessen auf den Bau."

„Möchtest du so eine Arbeit machen? Also ich nicht", stellte Sophia fest.

„Er bezahlt gut, woanders müsste sie mehr für weniger Geld tun."

„Na ja, ich kann's mir trotzdem nicht vorstellen. Also, wenn's um die Messe geht, kommen die Jungen wirklich mal schlechter weg. Die Mädchen gehen ja auch nicht immer alle, aber die ermahnt der Sauer nur. Dafür zieht er die Jungs eindeutig im Unterricht vor, führt Gespräche mit ihnen auf dem Gang und lädt sie sogar ins Direktorzimmer ein. Und die Evangelischen werden von der Simon benachteiligt, das ist so ungerecht. Egal, wie gut wir sind und wie sehr wir uns anstrengen, unsere Noten bei den Klassenarbeiten sind immer wenigstens um eine Note schlechter als verdient. Die Simon sucht so lange, bis sie was findet, was sie rot anstreichen kann, selbst wenn es gar kein richtiger Fehler ist. Für sie ist der Katholizismus der alleinseligmachende Glaube."

„Ich weiß, wir Evangelischen kommen in die Hölle! Aber ich glaube eher, dass die Simon ihre Enttäuschung darüber, dass sie keinen Mann abgekriegt hat, an uns auslässt. Die trägt jeden Tag denselben dunkelbraunen Rock mit giftgrüner Bluse bis zum Hals zugeknöpft und braunem Bolero. Wie eine Nonnentracht. Und steht unnahbar und stockgerade vor der Klasse, nie huscht auch nur das leiseste Lächeln über ihr Gesicht. Ich wette, die hat ein Gelübde abgelegt, vielleicht tut sie für eine Jugendsünde Buße. Ich wäre da auch schlecht gelaunt und würde nach Fehlern in den Arbeiten der Abtrünnigen suchen", spottete Marlis.

Die Freundinnen lachten übermütig, als hätten sie etwas ausgeheckt. Noch hatten die Lehrer die absolute Macht. Aber das war nur eine Frage der Zeit. Es war kurz vor den Sommerferien. Sie trugen weite helle Baumwollröcke mit kleinen Blümchen bedruckt, dazu weiße Blusen und weiße Sandalen.

Kapitel 10

Die Venus des Giorgione

Die Mutter hatte keine Freundin und zog Sophia stark in ihr Leben ein, nahm sie auf ihre Gänge mit und versuchte, sich mit ihr über Bücher und Filme zu unterhalten. Sie durchblätterten Modezeitschriften nach Schnitten für Kleider, und wenn sie so beisammen saßen, hätte Sophia die Mutter gerne nebenbei mal nach der Liebe gefragt, wie das ist zwischen Jungen und Mädchen, warum es ein so großes Geheimnis war, und warum es verboten war, mit Jungen allein zu sein. Aber dann tat sie es doch nicht, denn wenn sie sich gerade so weit überwunden hatte, war die Mutter wieder die Mutter, ermahnte Sophia, mehr zu lernen, fragte nach dem Ergebnis einer Klassenarbeit, oder verlangte von ihr, das Bad endlich zu putzen, wozu diese überhaupt keine Lust hatte.

Beim Badputzen dachte Sophia an Florian, den sie im Garten des Hauses seiner Eltern gesehen hatte. Sie hatte eine besonders üppige lila Fliederdolde in die Hand genommen, um den Duft tief einzusaugen und hätte am liebsten einige Zweige abgebrochen, die weit über den Zaun herunterhingen, als sie jemand ansprach: „Guten Tag, wer bist du, ich habe dich noch nie gesehen. Ich heiße Florian Brüning." Der Vorname war ihr neu. Sie nannte den ihren.

„Komm vor zum Tor, ich mach' auf."

Das eiserne Tor quietschte, dann standen sie sich gegenüber. Florians langes lockiges Haar war weizenblond, seine Augen tiefblau. Er war einen halben Kopf größer als sie und erzählte ihr frei heraus, dass er mit seiner Familie, zu der auch ein Großvater und sein älterer Bruder Lothar gehörten, in dem großen Haus wohne. Die Kanzlei, wie Florian das Büro nannte, in dem sein Vater arbeitete und seine Mandanten empfing, lag im

Erdgeschoss rechts neben der Haustür. „Mein Zimmer ist oben unterm Dach. Nachts studiere ich den Sternenhimmel. Siehst du das Ende des Teleskops im rechten Fenster?" Florian schien viel zu wissen, so wie er sprach. Er war überhaupt anders. Diese überlegene Freundlichkeit kannte sie an anderen nicht. Ob das an der Arbeit seines Vaters und dem großen Haus lag?

„Du sagst ja gar nichts, weißt du überhaupt, was dein Name bedeutet?"

Natürlich wusste Sophia das. Aber auf Florians Frage hin schwieg sie, vielleicht, weil sie sich darüber ärgerte, dass er sie seine geistige Überlegenheit so offen spüren ließ?

„Mein Name bedeutet der Prächtige", lachte er und schaute sie stolz an, „und deiner bedeutet Weisheit."

„Ich weiß."

„Warum sagst du es dann nicht? Aber jetzt muss ich mich an meine Hausaufgaben machen. Komm bald wieder, klingle einfach am Tor."

Den Umweg durch Florians Straße ging sie von da an oft, und er passte sie ab, ohne dass sie sich absprachen. Beide fanden Gefallen aneinander. Manchmal saßen sie nebeneinander auf der Bank im Hof. Sie spürte seine Wärme und seinen Atem, der sie fast trunken machte. Ihre Hände zuckten, sie hätte ihn gern berührt, so stark zog er sie an, und sie wusste kaum, wie sie sich bewegen oder was sie sagen sollte, während er ihr mehr von der Arbeit in ihrer Kanzlei erzählte. Er half bei der Ablage. Was Ablage war, fragte sie nicht, weil sie nicht vollkommen unwissend erscheinen wollte.

Dann wieder spazierten sie einen Feldweg entlang. Ihre Schultern streiften sich manchmal kurz oder ihre Hände berührten einander, und Sophia konnte nicht sagen, ob es aus Versehen geschah oder Absicht war. Sie fuhr zusammen und suchte dennoch die nächste Berührung, so dass sie oft minutenlang an nichts anderes denken konnte, bis sie wieder Florians Stimme vernahm, der von einem Rechtsfall berichtete, den sein Vater mit ihm erörtert hatte und in dem ein früherer Rechtsanwalt und alter Nazi angeklagt war.

„Eigentlich dürfte ich nicht mit dir darüber sprechen, deshalb nenne ich seinen Namen nicht", erklärte Florian, „aber es wird bestimmt bald in den Zeitungen stehen. Dieser Mann war gleich nach der Wahl Hitlers zum Reichskanzler nach Berlin gegangen, über seine dunkle Machenschaften ist immer wieder gemunkelt worden, erinnert sich mein Vater. Im Sommer 1945 ist er wieder in der Stadt aufgetaucht. Er wohnte seitdem unauffällig und unbehelligt bei seiner Mutter und ließ sich nur selten in der Stadt blicken, bis er eines morgens ganz unverhofft festgenommen wurde, aber etwas Genaues ist nicht so leicht zu erfahren."

Sophia staunte über die Geschichte und Florian fuhr fort: „Mein Vater meint, dass wir alle die Frage nach einer Moral nach zwölf Jahren Naziherrschaft und einem verlorenen Krieg ganz neu überdenken müssten, sonst würden Ethik und Moral schnell wieder auf der Strecke bleiben. Dieses Umdenken erwiese sich aber als schwierig, weil sich die Menschen insgeheim davor entsetzten, dass sie sich so willig von den Nazis hatten missbrauchen und täuschen lassen und es nun nicht so ohne weiteres zugeben konnten. Wie siehst du das?"

„Wie sehe ich was?" Sophia wurde rot.

„Na, die Frage nach der Moral im Alltag!"

Florian wusste viel über das Dritte Reich und dass alte Nazis überall wieder als Beamte arbeiteten. „Hans Globke steht ganz selbstverständlich auf den Fotos neben Adenauer. Weißt du, was das für die neue Republik bedeutet?"

Sophia schüttelte den Kopf. Wieso gab es bei ihr zu Hause keine Gespräche über Nazis? Dabei waren sie doch aus einem Teil des Landes in den anderen geflüchtet, da hätten solche Diskussionen eigentlich selbstverständlich sein müssen. Ohne die Nazis hätte es keine SED-Diktatur gegeben, dann hätten sie in der Heimat bleiben können. Die deutsche Vergangenheit und die Schuldfrage standen zwar immer im Raum, aber wenn sie einmal etwas fragte, warf der Vater ihr vor, dass sie davon nichts verstehe, wie ihre Fragen ja bewiesen, und wehrte sich gegen die Zumutung, über eine persönliche Schuld nachzudenken. Die

Mutter schwieg. Es war, als würde die erste Generation nach dem Krieg dazu verdammt, die Elterngeneration von deren Schuld zu erlösen. Waren die sich überhaupt darüber im Klaren, wie schwer Sophia daran trug und dass es nicht ihre Aufgabe sein konnte, die Eltern zu entlasten? Sie gehörte zu dieser Puffergeneration, auf die aller Hass über das, was die Deutschen getan hatten, abgeladen wurde. Täglich gab es Berichte im Radio über die Schreckensherrschaft der Nazis und die Tageszeitungen brachten Artikel darüber. Immer unvorstellbarere Greuel und Einzelheiten unbeschreiblicher Taten drangen an die Öffentlichkeit. Damit lag ein Schatten über ihrem Leben. Sie musste sich während ihrer Gymnasialzeit in einem Land zurechtfinden und Verantwortung für etwas übernehmen, wofür sie keine Schuld traf. Sie versuchte die historischen Abläufe, die zum Zweiten Weltkrieg geführt hatten, zu verstehen, aber das war unendlich verwirrend.

Als Florian sagte, dass die Deutschen wieder lernen müssten, was Demokratie und Recht sei, horchte sie auf. Sie müssten umerzogen werden, erklärte er, die Amerikaner hätten gleich nach Kriegsende, in der von ihnen besetzten Zone, einen Prozess zur politischen Bildung gestartet, den sie „Educating Fritz" nannten. Sophia überkam bei diesen Worten ein Gefühl der Ohnmacht. Sie verspürte eine tiefe Beschämung über die Rolle vieler Deutscher während der Nazidiktatur. „Wir diskutieren zu Hause oft darüber", erklärte Florian, als er ihren hilflosen Blick sah. Woher wusste seine Familie das alles? In ihrer Familie hörte sie nichts dergleichen, es ging immer nur ums Geld, das sie nicht hatten, und um die viele Arbeit, die sie hatten. Warme Kleidung und feste Schuhe für die kalte Jahreszeit zu beschaffen, war über Jahre das alles überragende Problem. Sophias Zehen waren dick und rot gefroren und juckten kaum zum Aushalten.

Viele, die über Hitler redeten, verrieten sich fortwährend mit dem, was sie sagten. Sie priesen ihn dafür, dass er wieder Arbeit verschafft habe, indem er Autobahnen bauen ließ und mit solchen und ähnlichen Projekten wieder Hoffnung aufkommen konnte, dass er Jugendgruppen gründete, um die jungen Leute von der Straße zu holen, ihnen Aufgaben zuteilte, sie für Ziele begeisterte. Sophia konnte das alles so nicht glauben, ihr war dieses Gerede peinlich. Dass sie nur zerbombte Städte kannte und auf den Autobahnen kaum Autos fuhren, sagte sie lieber nicht.

Florian war in der Obertertia, also eine Klasse über ihr, und wollte ebenfalls Rechtsanwalt werden, wie sein Vater und sein Großvater, der auch Florian hieß. Stolz zeigte er auf die Messingplakette, die das verkündete und neben der Klingel angebracht war. Er gebrauchte viele Fremdwörter und meinte, er würde eine Sekretärin brauchen, die mindestens zwei Fremdsprachen fließend können müsse. Seine Mutter arbeitete bis halb zwölf im Vorzimmer, dann ging sie in die Küche und kochte das Mittagessen. Ihr Name stand nicht auf dem Schild, aber es klang nicht herabsetzend, wenn Florian über ihre Arbeit sprach. In der Schule sah sie ihn selten, und wenn sie sich doch einmal auf dem Gang begegneten, grüßten sie einander nur höflich. Während der großen Pause saß Florian auf den Stufen zur Terrasse und las. Er hatte immer ein Buch bei sich. Sophia fühlte sich durch die Gespräche mit ihm in ihrem Wunsch zu studieren bestätigt.

Als sie nach Hause kam, war niemand da. Beflügelt vom Gespräch mit Florian, fielen ihr des Vaters Kunstbände ein, die in seinem Aktenschrank eingeschlossen waren. Der Schlüssel war immer abgezogen, Sophia hatte ihn aber längst ganz hinten in der obersten Schublade des Schreibtischs entdeckt und holte ihn jetzt, schloss den Aktenschrank auf, nahm den Kunstband mit den Werken alter Meister heraus, setzte sich auf die Couch unters Fenster und suchte nach nackten Frauen. Sie fand, dass Frauen schön waren, ging ins Schlafzimmer ihrer Eltern, stellte sich vor den Spiegel der Frisiertoilette und zog sich langsam aus, die Bluse, den Rock, den BH, dann den Slip. Erst getraute sie sich kaum, in den dreiteiligen Spiegel zu schauen, in dem sie wie auf einem Triptychon erschien. Verschämt blickte sie an sich herunter, dann wieder in den Spiegel, begann sich zu drehen und zu wenden. Sie war groß und schlank. Ihre Taille war so dünn, dass sie sie mit beiden Händen umfassen konnte, ihr Becken war schmal, der Bauch flach. Sie hielt ihre langen Haare hoch, um Nacken und Rücken frei zu sehen, urteilte, dass ihre Brüste zwar klein waren, aber alles in allem fand sie sich schön. Ob sie Florian gefallen würde? Sie strich über ihre Haut, die leicht kitzelte und unter der Berührung zuckte. Auf den Armen bekam sie Gänsehaut, was sie als ein unschönes Wort wertete, es klang so unsinnlich. Gänse rupfen und Federn schleißen kannte sie von Großmutter Hedie, das machten die Frauen im Waschhaus.

So selbstvergessen hörte sie plötzlich die Stimmen der Eltern im Treppenhaus. Sie riss ihre Kleidung an sich, schnappte den Kunstband, und rannte wie um ihr Leben ins Bad, wo sie sich hastig anzog. Das Buch wickelte sie in ein Leinenhändehandtuch, den Schlüssel zum Aktenschrank ließ sie in ihre Rocktasche gleiten und zog die Toilettenspülung. Als sie in den Flur trat, waren die Eltern in der Küche mit dem Wegräumen der Einkäufe beschäftigt, so dass sie ins Wohnzimmer schlüpfen und den Schlüssel und das Buch wieder an ihre Plätze legen konnte. Dann ging sie in ihr Zimmer, holte ihr Tagebuch hervor, schloss es auf und schrieb über „Tizians Venus von Urbino" und die „Ruhende Venus von Giorgione", die in Dresden hing, und die sich im Kunstband zum Vergleich gegenüberlagen. Am Abend schrieb sie aus der Erinnerung über ihr eigenes Bild im Spiegel. Sie war beglückt über ihre Erfahrung mit der weiblichen Schönheit, es war ein Urerlebnis und wurde ihre erste erotische Erzählung. Die Worte kamen schneller, als sie schreiben konnte, eine Flut, brach aus ihr hervor. Ihr Gesicht glühte vor leiser Scham. Sie hielt den Kugelschreiber zu fest, ihre Finger verkrampften sich beim Aufschreiben dieser überwältigenden Erkenntnisse. Sie zitterte am ganzen Körper vor Verlangen nach der Berührung eines Mannes. Danach hütete sie das Tagebuch noch eifersüchtiger vor fremdem Zugriff.

Sophia hatte Marlis bis dahin nichts von Florian erzählt, obwohl sie sich sonst schnell über die Jungen austauschten. Sie wollte es noch ein bisschen für sich behalten. Marlis hatte immer irgendwelche Jungengeschichten parat und fragte Sophia nach deren Eroberungen aus. Im Moment waren sie erst einmal erleichtert, zwei Jahre Konfirmandenunterricht hinter sich zu haben. In knapp drei Wochen würde die Konfirmation sein. Die Mutter hatte gar nicht gemerkt, dass Sophia nicht zum Unterricht ging. Die hatte es wochenlang darauf ankommen lassen, denn sie wollte die Zeit nicht opfern, in der sie mit diesem Hochgefühl von Freiheit und einem Buch im Garten lag, bis ihr der Pfarrer zufällig in der Stadt begegnete. Er stand plötzlich vor ihr und fragte, ob sie denn nicht zum Konfirmandenunterricht kommen wolle? „Doch, natürlich", hatte sie gestottert, und hätte ihre Antwort am liebsten zurückgenommen, denn mit dem weiten Weg zum Pfarrhaus wären jede Woche zweimal nachmittags zweieinhalb Stunden einfach weg. Dann erwarte er sie am Donnerstag pünktlich fünfzehn Uhr im Pfarrhaus, sonst müsse sie bis zum nächsten Jahr warten, da sei sie aber eigentlich schon zu alt. Viel versäumt hätte sie auch schon, belehrte sie der Pfarrer. Also war sie gegangen und hatte im düsteren Raum des Pfarrhauses auf engen Schulbänken gesessen. Spaß hatte es selten gemacht, oft hatten sie unter den Tischplatten Karten gespielt. Der Pfarrer sprach nuschelnd, ohne Leidenschaft. Sie lernten den kleinen Katechismus auswendig, dazu jede Woche ein Kirchenlied und ausgewählte Psalmen.

„Was bekommst du von deinen Eltern zur Konfirmation?", fragte Sophia, damit sie nicht an Florian denken musste.

„Stoff für ein Kleid, ich habe den neulich in Frankfurt gefunden, so was Schönes gibt's hier nicht. Gudrun und ich wollen zu Ostern ein paar Tage zu unserer Tante nach München fahren, da können wir unsere Konfirmationskleider ins Konzert und die Oper tragen."

Die Oper und Konzerte, wie sie Marlis und deren Schwester beneidete! „Meine Eltern bestehen darauf, dass als Konfirmationsgeschenk nur eine goldene Armbanduhr in Frage kommt, aber eine Sportuhr habe ich schon. Mein größter Wunsch ist ein Fahrrad, aber meine Eltern meinen, alle würden nach meinem Geschenk fragen, da könne ich unmöglich ‚ein Fahrrad' sagen. Was ist denn das für eine Logik? Verstehst du das, Marlis?"

Aber es gab noch ein schwerwiegenderes Problem. Die Mutter wollte, dass Sophia sich ihre Haare kurz schneiden ließ und eine Dauerwelle bekam. Die Haarlänge war ein ewiges Streitthema und sie hatte sich vehement gegen eine Dauerwelle gewehrt. Diese Einheitsaltefrauendauerwellenfrisur, etwas anderes konnten die Friseusinnen in der Kleinstadt nicht. Sophia hatte glattes, seidigglänzendes, mittelblondes Haar, die Enden schnitt sie sich selbst und drehte die Haare in Lockenwickel auf, so dass es in weichen Wellen um ihr Gesicht fiel. Aber die Mutter beschimpfte die Tochter ob ihrer glatten langen Haare und verglich sie mit anderen Mädchen, die natürliche Locken hatten.

Auf einmal bekam Sophia es mit der Angst zu tun. „Ich will meine Haare nicht kurz schneiden und nie im Leben lass ich mir eine Dauerwelle machen!"

„Widersprich deiner Mutter nicht dauernd", mischte sich der Vater ein, dem ihre Haarlänge egal war, der aber Ruhe haben wollte, „denk lieber daran: Lange Haare, kurzer Verstand."

So ein blöder Spruch! Sophia wollte ihre Haare, auf die sie stolz war, so tragen, wie es ihr gefiel. Dass sie sich die Haare abschneiden lassen sollte, genau für den Tag in ihrem Leben, an dem sie als Erwachsene in die Gemeinde aufgenommen werden sollte, konnte sie nicht verstehen. Einerseits sollte sie standhaft sein und ihren Glauben bestätigen und andererseits diesen Zwang ertragen, der für sie einer Körperverletzung gleichkam. Die Mutter meinte dazu lakonisch, die Haare würden wieder wachsen, wenn sie denn unbedingt lange Haare haben wolle, aber nicht zur Konfirmation. Auch um die verhasste Dauerwelle kam Sophia nicht herum. Radikal kurz geschnitten waren die Haare farblich unbestimmbar, fahl. Das blonde Deckhaar war weg, mit der Dauerwelle waren die Haare zu kurz und kraus. Sophia litt unter ihrem Aussehen. Am liebsten hätte sie ein Kopftuch umgebunden. Tagelang mied sie Florians Straße, in der Schule versteckte sie sich vor ihm. Dann waren Osterferien, während der er mit seiner Familie in die Schweiz reisen würde.

Als Konfirmationskleid hatte ihr die Mutter einen schwarzen, viel zu langen Plisseerock gekauft, wie sie gerade Mode waren, und dazu eine weiße Bluse und ein schwarzes Samtbolero genäht. Sophia musste den Bund des Rockes dreimal umdrehen, damit er nicht zu lang war. „Wie sieht das denn aus, so kann ich doch nicht gehen, da schäme ich mich! Alle Mädchen haben ein schwarzes Kleid. Dieser Rock und diese hässliche Bluse mit Rüschenkragen wie im Mittelalter, das steht mir nicht! Außerdem weißt du, dass ich Boleros nicht leiden kann."

Ihre Geschwister kicherten und rissen aus, als Sophia sie vor Wut anschrie.

„Ein schwarzes Kleid haben alle, was ich für dich ausgewählt habe, ist etwas Besonderes", verteidigte sich die Mutter.

„Ich will aber so was nicht, warum kannst du mir nicht auch ein Kleid nähen, wie es die anderen Mädchen haben?"

„Eben weil es alle haben. Ein schwarzes Kleid trägst du nie wieder, den Rock und die Bluse kannst du separat noch oft tragen."

„Ich werde beides garantiert nie wieder anziehen. Das Geld hättest du dir sparen können. Wie der Rock aussieht, wie für eine Büroangestellte."

Die Mutter hängte die Sachen ungerührt an den Schlafzimmerschrank, damit sie nicht knitterten. Am Palmsonntag waren alle in feierlich hektischer Stimmung, nur Sophia stand mit Tränen in den Augen herum.

„Zieh dich endlich an, wir kommen sonst zu spät", rügte die Mutter sie.

„Wenn du so verheult in die Kirche gehen willst", setzte der Vater hinzu, während er die Krawatte umband, „dann mach nur weiter so. Sei dankbar, dass du überhaupt was zum Anziehen hast."

Die Konfirmation war ein einziges Fiasko, fand Sophia. Sie bekam ein längliches Schächtelchen überreicht. „Das ist von Vati und mir, wir haben eine sehr schöne quadratische goldene Uhr gefunden, elegant und sportlich zugleich, die anderen Mädchen werden alle mit den gleichen winzigen Damenarmbanduhren kommen", sagte die Mutter stolz.

„Jetzt habe ich zwei Uhren und immer noch kein Rad. Dass ich ein Fahrrad brauche, damit ich die weiten Wege nicht mehr laufen und alles schleppen muss und endlich Radtouren machen kann, zählt wohl nicht? Ihr hattet auch Räder und erzählt heute noch von euren Radtouren an der Elbe entlang oder durch die Oberlausitz und von euren Skiferien in Oberhof. Skier hab' ich auch keine."

„Die Räder haben wir aber nicht zur Konfirmation bekommen", entgegnete die Mutter ungerührt, „und in Oberhof, das war vor dem Krieg."

„Ja, ja, alles war immer vorm Krieg", mokierte sich Sophia. „Mir ist egal, zu welchem Anlass ich ein Rad bekomme, Hauptsache ich hab' eins."

„Bind' endlich die Uhr um und setz' ein freundliches Gesicht auf", befahl die Mutter. „Ich habe bis tief in die Nächte gearbeitet und für dich und unsere Gäste gekocht und gebacken, verdirb mir nicht den Tag! Und dass du mir vor dem Pfarrer einen Knicks machst, wenn du vorm Altar stehst!"

„Vor dem Mann, über den du selbst oft abfällig urteilst? Nie im Leben!", rief Sophia trotzig. „Ich bin kein Kind mehr. Wenn ich das alles gewusst hätte, hätte ich mir die ganze Konfirmation sparen können."

„Das werden wir ja sehen", empörte sich die Mutter, „willst du mich vielleicht vor der Gemeinde blamieren? Die schauen doch alle auf euch!"

In der Kirche saßen die Konfirmanden und Konfirmandinnen in den ersten drei Reihen. Das Weiß ihrer Bluse stach grell unter dem tiefschwarzen Samtbolero hervor. Ihr war kalt im Nacken mit den kurzen Haaren. Sophia wäre an dem Sonntag für ein spirituell erhebendes Gefühl bereit gewesen, ja sie erwartete es zum ersten Abendmahl. Aber es stellte sich nicht ein. Sie schaute sich in der vollbesetzten Kirche um. Alle waren schwarz gekleidet, wie zu einer Trauerfeier. Die Frauen tupften sich vor Rührung mit weißen Taschentüchern die Augen. Sophia fand die Worte des Pfarrers, der den Jungen Glück im Fußball und den Mädchen Erfolg in der Schule wünschte, vollkommen unpassend – was hatte denn Fußball mit der Konfirmation zu tun, und wieso hatte er keinen speziellen Wunsch für die Mädchen, die sowieso immer bessere Schulnoten als die Jungs hatten – und dann blieb ihr auch noch die Oblate am Gaumen kleben, die dieses erste Mal in einer Art Reflexbewegung von der Zunge sofort dahin befördert worden war und die bekam sie mit der Zungenspitze nicht mehr los. Das hätten sie vorher üben sollen. Darüber musste sie lachen. Der Schluck Wein war zu wenig und half nicht, und so steckte sie, endlich wieder auf der Kirchenbank, verstohlen ihren Zeigefinger in den Mund und kratzte das papierene Zeug vom Gaumen ab.

Sophia liebte die Mutter doch, aber es gab Situationen, in denen sie sich gegen die Tochter mit übertriebener Härte durchsetzte und damit kam, was andere Leute dachten. Andere Leute, die Sophia nicht kannten! Wie spießig die Mutter war, wenn sie von dem, was „sich gehöre", sprach. Sophia schüttelte, wie schon in der Ostzone, mit dem Lied, *Die Gedanken sind frei*, die Engstirnigkeit der Kleinstädter ab. Aber ich will doch nicht nur im Geheimen frei denken, durchblickte sie ihr Versteckspiel, ich will frei *sein* und meine Gedanken frei heraus sagen! Sie vertraute ihren Kummer dem Tagebuch mit Verschluss an:

Ich bin todunglücklich und hasse meine Mutter für das, was sie mir angetan hat. Ich möchte den ganzen Tag nur weinen, warum musste ich mir meine Haare abschneiden lassen! Im Spiegel erkenne ich mich kaum wieder. Richtig hässlich bin ich geworden. Der Wind weht mir kühl um den Kopf, ich fühle meine Haare nicht mehr im Gesicht und auf den Schultern. Wieso durfte meine eigene Mutter mich zwingen, mir die Haare abschneiden zu lassen und ich musste es erdulden? Woher hat sie die Macht? Haben Mütter solche Macht über ihre Töchter und die müssen stillhalten? Warum habe ich so eine Mutter? Warum dachte sie nicht ein klein bisschen an mich? Habe ich ihr etwa hinterher gefallen? Sie hat gewonnen und was hat sie nun davon? Ich werde ihr nie wieder vertrauen können und es ihr auch nie verzeihen – wäre ich bloß nie in den Konfirmandenunterricht gegangen!

Es dauerte Monate, bis die Haare wieder gewachsen waren. Die Dauerwelle hatte zum Glück nicht gehalten, aber es kam Sophia so vor, als seien ihre Haare nie wieder so schön geworden, wie sie vorher gewesen waren, und überhaupt gab es während der Zeit, die als die Adenauerjahre in die Geschichte eingehen sollte, vor allem für Frauen weiterhin unzählige Schwierigkeiten zu bewältigen. Einerseits erlebten sie ab Mitte der fünfziger Jahre einen wirtschaftlichen Aufschwung ohnegleichen, der den Alltag zusehends erleichterte, andererseits litt Sophia mit zunehmender Erkenntnis immer mehr unter dem, was während des Dritte Reichs passiert war. Kriegsverletzte Männer gehörten noch jahrelang zum Stadtbild, Heimatvertriebene schleppten sich in kleinen und größeren Grüppchen mühsam auf den Straßen dahin, mit ihren Rucksäcken, in denen sie all ihr Hab und Gut trugen, das bisschen geretteten Hausrat, zwischen dem Kleinkinder saßen, auf Leiterwagen hinter sich herziehend oder in Kinderwagen schiebend. Es waren Menschen, die ihr Ziel selbst nicht kannten, die nirgends willkommen waren und immer wieder weiter mussten. Dazu kam schon bald der Strom der Flüchtlinge aus der DDR.

Wohnhäuser entstanden, wo die Ruinen des letzten Krieges abgerissen wurden. Der Schutt wurde zu Hügeln aufgetürmt, in tiefe Mulden gekippt, oder es wurden kleinere Täler damit zugeschüttet, so dass neue Landschaften entstanden. Autobahnen, Straßen und Brücken wurden repariert, verbreitert und neue gebaut, auf denen immer schnellere, größere und bald auch bunte Autos fuhren. Trotz des rasanten Wiederaufbaus wuchs Sophia zwischen Ruinen auf. Sie hörte die Erwachsenen von der ehemaligen Schönheit zerbombter Städte sprechen. Emotionen schwangen mit, bis sie wagte zu fragen, wer denn Schuld an der ganzen großen Verwüstung sei. Das waren doch sie, die Deutschen, die Eltern- und Großelterngenerationen. Das war ein langwieriger Prozess, dieses Bewusstwerden einer Unzeit, in die sie hineingeboren worden war, als ihr Land schon nicht mehr zu retten gewesen war, weil nicht genug Menschen den Mut aufgebracht hatten, den Krieg zu verhindern oder wenigstens zu verkürzen, als alle längst wussten, dass ein Hoffen auf den Endsieg aussichtslos, ja sträfliches Wunschdenken war.

„Warum hörten sie nicht einfach mit dem Krieg auf?", fragte sie.

„Einen Krieg kannst du nicht einfach abbrechen", sagten die Leute.

„Aber, einen Krieg einfach anfangen, das geht?"

Städte mit klingenden Namen wie Paris, Florenz, Madrid, Rom oder Athen erschienen ihr wie aus einem Märchen, unwirklich und unerreichbar. Andere Städte, deren Namen sie zu Hause öfter hörte, wie Breslau, Danzig, Stolpe oder Königsberg, waren ebenso versunken wie der Schatz der Nibelungen in Worms am Rhein. Sie gehörten zu einer Zeit, die Sophia sich auch nicht mit Hilfe alter Fotos, auf denen Schlösser, Kirchen, stattliche öffentliche Gebäude und Villen noch in alter Pracht zu sehen waren, vorstellen konnte.

Irgendwann begann sie selbst von einer Zeit zu träumen, von der die Mutter, mit Tränen in den Augen und Wehmut in der Stimme und dennoch glücklich in der Erinnerung, erzählte, als Sophia noch nicht geboren war und als das Leben besser gewesen sein musste als alles, was sie kannte und wie es nie wieder sein würde. Sie glaubte den Verlust der Mutter zu verstehen, und da diese so eindringlich und oft davon sprach, wurde es auch ihr Verlust. Sie hatten einen Dirke Weltatlas, der kurz nach dem ersten Weltkrieg gedruckt worden war, in dem es in fremden Ländern und auf fernen Kontinenten noch weiße Flecken gab, auf denen das Wort „unerforscht" stand. Den Atlas schlug sie klopfenden Herzens dort auf, wo nicht nur Deutschland, sondern auch Europa anders aussahen. Sie brütete darüber, suchte Städte und Landstriche, die die Mutter erwähnte und forschte nach Flüssen und Gebirgen, die nicht mehr in Deutschland lagen. Wenn jemand das Zimmer betrat, schlug sie hastig eine andere Seite auf oder klappte den Atlas zu, so als fürchtete sie, bei etwas Verbotenem ertappt zu werden. Selten traute sie sich, nach einer Stadt in Ostpreußen, Pommern oder Schlesien zu fragen. Manchmal fiel das Wort Widerstand, sie hörte unbekannte Namen und wollte mehr über die Menschen erfahren, die zum Widerstand gegen das NS-Regime gehört hatten und wieso es ihnen nicht gelungen war, Hitler zu stürzen.

Wenn die Leute über die Zeit seit 1933 und den Krieg sprachen, erzählten sie oft ganz widersprüchliche Geschichten. Es kursierten unzählige Deutungen und scheinheilige Lügen, bis Sophia verstand, dass die Naziherrschaft in alle Lebensbereiche eingegriffen hatte und die Menschen Mühe damit hatten zuzugeben, dass sie getäuscht worden waren, dass sie sich, aus welchen Gründen auch immer, hatten verführen lassen. Es gab Gegenden, die von jeglicher Zerstörung verschont geblieben waren, aber nicht von der Naziindoktrination, denn Flaggen hatten überall geweht, Plakate überall geklebt, Aufmärsche hatten überall stattgefunden und von den Nazis geleitete Diskussionen hatte es ebenfalls in den Wirtshäusern, Vereinen, Schulen und Kirchen gegeben. Die Kapitulation und den Einmarsch der Siegertruppen bekamen alle zu spüren, und schließlich war die Nachkriegsnot auch dort eingezogen, wo der Krieg nicht gewütet hatte.

Für nur so nebenbei war das Thema nicht geeignet. Vielen fehlte wohl auch weiterhin die Einsicht oder ganz einfach die Kraft, über das nachzudenken, was geschehen war und wie es begonnen hatte. Wer wollte sich schon eingestehen, durch falsche Träume, fatale Gutgläubigkeit und geistige Trägheit zum Zusammenbruch des eigenen Landes beigetragen zu haben und bis zu allerletzt, als schon alles zerstört und verloren war, immer noch nicht glauben zu wollen, dass es vorbei war? Es wurde mit den Jahren kaum leichter, etwas Aufschlussreiches über das Dritte Reich herauszufinden, und so tappte sie weiterhin im Dunkeln. Gab es den Widerstand erst seit Hitlers Wahl zum Reichskanzler, oder schon vorher? Die Menschen sprachen immer nur von der Machtergreifung der Nazis, als hätte es keine Wahlen gegeben, keine Weimarer Republik, als wäre über Nacht etwas über die Deutschen gekommen, gegen das sie ohnmächtig waren, wie ein Hagelsturm, eine Wasserflut, oder sengende Hitze über ein Land hereinbrechen und alles verwüsten. Wie von einer Gehirnlähmung befallen, hatten sie die bedachten Stimmen überhört und alle Warnungen in den Wind geschlagen. Was sollte sie mit Hinweisen auf Inflation und sechs Millionen Arbeitslose, oder auf zu hohe Reparationszahlungen gemäß des Friedensvertrags von Versailles anfangen? Was hatten wirtschaftliche Probleme damit zu tun, einem Hitler entgegenzujubeln und in einen weiteren Krieg zu ziehen, um die gegenwärtige Not, die zu der Zeit schon im Abklingen war, zu lindern und wieder Millionen in den Tod zu treiben?

Ihr Deutschlehrer, Studienrat Dr. Knoll, der zugleich ihr Klassenlehrer war, und den sie ironisch liebevoll Knöllchen nannten, sagte einmal: „Wenn die Sozialisten und Kommunisten ihre Differenzen hätten beiseite legen können und sich im Wissen der heraufziehenden Gefahr für Deutschland zusammengetan hätten, dann hätten sie erst einmal die Mehrheit der Stimmen gehabt und Zeit gewonnen, und die Nazis womöglich von der Machtergreifung abhalten können." Sophia erschien der Gedanke ungeheuerlich und verführerisch zugleich. Warum hatten die Politiker, und das waren nach der Rede des Lehrers vor allem die Sozialisten, sich nicht erst einmal für das kleinere Übel entscheiden können, um das größere zu verhindern? Sie wollte um Erklärung bitten, aber in dem Moment klingelte es, und die Deutschstunde war vorbei.

Knoll, dessen rechter Arm nach einer Kriegsversehrung steif geblieben war, hatte mit Leidenschaft gesprochen und soviel verstand sie: gewählt haben wollte Hitler im Nachhinein niemand. Die bedingungslose Kapitulation klang nicht so richtig selbstverschuldet, sondern wie etwas, was mit den Bombern der Alliierten und den Besatzungstruppen gekommen war. Diese getrübte Sichtweise schien den Menschen Kraft für den Wiederaufbau zu geben und der war zugleich eine Entschuldigung dafür, nicht zu viel nachdenken zu müssen. Vokabeln wie Schutt und Asche, Zusammenbruch und die Stunde Null flossen ihnen dagegen leicht von den Lippen.

Herrn Dr. Novak, der in ihrer Straße wohnte und pensionierter Rechtsanwalt war, kannte sie vom Sehen. Eines Abends hatte er sich ihr in der Pause bei einem Konzert in der Aula ihrer Schule vorgestellt, als sie mit ihm zufällig ins Gespräch gekommen war. Aus einem Gefühl heraus, bei ihm richtig zu liegen, hatte sie ihn ohne Umschweife nach den politischen Parteien und deren Wirken und Versagen in der Weimarer Republik gefragt, statt über die eben gehörte Musik zu sprechen. Er ging sofort auf ihre Frage ein und erklärte: „Selbst wenn Sozialisten und Kommunisten den Versuch unternommen hätten zusammenzuarbeiten, wäre er fehlgeschlagen. Die Unterschiede beider Parteien waren einfach zu groß, eine solche Koalition hätte keine Chance gehabt." Und während Sophia noch überlegte, fügte er hinzu: „Sie müssen verstehen, der Großteil der Wähler, das Volk eben, sind schwankende Gestalten, die sich leicht vereinnahmen und verleiten lassen. Sie haben wenig Bildung, es mangelt ihnen an Urteilsvermögen, und sie sind nur allzu leichtgläubig, wenn ihnen jemand einen schnellen Weg aus Hunger und Armut verheißt. Die wirkliche Macht, die sie mit ihren Stimmen gehabt hätten, nutzten sie nicht, sondern vergaben sie an den nächstbesten Dahergelaufenen, der die größeren Versprechen machte und seien sie noch so suspekt und vergaßen dabei, dass niemand etwas geschenkt bekommt, dass wir alle hart arbeiten und Opfer bringen müssen, wenn wir es besser haben wollen. Zu der Zeit, als sie Hitler wählten, wussten die französischen Politiker längst, dass der Vertrag von Versailles nicht erfüllbar war. Leider war da niemand, der das den Menschen mit wenigen, leicht verständlichen Worten hätte erklären können. Aber vielleicht sollten wir uns heute nicht mehr so sehr um Hitler bemühen, denn es werden immer wieder Scharlatane auftreten, die nach der Macht greifen." Dr. Novak hielt inne, fasste leicht verlegen an den Knoten seiner Krawatte, und sagte: „Bitte verzeihen Sie meine unverschämt lange Rede. Wenn Sie möchten, dann kommen sie bei Gelegenheit einmal bei mir vorbei. Klingeln Sie einfach, ich würde Ihnen gerne einige Bücher borgen und wäre gespannt, von Ihnen zu hören, wie Sie sie lesen."

Sophia freute sich über die Einladung und sagte: „Ich würde gerne kommen. Übermorgen nach der Schule hätte ich Zeit, so gegen zwei?"

„Bitte, kommen Sie dann, ich erwarte Sie." Ein Gong erklang und sie gingen in den Konzertsaal zurück.

Dr. Novaks leidenschaftliche Ausführungen waren ansteckend. Ihre Eltern hatten keinen Freundeskreis, in dem über Kunst, Philosophie, Literatur und Musik, oder Wirtschaft und Politik gesprochen wurde. Gespannt darauf, was sie erwarten würde, besuchte sie Dr. Novak zwei Tage später. In seinem Arbeitszimmer befand sich die größte Privatbibliothek, die sie je gesehen hatte. Auch im Flur standen Regale voller Bücher, bis unter die hohe Zimmerdecke.

„Sie sprachen vorgestern davon, dass die Menschen sich von den Versprechen der Nationalsozialisten vereinnahmen ließen und ihnen ihre Stimmen gaben. Aber es muss doch noch andere Gründe für den Erfolg Hitlers innerhalb so kurzer Zeit gegeben haben. Wieso konnte der sich so schnell durchsetzen, dass es zur Machtübernahme kam? Waren es wirklich nur die schweren finanziellen Lasten, und die daraus entstandene Armut der Bevölkerung, die sie Hitler in die Hände trieb? Was war mit Weimar? Ich verstehe das alles nicht so richtig."

„Nun, ich glaube, dass es auch etwas mit dem Verlust der Monarchie zu tun hatte. Die neue Staatsform, die Weimarer Republik, empfanden viele Menschen als fremd. Sie konnten sich mit ihr lange nicht wirklich anfreunden. Es gab einfach nicht genug Republikaner, die das Volk hätten lenken können, dem es nach der Niederlage auch an Selbstbewusstsein und Selbstsicherheit mangelte. Nur so gelang es einer doch relativ kleinen Zahl Nazis, sich so schnell durchzusetzen."

„So habe ich das noch nie gehört", sagte Sophia erschüttert und wandte sich den Büchern zu, nahm mehrere nacheinander in die Hand und blätterte in ihnen.

„Nehmen Sie sich Zeit, schauen Sie sich um", ermunterte sie Dr. Novak, freudig überrascht über ihr Interesse und schlug ihr zwei Bücher vor.

Sophia fragte auch nach Material für das Referat, dass sie und Helmut Bredemeyer über die Hintergründe, die zum ersten Weltkrieg geführt hatten, geben mussten. Helmut hatte als Teilgebiet den Aufbau der deutschen Kriegsflotte ausgesucht. Dr. Novak bat sie, in einem der Ledersessel Platz zu nehmen, griff nach einem Buch im Regal und erläuterte ihr einige Punkte zum Thema. Damit begann eine der großen Freundschaften ihres Lebens.

Gleich am nächsten Tag setzte sie sich mit Helmut zusammen und der lud sie Samstag abend in den Film *Canaris* mit O.E. Hasse und

Adrian Hoven ein. Er hatte ihr den Inhalt in großen Zügen erzählt, dass Admiral Canaris gegen das NS-Regime gearbeitet hatte und im April 1945, noch kurz vor Einrücken der amerikanischen Truppen, von der SS ermordet worden war, und gesagt, dass der Film doch zu ihrem Thema passe. Zum Thema schon, aber ein Kriegsfilm? Sie saß steif fröstelnd, mit flauem Gefühl im Magen, im Kinosessel, und während Helmut gefesselt auf die Leinwand starrte, brach sie in kalten Schweiß aus. Es wurde ihr zu eng im vollbesetzten Saal, sie konnte die Kriegshandlungen, die Detonationen und das Sterben auf der Leinwand nicht ertragen und dabei immer wissend, wie es ausgehen würde und hastete nach draußen, nachdem sie allen Mut zusammengenommen hatte, denn wer rannte schon mitten im Film aus dem Kino?

Helmut lief ihr hinterher und holte sie auf den Stufen vorm Eingang ein. „Was ist denn los? Sophia?" rief er verständnislos.

„Ich kann nicht", stammelte sie.

„Was kannst du nicht?"

„Ich kann solche Filme nicht sehen."

„Sophia, komm wieder mit rein, wir sprechen nachher über den Film", flehte er und fasste nach ihrer Hand, „ich will nicht so viel verpassen!"

Sophia schwieg und zog ihre Hand aus seiner.

Helmut schien etwas zu begreifen und sagte: „Das ist doch nur ein Film, das sind doch Schauspieler."

„Wie kannst du so was sagen? Genauso war es im Krieg, nur noch schlimmer."

„Komm bitte wieder mit, gib mir deine Hand, Sophia."

„Ich kann nicht." Helmut hatte den Krieg nicht wie sie erlebt. Der schüttelte unmutig den Kopf und eilte zurück. Allein der Gedanke an Kriegsfilme löste in Sophia das reine Entsetzen aus. Sie geriet schon in Panik, wenn sie in der „Fox Tönenden Wochenschau" Menschen auf der Flucht vor kriegerischen Kämpfen, Brand und Zerstörung sah, oder in der Zeitung las, wie Menschen verschleppt, misshandelt, eingesperrt, ermordet oder hingerichtet wurden. Warum tun Menschen das, hört das Morden nie auf? Besteht Humanität nicht darin, dass ein Mensch niemals einem Zweck geopfert wird, ist der Staat nicht der Garant dafür? Das hatte Knöllchen erst kürzlich wieder betont. Begreifen sich die Regierungen nicht als Beschützer ihrer Bürger und Bürgerinnen? Ziellos lief sie durch den Park. Warum hatte sie den Film nicht aushalten können, wo das Kino ausverkauft war und sie die Schauspieler mochte? Adrian Hoven, was für ein Name! Sie setzte sich auf einen Baumstumpf, ließ ihren Blick über die abschüssige Wiese schweifen, die voller Sommerblumen und blühender Gräser stand, gesäumt von hohen Tannen, Buchen und Eichen, dort, wo der Park in einen Mischwald überging. Über ihr nur blauer Himmel mit wenigen weißen Wolken, die leicht dahinzogen und kaum Schatten warfen. Die Natur brachte sie wieder zu sich. Sie streichelte die Blütenblätter der stark duftenden, tiefrosa Heckenrosen, die sich glatt wie Seide anfühlten, pflückte eine, führte sie an ihre Lippen, liebkoste sie und sehnte sich nach einem Kuss von Helmut. Warum war sie nicht sitzengeblieben und hatte seine Hand genommen? Aber da wären immer noch die befehlenden Stimmen gewesen, die Schreie, das Kriegsgetöse. Sie suchte die Schönheit, um die Schreckensbilder zu vertuschen, die sie in schlimmen Stunden verfolgten. Sie liebte das Gefällige und Formvollendete und verspürte beim Schauen ein Kribbeln, das bis zur Ekstase führen konnte. „Die Augen gingen ihr über", hatte sie irgendwo gelesen und gefunden, dass der Gedanke in bestimmten Augenblicken ihren leidenschaftlichen Empfindungen entsprach. Dieses wundersame Gefühl überkam sie auch, wenn sie Porzellan betrachtete. Der sanfte helle Schimmer, die ansprechende Form einer Vase beglückten sie.

Sie dachte an Helmut und dass der Film bald aus sein müsste. Sollte sie zurückgehen und ihn abpassen? Sie konnte sich nicht entscheiden und ließ die Zeit verstreichen. Spätestens am Montag würde sie ihm in der großen Pause begegnen. Sicher würde er nie wieder mit ihr ins Kino gehen.

Für ihr gut gegliedertes und reif durchdachtes Referat wurden sie gelobt.

Kapitel 11

Deutschstunde und Demokratie

Das Gymnasium lag auf einer Anhöhe mit Blick über die Stadt. Sophia saß am Fenster und ließ ihren Blick über die grauen Schieferdächer der jahrhundertealten Fachwerkhäuser schweifen, von denen einige tief durchhingen, und die auf der Nordseite mit Moos bewachsen waren, das auf einigen Dächern zu richtigen Kissen angewachsen war. An den unbemoosten Stellen glänzte der Schiefer tiefgrau, weil es schon seit dem frühen Morgen nieselte. Von oben betrachtet ließ sich kaum eine Gasse ahnen, so dicht gedrängt standen die Häuser im engen Flusstal, das sich durch einen Bach, der in die Mosel mündete, und an dem früher sieben Mühlen Korn gemahlen hatten, weitete, und Raum für die Stadt bot. Knöllchen trug sein Pensum vor, während Sophia den Leuten folgte, die mit geöffneten Regenschirmen über die schlanke Brücke gingen und die, sobald sie die eine oder andere Seite erreicht hatten, zwischen den Häusern verschwanden. Sie dachte sich Geschichten über sie aus und begleitete sie an unbekannte Orte; als Knöllchen die Geschichte „Die ungezählte Geliebte" von Heinrich Böll austeilen ließ, die er hatte vervielfältigen lassen, was ganz außergewöhnlich war, denn das kostete Geld. „Knöllchen und Böllchen", flüsterte Bernt, der durch den Gang getrennt neben ihr saß, so laut, dass alle es hören konnten. Knoll ignorierte es. „Gott sind die Jungen blöd!", seufzte Sophia, lustig klang es trotzdem.

Der Zähler im Brückenhäuschen verfälschte mit seiner Entscheidung, bestimmte Menschen nicht zu zählen oder einfach hinzuzufügen, selbstherrlich die Statistik, und so entpuppte sich die Kurzgeschichte als ein Text, über den sie stundenlang hätten diskutieren können. Ihre Brücke hatte auch ein Häuschen mit Wendeltreppe, welche den Fußgängern eine Abkürzung auf die Brücke oder von ihr bot. Ihre Geschichten über die Menschen waren noch anonymer, weil sie ja nicht einmal ihre Gesichter sehen konnte, aber sie erschienen ihr interessanter, als Bölls Passanten, und der zweimal pro Tag ungezählten Geliebten. Sie dachte sich ganze Lebensläufe für die Fußgänger aus, die allein, zu zweit oder in Gruppen über die Brücke gingen. Manche hatten es eilig, andere schlenderten an schönen Tagen nur so dahin, schauten in die Landschaft oder übers Geländer runter auf den Fluss, begrüßten Bekannte und wechselten ein paar Worte, die sich Sophia ebenfalls ausdenken konnte. Es kamen Frauen mit Kindern, Liebespaare, Geschäftsleute, alte Menschen. Bei Nieselregen überquerten sie den Fluss schneller und wenn es in Strömen goss, waren nur wenige mit Schirmen unterwegs. Auf der anderen Seite des Flusses tauchten einige der Gestalten Minuten später wieder auf der Straße auf, die am Hang entlang zu einer Siedlung führte, während andere im Dorf verschwanden. Es konnte sogar passieren, dass die eine oder andere Person, nachdem sie sie schon aufgegeben hatte, am Flussufer erschien.

Nach dem Intermezzo mit Böll stand Kleists gruselige Geschichte des Michael Kohlhaas auf dem Lehrplan. Sophia ergriff instinktiv Kohlhaas' Seite, und obwohl sie Angst vor dem Unheil hatte, in das Kohlhaas rennen würde, mussten sie über sein Schicksal nachdenken und sie fürchtete seine Ohnmacht vor der Staatsgewalt. Dieser Kampf um Recht und Gerechtigkeit, bei dem sie immer auf der Seite der Unterdrückten, Rechtlosen, in Not geratenen stand, setzte ihr zu. Sie fühlte sich vom Klingeln erlöst, während Knoll noch letzte hektische Sätze ausstieß, um das Thema abzuschließen. Die Worte ließ sie an sich abgleiten, die mulmige Stimmung, die Kleists Erzählung erzeugt hatte, blieb.

Sophia wollte an das Recht aller Menschen auf ein Leben in einem Staat glauben, in dem sie ihre Talente entfalten und sich auf Schutz vor Willkür verlassen konnten. Dafür waren sie geflüchtet und je länger sie in der Bundesrepublik lebte, umso bewusster wurde ihr die Notwendigkeit der Entscheidung. Die Idee der Unveräußerlichkeit der „ewgen Rechte", wie Schiller sie im *Wilhelm Tell* verdichtete, kam ihr entgegen, selbst wenn die Worte pathetisch klangen. Sie überlegte, ob sie in die Politik gehen sollte. Aber wurden Frauen überhaupt in ein politisches Amt gewählt? Wieder so eine Frage. Sogar Frauen bezweifelten ja, ob Frauen das wollten oder die Fähigkeit dazu besäßen. Politik sei ein hartes Geschäft, das sei Männersache, gab Helmut zu bedenken, und fragte, ob sie denn jemals eine Frau auf einem Wahlplakat gesehen habe?

„Als Bürgermeisterin schon", sagte sie und blickte aggressiv.

„Auf einem Dorf?", fragte Helmut.

„Immerhin ein Anfang!" Der hat's leicht, der kann werden, was er will. Seine Familie ist stadtweit bekannt und geachtet, sie steht hinter ihm, die Lehrer wissen das und bevorzugen ihn, sie trauen ihm viel zu. Das Hotel Bredemeyer, seit Mitte des 19. Jahrhunderts etabliert, war das größte und vornehmste der Stadt. Nach einer Politikerin oder Bürgermeisterin einer Großstadt würde sie Herrn Novak fragen. Für Helmut war das keine echte Frage, eher ein Ablenkungsmanöver, Frauen in der Politik mit dem Hinweis auf ein Dorf abzutun.

Sie lernten Schillers Lied „An die Freude" auswendig und der Musiklehrer spielte ihnen auf einer Schallplatte den 4. Satz aus Beethovens 9. Symphonie vor. Sophia ließ sich von der Musik mitreißen, aber dass idealerweise alle Menschen Brüder werden sollten, ärgerte sie dann doch. Außerdem erinnerte sie dieser Gedanke an einen Drang zur Nivellierung, an Gruppenzwang, wie in der Ostzone, in denen kein selbstständiges Handeln erwünscht und kein Ausscheren erlaubt war. Frauenrechtlerinnen begannen zu der Zeit auch gegen den maskulinen Gebrauch der Sprache zu protestieren, aber selbst wenn alle Menschen Geschwister würden, blieb immer noch der Vater im Himmel. Wann würde Frauen der Ausbruch aus solch festgefügten Ordnungen gelingen? Und wenn es unter Berufung auf das Grundgesetz dazu käme, dass Frauen die uneingeschränkte Gleichberechtigung endlich zugebilligt würde, bliebe dann nicht noch die Übermacht der männlichen Erfahrungen, bliebe der Mann aufgrund seines enormen, über die Jahrhunderte entstandenen Vorsprungs, nicht noch auf lange Zeit überlegen? Und gehörte nicht die Sprache uns allen? Könnten Frauen die Sprache nicht zuerst dort, wo es sie anging, verändern und zu einem gefügigeren Werkzeug für sich machen? Danach könnten sie weitersehen. Auf ihrem Gymnasium gab es außer Deutsch- Französisch- und Englischlehrerinnen auch eine Mathematik-, eine Chemie- und eine Geschichtslehrerin. Wäre das nicht ein Berufsziel, erwog Sophia? Aber welcher Sprache bedienten die sich im Unterricht? Benutzten sie nicht vollkommen gedankenlos die Sprache der Männer und hielten sich an das Hergebrachte? Gab nicht das Übernehmen der Sprache die nötige Sicherheit, so dass sie sich beim Sprechen darauf konzentrieren konnten, was sie sagen wollten, anstatt auch noch darüber nachdenken zu müssen, wie sie sich besser ausdrücken könnten? Und dennoch, einiges war nach Kriegsende in Fluss geraten und wurde neu durchdacht, warum nicht auch der Gebrauch der Sprache?

Sophia fragte Herrn Novak nach Politikerinnen. Der meinte: „Das ist eine interessante Frage. Da fällt mir Louise Schroeder ein, die 1946 Bürgermeisterin Berlins war und danach Oberbürgermeisterin. Sie hat sich für die Gleichstellung der Frauen und für die Arbeiter eingesetzt und war sogar Abgeordnete im Europarat. Sie ist vor kurzem gestorben."

„Gott, wie konnte ich nur so begriffsstutzig sein!" Sophia schlug sich mit der flachen Hand an die Stirn, „Das hat uns Dr. Knoll doch erzählt, der kommt immer mit solchen Nachrichten. Wo könnte ich mehr über Louise Schroeder erfahren?"

„Der Brockhaus gibt zu ihr nur wenig Auskunft", sagte Dr. Novak, der den Band schon in der Hand hielt, „aber wir könnten uns übermorgen in der Stadtbibliothek treffen und Zeitungsartikel durchsuchen."

„Prima, da komme ich gern mit! Vielleicht stoßen wir dabei noch auf weitere Frauen", sagte Sophia guter Dinge. Und dann erörterten sie die Frage über die Bundesmittel für den Wohnungsbau zugunsten von Zuwanderern aus den sowjetischen Besatzungsgebieten und von Aussiedlern, ein Thema, welches die westdeutschen Gemüter erhitzte.

Andere Themen wurden weiterhin ausgeklammert und so traf es Sophia vollkommen unvorbereitet, als gegen Ende der Obertertia eines Vormittags alle Klassen ohne Vorbereitung, in der Aula versammelt wurden, wo eine große Leinwand vor der Bühne aufgestellt war. Der reguläre Unterricht fiel aus, was im ersten Moment freudig begrüßt wurde und auch Sophias Laune hob, denn nun hatte sie einen Tag mehr, um für die Mathearbeit zu üben. Im breiten Hauptgang der Aula stand ein Filmvorführapparat mit zwei riesigen Spulen auf einem Tisch, um den sie herumlaufen und dabei aufpassen mussten, dass sie nicht über die dicken elektrischen Kabel stolperten, die, von der Steckdose am Eingang kommend, auf dem Parkettfußboden lagen, bis die Techniker sie anbrüllten, sie sollten gefälligst von den Außenseiten rechts und links in die Stuhlreihen eintreten, statt sich am Vorführtisch vorbeizudrängen. Die Mädchen kicherten, während die Jungen großspurige Vorschläge machten, wie die Kabel anders hätten gelegt werden können. Sie drehte sich um und sah Florian zwei Reihen hinter sich. Als alle versammelt waren, zog der Hausmeister die Vorhänge an den sechs hohen Fenstern einen nach dem anderen zu, das Licht ging kurz an, dann wurde es wieder ausgedreht, der Filmvorführapparat begann ohne einleitende Worte des Direktors zu schnurren. Der saß mit den Lehrern in der letzten Reihe.

Es war aber kein Spielfilm, sondern Dokumentationen vom Ende des zweiten Weltkriegs, vom Einmarsch der Alliierten, der Ergebung der deutschen Truppen und der Befreiung der Juden aus den Konzentrationslagern. Sophia konnte nach wenigen Minuten die Schreie der Menschen, die gebrüllten Befehle der Soldaten, die mit gezogenen Gewehren die Menschen antrieben, das Getöse der Kriegsfahrzeuge, die durch zerbombte Städte fuhren, nicht mehr hören. Sie hielt sich die Ohren zu und starrte auf die Leinwand. Bald ertrug sie das brutale Elend nicht mehr, das ihre Vergangenheit wieder auferstehen ließ, und wäre am liebsten aus dem Saal gerannt. Das traute sie sich aber nicht. Sie hatte Angst vor der Reaktion des Direktors, der ihre Flucht bemerkt und sie später zur Rede gestellt hätte. Ihre Erregung steigerte sich mit jeder ablaufenden Filmminute zu einem Grauen. Sie duckte sich hinter dem Rücken einer Schülerin, wagte nur ab und zu einen Blick auf die Leinwand und blickte in die ausdruckslosen Gesichter von fast verhungerten Menschen. Es dauerte eine Ewigkeit, bis die Spule leergelaufen war, die sechs Vorhänge einer nach dem anderen wieder aufgezogen wurden und das Tageslicht den Saal erneut erfüllte. Ohne ein einziges erklärendes Wort verließen sie die Aula in derselben Reihenfolge, in der sie hineingeführt worden waren. Selbst in der Klasse blieben alle stumm. Sophia fand nicht den Mut, eine Frage zu stellen und Dr. Knoll, der sonst so souverän handelte und immer bereit zu Diskussionen war, und gerade deswegen beliebt war, wollte nicht wissen, ob sie Fragen hätten, sondern überging das eben Gesehene, ja, es kam ihr so vor, als sei er darum bemüht so zu tun, als hätte sich nichts Bemerkenswertes ereignet. Die noch verbleibenden zwanzig Minuten zogen sich zäh dahin, niemand machte mit, alle saßen wie benommen auf ihren Stühlen. Knoll musste doch wissen, dass sie ein paar erklärende Worte gebraucht hätten! War er etwa genauso wie sie von der Dokumentation überrascht worden und schämte sich für seine Generation? Auch zu Hause traute sie sich nicht, den Dokumentarfilm zu erwähnen, obwohl der eine unverfängliche Gelegenheit dafür geboten hätte, Fragen über das Dritte Reich zu stellen. Die Eltern, die von früh bis spät damit beschäftigt waren, ein neues Leben aufzubauen, ahnten nicht, in welch bedrücktem Gemütszustand Sophia sich öfter befand. Der Vater nahm für sich in Anspruch, als Soldat nur Befehlen gefolgt sei, und fügte hinzu, er habe keine Soldaten getötet, er sei Funker gewesen. Ob der Vater wirklich sagte, dass er „nur" Befehlen gefolgt sei, hätte Sophia nicht sagen können, sie hörte das „Nur" in dem Zusammenhang allerdings oft. Unbedingten Gehorsam verlangte er weiterhin. War es dieselbe Art von Gehorsam wie bei der Wehrmacht? Im Krieg ging es um Leben und Tod. Was wäre, wenn ich mich weigerte, ihm zu gehorchen, fragte sich Sophia? Gehorsamsverweigerung erforderte anscheinend in allen Lebenslagen Überlegung und Mut.

Als 1956 die Idee der inneren Führung in der neugegründeten Bundeswehr eingeführt wurde, die dem Staatsbürger in Uniform als Leitbild dienen sollte, wurde der Vater gesprächiger. Diese Gedanken kämen ihm entgegen, so oder ähnlich hätte er oft gedacht. Sophia schlug sich mit der Bedeutung des Wortes herum, sie wähnte weiß Gott was dahinter, bis ihr Herr Novak erklärte, dass innere Führung mit unserem Selbstverständnis und moralischem Bewusstsein zu tun habe, was in bestimmten Fällen Befehlsverweigerung zur Folge haben könnte. Und was war mit den Vorgesetzten, von denen viele notgedrungen aus Hitlers Wehrmacht kamen, wie Dr. Wedekind ihr erklärt hatte? Würden die umdenken können?

Wann immer sich Gelegenheit nach der Englischstunde bot, sprach sie mit Wedekind über die Nazis. Sie begann nach Quellen zu forschen und trug Namen und Daten in ein Vokabelheft. Trotzdem blieben ihre Erkenntnisse lange Zeit nur bruchstückhaft. Vieles erschien ihr widersprüchlich und sie musste erst lernen, das Gehörte zu interpretieren. Immer neue Begebenheiten traten zutage, Fragen stellten sich anders und forderten differenziertere Antworten. Die gefühlte Last der Schuld verringerte sich dadurch aber keineswegs. Sie verlagerte sich, je nach gewonnenen Einsichten, aber selbst in tausend Jahren würde sie nicht gesühnt werden und verjähren würde sie auch nie. Darüber war sich Sophia sicher. Jedenfalls blieb Wiedergutmachung eine undefinierbare Vokabel, egal wieviel Geld viel zu spät an viel zu wenige Überlebende der Konzentrationslager gezahlt wurde. Es klang nicht einmal mehr zynisch, wenn Leute darauf hinwiesen, dass die Summen sich bald drastisch verringern würden, weil jedes Jahr mehr Opfer starben.

Diese Gedanken verursachten ihr Atemnot und Sophia war es manchmal so, als führe sie in einen lichtlosen Schacht. Sie träumte vom Krieg und versuchte verzweifelt zu entkommen, aber ihre Beine waren wie gelähmt. Sie konnte nicht ausreißen und starb fast vor Angst, bis sie erwachte und mehrere Sekunden brauchte, um sich zurechtzufinden. Dann war sie erleichtert, wusste aber, dass das Geträumte auf einer schrecklichen Wahrheit beruhte. Bei Erklärungsversuchen der

Ermächtigungsgesetze klang es so, als habe sich da etwas völlig Unfassbares des deutschen Volkes bemächtigt, gegen das es nicht hatte ankommen können. Es war Schicksal, deutsches Schicksal. Ganz bestimmt hätte sie nicht mitgemacht, anders konnte sie es lange nicht denken. Davon war sie überzeugt, so viel meinte sie, von sich zu wissen. Diese Gewissheit beruhigte sie, bis sie eines Tages stutzte und zugeben musste, dass sie das nicht so ohne weiteres von sich behaupten konnte. Woher wollte sie wissen, was sie getan hätte, wo sie doch zu der Zeit, als das Abscheuliche geschah, noch gar nicht geboren war? Und heute, was tat sie denn heute, oder was unterließ sie, das sie, verglichen mit dem, was sie von anderen erwartet hätte, auch nicht einfach hinnehmen dürfte? Wer hat denn damals nicht alles mitgemacht? Wie wenige hatten nicht mitgemacht oder tatsächlich etwas gegen die Willkür unternommen? Aus Angst, denn jedes kritische Wort wurde geahndet. Selbst auf Freunde und die eigene Familie war kein Verlass.

War es eigentlich genug, dass sie einer Familie in der DDR half, um sagen zu können, dass sie auch im Dritten Reich nicht weggeschaut hätte? Mit der Frage quälte sich Sophia, als sie auf ostdeutschen Straßen wieder zu den Nickels unterwegs war. Diese Nickels, die ihr Tag und Nacht im Kopf herumgeisterten und für die keine Anstrengung und Ausgaben zu groß schienen? Sie wusste, dass sie sich strafbar machte, weil sie wissentlich gegen DDR-Gesetze verstieß. Konnte die Angst, die sie beim Grenzübergang überfiel, und die sie die Tage in der DDR nie losließ, mit der Angst der Menschen vor den Schergen Hitlers verglichen werden? Wenn sie ehrlich war, musste sie diese Fragen mit einem klaren Nein antworten. Wiedergutmachen konnte sie jedenfalls wenig mit ihrem Engagement.

Nachdem sie mit den Dokumentationen aus dem Zweiten Weltkrieg so überrumpelt worden waren, fragte sie Florian, was er dazu wisse. Der konnte ihr gleich mehrere Namen von Widerstandskämpfern nennen, wie die Offiziere um Claus Schenk Graf von Stauffenberg und Leipzigs

Oberbürgermeister Carl-Friedrich Goerdeler. Florians Vater zeigte ihr Akten und Fotos. Fassungslos las sie von den Hinrichtungen nach dem misslungenen Attentat auf Hitler am 20. Juli 1944. Umso dringender suchte sie Antworten darauf, wie sie mit dem millionenfachen Mord an den Juden umgehen sollte, und dass nach der Befreiung aus den Konzentrationslagern noch einmal Abertausende verhungerten, weil niemand, auch nicht die Alliierten, darauf vorbereitet gewesen waren? Wie würde sie je das ganze Ausmaß der Kriegsverbrechen begreifen können? Und wieso sagten die Menschen nach Kriegsende, sie hätten davon nichts gewusst und wieso wiederholte die Mutter dauernd: „Die Angst hat uns zermürbt, wir wussten so wenig, wir waren in unserem Urteil unsicher geworden, wir vertrauten unserem eigenen Verstand nicht mehr." Das war doch irrational, alles so hinzunehmen. Wie viele Menschen hätten nicht sterben müssen, wenn der Krieg auch nur ein Jahr eher vorbei gewesen wäre! Zwölf Jahre, denkt sie, zwölf Jahre, davon sechs Jahre Krieg, und Deutschland war zerstört, ohne Regierung, besetzt, über fünfzig Millionen Menschen tot. Fünfzig Millionen, was war das überhaupt für eine Zahl?! Nach und nach reimte sie sich einiges zusammen. Töten auf Befehl, nicht nur den Feind an der Front, sondern wo immer es verlangt wurde, auch Zivilisten, Menschen in den Gefängnissen und Konzentrationslagern, geistig und körperlich Behinderte, Juden, Homosexuelle, Kommunisten, Christen. Der Vater wies Sophia auf ihre Frage hin, ob er für Hitler gewesen war, massiv zurecht und schrie, er verbiete sich so etwas ein für allemal. Bedeutete seine Reaktion, dass er gehorcht hatte, immer in der Hoffnung, dass es nicht so schlimm werden würde? Oder um seine Haut zu retten? Und als es dann richtig schlimm wurde? Kadavergehorsam hatte die Mutter einmal gezischt. Aber hatte die etwas getan? Inmitten zerbombter Städte übten sich alle im Schweigen, ihre Hirne gaben keine Worte her.

Gehorsam, entschied Sophia, war auch in anderer Situationen eine Untugend und sie begriff den Bibeltext aus dem Brief des Apostels Paulus an die Römer nicht, als sie eine Predigt darüber nach einer Auslegung Luthers hörte. Sie las die Verse aus Kapitel 13, aber wie sollte sie folgende

Worte verstehen: „Jedermann sei untertan der Obrigkeit, die Gewalt über ihn hat. Denn es ist keine Obrigkeit ohne von Gott. Wer sich nun der Obrigkeit widersetzt, der widerstrebt Gottes Ordnung; die aber widerstreben, werden über sich ein Urteil empfangen." Was waren das für Männer, die so etwas von der Kanzel predigten? Und glaubten die Menschen das, die stumm auf den Kirchenbänken saßen? Nahm sie es zu wörtlich? Und was war mit jenen, die nicht in die Kirche gingen? Verstehen war ein widerspenstiger Prozess. Und was war, wenn die Obrigkeit eines Staates nicht rechtmäßig eingesetzt war und es den Männern nur um ihre eigene Machtstellung ging? Und was ist, wenn Menschen anderen Geboten in der Bibel mehr Glauben schenken, oder einfach ihrem Gewissen folgen? Einer Obrigkeit wie Hitler musste der Gehorsam verweigert werden. War das der Gedanke der inneren Führung?

Gewalt war eins der schrecklichen Wörter, und wie sollte sie das „Jedermann" des Apostels Paulus verstehen? Immer hieß es „jedermann" oder einfach „jeder", und sie erfuhr, als sie Dr. Knoll danach fragte: „Die Frauen sind mitgemeint – keine Frage – soweit sind wir heute." Er sah die Entwicklung als Fortschritt, aber vom Sprachlichen her machte ihr das Mühe, denn wie immer sie es auch drehte und wendete, es ergab keinen Sinn, alle Menschen unter die maskuline Form Singular zu stellen.

„Warum sagen wir dann nicht einfach *alle*, wenn wir nicht jeder Mann und jede Frau sagen wollen? Damit es keine Missverständnisse gibt?"

„Missverständnisse?" Studienrat Knoll blickte verständnislos. Es war, als denke er das erste Mal über dieses *Jedermann* nach und sah auf seine Armbanduhr.

„So geht das nicht", sagte Sophia.

„Die Emanzipation und deren verrenktes Denken hat Sie also auch eingeholt?", spöttelte Knoll. Gerade von ihm hätte sie mehr Verständnis erwartet. Er war so blöde wie alle und merkte nicht, dass etwas mit der Sprache nicht stimmte!

Kurz vor den Sommerferien, kam Sophia eine glückliche Fügung zu Hilfe. An einem Samstag war der Direktor, wie immer, wenn es etwas

Wichtiges zu verkünden gab, feierlich von Klasse zu Klasse gegangen und hatte erklärt, wie sehr er sich freue, ihnen mitteilen zu können, dass ab kommenden Montag an ihrem Gymnasium eine Evangelisationswoche stattfinden würde. Ein Pater würde jeden Tag eine Unterrichtsstunde lang mit ihnen über den Glauben sprechen. Sophia dachte schon, dass die wenigen Evangelischen, die aus den ehemaligen Ostgebieten oder der Ostzone in die rein katholische Gegend gekommen waren, jeden Tag eine Freistunde haben würden, als sie den Direktor sagen hörte, dass für die Protestanten ein Jugendpfarrer kommen werde, dem es freigestellt sei, worüber er mit ihnen sprechen wolle. Einen Raum für sie würden sie noch suchen, denn die Katholiken würden selbstverständlich in den jeweiligen Klassenzimmern bleiben. Warum sagte der Direktor immer Protestanten? Das hörte sich so hart an, sie war es gewöhnt, sich zum evangelischen Glauben gehörend zu verstehen, was weich und verheißungsvoll klang. Die Mutter legt Wert auf lutherisch evangelisch.

Was sollten sie von dieser Ankündigung halten und wer würde dieser Pfarrer sein? Jedenfalls versprach es Abwechslung.

Am Montag wartete der Pfarrer, Herr Fröhlich, nach der großen Pause schon auf die elf jungen Leute aus der Mittelstufe in einem der Klassenräume im obersten Stockwerk, in denen Sonderklassen stattfanden. Zu ihrer Überraschung kam schnell ein lockeres Gespräch in Gang. Herr Fröhlich hatte sich nicht hinters Pult gesetzt, sondern zu ihnen in einen Kreis, für den sie geschwind die Tische beiseite geschoben und die Stühle aufgestellt hatten, weil er sie in dieser lockeren Sitzordnung schneller kennenlernen würde, und er verriet ihnen sogar, dass er mit Vornamen Jochen hieß – mit der Begründung, dass er ja auch ihre Vornamen wisse. Er fragte alle der Reihe nach, was sie einmal werden wollten und welche Bücher sie gerade lasen. Danach erzählte dieser Jochen Fröhlich wie er zu seinem Beruf gekommen war und sprach von seiner Frau und seinem vierjährigen Mädchen Regine, die jetzt schon wieder sechs Tage lang ohne ihn auskommen müssten und er ohne sie, denn er ginge an viele Schulen, um mit jungen Menschen zu diskutieren. Noch nie hatte ihnen eine Lehrerin oder ein Lehrer etwas persönliches mitgeteilt. Diese Offenheit machte ihn sympathisch. Schließlich wollte Herr Fröhlich noch wissen, was sie sich unter dieser Evangelisationswoche vorstellten, außer täglich zweier „freier" Stunden, worüber sie verlegen lachten.

„Nun", fuhr er fort, „ich habe mir etwas Besonderes ausgedacht, worüber ich in den kommenden Tagen mit Ihnen sprechen möchte, weil leider wenig darüber bekannt ist: nämlich über das Leben und den Tod des Pfarrers Dietrich Bonhoeffer. Haben Sie schon einmal von Dietrich Bonhoeffer gehört?" Alle außer Gisela Wolf, deren älterer Bruder Gustav Theologie studierte, schüttelten den Kopf. Die Wolfs hatten den großen Brockhaus. Die grünen Bände standen im Wohnzimmerschrank hinter bernsteinfarbenem Glas, aber ein oder zwei lagen immer auf Gustavs Schreibtisch. Wie gerne hätte Sophia eine Enzyklopädie gehabt, aber daran war nicht zu denken. Sie hatte der Mutter davon erzählt, worauf die prompt sagte: „Das hatten wir früher auch." Ja, früher, genau wie das Klavier, dachte Sophia.

„Da fangen wir am besten ganz von vorne an und arbeiten uns in den kommenden Tagen an den Menschen Dietrich Bonhoeffer und an sein Leben und Werk heran. Bonhoeffer war Theologe und Mitglied der bekennenden Kirche Deutschlands. Er arbeitete besonders gern mit jungen Menschen, so wie Sie es sind", sagte Pfarrer Fröhlich, der tatsächlich so fröhlich war, wie sein Name es verhieß. Alle schätzten seine ungezwungene Art und immer klingelte es viel zu früh. Sophia war wie benommen. Bonhoeffer war ein Mensch, der sich von Anfang an Gedanken über Hitler gemacht und mit seinem Leben dafür bezahlt hatte, dass er sich aus Überzeugung mit Wort und Tat gegen die Nazidiktatur gewandt hatte und für eine Ethik eintrat, die im Christentum verankert war. Sophia begriff, dass mit der Verletzung der Menschenrechte Menschen verletzt wurden. Unter den Inhaftierten und Hingerichteten befanden sich auch die Münchner Studenten der „Weißen Rose", allen voran Hans und Sophie Scholl. Als Herr Fröhlich Sophie Scholls Namen nannte, fühlte Sophia sich eigenartig berührt.

Pfarrer Fröhlich las ihnen aus Bonhoeffers Tagebucheintragungen, Briefen und dessen Buch *Nachfolge* vor, er brachte Fotos mit und verdeutlichte ihnen die Gründe, die Bonhoeffer im Sommer 1939 dazu geführt hatten, vom Union Theological Seminary in New York, wo er als Gastdozent unterrichtete, mit dem letzten Passagierschiff nach Deutschland zurückzukehren. Einen Absatz aus einem Brief an Reinhold Niebuhr schrieb sie ab: „Es war ein Fehler von mir, nach Amerika zu kommen. Ich muss diese schwierige Periode unserer nationalen Geschichte mit den Christen in Deutschland durchleben. Ich werde kein Recht haben, an der Wiederherstellung des christlichen Lebens nach dem Kriege in Deutschland mitzuwirken, wenn ich die Prüfungen dieser Zeit nicht mit meinem Volk teile ...." Sophia verstand die Unbedingtheit der Entscheidung Bonhoeffers, die selbst für einen praktizierenden Christen nicht selbstverständlich war. Sie wollte von sich glauben, dass sie ebenfalls diese Zivilcourage aufgebracht hätte.

Später fand sie ähnliche Worte von Erich Kästner, der in Deutschland geblieben war: „Ein Schriftsteller will und muss erleben, wie das Volk, zu dem er gehört, in schlimmen Zeiten sein Schicksal erträgt. Gerade dann ins Ausland zu gehen, rechtfertigt sich nur durch akute Lebensgefahr. Im übrigen ist es seine Berufspflicht, jedes Risiko zu laufen, wenn er dadurch Augenzeuge bleiben und eines Tages schriftlich Zeugnis ablegen kann."

Wie immer sich die Menschen entschieden, alle hatten ihre Gründe, die, die blieben und die, die gingen. Aber vielen blieb keine Wahl mehr, denn als sie erkannten, welcher Abgrund sich vor ihnen auftat, war es längst zu spät, noch aus Deutschland zu fliehen, und wohin hätten sie gehen sollen?

Sie fragte die Mutter, ob sie von Sophie Scholl wisse. Die Mutter verneinte die Frage, ohne von der Küchenarbeit aufzublicken und Sophia verstand in dem Moment, dass die Münchner Studenten zur Zeit ihrer Hinrichtung im Alter ihrer Eltern gewesen waren, weil sie aber auf den Fotos so jung aussahen, hatte sie dies nicht gleich wahrgenommen. Wenn die Studenten wussten, wer die Nazis waren, konnte sie dann nicht annehmen, dass auch ihre Eltern zumindest etwas geahnt hatten? Dass die Geschwister Scholl zunächst an die von den Nationalsozialisten propagierten Ideale glaubten, dass Hans Scholl der Hitlerjugend beitrat und Sophie Scholl dem Bund Deutscher Mädel, wollte Sophia erst gar nicht glauben. Wie war es ihnen gelungen umzudenken und Millionen anderen nicht? Viel zu schnell war der letzte Tag der Evangelisationswoche gekommen, und dann war auch die letzte Stunde vorbei. Pfarrer Fröhlich verabschiedete sich herzlich. Er würde direkt zum Bahnhof gehen. Wenn er sich beeilte, würde er den Zug um 12.10 Uhr noch erreichen und könnte dann schon am frühen Abend bei seiner Familie sein. Sophia ging mit Marlis auf die Schulterrasse, wo sie lange ans Geländer gelehnt nebeneinander standen. Was sie in der Woche gehört hatte, hatte Sophia verändert und es ihr erleichtert, deutsch sein zu können. Die katholischen Mitschüler hatten nichts vom Widerstand erzählt bekommen. Sophia hatte Johanna Faber gefragt. Sie sprächen über den Glauben, die Kirchenväter, die Beichte, hatte die geantwortet. Langweilig sei es, sie hätte den normalen Unterricht vorgezogen, denn das Versäumte müssten sie ja sowieso nachholen.

Es folgte ein wunderschöner Sommer, der dem Wein viele Wochen ununterbrochenen Sonnenschein bescherte und einen guten Jahrgang versprach.

Ihre Liebe zu Büchern und ihr Verdruss über den Handarbeitsunterricht brachte Sophia auf den Gedanken, während dieser Stunden aus Thackerays *Jahrmarkt der Eitelkeiten* vorzulesen. Sie hatte *Vanity Fair* von Tante Lina, die seit der Inflation in Birmingham lebte, zum Ansporn bekommen, mehr Englisch zu lernen. Sophia hatte sich die deutsche Ausgabe gekauft. Frau Nolte, die Handarbeitslehrerin, erlaubte ihr in der Klasse vorzulesen, mit der Bedingung, nicht mit ihrer Arbeit hinterherzuhinken, sondern zu Hause umso fleißiger zu sein. Becky Sharp war, wie ihr Name verriet, eine pfiffige junge Frau, die sich holte, was sie wollte. Sophia staunte über die vielen Verwicklungen und

Eitelkeiten und über Beckys Mut, eigene Wege zu gehen. Das war genau die Sicht, die sie brauchte, um vom Hergebrachten wegzukommen, was für Mädchen immer noch bedeutete: heiraten, Kinder bekommen, für den Mann da sein und den Haushalt führen, wofür sie alle schon mal eine weiße Schürze nähten. Sophia konnte Frau Nolte, die sich die englische Ausgabe geborgt hatte, dann doch überzeugen, dass sie keine Schürze nähen musste. Aber das sollte sie für sich behalten. Wann immer sie konnte, zog sie sich in ihr Zimmer zurück und las. Schlimm war es, wenn sie bei Besuch mit am Esstisch sitzen musste, eine grässliche Übung. Sie stand bei erstbester Gelegenheit auf, wofür die Mutter ihr Vorwürfe machte.

„Warum soll ich bei Leuten wie den Hoffmanns sitzen bleiben? Die öden mich an. Ich brauche meine Freiheit", hatte sie geantwortet.

Da war die Mutter aufgebraust und hätte sie beinahe ins Gesicht geschlagen, nur stand sie zu weit weg. „Was fällt dir ein, was denkst du eigentlich, wer du bist? Dein schlechtes Benehmen fällt auf mich zurück. Wenn wir zu Besuch sind, bleiben die Kinder auch am Tisch sitzen und beantworten höflich die Fragen der Gäste, bis ihnen ausdrücklich erlaubt wird, dass sie gehen dürfen."

„Dann ladet interessantere Leute ein. Ich hatte doch gesagt, dass ich noch lernen muss."

„Du bist egoistisch und gefühllos. Immer denkst du nur an dich."

„Warum soll ich banale Gespräche führen? Es gibt keine wirklichen Themen, alles plätschert nur so dahin, da gehe ich kaputt."

„Übertreib nicht so!" Die Mutter schnappte fast über.

„Also, Mutti, sei doch mal ehrlich, macht dir solche Gesellschaft wie die Hoffmanns Freude?", fragte Sophia, „ich suche etwas ganz anderes."

„Na, da bin ich gespannt, so wie du dich über alle Konventionen hinwegsetzt. Denk daran, Hochmut kommt vor dem Fall!"

„Was immer ich in deinen Augen sein mag, ich bin weder hochmütig noch gefühllos. Ich habe aber begriffen, dass ich Verantwortung für mich habe und deshalb will ich studieren. Unterstütz mich doch lieber."

„Du musst es ja wissen", entgegnete die Mutter trocken, „wir können dir da nicht helfen." Sie ließ ihre Tochter stehen und ging in die Küche.

Dass die sich so ungerührt abwandte, war niederschmetternd für Sophia. Warum urteilte die Mutter oft so hart?

Bei den Schularbeiten hörte sie Radio und als sie bei den Matheaufgaben wieder einmal ihre Gedanken schweifen ließ, fiel ihr auf, dass die Ansager ausschließlich Männer waren. Männer sprachen die Nachrichten und den Wetterbericht, sagten die Musik an, oder lasen Gedichte und Geschichten vor. Ihre Konzentration war dahin und ihr Blick fiel auf ein Buch auf der Nähmaschine. Es war *Effi Briest*. Sie nahm es und verschlang es. Die junge Effi war ja ein vollkommen ahnungsloses Mädchen, die von der Mutter in eine Ehe mit einem viel älteren Mann getrieben wurde, obwohl die hätte wissen müssen, wie kindlich und liebreizend ihre Tochter war und dass ein Mann wie Instetten sie kaputt machen würde. Wollte ihre Mutter nicht dasselbe, wäre sie nicht auch mit einem Instetten für ihre Tochter äußerst zufrieden? Effis Geschichte war einfach tragisch. Männer wussten wenig von Frauen, ja Frauen wussten so wenig über sich selbst. Sie waren oft physisch schwach und psychisch labil, ließen sich von starken Männern retten und verehren und blieben immer anfällig. Wo waren die klugen Frauen, die wussten, was sie wollten, die zupacken und selbständig handeln konnten? Weil Knöllchen den Titel genannt hatte, vertiefte Sophia sich in *Wilhelm Meisters Lehr- und Wanderjahre*, zwei dicke Bücher, in weinrotes Leinen gebunden mit Goldschrift, die Großmutter Isolde ihr im Antiquariat gekauft hatte. Sie schickte ihr viele Bücher, aber die meisten erzählten von Männern aus anderen Jahrhunderten. Die Großmutter sagte dazu einmal vieldeutig, dass den Frauen immer wieder die Flügel gestutzt würden.

Die *Lehrjahre* lagen schwer in ihrer Hand und sie arbeitete sich durch diese fremde Welt. Dr. Knoll staunte, als er in der Klasse fragte, was sie in ihrer Freizeit läsen. Der konnte aber nicht ahnen, wie begrenzt die Auswahl bei Sophia zu Hause war und sie sozusagen aus der Not eine Tugend machte.

Nach der Schule blieb sie immer vor der großen Buchhandlung am Markt stehen, traute sich aber nicht, den Laden einfach nur so zu betreten, ohne etwas zu kaufen, dazu fehlte es ihr an Selbstbewusstsein. Eines Tages stand ein Buch mit dem provozierenden Titel *Der Idiot* von Dostojewski erhöht, wie auf einem Sockel im Schaufenster, ihre Aufmerksamkeit erheischend. Wie kann ein Buch einen solchen Titel haben? Der Preis war für sie unerschwinglich. Zu gerne hätte sie es in die Hand genommen und darin geblättert. In der Schulbibliothek gab es das Buch nicht. Frau Lohmann schlug ihr vor, sie solle erst einmal *Die Brüder Karamasow* lesen. Die zwei Bände standen auf dem Regal in ihrem Zimmer, aber sie war nicht damit fertig geworden. Sie würde es noch einmal versuchen.

Als sie schon ziemlich weit mit den *Lehrjahren* vorangekommen war, gab ihr die Mutter ein Buch und sagte vielversprechend: „Hier, lies das mal, es geht da um eine Frau, ich habe es gerade ausgelesen." Sophia nahm das schön gebundene Buch mit hellem Lederrücken und las: Isolde Kurz *Vanadis – Der Schicksalsweg einer Frau*. Sie kannte die Schriftstellerin nicht. Neugierig schlug sie es auf. Da stand allem voran ein Zitat von Goethe: „Das Lebendge will ich preisen, das nach Flammentod sich sehnt". Das Wort Flammentod wirkte befremdlich und erinnerte sie an Hexenverbrennungen. Sophia nahm das Lesezeichen, klappte *Wilhelm Meister* zu, begann, den neuen Roman zu lesen und erkannte schnell, dass sie mit der Hexenverbrennung gar nicht so unrecht gehabt hatte. Dass beim Spiel der Kinder Vanadis' Puppe Vana, die den Namen als zweites Ich von Vanadis trug, also etwas Weibliches, verbrannt wurde, nachdem ihr, angestiftet von älteren Jungen, der Prozess als Hexe gemacht worden war, irritierte sie. Sie verstand diese Szene dank des Goethe-Zitats als Vorausschau auf Vanadis' Leben. Auch sie würde brennen, denn Vanadis lebte in einer Männerwelt, die ihr kein eigenes Leben, das ihren Fähigkeiten entsprochen hätte, zugestand. Sophia kam mit dem Buch nie so richtig zu Ende und vergaß in der Mitte den Anfang und am Ende die Mitte, weil sie die ewigen Entsagungen dieser Frau, um eines, von der Gesellschaft anerkannten Lebens willen, innerhalb fest gezogener Grenzen, nicht teilen konnte und so blieb ihr außer dem schönen Namen und der prickelnden Liebesszene mit Roderich, die sie gleich zweimal las, wenig in Erinnerung. Obwohl die Kurz, hundertdreißig Jahre nach *Wilhelm Meister*, das Schicksal einer intelligenten und privilegierten Frau aus der zweiten Hälfte des 19. Jahrhunderts darstellte, ging es nur um Sehnsucht und bittere Enttäuschungen einer Frau, die nie lernte, sich zu holen, was sie brauchte, sondern stillhielt und auf einen Mann wartete, in der Hoffnung, dass er sie glücklich machen würde. Die Vorstellung eines so engen, vorgegebenen Lebens war niederschmetternd, das wollte Sophia nicht einmal in Gedanken nachvollziehen, denn da wäre sie Gefahr gelaufen, das Urvertrauen in sich selbst zu verlieren. Warum hatte ihr die Mutter den Roman wohl gegeben? Schließlich lebten sie doch im 20. Jahrhundert!

Kapitel 12

Ein Arzt vergreift sich

Nach der erregend erotischen Liebesnacht zwischen Vanadis und Roderich und den Gemälden in den Bildbänden des Vaters, hatte Sophia begonnen, sich schreibend einen Weg durch die verwirrenden Gefühle zu bahnen. Ausgerechnet zu dem Zeitpunkt setzte ihre Mutter es sich in den Kopf, dass Sophia sie zum Arzt begleiten sollte. Die wollte nicht mitkommen, sie war nicht krank und hatte für den Nachmittag schon andere Pläne. Außerdem fand sie sowieso, dass die Mutter viel zu oft zum Arzt ging. Als sie in ihr Zimmer gehen wollte, rückte die mit der Wahrheit heraus, sie hätte sie angemeldet, weil sie sich Sorgen mache, denn sie sei viel zu dünn und blass, vielleicht sei sie blutarm und brauche Aufbaumittel.

„Wieso Sorgen und was heißt denn blutarm? Ich geh' nicht mit", sagte Sophia aufgebracht. Es ging ihr gut, sie hatte viel Kraft und einen gesunden Appetit, nur hoch gewachsen war sie und sehr schlank, wie es junge Mädchen in dem Alter sind. Blass war sie auch nicht, im Gegenteil, ihre Haut bräunte schnell und ebenmäßig und passte gut zu ihrem blonden Haar, worum sie von ihren Mitschülerinnen beneidet wurde.

„Und was sollen Dr. Schall und seine Frau von mir denken, wenn du nicht erscheinst?", fragte die Mutter genervt, „wir sind schon spät dran, außerdem weiß ich, was ich mache und dulde in diesem Punkt keine Widerrede. Irgend etwas ist mit dir nicht in Ordnung." Dabei schaute sie Sophia so prüfend an, als sei sie tatsächlich krank. Sophia kannte den Blick, den sie nicht ausstehen konnte, weil er ihr ein gekünstelt einfühlsames Mitleid vorheuchelte. Die Mutter spielt wieder Theater, dachte Sophia misslaunig. Vielleicht wollte sie selbst so mitleidig angesehen werden. Durch das ewige Leiden der Mutter wurde Sophia stark und verbiss sich gelegentliche Krämpfe oder Kopfschmerzen.

„Ist mir doch egal", war ihre patzige Antwort, „ich kann's sowieso niemandem recht machen, meinetwegen können diese Spießbürger denken, was sie wollen."

„Aber mir ist es nicht egal", ereiferte sich die Mutter, „es fällt auf mich zurück, sie werden denken, dass ich dich nicht besser erzogen habe."

„Besser erzogen!", echote Sophia und verdrehte die Augen, „hast du vielleicht tatsächlich nicht."

„Jawohl, besser erzogen!" Wiederholte die Mutter mit Nachdruck. „Ich lege Wert darauf, dass meine Kinder auf mich hören und sich anständig benehmen."

Sophia war einfach in Gedanken und sah die Menschen oft nicht, die ihr auf der Straße entgegenkamen, und die gingen entweder verwundert an ihr vorbei oder grüßten sie vorwurfsvoll, als sie fast auf gleicher Höhe waren und Sophia keine Gelegenheit mehr hatte, den Gruß zu erwidern, wenn sie ihnen nicht hinterherrufen wollte. Manche Nachbarinnen beschwerten sich bei der Mutter über so viel Unhöflichkeit. Diese schimpfte, dass Sophia nicht wisse, was sich gehöre, die ganze Stadt rede schon über sie.

Zum Verzweifeln. Sophia war geknickt und sagte: „Ich bin nicht unhöflich, ich bin nur in Gedanken."

„Dann nimm deine Gedanken zusammen, du blamierst mich."

„Und warum zwingst du mich, zum Arzt mitzukommen? Was ist denn das für ein Benehmen?" Dieses Mutter-Tochter-Drama steigerte sich unversehens.

„Wie sprichst du eigentlich mit mir?", konterte die Mutter scharf. „Du machst, was ich sage. Und setz endlich ein freundliches Gesicht auf!"

„Aber ich bin nicht krank", murmelte Sophia.

Jetzt hatte die Mutter auch schlechte Laune, aber die würde vergehen, sobald sie die Praxis betreten würde. Dann würde sie strahlen. Missgestimmt lief Sophia immer einen halben Schritt hinter der Mutter her, die ihr Benehmen muffig schalt. Im Wartezimmer saßen nur wenige Leute. Frau Schall, die als Sprechstundenhilfe mitarbeitete, die Untersuchungskabinen und Spritzen vorbereitete, überlegen lächelte, oder, wenn es erforderlich schien, ihre Stirn besorgt, erstaunt oder angewidert in Falten legte, und die sich ihres Standes als Arztgattin bewusst war, wusste bestimmt von dem, was ihr Mann hinter den zugezogenen Vorhängen trieb, denn sie marschierte ständig wichtigtuerisch in den Praxisräumen umher, ging von einer Zelle zur anderen – es gab in einem Nebenraum vier solcher Kabinen in einer Reihe, nur mit weißen Vorhängen voneinander getrennt, sehr fortschrittlich zu jener Zeit – schaute lächelnd hinter die Vorhänge, indem sie sie mit der rechten Hand leicht zur Seite hob, ohne vorher zu fragen, und niemand schien die Ungehörigkeit dieses Verhaltens zu beanstanden. Oder trauten sich die um Hilfe Suchenden nur nicht? Permanent freundlich, sich den Anschein gebend, dass sie allein das Wohlbefinden der Menschen interessiere und dabei die Schweinereien ihres Mannes deckend, wies sie die Patientinnen in die Kabinen, so auch Sophia während jenes Besuchs, und sagte ihr, sie solle sich ausziehen, hinlegen und mit dem Tuch, das sie ihr gab, bedecken. Der Herr Doktor komme gleich.

Sophia konnte das nicht verstehen, sie hatte ja nichts und ihre Mutter hatte auch nichts von einer Untersuchung erwähnt. Aber dann kam es anders, sie wurde überrumpelt. Der alte Kerl griff unter das weiße Tuch, machte sich an sie heran und sah sie dabei durchdringend durch seine Brillengläser an, als warne er sie, auch nur andeutungsweise ein Wort darüber verlauten zu lassen. Sophia erschrak furchtbar, war aber zu dumm und unerfahren, um laut zu schreien. Sie wollte auch keine Szene provozieren, denn die Mutter konnte es fertigbringen, ihr einen Vortrag darüber zu halten, dass sie wisse, was sie tue, wie aus dem KZ sehe sie aus, mit ihren langen dünnen Beinen und Armen und hohlen Wangen. Für die Bemerkung mit dem KZ schämte sie sich für ihre Mutter. War der eigentlich klar, was sie da sagte, hatte sie immer noch nicht begriffen, was mit den Menschen in den KZs passiert war? Und da war die abgöttische, unreflektiert entgegengebrachte Hochachtung ihrer Mutter diesen zwei Ekeln gegenüber. Frau Schall tat so vornehm, mit ihrem dichten, schwarzen, streng und glatt nach hinten gestrichenem und in einem großen Knoten zusammengehaltenen Haar, er weißgrau, behäbig, Allwissenheit in seinem weißen Arztkittel vortäuschend, väterlich wohlwollend ratend und gemütlich auf der kalten Pfeife kauend. Wieso kam die Mutter nicht auf die Idee, dass dieser Arzt sich an jungen Frauen vergreifen könnte und lieferte sie ihm aus? Hatte sie nie Verdacht geschöpft? Sie hasste die Mutter, erklärte sie für unfähig und ging nie wieder mit zu einem Arzt. Ob er es auch mit ihr getrieben hat, sie es aber nicht für möglich hielt, dass er sich auch an ihre Tochter ranmachen würde? „Dieser Dreckskerl!" hatte Sophia in ihrem Tagebuch vermerkt.

Was die Unterhaltung über jenen Arzt, der zu der Zeit schon lange tot war, in Sophias Garten in Kalifornien auslöste, wusste sie nicht mehr. Vielleicht weil sie Cashewnüsse aßen und ein Glas Wein dazu tranken und die Mutter dabei verträumt auf Frau Schall zu sprechen kam, die sie zu vermissen schien. Jene hatte ihr zu einer Zeit, als sie für so teure Nüsse gar kein Geld hatten, großzügig ein paar zum Probieren gegeben und gesagt, Cashewnüsse seien sehr gesund, sie müsse unbedingt welche kaufen, wenn ihr die Gesundheit ihrer Familie am Herzen liege. So hatte es die Mutter zu Hause wiederholt und ihrem Mann Vorwürfe gemacht, dass er Schuld daran sei, dass sie sich keine Cashewnüsse leisten konnten, woraufhin der sie für verrückt erklärt hatte.

Ob die Mutter etwas ahnte? Sophia fragte sich, an wie vielen Mädchen und Frauen der Arzt sich vergriffen haben mochte, als noch niemand wagte, über solche Dinge zu sprechen. Unter dem kalifornischen Himmel war sie furchtlos genug, der Mutter zu sagen, dass dieses schlimme Erlebnis ihre Schuld war, weil sie sie mitgeschleppt und dann nicht auf sie aufgepasst hatte. Sie spürte, wie es in ihr hochwallte. Dieses Mal würde sie nicht ruhig sein, dieses Mal würde sie ihr sagen, was für ein mieser Kerl das gewesen war. Wenn sie darauf bestand, ihre Geschichten zu erzählen – sie hatte auch welche! Und weil sie über diese Menschen nie wieder etwas hören wollte, musste sie die Mutter ein für allemal zum Schweigen über diese Kinder- und Frauenschänder bringen. Die Mutter zuckte zusammen. „Wie, was sagst du da? Davon habe ich ja gar nichts gewusst. Warum hast du mir das nicht gesagt, wieso höre ich erst jetzt davon?" Ihre Worte verhaspelten sich.

„Was hätte ich sagen sollen, sag mir, was?", fragte Sophia betont ruhig. „Und was hättest du gemacht? Hättest du sie vielleicht zur Rede gestellt – hättest du mir überhaupt geglaubt?"

„So ein hundsgemeiner Dreckskerl, ich kann mir das gar nicht vorstellen! Er war doch mein Vertrauensarzt", sagte die Mutter und schaute Sophia mit dem scheuen, zweifelnden Blick an, den diese so gut kannte.

Sophia musste lächeln. Die Mutter hatte dasselbe Wort gebraucht wie sie in ihrem Tagebuch. „Stell's dir vor", sagte sie trocken.

Das Gesicht der Mutter war zu einer Maske erstarrt. Es war das Signal, dass es keine weitere Diskussion geben würde. Sie hatte auch jetzt kein liebevolles Wort für Sophia, sie bat sie nicht um Verzeihung und fragte auch nicht, wie sie mit dem ungeheuerlichen Vorfall zurechtgekommen war. Sah sie vielleicht nur den eigenen Verlust zweier Menschen, die sie verehrt hatte? Dieses Stillschweigen fand Sophia unpassend und nahm an, dass ein Zugreifen auf den Körper und die intimen Bereiche der Frauen zur Untersuchung gehörte. Nahmen die Frauen es hin, weil sie darauf vertrauten, dass der Arzt als Autoritäts- und Vertrauensperson wisse, was er tue? Oder dachten sie, jede für sich, ohne je mit einer Freundin darüber zu sprechen, dass gerade sie von dem Arzt durch ein solches Verirren der Augen und Hände bevorzugt wurde, dass sie für ihn mehr war, als nur die Patientin? Aber der Herr Doktor war natürlich verheiratet, und so musste es bei diesen Heimlichkeiten bleiben, was die dummen Frauen auch einsahen. Sophia konnte nicht verstehen, warum Mütter ihre Töchter nicht vor der Gier der Männer in weißen Kitteln oder Talaren warnten, deren Hände zu leicht ausrutschten, und deren Augen scheel auf die weiblichen

Rundungen und Geschlechtsorgane stierten? Warum gab es nicht mehr Ärztinnen, wie Frau Dr. Kowalski?

Beim Aufschreiben des Vorfalls ins Tagebuch hatte Sophia mehrmals tief Luft holen müssen. Nach dem Wortwechsel mit der Mutter erinnerte sie sich wieder an das Gefühl der Scham, oder war es Schande, dass sie hinter den, nur durch Vorhänge notdürftig abgeteilten anderthalb mal zwei Quadratmetern empfunden hatte, und wie sie, wieder angezogen, die Hand des Arztes noch spürte und die Mutter sich nichtsahnend weiterhin mit beiden angeregt unterhielt, während er Rezepte ausstellte und die Dosis der Tabletten und Tropfen erläuterte. Und sie erinnerte sich an den langen Heimweg, dieses Mal immer einen halben Schritt vor der Mutter herlaufend, damit sie die nicht sehen musste. Sie wollte weg von der Straße, weg aus dem Tageslicht, weg von den Blicken der Passanten, die ihr das Gefühl gaben, dass sie ihr etwas ansehen konnten. Sie weinte nicht, aber ihr ekelte vor ihr selbst, ihr Körper kam ihr fremd vor.

Zu Hause war sie sofort ins Bad gegangen, hatte die Wanne vollaufen lassen und so viel Badedas hinzugegeben, dass dichter Schaum ihren Körper bedeckte. Sophia wusch sich die Haare und rubbelte sich mit dem Luffaschwamm ab, bis die Haut rot war. Danach blieb sie noch lange im wohltuenden Wasser liegen. Die Mutter klopfte mehrmals an die Badezimmertür und schimpfte, wieso sie mitten am Tag bade, sie solle sich beeilen, andere müssten auch mal. Aber Sophia tat so, als höre sie nichts und begann, den Vorfall aus ihrem Gedächtnis zu bannen, denn selbst mit Marlis darüber zu sprechen war undenkbar. Mit der Zeit wurde sie sogar unsicher darüber, was wirklich vorgefallen war und sie las in ihrem Tagebuch nach, um sich zu vergewissern. Nachdem sie verheiratet war, merkte sie, dass sie das Geschehen auf ihre Weise verarbeitet und soweit es möglich war, überwunden hatte, aber vergessen hatte sie es nie. Als sie schließlich aus dem Bad kam, rannte die Mutter an ihr vorbei rein und schimpfte über die Verschwendung des teuren Badezusatzes, der ganz neu auf dem Markt war.

Verändert hatte sie sich aber doch nach dem Erlebnis. Sie war erwachsen geworden und sah die Menschen in einem neuen Licht. Susanne Heroldt, Brigittas Mutter, arbeitete im Vorzimmer des Bürgermeisters, aber die konnte weder backen noch gut kochen, weder stricken noch nähen. Das war stadtbekannt. Sophia hatte sich mit Brigitta angefreundet und erfuhr von ihr, dass ihre Mutter einst eine der Schönheiten der Stadt gewesen war. Brigittas Vater, Volker Heroldt, der Inhaber der kleinen Druckerei in der Untergasse, die er von seinen Eltern übernommen hatte, verliebte sich auf einem Winzerfest in die schöne Susanne und sie heirateten sehr schnell. Von Brigitta wusste Sophia, dass die Arbeit ihre Mutter sehr befriedigte, und dass sie keinesfalls nur als Hausfrau zu Hause bleiben wollte, aber bei ihrem Mann im Büro wollte sie auch nicht arbeiten. Vierundzwanzig Stunden am Tag, das sei zu viel Nähe, erklärte sie allen, die es wissen wollten. Also machte die alte Frau Heroldt, die alle Hulda nannten, die Büroarbeit, führte Buch, erledigte die Korrespondenz, kümmerte sich um Bestellungen und Beschwerden.

Susanne, wie Brigitta ihre Mutter nannte, sagte gut gelaunt, als sie zu Dritt Zitronensprudel auf dem Balkon tranken, und Sophia sie nach ihrer Arbeit fragte: „Weißt du, ich hatte das große Glück, dass mein Mann mich immer unterstützt hat. Ich wollte nach der Hochzeit weiterarbeiten. Als die Kinder noch klein waren, brachte Volker sie früh in den Kindergarten und ich holte sie nach Arbeitsschluss ab. Dort gefiel es den Beiden aber nicht und da richtete Hulda neben ihrem Büro ein Spielzimmer für sie ein. Bei schönem Wetter spielten sie im Hof und gehörten einfach dazu. Hulda ist unser guter Geist, sie hält die Familie und das Geschäft zusammen."

Brigitta lachte: „Das waren wunderbare Jahre. Sogar als wir groß waren, gingen wir nach der Schule immer zu Hulda und machten unsere Hausaufgaben bei ihr."

Die Hausarbeit machte auch jetzt noch Herr Heroldt an den Abenden und am Wochenende. Das bekam Sophia mit, wenn sie bei ihnen war und staunte, wie gut sich alle verstanden. Gekocht wurde selten, meist gab es kalte Küche, und das Gemüse und die Blumen wuchsen wie in anderen Gärten auch. Dass Susanne Heroldt keine Hausfrau war, wurde von den Frauen oft dazugesagt, wenn von ihr die Rede war. Das klang dann so, als sei sie keine richtige Frau, und ihr Mann wurde bemitleidet, der nach Feierabend Frauenarbeit machen musste und nie einen von seiner Frau selbstgebackenen Streuselkuchen mit Kirschen bekam. Die Kuchen backte Volkers Schwester Martha für die ganze Familie und ihr Mann Jupp wartete die Maschinen. Herr Heroldt ließ nichts auf seine Frau kommen. „Wir haben gar keine Zeit uns zu zanken", sagte er gut gelaunt, „und wenn das jemand bezweifelt, stelle ich den Staubsauger an und schiebe ihn durchs Wohnzimmer."

Sophia fand das wunderbar, so ein Familienleben könnte sie sich vorstellen. Ihre Mutter leider nicht. Berufstätige Frauen wurden ihr nicht als Vorbild hingestellt. Nicht einmal Studienrätin taugte in den Augen der Mutter. Vielleicht, weil sie dafür hätte studieren müssen, argwöhnte die.

„Kindergärtnerin, das wäre doch was für dich, das ist eine gute Arbeit für eine junge Frau, bis sie heiratet", meinte die Mutter, als eine Horde Kinder mit zwei Kindergartenschwestern vorbeizog, „du hast doch kleine Kinder so gern."

Sophia war entsetzt, sie mochte kleine Kinder nicht sonderlich und aufpassen wollte sie auf die schon gar nicht, mit denen konnte sie ja nicht einmal richtig reden. Sie selbst hatte Kindergärten immer gehasst, weil sie sich da eingesperrt fühlte, auch dass sie bei Gruppenspielen mitmachen sollte, gefiel ihr nicht. Wenn die Mutter sie früher hingeschickt hatte, „war sie oft einfach nicht reingegangen, vor allem bei schönem Wetter. Wenn sie Pech hatte, wurde sie von Nachbarinnen und einmal sogar von der Polizei nach Hause gebracht. Es kränkte sie auch, mit anderen Kindern auf der Straße in Reih und Glied gehen zu müssen, selbst später mit der Schulklasse auf Ausflügen hielt sie sich immer so weit abseits wie möglich. Etwas verletzte ihr Selbstverständnis in der Gruppe. Sie hatte stets das Gefühl, dass die Leute auf sie schauten und sie insgeheim auslachten, weil sie nicht frei war, dahingehen zu können, wohin sie wollte.

Englisch war Sophias Lieblingsfach. Sie war von Anfang an die Beste in der Klasse, die Sprache flog ihr einfach so zu. Dr. Wedekind freute sich über ihre Sprachbegabung, brachte ihr englische Bücher mit und bot ihr die Adresse einer Schülerin in London als Brieffreundin an. Sie hieß Janet Miller. Sophia war begeistert und schrieb noch am selben Nachmittag den ersten Brief an Janet. Zwei Wochen verstrichen und sie fürchtete schon, dass sie keine Antwort bekommen würde, als ein Briefumschlag, der ein ganz anderes, kleineres Format als die deutschen hatte, mit einer Briefmarke, die den Kopf der englischen Königin trug, auf dem Küchentisch lag, als sie aus der Schule kam. Ihr Herz klopfte und sie verschwand mit ihm in ihrem Zimmer. Von da an schrieben sie einander jede Woche, Janet schrieb auf deutsch und Sophia auf englisch. Dieser Briefwechsel war das Schönste überhaupt. Janet berichtete mit überschwänglicher Begeisterung von amerikanischen Filmen wie *The King and I* oder *High Society*, die erst Monate später, wenn überhaupt, im einzigen Kino ihrer Stadt liefen, schrieb von Opern- und Konzertbesuchen, von Autofahrten nach Wales und Schottland und dass sie mit Freundinnen zweimal in der Woche Tennis spielte. Im Frühjahr lud Janet sie für die Sommerferien nach London ein. Freudig erregt las Sophia die Einladung, doch dann bezweifelte sie, dass die Eltern sie auf so eine Reise gehen lassen würden und Geld war dafür garantiert auch keins da. Sie sagte nichts, bis die Mutter wissen wollte, was Janet denn dieses Mal geschrieben habe?

„Ach, dasselbe wie immer."

„Na, irgend etwas Interessantes steht doch bestimmt im Brief, das merke ich dir doch an." Die Mutter, die kein Englisch konnte, stand neben Sophia.

„Also, sie hat mich für die Sommerferien nach London eingeladen, und sie wollen mich zwei Wochen nach Wales mitnehmen."

Da hörte sie die Mutter: „Das ist aber sehr nett von Familie Miller. Du könntest dein Englisch vervollkommnen und Tante Lina in Birmingham besuchen."

„Du meinst, ich kann nach England fahren?"

„Wir sprechen noch drüber, aber das geht bestimmt." Sophia fuhr tatsächlich in jenem Sommer über den Ärmelkanal. Es war ihre erste Reise ins Ausland und wurde für sie zur Eintrittskarte in die Welt. Nie wieder hat sie ein Ereignis so voller Ungeduld herbeigesehnt und Englisch lernte sie tatsächlich fließend.

Kapitel 13

Der Antrag eines Reisepasses verkommt zum Familiendrama

Bevor es losgehen konnte, brauchte sie einen Reisepass. Die Sache mit dem Pass wurde zum Familienereignis. Sophia kam das übertrieben vor, wie sie mit den Eltern raschen Schrittes, Passfotos und Geburtsurkunde in einem Umschlag, zielstrebig dem Rathaus zueilten, ein ungewohnter Anblick für die Einheimischen, die ihrer täglichen Arbeit eher geruhsam nachgingen.

Nach einigem Suchen betraten sie einen Raum, in dem sie eine massive, hüfthohe, altertümliche Barriere aus sehr dunklem Eichenholz, deren oberer Balken durch die Besucher und Bittsteller, die sich darauf lehnten, hell und blank gescheuert worden war, von den dort arbeitenden Angestellten trennte. Sie standen zu Dritt nebeneinander vor der Absperrung, ihre ganze Aufmerksamkeit auf den Mann vor ihnen gerichtet, der hinter einem großen, mit Akten überladenen Schreibtisch saß. Der Schreibtisch stand im rechten Winkel zur Barriere, so dass der Mann sich immer leicht nach links drehen musste, wenn er sie ansehen wollte. Er hatte Sophias Geburtsurkunde entgegengenommen, einen Antrag für einen Reisepass akkurat vor sich hingelegt, las eine Frage nach der anderen vor und trug die Antwort gewissenhaft in die entsprechende Zeile ein, nachdem die Eltern sie wie aus einem Mund beantwortet hatten. Selten waren sie einander so einig. Sophia brauchte überhaupt nichts sagen. Das übereifrige Betragen ihrer Eltern ergrimmte sie, schließlich war es ihr Pass, und sie hätte alles genauso beantworten können. Sie verachtete dieses zuvorkommende Benehmen ihres Vaters, der sich in seiner devoten Höflichkeit fast überschlug, sich räusperte und nervös lachte, obwohl er doch mehr war als der Mann hinter dem Schreibtisch, der sich nicht aus der Ruhe bringen ließ. Warum kann der Vater nicht souverän sein, stöhnte Sophia und hätte ihn am liebsten angestupst und etwas zugeflüstert, aber der hätte nicht begriffen, worauf sie hinauswollte und gesagt, sie solle laut und deutlich sprechen, wenn sie etwas vorzubringen habe, als die nächste Frage des Beamten in ihr Bewusstsein drang: „Besondere Kennzeichen?"

„Keine!", antwortete sie und schüttelte bekräftigend den Kopf. Sein Federhalter, den der Beamte noch einmal bedächtig in das runde schwarze Tintenfass tauchte und mit einer Bewegung aus dem Handgelenk heraus überflüssige Tinte am Rand abstrich, zuckte schon dem Papier entgegen, um einen entsprechenden Vermerk in das Formular einzutragen, als Sophia die Stimme ihrer Mutter hörte: „Ja, was verstehen Sie denn unter ,besondere Kennzeichen'?"

Der Beamte hielt mitten in der Bewegung inne, kurz bevor die Federspitze das Papier berührte, blickte auf, da er in seiner Tätigkeit unterbrochen worden war, und erklärte gutmütig: „Ja, große Muttermale z.b., oder ein unveränderliches Merkmal im Gesicht, oder wo es halt zu sehen ist, gell. Aber ich sehe ja nichts bei ihrer Tochter, ich muss nur fragen, gell?" Dabei suchte er mit dem Federhalter die Zeile, die ihm verlorengegangen war, um ,keine' zu schreiben.

„Meine Tochter hat Brandnarben", rief die Mutter triumphierend aus und verschluckte sich fast vor Eifer, „die sind doch auch unveränderlich, sehen Sie hier und hier", und begann dabei, an Sophias Kleidern herumzuzerren und wollte die Bluse aufknöpfen. Sophia wehrte sich und schob die Hand der Mutter beiseite. Am liebsten hätte sie sie wohl auf der Stelle ausgezogen. Es entstand ein stummes Gefecht zwischen Mutter und Tochter.

„Na, ist ja schon gut, gell", wehrte der Beamte ab, „so schlimm wird's doch nicht sein, dass wir das vermerken müssen, ich sehe ja gar nichts."

„Ja, dann kommen sie doch näher, die Narben müssen als ‚unveränderliche Kennzeichen‘ vermerkt werden, wenn danach ausdrücklich gefragt wird."

„Na komm schon, hör auf, du nimmst das zu wörtlich", sagte der Vater, beruhigend auf seine Frau einredend, und griff nach ihrem in der Luft herumfuchtelnden Arm. Mit seiner plumpen Art, reizte er sie aber erst recht.

„Dieser Pass gilt für fünf Jahre", hörte Sophia den Beamten sagen, „danach können Sie ihn noch einmal fünf Jahre verlängern lassen."

„Was haben Sie denn wegen der Brandnarben geschrieben?", fragte die Mutter.

Jetzt wurde der Beamte verlegen. „Ja wollen Sie denn wirklich einen Eintrag im Pass haben, das ist doch nicht schön, gell, noch dazu bei einem so jungen Mädel, da ist das überhaupt nicht nötig." Er nahm noch einmal ein Foto in die Hand und meinte: „Auf dem Foto ist doch nichts zu sehen." Die Stimme des Beamten klang beschwichtigend, aber die Mutter war nicht zu beruhigen.

„Also, wenn für den Reisepass ausdrücklich danach gefragt wird, dann muss das auch richtig vermerkt werden – meine ich jedenfalls!"

„Ja, wenn Sie wirklich meinen", sagte der Beamte gedehnt. „Was sollen wir denn schreiben?"

„Meine Tochter hat Brandnarben auf der Brustmitte, und an der rechten Seite im Gesicht, beim Kinn – hier, sehen Sie, hier. Wissen Sie, sie hatte als kleines Kind einen Unfall." Die Mutter sagte das, als sei sie stolz darauf, eine solche Tochter zu haben.

„Warum kommst du denn jetzt damit? Das hat doch nichts mit dem Pass zu tun", fragte der Vater gereizt.

Dass der Unfall passiert war, das war ihre Schuld, dachte Sophia und jetzt zahlt sie es mir heim. Als sie Brustmitte hörte, wusste sie, dass sie diese Szene nie vergessen würde. Brustmitte hatte sie vor zwei Männern gesagt. Sie war wütend über die Insensibilität der Mutter. Die Narbe war ganz oben, am Halsansatz und kaum sichtbar. Niemand hatte sie je bemerkt, aber jetzt schrieb der Beamte einfach, ohne sich von der Richtigkeit der Angaben zu überzeugen, und Sophia brachte aus Scham kein Wort über die Lippen.

Warum hatte die Mutter das getan? Wie war die überhaupt auf die Idee mit den Narben gekommen? Sollte sie etwa mit einem solchen Vermerk schneller von der Polizei gefasst und überführt werden können? Und was meinte sie, würde ihre Tochter einmal verbrechen? Ach nein, soweit dachte die Mutter bestimmt nicht. Aber ihre Pflicht tun, genau nach dem Buchstaben des Gesetzes, sich absichern, dass sie nie bezichtigt werden könnte, nicht die volle Wahrheit oder gar die Unwahrheit gesagt zu haben. Lebten wir tatsächlich in einer solchen Republik? Nein, auch das war es nicht, entschied Sophia. Die Mutter wollte sich sicher einfach nur wichtig tun. Darüber hinaus war es die ihr in der Jugend eingeprägte Hörigkeit, der sie noch immer verfallen war. Sophia empfand das Ganze als einen Angriff auf ihren Körper und ihre Seele. Es war wie Verrat. Fehlte es der Mutter so gänzlich an Urteilskraft, konnte sie die Sache so wenig abschätzen? Oder war sie sich der Unterwürfigkeit gar nicht bewusst, die sie sonst ihrem Mann vorwarf. Merkte sie nicht, dass sie das von den Nazis eingeimpfte Verhalten verinnerlicht hatte und jetzt ihre eigene Tochter entblößte? Sophia wurde plötzlich schlecht, ihr Magen verkrampfte sich. Sie rannte aus dem Raum zur Toilette. Als sie einander vorm Rathaus wiedertrafen, wollte die Mutter sie ob ihres Verhaltens zur Rede stellen, die würdigte sie aber keines Blickes und lief davon.

Nach diesem unerhörten Auftritt war ihr die Vorfreude auf die Englandreise schlagartig vergangen. Es war ihr unbeschreiblich peinlich, mit so einem Pass reisen zu müssen, nie würde sie ihn einfach stolz ihren Freundinnen zeigen können, es war wie ein Makel, der ihr anhaftete. Sie dachte nie an die Narben. Nur die Mutter erinnerte sie immer wieder daran, indem sie bei jeder Gelegenheit davon erzählte, wie Sophia dazu gekommen war. Sogar auf der Straße musste sie stillstehen, damit die Mutter sie irgendwelchen Bekannten vorzeigen konnte. Es tat weh, so zur Schau gestellt und beäugt zu werden. Irgendwann lief sie weg und ließ die Mutter stehen, die ihre Tochter deswegen zu Hause heftig zurechtwies.

Wenn Sophia den Pass bei Grenzübertritten vorzeigen musste, wurde sie immer rot, vor allem, wenn ein Beamter genauer hinzuschauen schien und sie daraufhin forschend ansah. Aber gesagt hat nie jemand etwas. Als sie einen neuen Pass brauchte, bat sie um Entfernung des Eintrags. „So was wird doch nicht in einem Reisepass vermerkt, die Narben sind ja gar nicht sichtbar", staunte die Beamtin.

Kapitel 14

Eine Weltreise nach England

Am ersten Tag der Sommerferien machte Sophia sich mit dem vermaledeiten Pass, einem etwas mitgenommenen Koffer, einer Reisetasche und einer Umhängetasche auf ihre erste Fahrt nach England, die ihr wie eine Weltreise erschien. Sie musste mehrmals umsteigen und fürchtete, den Anschluss zu verpassen, oder in den falschen Zug zu steigen. In Belgien, auf der Fahrt nach Ostende, saßen ihr zwei junge belgische Soldaten gegenüber, die schon, bevor der Zug abgefahren war, versuchten, mit ihr ins Gespräch zu kommen und wenn sie langsam und deutlich genug sprachen und sie sich mit ihrem Französisch anstrengte, ging es gut. Nach Knoblauch stanken sie nicht, wie die Mutter vorausgesagt hatte.

Auf der Fähre von Ostende nach Dover traf Sophia viele junge Leute, die wie sie den Sommer in England verbringen würden, und sie tauschten ihre Namen und andere Informationen aus. Horst Jacobs aus Frankfurt hielt sich neben ihr und nannte sie Sophie. Wie er es sagte, klang Sophie weich und vertraut. Er war zwei Jahre älter, es würde sein zweiter Englandaufenthalt sein. Nach dem Abitur wollte er in England studieren, ehe er ins Geschäft seines Vaters einsteigen würde. Sophia staunte, ihr Leben schien verglichen mit seinem viel weniger interessant. Horst war dunkelblond, groß und schlank und sehr gut angezogen. Er hatte Geld, das sah sie ihm an, er wusste, was ihn erwartete und war mit Fotoapparat, Fernglas und Reiseschreibmaschine bestens ausgerüstet. Was sie sich erkämpfen musste, fiel Horst einfach zu. Ein Studium in England, so weit hatte sie noch nie gedacht.

„Wenn wir uns vergrößern und im Ausland niederlassen wollen, muss ich wissen, wie die Wirtschaft und das Bankwesen in anderen Ländern laufen. Ich brauche Erfahrung im Ausland", erklärte Horst selbstsicher. „Mein Vater wollte nach der Reifeprüfung gerade nach England gehen, als der zweite Weltkrieg ausbrach. Sein Vater, mein Großvater, hatte gute Beziehungen zu mehreren Firmen in England. Jetzt gehe ich dorthin. Sie erwarten mich."

Was Horst da so selbstverständlich preisgab, war vollkommen neu für Sophia.

„Und was führt dich nach England, Sophie?" Seine Frage klang gestelzt, sie fühlte deutlich den Abstand zwischen sich und Horst, der weltgewandt auftrat und seine Zukunft im Familienunternehmen sah. Ihr fehlte es an diesem spezifischen Wissen, dieser Sicherheit im Auftreten. Sie hatte die Erfahrungen, in der Ostzone aufgewachsen und nicht in die Jungen Pioniere gegangen zu sein, aber das zählte in Westdeutschland nicht. Anscheinend konnte sich niemand vorstellen, dass eine Entscheidung gegen die Pioniere Mut erfordert hatte. Nicht einmal ihre Deutsch- oder Geschichtslehrer fragten danach, wie das Leben in Dresden gewesen war, und dass sie immer noch Heimweh hatte, wollte auch niemand wissen. Dieses Desinteresse der Menschen in Westdeutschland gegenüber den Menschen in der DDR ärgerte sie. Der Geschichtslehrer, Josef Matulek, der aus Stolpe stammte, hätte doch aufhorchen müssen, schließlich erinnerte die Jugendbewegung im zweiten deutschen Staat an die Hitlerjugend. Die Frage: „Warum interessieren Sie meine Erfahrungen nicht, waren Sie vielleicht in der Hitlerjugend?", brannte ihr auf der Zunge. Auf einer Klassenfahrt hatte er ihnen einmal in einer Anwallung von Mitteilungsbedürfnis oder Anbiederung die Geschichte erzählt, wie er als Achtzehnjähriger mit einem Flüchtlingstreck nach Westen gezogen war. Er war schmächtig, sagte er von sich, so dass er viel jünger wirkte, und hatte es darauf ankommen lassen und war eines nachts einfach von seiner Einheit getürmt. Dabei hatte er das große Glück, noch in derselben Nacht auf einem verlassenen Bauernhof alte Kleidung zu finden. Seine Uniform und Papiere versteckte er im Kohlenkeller. Dann hatte er

Proviant eingesteckt, Äpfel, Möhren, getrocknete Pflaumen, und sich Stunden später einer Familie auf der Flucht nach Westen angeschlossen, die nicht danach fragte, wo er herkam, weil er beim Ziehen des Wagens half. Sollte jemand fragen, wollte er sich als jüngerer Bruder der Mutter ausgeben. Der Familie hatte er erzählt, dass seine Eltern tot waren, obwohl er wusste, dass die sich einige Wochen zuvor in Richtung Westen aufgemacht hatten.

„Ich fahre zu meiner Brieffreundin, ich will mein Englisch verbessern. Ich kann es schon sehr gut, will aber fließend werden."

„Und was kommt nach dem Abi?", bohrte Horst weiter.

„Ja, nach dem Abi will ich studieren, aber das wird noch einen Kampf zu Hause geben." Die letzten Worte murmelte sie. Sie lehnte an der Reling und blickte in die Wellen unter sich. Der Wind spielte in ihren Haaren.

Horst hatte es aber doch gehört, fasste mit seiner Rechten unter ihr Kinn und hob ihren Kopf hoch. „Hör mal gut zu, Sophie, deine Eltern können dir ein Studium gar nicht verweigern", erklärte er mit Nachdruck, „was du machst, liegt allein an dir, uns steht per Gesetz eine Ausbildung zu. Weißt du das nicht?"

Der hatte gut reden. Er wusste ja nichts von ihrer Herkunft. Und was sollte das heißen: Uns steht per Gesetz eine Ausbildung zu? Stand das auch im Grundgesetz?

„Was willst du denn studieren?"

„Also Studienrätin auf keinen Fall."

„Und *was* willst du werden?"

„Das weiß ich noch nicht", sagte sie und weil das neben Horst stehend dumm klang, fügte sie hinzu, „aber ich weiß, dass ich schreiben will."

„Schreiben?", fragte Horst, „Romane, oder willst du Journalistin werden?"

„Ja, Bücher, Romane."

„Du willst also Schriftstellerin werden?", sagte Horst so, als probiere er diese Möglichkeit, Geld zu verdienen, aus. „Bist du musisch begabt?"

Sie runzelte die Stirn, was heißt denn *musisch*, das klang nach Musik.

„Hast du schon was geschrieben?"

„Ja", nickte Sophia.

„Na, dann studier doch Germanistik, mit Englisch als Nebenfach. Du könntest zwischendurch ein Jahr nach England gehen. Das solltest du sogar! Ich geh' jetzt mal nach unten und bestelle mir einen heißen Tee. Kommst du mit?"

Sophia war überwältigt von der Schönheit des Meeres und wollte an Deck bleiben und nicht schon gleich Geld ausgeben. Sie hatte ja noch zwei Äpfel. Sie sah ihm nach. Wie gut er aussah, wie frei er sich bewegte.

Als sie in Dover anlegten, war Horst wieder da. „Ich dachte, du kommst mal nach unten?", sagte er. Er wurde in Dover vom Geschäftspartner seines Vaters mit dem Auto abgeholt und stellte Sophia diesem vor. Danach verabschiedeten sie sich und versprachen, nach ihrer Rückkehr einander zu schreiben. „Du schickst mir bald mal eine deiner Geschichten", sagte Horst und stieg ins Auto. Sophia sah, dass der Fahrer auf der rechten Seite einstieg und beobachtete, dass einige gutgekleidete Männer schnell weg waren. Wohl Geschäftsleute, mutmaßte sie. Erst jetzt empfand sie das Gedränge, sah die unzähligen Menschen mit ihrem Gepäck, die die Anlegeplanke vom Boot auf den Kai herabströmten, und wurde sich dieses eigenartigen Gefühls bewusst, auf dem Boden eines fremden Landes zu stehen. Alle Schilder waren nur auf englisch geschrieben. Sie schloss sich den anderen Passagieren in der Hoffnung an, dass sie dem Bahnhof zustrebten.

Als sie endlich im Zug nach London saß, war es schon spät. Sie saß am Fenster in Fahrtrichtung. Mit ihren Gedanken war sie noch bei Horst. Für ihn schien so eine Reise ganz normal zu sein und abgeholt wurde er auch.

Als der Zug sich in Bewegung setzte, öffnete ein Neger die Abteiltür, schaute sich um und setzte sich auf den freien Platz ihr schräg gegenüber. Sophia hatte noch nie einen Menschen mit dunkler Haut gesehen. Der

Mann war fast schwarz, seine Haare kurz und kraus. Auch solche Haare hatte sie noch nie gesehen. Selbst Fotos von Negern kannte sie kaum und in der Wochenschau erschienen die weit weg und exotisch. Sie schaute ihn unentwegt an. Es war wie ein Zwang. Dann entdeckte sie seine hellen Handflächen. Ich darf ihn nicht dauernd so anschauen, sagte sie sich, aber ihr Blick ging unwillkürlich immer wieder zu ihm, bis er zurückschaute und sie anlächelte. Jetzt wusste sie nicht, was sie mit ihren Augen machen sollte, die ihr nicht gehorchen wollten. Niemand im Abteil sprach ein Wort. Sie schaute aus dem Fenster, bis es draußen ganz dunkel war und sie nichts mehr sehen konnte, nahm ein Heft aus der Umhängetasche und begann, ihre Reiseerlebnisse aufzuschreiben. Die Lampen im Abteil gaben nur ein schummriges Licht, aber wenn sie ihren Block im richtigen Winkel hielt, konnte sie gerade genug sehen. Sie machte sich Gedanken über die belgischen Soldaten und wie es mit Europa wohl weitergehen würde. Über den Neger zu schreiben, traute sie sich nicht, sie fürchtete, er könnte das merken. Die Begegnung verarbeitete sie erst nach ihrer Rückkehr in einem Deutschaufsatz. Aber dann ließ sie den Neger doch aus. Neger sah sie noch viele in England als Busfahrer, Straßenkehrer und als Gepäckträger auf den Bahnhöfen.

In London holten Janet und ihr Vater sie ab. Sie erkannte Janet sofort von einigen Fotos her. Die Begrüßung war herzlich. Janet redete viel, Sophia verstand nur wenig. Sie fuhren weit mit der U-Bahn, die sie Tube nannten. Die Fahrt durch London war ein Erlebnis. Und nirgends Ruinen. Sie fühlte sich freier, sah alles bewusster, ihr Leben hatte sich schlagartig vom engen Nachkriegsdeutschland nach Großbritannien verlegt. Von London war sie begeistert. Die neuen englischen Freunde wohnten in einem Vorort in ihrem Einfamilienhaus mit Einbauküche, Garage und einem Garten ringsherum. Alle auf der Straße besaßen ein Auto oder sogar zwei, mehrere Telefone, einen Fernsehapparat, einen Plattenspieler mit unzähligen Schallplatten und Bücherregale, in denen die Bücher so eng standen, dass keins mehr hineinpasste, ja es war sogar schwer, eins herauszunehmen.

Janet, deren Schule erst in zwei Wochen aus sein würde, bekam täglich mehrere Anrufe von Freundinnen und rief auch selbst viel an. Sie unterhielten sich über die Schule, nachdem sie sich gerade getrennt hatten, fragten nach Lösungen für die Hausaufgaben, verabredeten sich zu einem Kinobesuch für den Abend, diskutierten über Filme und Bücher, planten das Wochenende, tauschten sich darüber aus, wohin sie in den Ferien fahren würden. Sophia musste es noch in der Schule ausmachen, wenn sie sich mit einer Freundin später am Tag treffen wollte, oder sie mussten sich auf gut Glück auf den Weg machen. Diese Telefongespräche in einem leicht plaudernden Tonfall, bei denen Janet viel lachte, waren neu für sie. Oft nahm Janet das Telefon, das eine sehr lange Schnur hatte, in die rechte Hand, hielt den Hörer in der linken und lief damit im Wohnzimmer umher, ging in die Küche, setzte das Telefon ab, klemmte den Hörer zwischen Kopf und Schulter und schenkte sich Saft aus dem Kühlschrank ein. Sophia kam es so vor, als lebten sie in Deutschland hinterm Mond und sie nahm sich vor, sobald wie möglich viel zu reisen, um die Menschen in anderen Ländern kennenzulernen, denn die Zeit in England ließen sie die geistige Enge im Nachkriegsdeutschland erst so richtig spüren. Ihr Land war durch zwölf Jahre Nationalsozialismus kaputt und demoralisiert, viele Spuren der Nazidiktatur waren in den Köpfen der Menschen zurückgeblieben, ihre Körper waren geschunden und verstümmelt, ihr Denkvermögen behindert. Wie sollten die Menschen nach tausendmal Heil-Hitler schreien heilen, wie sollten sie wieder leben und lieben können? Ihr Ausblick veränderte sich während der sechs Wochen in England grundlegend.

Sophia wurde mit Janet zu Partys bei Freundinnen eingeladen, die in Häusern mit parkähnlichen Gärten wohnten, wie sie sie in Deutschland nur hier und da durch schmiedeeiserne Gitter gesehen hatte, aber nie war ihr Blick tief genug in die Gärten eingedrungen und nie war sie eingeladen worden einzutreten. Nach den anfänglichen Schwierigkeiten verstand und sprach sie mit jedem Tag besser englisch. Hannah, eine von Janets Freundinnen, mit dunklen Augen und schwarzem Haar, fragte sie beim ersten Treffen: „How do you like London?"

„Oh, I like it very much", antwortete Sophia höflich.

„You are from Germany?"

„Yes", sagte Sophia. Mehr fiel ihr dazu auf englisch nicht ein.

„Didn't all Germans love Hitler?", fragte Hannah, ohne mit der Wimper zu zucken. Sie stand dicht vor Sophia, sah ihr direkt in die Augen und wartete auf Antwort. Nach der Woche mit Pfarrer Fröhlich wusste sie mehr, aber unter Hannahs Blicken blieben ihr die Worte im Hals stecken. Außerdem war ihr Englisch noch nicht gut genug, um etwas Gescheites über Bonhoeffers Freundschaft mit George Bell, dem Bischof von Chichester, sagen zu können und sie murmelte nur: „Oh no, not all Germans liked him."

„But I thought *all Germans loved* Hitler", wiederholte Hannah betont scharf.

Sophia hätte im Erdboden versinken können und schaute sich hilfesuchend nach Janet um, die Sophias Blick auffing. Sie kam zu ihnen herüber und fragte Hannah, wie weit sie mit ihrem Französischaufsatz sei. Die wollte nicht an Hausaufgaben denken, also nahm Janet Sophias Hand und zog sie mit sich in den Garten. Sie war unbefangen auf die Reise gegangen. In ihren Briefen hatten sie den Krieg nie erwähnt. Jetzt merkte sie, dass hohe Hürden vor ihr aufgebaut waren, die sie nur mit großem Anlauf würde überspringen können.

Auf der Heimfahrt sagte Janet, dass Hannah Jüdin sei und dass ihre Eltern gleich nach Hitlers Wahl zum Reichskanzler nach England gekommen seien, dass es aber nicht allen Familienmitgliedern geglückt war, Deutschland rechtzeitig zu verlassen, und in Polen hätten auch welche gelebt. Natürlich hätten sie sich damals nicht vorstellen können, dass es so schlimm werden würde und sie ihr ganzes Vermögen in Deutschland verlieren würden.

Das Wort rechtzeitig wurde Sophia nicht wieder los. Die volle Tragik des Wortes wurde ihr langsam klar, dass die Menschen nur wenige Wochen hatten, um sich zu entscheiden, und dass sie alles würden zurücklassen müssen. Wenige verstanden die Dringlichkeit der Stunde. Und was war mit denjenigen, die nicht genug Geld hatten und keine Menschen kannten, die sie im Ausland aufnehmen und ihnen helfen würden? Wie hätte ich das mit Hannah wissen sollen, sie sieht nicht jüdisch aus, zermarterte sich Sophia ihr Gehirn. Sie war die erste Jüdin, die ihr begegnet war. Es wäre ihr nie in den Sinn gekommen, dass sie in London Juden treffen würde. Soweit hatte sie nicht gedacht. Selbst im Zusammenhang mit den Exilanten, den Schriftstellern, Dirigenten, Komponisten, Filmproduzenten, Filmschauspielern und Journalisten, die Deutschland während des Dritten Reichs verlassen hatten, die vertrieben worden waren oder fliehen mussten, wurde deren Judentum nur nebenbei erwähnt, so wie andere Kommunisten oder Sozialisten gewesen waren, oder auch Christen. Thomas und Heinrich Mann und Bertolt Brecht waren keine Juden und dass Thomas Manns Frau, Katja, eine Münchner Jüdin war, sagte niemand, das erfuhr Sophia erst Jahrzehnte später. Paul Tillich war evangelischer Theologe, Anna Seghers flüchtete nach Mexiko, Lion Feuchtwanger schaffte es mit seiner Frau Marta auf Irrwegen nach Kalifornien. Seghers Erzählung *Der Ausflug der toten Mädchen* wurde hochgelobt. Mainz kannte Sophia. Sie machten ja auch Klassenausflüge und sie konnte nicht fassen, dass Schülerinnen wie sie, die in ihrem Alter waren, nicht leben durften, nur weil sie jüdisch waren. Das Schicksal der Mädchen ergriff sie. Die Tragweite des Mordens wurde ihr aber auch dann nicht bewusst, sie diskutierten nicht genug darüber. Auch später nicht, als sie während ihres Literaturstudiums *Das siebte Kreuz* lasen. Zu Hause hörte Sophia weiterhin nichts von alledem und wieder fragte sie sich, wo denn ihre Mutter gelebt hatte? Hatte sie wirklich nichts von der Judenverfolgung mitbekommen, war ihr nie aufgefallen, dass Menschen in ihrem Umkreis verschwanden und hatte sie sich nicht gefragt, wohin die kamen?

Je länger die Fahrt mit dem Bus dauerte, umso unwohler fühlte sich Sophia. Sie saß am Fenster, um die Stadt besser sehen zu können. Janet erklärte ihr die Stadtteile, durch die sie gerade fuhren, machte sie auf bekannte Gebäude und Denkmäler aufmerksam und erzählte in ihrer lebhaften Art allerlei Wissenswertes. Sophia hörte still zu. Ihre Haut begann am ganzen Körper zu jucken. Menschen stiegen ein und wieder aus, aber sie nahm sie nur schemenhaft wahr. Etwas war anders als sonst. Wo sollte sie hingucken, wie ihre Hände halten? Sie blickte angestrengt aus dem Fenster. Die Sehenswürdigkeiten dieser Metropole, von denen sie sonst nicht genug bekommen konnte, verschwammen vor ihren Augen.

„Are you all right?", fragte Janet.

Sophia nickte.

„Are you tired or homesick?", probierte Janet weiter.

„Nein", sagte Sophia auf deutsch, „ich denke an Hannah."

„She was a bit rude, wasn't she, very straightforward? But she's my best friend. Sie hat uns nächste Woche zum Tee eingeladen. You'll love her house."

Das war es ja nicht, warum Sophia an Hannah dachte, aber im Bus konnte sie darüber nicht sprechen. Nach dem Abendessen ging sie mit Janet noch zu deren Freundin Mary, die ein paar Häuser weiter wohnte. Sophia war gerne dort, aber an jenem Abend war sie irgendwie abwesend, konnte aber Mary nicht erklären, was los war. Denn wo sollte sie anfangen, selbst wenn sie genügend englische Worte gewusst hätte? Zurück in Janets Zimmer traute sie sich, näher nach Hannah und deren Familie zu fragen und erfuhr, dass Hannahs Großeltern nach dem ersten Weltkrieg aus Polen nach England gekommen seien, ihr Großvater sei Arzt gewesen und war von einem Londoner Krankenhaus gerufen worden, weil er ein über Polens Grenzen hinaus anerkannter Chirurg war, aber der größere Teil der Familie sei in Polen geblieben und nach Auschwitz deportiert worden. Nur eine Tante hatte überlebt, die sei aber inzwischen gestorben. Hannahs Eltern hatten Deutschland noch beizeiten verlassen.

Sophia wäre lieber nicht zu Hannah gegangen, aber wie sich herausstellen sollte, wurde es ein richtig schöner Nachmittag. Hannahs Eltern hatten ein sehr großes Haus, das von einem riesigen Garten mit hohen alten Bäumen umgeben war. Auf beiden Seiten des breiten Weges, der zum Haupteingang führte, waren Blumenrabatten angelegt und direkt vor dem Haus blühten die Rosen. Janet zog Sophia außen hinters Haus, wo Hannahs Brüder mit ihren Gästen schon auf einem noch größeren, sehr gepflegten Rasen Cricket spielten. Die Engländer waren ganz anders angezogen als die jungen Leute in Deutschland, das fiel ihr an dem Nachmittag noch deutlicher auf. Janet und Sophie, wie alle sie nannten, indem sie ihren Namen englisch aussprachen, wurden gleich zum Cricketspiel aufgefordert. Janet spielte zuerst, dann war Sophia dran. Aber sie kannte das Spiel nicht, sie hatte ja noch nie einen solchen Schläger in der Hand gehalten. Durch Zufall traf sie mit dem Ding den Ball auf dem Rasen und alle klatschten Beifall.

Nach dem Spiel betraten sie durch die offenstehende Terrassentür das Haus. Janet stellte Sophia Hannahs Tante vor, die allerhand Fragen an sie hatte, während dieser sie sich verstohlen in dem großen Raum umsah. Die Leute sind reich, dachte sie, hier sieht es so aus, wie in den Erzählungen der Mutter von früher. Ein großes Ölgemälde einer englischen Parklandschaft, das über dem Sofa hing, zog ihre Blicke magisch an. Sie stand auf, schritt zu dem Gemälde und betrachtete es frei heraus, als hinge es in einem Museum, bis sie wieder zu sich kam und sich schämte, etwas so ungeniert in einem fremden Haus anzusehen.

„Thomas Gainsborough", hörte sie Hannah, die neben sie getreten war, und auf die bronzefarbene Plakette am unteren Bildrahmen zeigte. Sophia kannte den Namen nicht und hätte nicht gewusst, wie sie ihn aussprechen müsste. „Do you like such paintings? I find them rather stuffy, I prefer the French Impressionists. Come along, let me show you around."

Hannah führte sie durchs Haus, erklärte alles selbstbewusst und stellte sie Familienmitgliedern als Janets Freundin from Germany vor. Niemand machte irgendwelche Anspielungen auf Hitler. In keinem der Häuser ihrer Freundinnen oder bei Bekannten ihrer Eltern, hatte Sophia je einen solchen Reichtum gesehen. Nirgends gab es so schwere dunkle Möbel, edles Porzellan, silberne Leuchter, echte Teppiche und reich gemusterte Tapeten. Wie auf einem Schloss, oder in einem Museum, dachte sie. Hannahs Familienleben erschien ihr so ausgeglichen.

Die sechs Wochen England waren befreiend und durch die vielfältigen Abwechslungen und unerwarteten Zerstreuungen vergaß Sophia ihren deutschen Kummer. Sie genoss die Fahrten im Auto durch die englische Landschaft, die schmalen, von Hecken gesäumten Landstraßen, die englischen Gärten und Landhäuser. Sie durfte auf dem Beifahrersitz des Vauxhall Velox sitzen, damit sie alles gut sehen konnte. Die Fahrt nach Wales war bezaubernd, ihre Gastgeber hielten oft an und erklärten ihr Geographie und Geschichte der Landstriche. Sophia kaufte Ansichtskarten von malerischen Cottages und der fremdartigen Seelandschaft. Sie machten Picknicks und kehrten unterwegs ein, um Tee zu trinken, was für sie ganz ungewohnt war. Nie würde sie die Namen idyllischer Orte wie Cardigan, Aberystwyth, Barmouth oder St. David's vergessen. Das Meer zog sie unwiderstehlich an, sie machten lange Wanderungen in einem Sommer, der endlos schien, gingen schwimmen, sonnten sich am Strand, dösten vor sich hin, dachten über wenig nach, aßen unzählige der wunderbaren *Cucumber Sandwichs*, die mit ihren hauchdünnen Gurkenscheiben fast auf der Zunge zergingen, und die weiche Rinde des schneeweißen Kastenbrotes hatte Janets Mutter auch noch abgeschnitten. England war für sie eine Insel, die Ruhe ausströmte.

Janet war eine großartige Freundin, mit der sie sich intellektuell auf der gleichen Ebene traf. Sie diskutierten über Politik, Literatur, Musik, Theater und die neuesten amerikanischen Filme. Sophia hielt ihre Augen und Ohren offen, um wettzumachen, was sie bis dahin versäumt hatte. Janet schenkte ihr Charles Dickens *A Tale of Two Cities*, Joseph Conrads *Lord Jim*, und Jerome K. Jeromes *Three Men in a Boat*, von Mary erhielt sie zur Erinnerung Jane Austins *Pride and Prejudice*. Damit lag der Weg in die englische Literatur offen vor ihr.

Als Sophia und Janet nach einer Wanderung glücklich und wohlig müde quer über Janets Bett lagen, strich Sophia leicht über Janets dunkles, volles, lockiges Haar und deren Arm. Bald berührten beide einander, erst zaghaft, dann bestimmter, sie tasteten sich ab, ihre Lippen fanden sich. Janet sprang auf und flüchtete. Es war nicht die erste Berührung. Sophia fühlte Zuneigung, aber sie zogen sich nie aus, sahen einander nicht nackt. Beim Bummeln durch die Stadt hatten sie sich oft bei den Händen gehalten, sogar auf dem Rücksitz des väterlichen Autos oder im Bus. War sich Janet in dem Moment der Flucht einer Gefahr bewusst geworden? Hatte sie Angst, dass es zu Intimitäten über die Mädchenfreundschaft hinaus kommen könnte? Sophia glaubt, dass das nicht geschehen wäre, so sehr sie die Freundin auch liebte. Ob sie es gewollt hätte? Vielleicht? Was wäre so schlimm daran gewesen? Sie beide suchten doch die Nähe. Vor der ersten großen Liebe zu einem Mann? Sophia dachte vor dem Einschlafen an Janet und strich sich über ihre Brüste, den ganzen Körper. Sie fühlte ihre Hände auf ihrer Haut, als wären es nicht die ihren. Sie vertraute das Erlebnis ihrem Tagebuch an. Als sie die Seiten in Deutschland nachlas, war ihr, als fehle etwas, als hätten sie beide etwas Unwiederbringliches versäumt.

Nachdem die Freundin entflohen war, blickte Sophia aus dem Fenster die breite Vorstadtstraße auf und ab und folgte Janet in den Garten, wo diese unter dem Apfelbaum auf einem Liegestuhl lag. Ein Glas Zitronensprudel stand auf einem Tischchen neben ihr. Janet fragte Sophia, die, weil sie ihre Sonnenbrille vergessen hatte, langsam blinzelnd zu ihr hinüber geschlendert kam und sich auf der anderen Liege niederließ: „Would you like a glass of pop, too?" Janet schenkte ihr ein. Sie lagen stumm nebeneinander im Halbschatten des Apfelbaumes. Es war so schön, nur nichts denken, sich einfach dem Augenblick hingeben. Die Sonne flimmerte durch die Blätter. Sie fühlte sich allein und hätte am liebsten ein bisschen geweint und Janets Hand genommen, aber das traute sie sich nun nie mehr.

Janets Mutter war gestorben und sie beide waren längst verheiratet, als Sophia einen Abstecher zu Janet nach London machte, während sie beruflich unterwegs war. Über einer Tasse Tee sagte die unvermittelt, dass ihre Mutter ein schweres Leben gehabt habe, weil sie lesbisch war, sich aber nie dazu bekennen konnte. Ihr Mann hatte sich längst eine

Geliebte genommen, die sogar bei familiären Anlässen an seiner Seite saß. Ihre Mutter nahm ihren Platz neben ihnen, den Kindern, ein. Diese Offenbarung erschütterte Sophia. Rückblickend meinte sie, die Einsamkeit von Janets Mutter empfunden zu haben und erinnerte sich an deren leere Blicke, wenn diese sich unbeobachtet fühlte.

„Das war doch auch für dich nicht leicht, Janet, seit wann wusstest du davon?"

„Ich habe etwas gespürt, als ich noch sehr klein war. Da war diese immerwährende Spannung zwischen meinen Eltern. Als ich vielleicht zwölf war, hat meine Mutter mir gesagt, dass sie eine Frau liebe. Einfach so, wir standen in der Küche, die Türe zum Garten war auf, daran erinnere ich mich noch, als sei es gestern gewesen. Sie war immer gut zu mir, aber diese Kälte zu Hause war oft unerträglich. Ich bekam damals Angst vor einer Liebesbeziehung zu einem Mann. Meine Gefühle waren vollkommen konfus, aber ich konnte mit niemandem darüber sprechen. Du weißt ja, das Thema war tabu. Ich fürchtete auch, meine beste Freundin nach einem solchen Geständnis zu verlieren. Dabei begriff ich gar nicht, dass sie keine wirkliche Freundin gewesen wäre, wenn sie das nicht hätte akzeptieren können. Schließlich hatte ich ja nichts mit der Neigung meiner Mutter zu tun und wollte das auch auf keinen Fall für mich. So viel verstand ich. Aber die Leute dachten, diese Abartigkeit, wie sie es verständnislos nannten, könne anerzogen werden, die Kinder könnten sich was abgucken oder es gar erben. Einmal habe ich die Freundin meiner Mutter gesehen. Sie kam in ihrem Auto vorbei, um sie auf ein Wochenende abzuholen. Ich war früher als sonst von der Schule nach Hause gekommen, ein Lehrer war krank und es gab keine Vertretung. Da überraschte ich die beiden. Ich glaube, meiner Mutter war es peinlich. Stell dir vor, zu uns hatte sie gesagt, sie fahre mit ihrem Bridgeclub nach Brighton. Wir Kinder hatten das geglaubt. Sie war auch wirklich in Brighton, nur eben mit der Freundin. Die wollte mit meiner Mutter zusammenziehen, aber aus mir unverständlichen Gründen blieb meine Mutter bei meinem Vater. Dabei hätte der sie liebend gern losgehabt. Eines Tages erzählte sie mir, dass ihre Freundin mit einer anderen Frau lebe und weinte oft heimlich."

„Ach, Janet, wie schrecklich, das tut mir wirklich leid", sagte Sophia und umarmte die Freundin. „Wir machen es uns alle immer wieder so unnötig schwer."

„Damals war es schlimmer als heute und erst im neunzehnten Jahrhundert! Denk mal an Oscar Wild."

Die Freundinnen flüsterten, obwohl sie allein waren. Als sie das merkten, sprachen sie im normalen Tonfall weiter. Nachträglich verstand Sophia so manches, was ihr bei Janets Eltern seltsam vorgekommen war.

Als Sophia nach ihrer Rückkehr aus England mit der Mutter auf dem Balkon saß, wollte sie, nachdem sie von Janet und Hannah erzählt hatte, wissen, ob die denn wirklich nichts unter Hitler gemerkt hätte, sie musste doch Juden gekannt haben.

„Doch, schon", gab die Mutter zögernd zu, „aber was tatsächlich mit ihnen passierte, davon wussten wir nichts, das konnte ich mir auch nicht vorstellen."

„Wolltest du denn nie wissen, wieso so viele Menschen auf einmal weg waren und wo sein könnten?"

„Wen hätte ich fragen sollen? In meinem Bekanntenkreis wusste niemand davon, wir dachten, sie würden umgesiedelt oder seien ausgewandert."

„Das habt ihr wahrscheinlich gehofft, um nicht weiter über das Schicksal der Menschen nachdenken zu müssen. Aber es gab Leute, die mehr wussten, sag doch wenigstens ein einziges Mal etwas. Heute ist es ja sowieso vorbei."

„Vorbei ist es eben nicht, du hast ja keine Ahnung, was du da fragst. Ich kann dir nichts weiter sagen, du weißt nicht, wie das damals war."

„Eben! Deshalb frage ich ja, weil ich es nicht weiß."

„Ich weiß nicht mehr, als das, was ich in den Zeitungen darüber lese, in den Nachrichten höre, oder in Dokumentarfilmen sehe."

„Aber, Mutti, das nehme ich dir so nicht ab. Irgendwas musst du dir gedacht haben, du warst doch Zeitzeugin." Reagierte sie überheblich, fragte sie sich?

„Wir konnten nicht nach Dingen fragen, von denen wir alle wussten, dass wir uns damit in Gefahr bringen würden. Begreif das doch endlich!"

„Damit gibst du ja zu, dass etwas nicht stimmte. Und dein Mann und dein Bruder, die im Krieg waren? Hast du die auch nicht gefragt?"

„Die konnte ich schon gar nicht fragen, damit hätte ich sie doch in Gefahr gebracht und sie hätten sowieso nichts sagen dürfen."

„Und daran habt ihr euch gehalten, dass ihr nichts über die verschwundenen Juden und Kommunisten sagen durftet? Wenn ich weiß, dass ich über etwas nicht reden darf, dann steckt dahinter doch immer etwas Schlimmes – außer es ist ein Geheimnis, wie ein Geburtstagsgeschenk."

„Du redest auch so, wie du es verstehst", die Mutter schlug mit der flachen Hand auf den Tisch, dass die Tassen klirrten und der Kaffee überschwappte.

„Also hattest du doch eine Ahnung, dass da etwas mit Menschen passierte, was so schlimm war, dass es verheimlicht werden musste!"

„Alle haben damals geschwiegen, du wärest auch still gewesen. Denk mal drüber nach, versetz dich mal in meine Lage. Und in der DDR fing es schon wieder an. Deshalb sind wir ja schon so früh geflüchtet. Das neue Deutschland, was für ein Hohn! Wir hatten schon einmal alles verloren, und dann mussten wir das, was wir mit viel Mühe wieder zusammengetragen hatten, einfach stehen und liegen lassen. Und ob uns die Flucht gelingen würde und wie es uns danach gehen würde, wussten wir vorher nicht, aber wir mussten es versuchen. Auch um euretwillen! Weißt du, wieviel Angst wir hatten, dass etwas auf der Flucht schief gehen könnte, weißt du überhaupt, was mit uns passiert wäre, wenn sie uns erwischt hätten? Moritz und ich wären jahrelang ins Gefängnis gekommen und ihr Kinder wäret von einer regimetreuen Familie adoptiert worden, oder sie hätten euch in ein Kinderheim gesteckt. Du kannst dir ja nicht vorstellen, wie viele solcher Schicksale es gab, wie viele Familien bei der Flucht gefangen und auseinandergerissen wurden. Es konnte auch passieren, dass nur ein Teil der Familie im Westen ankam. Viele Eltern haben ihre Kinder nie wiedergefunden. Ich darf gar nicht daran denken, sonst wird mir heute noch schlecht. Wir hatten großes Glück. Wenn ich vorher gewusst hätte, mit wie vielen Gefahren unsere Flucht verbunden war, dann hätte ich nicht den Mut dazu aufgebracht."

„Mit der Flucht aus der Ostzone hast du ja Recht. Als Kind war ich mir einer solch akuten Gefahr nicht bewusst", sagte Sophia kleinlaut. „Aber Herr Novak hat mal gesagt, dass es zu den beiden Weltkriegen nur kommen konnte, weil die guten Menschen schwiegen."

„Der hat gut reden." Mutter und Tochter blickten einander an. Sophia sah ein, dass sie die Mutter nicht weiter in die Enge treiben konnte. Sie hatte es als selbstverständlich erachtet, dass sie geflüchtet waren und konnte nie verstehen, dass nicht alle gegangen waren. Ihre Gläser waren leer. Etwas lag in der Luft, was erst einmal kein Gespräch über Alltägliches zuließ. Es kam Sophia so vor, als sehe sie Gespenster. Der Spuk wollte ihr nicht aus dem Kopf. Wenn Sophia etwas von sich wusste, dann war es, dass sie ein Kind der Aufklärung war, und weder an Gott noch an Geister glaubte. Die Worte Immanuel Kants, dieses *sapere aude*, das sie zuerst in dem beigen Reclam-Heft gelesen hatte, und das die Menschen nun schon seit 1784 aufforderte, Mut zum Denken zu haben, nahm sie wörtlich. Der Aufruf beflügelte sie. Und wenn die Aufklärung die Säkularisierung und Entzauberung der Welt mit sich brachte, was viele bedauerten, fand sie das gut. Es war höchste Zeit gewesen, dass die Menschen sich als Individuen erkannten. Sophia war kontemplativ veranlagt, ihr war es wichtig zu wissen, welche Hilfe ihr ganz persönlich aus einer Gedankenrichtung erwuchs und ihr ein höheres Maß an Gleichberechtigung bringen würde. Sie stand auf, um Hausaufgaben zu machen. Die Mutter machte sich an die Vorbereitungen für das Abendessen.

160

Nachdem sie in England mit dem Schicksal der Juden so unvorbereitet konfrontiert worden war, verfolgten sie jene Ereignisse. Sie erinnerte sich an den Tag, an dem Adenauer aus Moskau zurückgekehrt war und die Freilassung der deutschen Kriegsgefangenen verkündet hatte, und wie sie im Kino in der Fox tönenden Wochenschau die heimkehrenden, ausgemergelten Männer in ihrer zerlumpten Kleidung angestarrt hatte, die auf den Bahnhöfen von ihren Familien und Politikern mit Blumensträußen empfangen wurden. Aber das war ja nur ein kleiner Teil der einstmaligen Kriegsgefangenen. Hunderttausende kehrten nicht zurück, die waren verhungert, erfroren oder erschossen worden.

Kapitel 15

Europa und der Kampf ums Abitur

Nach ihrer Englandreise hörte Sophia nicht nur AFN, sondern auch Nachrichten von der BBC, um ihr politisches Wissen zu erweitern. Sie merkte sich spielend amerikanische Wörter und lernte fast nebenbei die Texte von *country* und *pop music* auswendig. Ihr gefiel die ungezwungene Art der Amerikaner, über alltägliche Dinge und die große Politik zu sprechen und sie überlegte, wie sich die Europäer auf ihre gemeinsame Geschichte besinnen könnten, um in Zukunft besser zusammenzuleben.

Über Jean Monnet und seine Friedensanstrengungen nach dem ersten Weltkrieg, sowie über die Idee eines vereinten Europas hatten sie im Französischunterricht diskutiert, wofür die Montanunion als ein Anfang stehen konnte. Sie besuchte Herrn Novak, um ihm von ihrer Reise zu erzählen und sich ein weiteres englisches Buch auszuleihen.

„In dem Fall würde ich Ihnen gerne das Buch *General Theory of Employment, Interest, and Money* von John Maynard Keynes mitgeben und einige Kapitel daraus empfehlen. Ich wäre gespannt, von Ihnen zu hören, was Sie dazu meinen." Herr Novak schenkte ihr ein großes englisch-deutsches Wörterbuch und beteuerte auf ihr Zögern hin, dass er mehrere habe. Beim nächsten Besuch teilte er ihr mit, dass er in Kürze nach Bremen ziehen werde, um in der Nähe seiner alten Mutter zu sein. Er hatte für Sophia einen Karton mit Büchern und Schallplatten bereitgestellt, die sie an mehreren Tagen nach Hause trug. Der Verlust dieser Freundschaft ging ihr besonders nahe, dass gerade dieser Mensch aus ihrem Leben gehen musste.

Vom kleinen Grenzverkehr zwischen den Niederlanden, Belgien und Deutschland hatte Sophia gehört und überlegte, wie das Reisen innerhalb der Montanunion vereinfacht werden könnte. Mit einem Reisepass oder einem Ausweis, der für alle Einwohner dieser fünf Länder gelten würde? Es müssten viel mehr Sprachen in den Schulen angeboten werden und es müsste über eine gemeinsame europäische Zukunft diskutiert werden. Sie betrachtete England im Atlas, begriff die Vorzüge der Insellage und dachte, wie schön es doch wäre, zu einem Land zu gehören, das keine direkten Nachbarn hat und versuchte sich vorzustellen, wie es wäre, nicht deutsch zu sein. Deutsch sein war schwierig und oft schämte sie sich dafür. Sie betrachtete ein Land nach dem anderen auf dem europäischen Kontinent. Wenn die großen Länder keine Inseln waren, dann doch Halbinseln, oder sie hatten lange Küsten und hohe Gebirge als natürliche Grenzen. Deutschland hatte nur die Nord- und Ostsee im Norden und die Alpen im Süden. Aber die langen Seiten im Westen und Osten waren ungeschützt. Die Sprachen spielten anscheinend eine geringere Rolle dabei, die Grenzen eines Landes zu definieren. Dann begriff sie, dass es Polen nicht besser ging und verstand, dass die Geographie viel mit dem Sicherheitsgefühl und der Politik, die ein Land verfolgte, zu tun hatte. Eine beunruhigende Entdeckung, schließlich konnte die bloße Lage eines Landes nicht der Grund für Kriege sein, um die Grenzen neu zu ziehen oder sich je nach Gutdünken auszudehnen. Und was war mit Frankreich, das nach dem Rhein als Ostgrenze strebte?

Für Sophia war klar, dass sie studieren würde, seitdem sie mit Janet darüber gesprochen hatte, die Französisch und Deutsch studieren und an einer Mädchenschule Sprachunterricht geben wollte. Zu Hause blieb ihr Wunsch ein heikles Thema. Der Vater wollte die Notwendigkeit eines Studiums nicht einsehen. Das Geld war immer knapp, die jüngere Schwester würde noch viele Jahre aufs Gymnasium gehen und Thomas, der noch nicht einmal zur Schule ging, sollte Rechtsanwalt werden. Das war so ungerecht, wieso wurde für ihn vorausgeplant und nicht für sie? Nur weil er ein Junge war? Bei ihm hoffte die Mutter doch auch, dass er einmal heiraten und ihr Enkelkinder schenken würde. Natürlich, er müsste seine Familie ernähren, dachte Sophia sarkastisch, das wurde von ihr nicht erwartet, und sie erboste sich über diese altmodische Sicht der Dinge. Sie fand, dass sie echt blöde Eltern hatte, die an kleinbürgerlichen Vorstellungen und einer Rollenverteilung für ihre Kinder festhielten, bei der sie als Mädchen einfach weniger Chancen hatte. Dass Thomas einmal alles in den Wind schlagen und noch vor dem Abitur die Schule verlassen würde, war nicht vorauszusehen gewesen. Als Sophia nicht nachließ und den Eltern ausmalte, welche Katastrophe es für sie bedeuten würde, wenn sie nicht das Abitur machen und studieren dürfte, machte der Vater, vielleicht in der Hoffnung, das Thema ein für allemal loszusein, den Besuch der Oberstufe von einer Schulgeldbefreiung abhängig. Für zwei Kinder Schulgeld zu bezahlen, das konnten sie nicht. Die Schulbücher wurden auch immer teurer und was wäre mit all den anderen Dingen, die sie brauchte?

Gleich am nächsten Vormittag holte sich Sophia im Lehrerzimmer einen Antrag auf Schulgeldbefreiung, den ihr Knöllchen, noch bevor er ihn ihr aushändigte, mit ein paar Zeilen befürwortete. Sie füllte ihn aus und legte ihn dem Vater zur Unterschrift vor. Der hatte mit Sophias schnellem Handeln nicht gerechnet und wollte erst nicht unterschreiben, er zierte sich direkt, dachte Sophia, das stand ihm nicht, und überhaupt, glaubte er nun an eine positive Entscheidung oder nicht? Warum verunsicherte er seine Tochter, oder waren die Eltern selbst vollkommen unsicher und erwarteten deshalb auch keine besonderen akademischen Leistungen von ihr, sondern setzten alle Hoffnungen allein auf den Sohn? Warum standen den Frauen in den Wirtschaftswunderjahren nicht endlich ganz selbstverständlich alle Berufe offen? Sie hatten wahrhaftig genug gearbeitet, um das Land wiederaufzubauen. Ob die Eltern froh waren, als sie den positiven Bescheid über die Schulgeldfreiheit schon Ende der Woche glückstrahlend nach Hause brachte? Immerhin war ihre Zukunft in der Schule erst einmal gesichert, die erste entscheidende Hürde zum Studium war genommen.

Kurz vor der mittleren Reife überreichte der Vater Sophia feierlich ein Buch für Mädchen mit dem Titel *Was werde ich? Die Berufsberatung für junge Mädchen.* Er war stolz darauf, so weitsichtig gewesen zu sein, das Buch gekauft zu haben, zeigte ihr die Inhaltsübersicht, schlug einige Berufe vor und erwartete, dass Sophia sich sofort hinsetzen, und binnen kürzester Zeit einen Beruf für sich in dem Buch finden würde, der weder das Abitur noch ein Studium voraussetzte. Als sie eher halbherzig das Buch in ihrem Zimmer irgendwo aufschlug, las sie schockiert: „Haushalt – das eigenste Gebiet der Frau" und erfuhr, „dass gar nicht wenige der schulentlassenen Mädchen mit Freuden den Haushalt erlernen würden ..." Sophia hatte genug gelesen. Sie musste sowieso jeden Tag bei der Hausarbeit mithelfen, aber als Beruf konnte sie sich den Haushalt nicht vorstellen, eher als notwendiges Übel nebenbei. Frauen würden für die Gesellschaft viel mehr leisten können, wenn sie nicht mehr nur für Essen, Trinken, Kleidung und Putzen verantwortlich wären, also für die biologischen Nöte der Familie, was ihre Kräfte aufzehrte und ihre Kreativität erlahmen ließ, wie sie an ihrer Mutter sah. Sophia forderte Innovationen und wollte die gleichen Chancen wie die Jungen haben. Zugegeben, sie hatte eine für sie falsche Seite aufgeschlagen, aber auch das Kapitel: „Was können wir studieren?", ärgerte sie, wie es ohne eine Entschuldigung begann: „Seitdem Frauen zum Hochschulstudium zugelassen sind ..." Verdammt, was ist denn das für ein Satz? Warum war das nicht immer selbstverständlich gewesen, was war los mit unserer bürgerlichen Gesellschaft, die die Frauen so leichtsinnig ins Haus verbannt hatte und anscheinend immer noch kein Ausscheren vorsah. Warum mussten sich Frauen die Zulassung zum Studium von den Männern erkämpfen und auf ihr Wohlwollen und Verständnis und ihre Unterschriften hoffen? Egal, was passierte, sie würde Philosophie und Geschichte studieren und Vorlesungen in benachbarten Disziplinen besuchen – und sie würde schreiben. Ungehalten klappte sie das Buch zu und nahm sich die Novelle *Die Leute von Seldwyla* von Keller vor, die sie für den Deutschunterricht lesen mussten – auch eine schwierige Lektüre.

Im Physik- und Chemieunterricht lief nicht immer alles so glatt. Herr Althenn, der Chemielehrer, der wegen seines Namens oft mit der Frage gehänselt wurde, welch ein seltsamer Gockel er denn sei, und der die Erklärung zum Ursprung seines Namens längst aufgegeben hatte, baute die Versuche mit zwei auserwählten Jungen meist schon vor der Chemiestunde auf, um sicher zu gehen, dass das Experiment funktionieren würde. Wenn es soweit war, durften alle nach vorn kommen. Da die Jungen selbstverständlich in den ersten Reihen saßen, standen sie auch in der ersten Reihe um den Versuchstisch herum, wo sie alles gut überblicken konnten. Ein Junge durfte den Bunsenbrenner anzünden. Oft genug missglückten die Experimente zum stillen Vergnügen oder auch großem Gaudi aller, worauf einer der Jungen irgendwann kikeriki schrie. Als Sophia sich beschwerte, weil sie nicht nahe genug an den Versuchstisch rankam, und es zu einem Wortgefecht und einer Rempelei kam, rief einer der Jungen, dass Frauen schweigen und warten sollten, bis sie dran seien. Darüber lachten alle und sogar Herr Althenn schmunzelte. Brigitta rief laut: „Red nich so'n Kappes, du Blödmann! Rückt sofort zur Seite und macht Platz für uns. Wir bezahlen dasselbe Schulgeld wie ihr!"

Die Worte vom Schweigen, das den Frauen besser stand, als unwissend zu reden, hatte Sophia öfter in der Kirche gehört, und es schien ihr, als gäbe es Bibelverse, über die besonders oft und wortreich von der Kanzel gepredigt wurde. Was half es da, wenn Pfarrer Bleibtreu schönredend interpretierte, dass den Frauen nicht das Reden allgemein in der Kirche verboten sei und dass der Apostel ihnen das Recht auf Bildung nicht abspreche, sondern dass es um das störende Geflüster der Frauen im Gottesdienst und das Fragen nach Erklärungen während der Predigt ginge – eben weil sie weniger wussten. Und das war den Männern nun schon zweitausend Jahre lang recht? Brigitta flüsterte Sophia zu, dass ihre Mutter sich beim Pfarrer über dessen letzte Textauslegung beschwert und damit gedroht hätte, dem Gottesdienst fern zu bleiben, wenn er die Frauen weiter so beschimpfe.

„Beschimpfen hat sie gesagt?", freute sich Sophia.

„Ja, stell dir vor, sie hat den Pfarrer daran erinnert, dass sie dem Bürgermeister oft bei schwierigen Entscheidungen rate, und er auf sie höre – da könne sie auch mal einen Vorschlag gegen die Kirche machen, wenn über das Geld beraten wird, das die Gemeinde beantragt hat."

„Da bin ich gespannt, wie der seinem Namen treu bleiben will, er ist so humorlos", amüsierte sich Sophia.

Seltsamerweise änderte sich die Ansicht, dass die Jungen es als ihr angestammtes Recht ansahen, in der ersten Reihe um die Experimentiertische zu stehen, auch dann nicht, als sie eine Physiklehrerin bekamen. Mit der Zeit nahm es Sophia die Lust an den naturwissenschaftlichen Fächern, obwohl sie die interessant fand. Lehrer und Lehrerinnen schienen den Leistungsabfall bei den Mädchen zu erwarten, die die Naturwissenschaften wohl einfach deshalb vernachlässigten, weil sie nicht angespornt wurden, in ihnen zu brillieren. Und wenn Mädchen studierten, dann nicht Mathematik, Physik, Chemie, Medizin oder Jura, weil sie dafür als ungeeignet galten. Frauen in der Politik waren für Familienfragen zuständig, und dass die Frauen sich im 20. Jahrhundert das uneingeschränkte Wahlrecht hatten erkämpfen müssen, begriff Sophia erst richtig in dem Moment, als die Eltern sich um die Parteiprogramme stritten und der Vater von seiner Frau verlangte, wie er CDU zu wählen, da hätte er das Sagen, sie könne doch ihre Stimme nicht einfach wegwerfen, unpolitisch und uninformiert, wie sie sei.

Wussten ihre Eltern überhaupt, dass seit 1949 die Gleichberechtigung von Mann und Frau in Artikel 3 des Grundgesetzes verankert war? In der Untertertia hatten sie alle ein Exemplar geschenkt bekommen. Knöllchen hatte ihnen feierlich die Präambel vorgelesen und sie ausdrücklich auf Artikel 3 hingewiesen. Aber wieso wurden diese Änderungen im Alltag weiterhin geflissentlich übersehen? Weil das deutsche Familienrecht aus dem 19. Jahrhundert immer noch galt und allgemein akzeptiert wurde, wie ihr auf ihre Frage hin Herr Novak erklärte. Und warum war das nicht aufgehoben oder dem Grundgesetz angepasst worden? Darüber gab es keine Diskussion in der Klasse, aber wie es sich oft ergibt, wenn ein Thema erst einmal im Raum steht, las Sophia in einem Artikel in der *Frankfurter Allgemeinen Zeitung*, dass Elisabeth Selbert, eine von nur vier

Frauen unter 61 Männern, die am Grundgesetz mitgearbeitet hatten, gefordert hatte, dass die Gleichberechtigung der Frauen überhaupt darin aufgenommen wurde.

Für die Männer waren die Frauen im Alltag weiterhin das schwächere Geschlecht, selbst wenn es manchmal anders klang, indem sie vom schönen Geschlecht sprachen und in Gesellschaft die Frauen mit Handkuss begrüßten, worin Sophia keinen Vorteil für sich sah. Die Männer, die mit ihren Ehefrauen zu den Eltern zu Besuch kamen, redeten auch immer vom „schönen Geschlecht", vor allem, wenn das Abendessen besonders gut, die Torte höher denn je, die Buttercreme geschmeidiger und der Biskuitboden besonders luftig gelungen waren, woraufhin sich die Frauen geschmeichelt fühlten und geziert lachten, und ihre Arbeit selbst herabsetzten, indem sie sagten, das sei doch gar nicht so schwer, man müsse nur backen können. Eben! Es wäre ja schön, wenn *man* backen könnte, dachte Sophia. Sie half der Mutter oft und bekam mit, wie sie mit der Zeit jonglierte, sich abhetzte und konnte nicht verstehen, warum die ihre Koch- und Backkünste vor den Gästen als einfach abtat und ihr Licht unter den Scheffel stellte. Wer konnte das schon so gut, noch dazu mit einem alten Backofen, der die Hitze ungleichmäßig ausstrahlte? Fühlten sich die Frauen wirklich geschmeichelt oder taten sie nur so, war alles nur ein albernes Gesellschaftsspiel, bei dem den Frauen immer wieder der schwarze Peter zugeschoben wurde? Das Lob für die Torten war echt, aber Torten backen und eine geschmeidige Buttercreme rühren war nicht ihr Lebensziel. „Ihr habt überhaupt immer zu viel gearbeitet", sagte sie zur Mutter. „Diese stupide Abrackerei und das bisschen Abwechslung danach, immer nach dem Motto: Erst die Arbeit, dann das Vergnügen."

„Das ist überall so", verteidigte sich die Mutter. „Das geht nicht anders. Die Frauen würden über mich reden, wenn ich mich nicht daran hielte."

„Leider", antwortete Sophia, „und du hast über die Frauen geredet, die einen Beruf hatten und denen für die Hausarbeit wenig Zeit blieb. Aber nur Frauen kamen in eine so missliche Lage, Beruf und Haushalt gleichzeitig gerecht werden zu müssen. Warum musste eigentlich immer so wild geschrubbt, gebohnert, gewaschen und gebügelt werden?"

„Wie sprichst du eigentlich?", schalt die Mutter, „das verbitte ich mir." „Ach, Mutti, überleg doch mal, was du da sagst. Warum traust du dir nicht mehr zu?", versuchte Sophia einzulenken, denn einmal, als sie noch in der Ostzone wohnten, war sie mit der Mutter in der Wohnung von Frau Dr. Kowalski gewesen, um ein Rezept abzuholen. Die Ärztin kümmerte sich unermüdlich um die Menschen und bat sie beide, mit in die Küche zu kommen, weil sie einen Topf Suppe auf dem Herd habe. Ihr Mann war Physik- und Mathematiklehrer für die oberen Klassen. Auch er war immer freundlich und redete mit ihnen auf den Gängen, und auf dem Schulhof fing er den Ball und warf ihn zurück ins Spiel, und wenn er Zeit hatte, spielte er mit. „Als wir wieder auf der Straße waren, hast du mich gefragt: Hast du gesehen, wie es bei denen aussieht? So unaufgeräumt und der Abwasch von bestimmt zwei Tagen steht auf dem Küchentisch, der Fußboden war auch nicht gekehrt, Frau Dr. Kowalski ist keine Hausfrau. Der Mann hat bei ihr nichts zu lachen, der muss viel im Haushalt helfen und einkaufen gehen, nur kochen kann sie gut und bringt auch ihren Patienten Essen mit, wenn sie Hausbesuche macht, das muss ich ihr lassen. – Dabei hatte die Ärztin dir geduldig zugehört, sich nach deinem Befinden erkundigt, das doppelte Rezept verschrieben und dir noch eine Tüte Beruhigungstee geschenkt, worüber du dich gefreut hast. Ich will jedenfalls auch beides, einen Beruf und eine Familie."

„Da bin ich aber gespannt, wie du das bewerkstelligen willst", war die wenig begeisterte Antwort der Mutter.

Abschätzige Bemerkungen darüber, dass berufstätige Frauen Haushalt und Familie vernachlässigten, hörte Sophia gerade von Hausfrauen. War die Kritik der Mutter deshalb so streng, weil sie merkte, dass ihr etwas fehlte? Arbeitete sie deshalb so unermüdlich, um nicht zur Besinnung kommen zu müssen? Sie glaubte, dass die Mutter gerne Muße für andere Dinge gehabt hätte und beobachtete sie, wie sie mit Papier und Bleistift zeichnete. Dabei murmelte sie vor sich hin, drehte das Blatt hin und her, überlegte, machte Notizen an die Ränder. Weit kam sie nie, denn entweder musste die Wäsche abgenommen werden, bevor sie auf der Leine zu trocken wurde, damit sie sich noch gut bügeln ließ, oder es war höchste Zeit zum Kochen. Die Blätter versteckte sie in der Schublade ihres Nachttischchens. Es waren Entwürfe für Kleider, Jacken und Mäntel, die sie in Schnittmuster für sich und Sophia umwandelte. Die betrachtete die Zeichnungen, während die Mutter, ihr volles Haar unter einem Kopftuch hochgebunden und mit Klemmen festgesteckt, viel zu oft Fenster putzte oder den Küchenfußboden mit einer Wurzelbürste bearbeitete, als gelte es, den Schmutz von Jahrzehnten wegzuschrubben, dabei zogen sie doch die Straßenschuhe sofort nach betreten der Wohnung aus!

Dr. Wedekind wusste, dass sie als Flüchtlingsfamilie mit finanziellen Schwierigkeiten kämpfen mussten, und verschaffte ihr Schüler und Schülerinnen, denen sie Nachhilfeunterricht in Englisch geben konnte. Bei den Nachbarn lag jeden Morgen die *Frankfurter Allgemeine* auf dem Abstreicher, und als sie auf dem Weg zur Schule an deren Wohnungstür vorbeilief, überflog sie die Überschriften der Titelseite und traute sich manchmal sogar, ein paar Sätze zu lesen, denn ihr Vater abonnierte nur die Regionalzeitung. Von dem verdienten Geld kaufte sie sich *Die Zeit* und wurde auf Marion Gräfin Dönhoff aufmerksam, ihre erste Begegnung mit einer Frau, die Zeitungsartikel schrieb. Sie fragte Dr. Wedekind nach Marion Dönhoff, die vor dem zweiten Weltkrieg in Frankfurt am Main studiert hatte.

„Politik und Journalismus, das sind knallharte Berufe, auch für Männer", gab der zu bedenken, „wer da erfolgreich sein will, muss Ellbogen und gute Nerven haben. Als Frau müssten Sie auf ein Privatleben weitgehend verzichten, beides ist für Frauen in solchen Berufen nicht gut vereinbar."

Sophia nahm das zur Kenntnis, schüttelte ihr langes, blondes Haar und meinte: „Privatleben heißt das auf Mann und Kinder verzichten?"

„Es ist durchaus möglich, dass Sie einen Mann finden, der selbstsicher genug ist und akzeptiert, dass Sie Karriere machen wollen, aber für Kinder wird kaum Zeit bleiben, außer Ihre Mutter hilft aus. Wir stehen hier noch ganz am Anfang einer Jahrhundertaufgabe, die wir wahrscheinlich in unserem Jahrhundert noch nicht befriedigend werden lösen können. Ich will Sie aber nicht entmutigen, vielleicht können Sie ja dazu beitragen, dass es vorangeht?" Wedekind schmunzelte, lehnte sich auf seinem Stuhl zurück und sah Sophia frei heraus an.

„Was spricht dagegen, dass bald einmal eine Frau in ein hohes politisches Amt gewählt wird?" Sie wollte Wedekind mit der Frage provozieren, aber der sagte: „Elly Heuss-Knapp ist das schon 1918 fast gelungen, jedenfalls ließ sie sich damals aufstellen." Als er begriff, wie ernst es Sophia mit Berufsmöglichkeiten für Frauen nahm, legte er das leicht Spöttische ab und erzählte, was er über Elly Heuss-Knapps vielseitiges Leben wusste, die sich unter anderem für die Ausbildung der Mädchen einsetzte und das Müttergenesungswerk gegründet hatte.

„Das ist ja unglaublich. Sie meinen die Frau des Präsidenten? Meine Mutter war vom Müttergenesungswerk nach unserer Flucht aus der Ostzone zur Erholung geschickt worden, aber von der Gründerin hat sie nichts erzählt. Hatte die Kinder?"

„Sie hatte einen Sohn."

„Also, das interessiert mich, über Elly Heuss-Knapp will ich mehr wissen", sagte Sophia froh gelaunt.

Ihr Vater, der beim Finanzamt arbeitete, wollte, dass sie ebenfalls aufs Finanzamt ging. Er versuchte, sie zur Vernunft zu bringen, und bestand darauf, dass sie ihren Lebenslauf schrieb, um sich vorzustellen.

„Ich habe noch keinen Lebenslauf", entgegnete sie.

„Doch, das hast du, er muss ja nicht lang sein", belehrte sie der Vater.

„Da könnt ihr mich gleich einsperren! Ich kann nicht den ganzen Tag in einem muffigen Büro sitzen und darüber versäumen, was sich auf der Welt ereignet, dass die Sonne scheint, der Flieder blüht, ein Sturm durch den Park fegt, der die Zweige der Bäume wild tanzen lässt und im Herbst die Äpfel und Kastanien runterschüttelt. Ich will am Fluss entlangradeln und den Schiffen zuschauen, verstehst du das? Immer wenn ich die Reisenden in der Bahnhofshalle beobachte, ergreift mich diese Sehnsucht, selbst in fremde Städte und Länder zu reisen."

„Was sind denn das für Flausen", fragte der Vater scharf, der seine Tochter, je länger sie sprach immer verständnisloser angeschaut hatte. „Wo kämen wir hin, wenn alle so dächten? Ich würde auch lieber zu Hause bleiben, als jeden Morgen ins Büro zu gehen."

„Meine Güte, ich will doch nicht zu Hause bleiben! Wie kommst du denn *darauf*? Aber ich will etwas ganz anderes machen! Ich kann mein Leben nicht in einem Büro vergeuden und alles in mir absterben lassen. Ich will nicht nur Bücher lesen, sondern auch welche schreiben."

„*Was* willst du?", fragte der Vater, als hätte er sie nicht verstanden.

„Es ist ja nur bis du heiratest", hörte sie die Mutter schon zum hundertsten Male. Wieso stand die ihr nicht bei? Ihre Worte sollten beruhigend klingen, aber sie bewirkten genau das Gegenteil.

„Ach, und weil ich heiraten soll, kann ich ja dumm bleiben, immer nach dem Motto: Kinder, Küche, Kirche? Und bis zur Hochzeit soll ich mein Leben irgendwie fristen, einfach wegwerfen, nur weil ich eine Frau bin!", schrie Sophia ihren Unmut heraus.

„Ein Studium kostet viel Geld, das ist bei Mädchen umsonst ausgegeben, du kannst dich anderweitig bilden", belehrte sie die Mutter betont ruhig.

„Warum hörst du mir nicht zu, ich will auf die Uni gehen, acht Semester, wenn ich es zügig durchziehe, hat Dr. Wedekind mir gesagt. Ich weiß doch gar nicht, ob ich den richtigen Mann finden werde, außerdem, soll ich ungebildeter sein als er? Oder einen nehmen, der auch nur zehn Jahre zur Schule ging?"

Der Vater war anderweitig beschäftigt und hörte weg, die Mutter versuchte es noch einmal: „Aber das ist doch überall so, du wirst ganz andere Dinge brauchen."

„Nicht überall und ganz bestimmt nicht für mich", hielt Sophia entgegen.

„Einen Mann mit Abitur wirst du schon finden", versuchte die Mutter sie aufzumuntern, „schließlich bist du eine sehr schöne junge Frau."

„Was soll denn das heißen? So wie du vielleicht?"

„Nimm dich in Acht, was du sagst!", drohte der Vater. Er hatte also zugehört.

„Ich will selber Abitur machen. Habt ihr keinen Ehrgeiz für mich? Sollen meine Talente brach liegen, wollt ihr mich zu geistigem Müßiggang verurteilen, soll ich mich verzetteln?" Sophia dachte weder ans Heiraten noch ans Kinderkriegen, das Leben hatte ja noch nicht einmal begonnen.

„Ich arbeite von früh bis spät, vergeude ich etwa meine Zeit? Willst du das sagen? Es geht eben nicht immer alles so, wie du es dir vorstellst", wand die Mutter ein. „Wir müssen uns alle einschränken. Überleg doch mal, wir wollen wirklich nur dein Bestes." Und sie erzählte wieder davon, wie beim Bombenangriff ihr ganzes Hab und Gut in Schutt und Asche versanken war und sie dank ihrer Geistesgegenwart gerade noch mit dem nackten Leben davongekommen waren, und dass sie bei der Flucht wieder alles stehen und liegen lassen mussten und …

„Ich kenn' die Geschichten", unterbrach Sophia ungerührt. „Gerade deshalb ist eine gute Ausbildung für mich wichtig, dann ist es nicht schlimm, wenn ich Dinge verliere. Außerdem geht es heute um mein Leben. Sich einschränken kann ja nicht heißen, dass ich kein Abitur brauche. Da muss ich mich dann mein ganzes Leben lang einschränken! Und das ist beschränkt."

„Jetzt werde bloß nicht frech", schrie die Mutter ungehalten. „Rücksichtslos bist du, immer nur an dich denkst du!"

„Ich bin nicht rücksichtslos, wieso verstehst du nicht, dass ich meinen Weg finden muss, aber du hilfst mir nicht dabei?"

Vorwürfe dieser Art waren nicht neu. Sophia kam der Verdacht, dass die Mutter bei der Entscheidung, ihr das Abi ausreden zu wollen, eher an sich dachte, denn aufs Finanzamt gehen, konnte nicht das Beste für sie sein. Ob die begriff, was sie ihrer Tochter zumutete? Sie wuchs in einer eindimensionalen Umgebung auf und hatte von vielem keine Ahnung. Gern hätte sie der Mutter gesagt, dass die tatsächlich viele Talente verkümmern ließ. Die Mutter hatte Realschule und einen Mann mit Abitur geheiratet, sie war aber intelligenter als er.

Während Sophia darum kämpfte, auf die Oberstufe gehen zu dürfen, was auch bedeuten würde, dass sie mit dem Zug in die nächste größere Stadt fahren und dafür schon um fünf aufstehen müsste, tauchten Poesiealben auf. Wochenlang reichten die Mädchen diese Bücher mit Goldschnitt, filigranen Metallschlössern und winzigen Schlüsseln herum. Alle sollten herzzerreißend schöne Sprüche über Freundschaft, Liebe und Treue reinschreiben, die Seiten mit glänzenden Stammbuchblümchen verzieren und sich möglichst mit Foto verewigen. In der großen Pause, nach der Schule und sogar während des Unterrichts kursierten die Büchlein. Alle fieberten jedem neuen Eintrag entgegen, zeigten sie stolz herum und zählten, wer die meisten hatte. Sophia konnte damit nichts anfangen. Die Sprüche, die sich auf Veilchen, Rosen und Liebe reimten, oder auch nicht, fand sie kitschig. Sie suchte zwei Gedichte aus, eins von Heine, das andere von Goethe, die sie abwechselnd in die Alben schrieb. Die Mädchen staunten und sagten, „deine Seite ist die Schönste, wirklich etwas Besonderes – und wann bringst du endlich dein Poesiealbum mit, damit wir dir auch was reinschreiben können?" Sophia hatte keins, das sagte sie nicht, und irgendwann war die Sache wieder vorbei.

Gegen Ende des Schuljahres, erinnerte Knöllchen eines samstags die Klasse nochmals daran, dass kommenden Montag der letzte Termin sei, sich für die Oberstufe anzumelden. Danach sei es zu spät. Als Sophia nach Hause kam, waren die Eltern gerade dabei, spazieren zu gehen. Sie lebten sehr isoliert. Wie könnte sie es anstellen, sich am Montag anmelden zu dürfen, denn bis dahin hatte der Vater seine Erlaubnis verweigert. Als die Eltern zurückkamen, waren ihre Augen gerötet.

„Was hast du denn?", fragte die Mutter. Sophia zuckte mit den Schultern und auf einmal flossen die Tränen. Die Mutter bereitete das Abendbrot und rief Sophia zum Helfen in die Küche. Sie arbeiteten stumm nebeneinander. Nach dem Abendessen setzte sie sich auf die Couch und weinte. Beim Frühstück flossen schon wieder die Tränen. So ging es bis zum Mittagessen. Der Vater war inzwischen sichtlich irritiert. „Was sind das denn für neue Faxen", schalt er, „hör endlich auf zu flennen, Herr Gott noch mal, oder geh in dein Zimmer! Ich will meinen Sonntag genießen."

Sophia war elend zumute, sie wusste sich keinen Rat.

„Also, was ist los, jetzt sprich endlich!", forderte der Vater genervt.

„Ich will auf die Oberstufe gehen. Morgen ist der letzte Anmeldetermin." Die Tränen liefen ihr wieder in Strömen übers Gesicht, das Taschentuch war schon ganz nass und zusammengeballt in ihrer Hand.

Der Vater schaute Sophia erstaunt an, so als höre er ihren Wunsch zum ersten Mal. „Und deswegen flennst du schon seit gestern? Also, wenn du das so unbedingt willst, dann geh in Gottes Namen, aber hör jetzt endlich mit der Heulerei auf und hilf in der Küche."

„Na, siehst du", sagte die Mutter beim Aufwasch.

Sophia würdigte sie keines Blicks, legte das Geschirrtuch auf den Tisch, ging ins Bad, wusch sich das Gesicht mit kaltem Wasser, schlüpfte in ihre Sandalen, sprang die Treppe hinunter und lief zu Marlis. Sie hätte jubeln können vor Glück. Dass sie diesen alten Trick hatte anwenden müssen, um an ihr Ziel zu kommen, während das Abitur für Thomas seit seiner Geburt feststand, machte sie dennoch wütend. Nie wieder würde sie Tränen fließen lassen, um das zu erreichen, was die Jungen selbstverständlich bekamen und was ihr laut Grundgesetz zustand! Es bestärkte sie in ihrem Wunsch, Schriftstellerin zu werden, und sie wagte sich an eine Erzählung über eine junge Frau, die sie Agathe von Wolkenstein nannte und die als Künstlerin mit ihren Tonvasen, Krügen und Schalen Weltruhm erlangte. Da fiel ihr der Blumentopf ein, den sie einmal geformt hatte und der in der Ostzone vermutlich längst auf einem Scherbenhaufen gelandet war. Sechs Jahre war sie in Westdeutschland und noch immer hatte sie Heimweh. Ihren großen Freund Valentin vermisste sie mehr denn je, und die fröhliche Marie, wie mag es der gehen, und was war wohl aus Christine geworden und wo wohnte eigentlich Ursula? Sophia sehnte sich nach der großen Liebe, ohne zu wissen, was diese große Liebe war. Sie wusste ja nicht einmal, dass sie das nicht wusste.

Marlis freute sich für Sophia, konnte aber deren Glücksgefühl nicht im selben Maße teilen, weil die sich entschlossen hatte, von der Schule zu gehen. Als sie nach Hause kam, gab ihr der Vater das Geld für die Fahrkarte, damit sie sich in der nächsten größeren Stadt für die Oberstufe würde anmelden können.

Montag früh fuhr Sophia mit einigen anderen Nachzüglern in die Stadt und meldete sich für die Oberstufe an. Sie fühlte sich wie befreit und ließ sich danach von zwei Klassenkameradinnen überreden, mit ihnen in einem Café Eis zu essen, ehe sie ausgelassen um die Wette zum Bahnhof rannten, um den nächsten Zug noch zu erreichen. Als sie tags darauf nach der Schule aus der engen Gasse kommend leichtfüßig auf den Marktplatz sprang, sprach sie ein fremder junger Mann an. Er stellte sich als Dieter Eichborn vor und sah genauso aus, wie sie sich einen Freund ausgemalt hatte. Sie liefen nebeneinander her, als müsste es so sein, runter zum Fluss und ohne bestimmtes Ziel am Ufer entlang. Er trug ihre Aktentasche, die an dem Tag durch den Diercke Schulatlas besonders schwer war. Sophia sah die Landschaft ganz neu, oder eigentlich gar nicht, da war nur sie und der junge Mann neben ihr. Er hatte gerade die Reifeprüfung bestanden und war seit vier Tagen mit dem Motorrad durch Deutschland unterwegs. Jetzt blieb er wegen ihr in der Stadt hängen. Sie trafen sich immer gleich nach Schulschluss. Am zweiten Tag versteckte sie ihre Aktentasche unter dem Treppenabsatz im Erdgeschoss. Er wartete schon auf sie, legte seinen Arm um ihre Schultern und sagte: „So eine Freundin, die so aussieht wie du und so klug ist, suche ich schon lange. Ich habe zu Hause angerufen und meiner Mutter von dir erzählt." Ein freudiges Gefühl durchzuckte Sophia, obwohl sie dachte, wir kennen uns doch kaum. An einem Wurststand kaufte er zwei Bratwürste und zwei Flaschen Cola. Danach wanderten sie durch die Weinberge bis hoch in den Wald.

„Möchtest du heute zum Kaffeetrinken zu uns kommen?", fragte sie ihn am nächsten Tag. „Meine Mutter erwartet uns, sie hat einen Kuchen gebacken."

„Ich komme gerne mit, dann weiß ich, wie du wohnst. Übermorgen muss ich weiterfahren, ich schreibe dir von unterwegs, und wenn ich wieder zu Hause bin, kommst du uns besuchen." Dieter fand sie so adrett, so unverdorben.

„Ich kann nicht so einfach zu euch kommen, ich geh' doch zur Schule und will das Abitur machen."

„Ein Besuch hat doch nichts mit dem Abi zu tun", entgegnete Dieter. Er strahlte vor Glück. „Das Geld für die Fahrkarte schicke ich dir."

„Und wo soll ich da wohnen?"

„Ja, bei uns natürlich, wir haben ein großes Haus. Du hättest bei uns ein Zimmer mit eigenem Bad, oben unterm Dach. Von dort hast du die schönste Aussicht, ich saß da oft, als ich fürs Abi gebüffelt habe, weil es der einzige Ort im Haus ist, wo es wirklich still ist. Bei uns ist immer viel los, weil mein Vater seine Großkunden und Geschäftsleute abends zum Essen einlädt, oft auch schon mittags. Meine Mutter kocht jeden Tag zweimal und Else, unser Dienstmädchen, hilft dabei. Er sprach von den Plänen, die sein Vater und er für die Firma hatten.

Die Mutter hatte einen gedeckten Apfelkuchen mit Zitronenzuckerguss gebacken. Dazu gab es Schlagsahne. Dieter saß ruhig und froh in seinem Sessel. Er unterhielt sich leicht und zuvorkommend mit der Mutter und sah sich dabei im Zimmer um. Sophia war nervös, was würde die Mutter zu Dieter sagen? Seinen Vorschlag, ihn in drei Wochen besuchen zu kommen, behielt sie für sich.

Für den nächsten Abend lud er sie in ein Restaurant ein. Die Mutter, die Dieter eher skeptisch beurteilte, hatte es ihr nach vielem bitten und betteln erlaubt. Dieter bestellte Wein, an dem sie nur nippte. Trotzdem stieg er ihr sofort in den Kopf, was ihn amüsierte. „Je länger ich dich ansehe, umso besser weiß ich, dass ich nicht mehr ohne dich leben will", sagte er fast feierlich. Sophia wollte etwas antworten, aber er kam ihr zuvor: „Sag erst einmal nichts, Sophia, bitte. Überleg dir alles und wenn du zu Besuch kommst, sehen wir weiter." Beim Nachtisch schenkte er ihr ein silbernes Armband: „Damit du immer an mich denkst. Mach das Armband nie mehr ab, Sophia", bat er, „später tausche ich es in ein goldenes um."

Sie nahm kaum etwas um sich herum wahr und begann ihn zu lieben. So einfach war das mit der Liebe?

Nach dem Essen schlenderten sie durch den Stadtpark. Er hielt sie eng umschlungen und war sehr gerührt, als er sagte: „Wenn du mit der Schule fertig bist, verloben wir uns. Wir suchen uns das schönste Grundstück, mindestens tausend Quadratmeter, nicht zu weit weg von unserer Firma, und bauen uns ein Haus. Um das Haus und den Garten lasse ich eine hohe Mauer bauen, damit niemand reinsehen kann. Und wenn alles fertig ist, heiraten wir. Dann gehörst du nur mir allein, wir bekommen viele Kinder und sind immer glücklich."

Als Sophia von der hohen Mauer hörte, rückte sie unwillkürlich etwas von ihm ab. Er zog sie wieder an sich. „Ich liebe dich, Sophia, und will dich mit niemandem teilen, du gehörst dann nur mir." Sie blickte in seine Augen und wusste, dass das das Ende ihrer Liebe war, ehe sie überhaupt eine Chance gehabt hatte. Sie stellte sich die Mauer vor, was für ein beklemmender Gedanke. Ihr fröstelte.

„Morgen will ich zeitig aufbrechen, schade, dass ihr kein Telefon habt, sonst würde ich dich jeden Abend anrufen." Als sie weiter schwieg, flüsterte er: „Ich liebe dich, die drei Wochen werden schnell vergehen, sie werden aber auch lang sein." Das klang so romantisch. „Du bist die Frau meiner Träume, als ich dich sah, liebte ich dich und wusste, dass du schon immer für mich da warst."

So viel Liebe und dann eine Mauer. Ihre Augen verschwammen, er tupfte sie trocken und tröstete sie. Sie aber sah nur die Mauer. Sie wäre dahinter gefangen. Was würde sie im Haus und im Garten hinter der Mauer tun, wenn er als Juniorpartner in der Firma seines Vaters arbeitete? Sie könne im Büro mithelfen, schlug Dieter vor, bei der englischen Korrespondenz, sein Englisch sei längst nicht so gut wie ihres. „Deswegen heirate ich dich ja, weißt du das denn nicht?", neckte er sie. Aber Bestellungen und Reklamationen bearbeiten und englische Geschäftsbriefe beantworten, das wollte sie nicht. Sie wollte studieren. Dieter brachte sie nach Hause. Es war schon dunkel. Er interpretierte ihr Schweigen falsch. Vor der Haustüre küsste er sie, sie spürte ihn. Sie lehnte an der Hauswand und fühlte seine Lippen auf ihren Augenlidern, ihren Lippen. Sie zitterte, ihre Knie gaben nach. Wie gern würde sie sich seine Liebe gefallen lassen. Es fiel ihm schwer, sich von ihr zu trennen, er tröstete sie und sagte zärtlich: „Nicht weinen, meine Sophie, wir sehen uns bald wieder." Sie hätte weinen wollen, aber nicht aus dem Grund, den er annahm. Dann riss er sich von ihr los. Sie sah ihm nach, seine Schritte hallten zwischen den Häusern, bis er nach einem letzten Winken unter einer Laterne, die ihn in der Dunkelheit wenige Sekunden überirdisch hell erleuchtete, in der Kurve verschwand.

Wenig später im Bett weinte sie wirklich. Es tat so weh. Sie wusste, dass ihr Leben, wie sie es sich erhoffte, mit Dieters Vorstellungen nicht zu vereinbaren war. Geld würde immer da sein. Er hatte ihr gesagt, was er sich für sie wünschte: elegante Kleider und Schuhe, dazu passenden Schmuck, er würde ihr alles kaufen und sie immer lieben und sie würde nur ihm gehören.

Sie erhielt jeden Tag eine Ansichtskarte von ihm, und als er zurück war, kam ein langer Brief voller Liebeserklärungen, in dem er sie bat, sich schon am kommenden Wochenende, gleich nach der letzten Schulstunde, in den Zug zu setzen. Geld für eine Fahrkarte hatte er beigelegt. Sie kämpfte mit sich, aber sie wusste, dass er in seinen Forderungen stärker sein würde als sie, er würde von ihr Besitz ergreifen. Sicher würde er es immer gut mit ihr meinen, aber das wäre nicht genug. Sie schrieb ihm, sie habe andere Pläne für ihr Leben, vor allem wolle sie studieren, und schickte das Geld zurück.

Dieter antwortete nicht und kam auch nicht, um selbst nachzusehen, was los war. War er so enttäuscht, war es nach ihrer Absage auch für ihn nicht mehr die große Liebe? Ein bisschen traurig war sie darüber, aber einen erneuten Kontakt suchte sie nicht. Das erste Mal seit Jahren dachte sie wieder an Peter. Wie mochte es ihm in Ostberlin wohl ergangen sein? Ob er noch immer Architekt werden wollte? Irgendwie war Dieter die zweite verlorene Liebe. Sie legte das Armband mit einer Abschrift ihres Briefes an Dieter und seinem Brief in ein Kästchen.

„Du musst ja wissen, was du machst." Jetzt konnte die Mutter das leicht sagen und so tun, als hätte sie ihn ihr nicht ausreden wollen.

Kapitel 16

Die Sprache der Frauen

Sophia fand schnell Freundinnen am neuen Gymnasium, es gab auch jüngere Lehrerinnen und Lehrer, die sich auf Diskussionen während des Unterrichts einließen, die nicht immer etwas mit dem durchzunehmenden Stoff zu tun hatten. Fräulein Lohmann, ihre Klassenlehrerin, war Mitte dreißig, trug sportlich elegante Kostüme, hatte einen feschen mittelblonden Dauerwellenlockenkopf und war beliebt. Sie gab ihnen einen lebendigen Abriss der deutschen Literatur von den Anfängen bis zu Ingeborg Bachmann, die nicht auf dem Lehrplan stand, deren Namen sie sich aber merken sollten, die sei im Kommen. Sie brachte Gedichte von Bachmann mit und schrieb ihre biographischen Daten an die Tafel.

„Rom", träumte Sophia, „ich kenne niemanden, der je in Rom gewesen war." Da war es wieder, das *Der*. Stand das wirklich auch für Frauen? Wir Frauen müssen lernen, klarer zu denken, sonst wird nichts daraus.

Herr Knaupp, der Mathematiklehrer, war ebenfalls nicht verheiratet und ein unfreiwillig komischer Typ, der oft zu Lachanfällen Anlass gab. Die Matheklassen waren in Ordnung, Knaupp mokierte sich nicht überflüssigerweise über ihre Fragen. Dabei stand er ganz schlaksig leger vor der Klasse, unterhielt sich gern mit den Mädchen und sagte schnell mal Anzügliches.

Bei Frau Siebert, der Französischlehrerin mit den rotblond gefärbten Haaren, und um deren Mann und deren feste Brüste die Mädchen sie beneideten, lasen sie *Andromaque* von Racine, was Sophia als zähfließend in Erinnerung behielt. Anschließend kam auf Wunsch der Klasse *La terre des hommes* von Saint Exupéry dran. Sie lernten viel französisch und sprachen über die französisch-deutsche Nachbarschaft durch die Jahrhunderte, was den Lehrplan sprengte. Auch dass sie über Simone de Beauvoirs *Le deuxiéme sexe* diskutieren konnten, deren Lebensweise und sexuelle Erfahrungen wie Sprengstoff wirkten, rechneten sie Frau Siebert hoch an. Sophia hoffte nach der Enttäuschung mit Dieter, dass in den Begegnungen zwischen Mann und Frau neue Wege möglich sein würden. Die Reihenfolge Mann – Frau war so fest etabliert, dass ihr das lange nicht auffiel. Damen und Herren war ja nur eine Höflichkeitsform. Die Frauen saßen bei Konzerten und Vorträgen neben ihren Ehemännern und hörten mit genau der Andacht zu, von der sie glaubten, dass sie von ihnen erwartet wurde. So erschien es Sophia jedenfalls. In den Pausen neigten sie erwartungsvoll ihre Köpfe und verfolgten die Auslegungen der Männer über das gerade Gehörte. Selten gaben sie ein eigenes Urteil ab, und nie stand eine Frau vor versammeltem Publikum hinter dem Podium und hielt einen Vortrag. Es gab nur wenige Solistinnen wie Elly Ney. Ihr Auftritt war für Sophia das erste Erlebnis mit einer Frau, die abendfüllende Konzerte mit Mendelssohns Musik gab, die sie tief berührte und die ganz anders klang als die Musik Beethovens, Mozarts oder Schumanns.

In der neuen Schule hatte sich schnell herumgesprochen, wie gut ihr Englisch war, und sie gab wieder Nachhilfeunterricht. Als sie für ihr erstes Sparbuch die Personalien vor dem Bankangestellten am Schalter ausfüllen sollte, stutzte sie gleich bei der ersten Zeile, in der Herr/Frau/ Fräulein/Firma zur Auswahl standen.

„Was soll das denn?"

„Unterstreichen Sie einfach, was für Sie zutrifft", sagte der noch sehr junge Bankangestellte routinemäßig.

„Ja, aber ..." sagte Sophia.

„Sind sie ledig oder verheiratet?", fragte er und zog die Brauen hoch.

Was für eine blöde Frage. „Natürlich bin ich nicht verheiratet, ich geh' doch noch aufs Gymnasium", antwortete Sophia.

„Also Fräulein!"

„Und wenn ein Junge ein Konto eröffnet?" Sie hätte die Frage gern zurückgenommen, aber da war es schon zu spät. „Na der kreuzt ‚Herr' an, was denn sonst? Wie Sie sehen, gibt es ja keine andere Wahl", wurde sie belehrt. Ach so, sie hatte also eine Wahl. „Aber irgendwas stimmt da nicht."

„Machen Sie sich mal darüber keine Sorgen, Fräulein", sagte der Angestellte, „das hat schon alles seine Richtigkeit."

Sophia unterstrich Fräulein und bewegte den Sachverhalt „in ihrem Herzen", wie Maria die Worte des Engels in der Weihnachtsgeschichte, nur dass sie nicht die Magd des Herrn war. An dem Tag fiel es ihr wie Schuppen von den Augen. Auch auf Briefumschlägen von Behörden oder Firmen stand vorgedruckt „Herrn/Frau/Fräulein/Firma". Der Bankangestellte war noch ledig, erfuhr Sophia von ihrer neuen Freundin Monika Meyerhofer. „Der Pauli quatscht alle Mädchen an, fall bloß nicht auf den Schnösel rein!"

So hab' ich das nicht gemeint, wollte Sophia erklären, aber da lenkte Walter sie ab, dem sie seinen Englischaufsatz korrigieren sollte.

„Du schuldest mir noch Geld vom letzten Mal!", zischte sie.

„Tschuldigung, is ja schon gut, ich hab's ja dabei – was ist denn heute los mit dir?" Walter tat gekränkt.

„In der großen Pause", sagte Sophia. „Aber erst das Geld."

Sie war siebzehn und hatte diese dreifache Einteilung, Herrn/Frau/ Fräulein, noch nie bewusst wahrgenommen, obwohl sie über das Wort Fräulein schon länger nachdachte. Es traf sie in ihrem Selbstwertgefühl, sie nahm Anstoß an dieser Anrede. So geht das nicht, das will ich nicht. Ob den Jungen in ihrer Klasse was auffiel? Wohl kaum, für die war ja alles in Ordnung, die wurden als Herr angesprochen. Sie fand, dass es schlimmer war, mit Fräulein angeredet zu werden, als für das Abitur kämpfen zu müssen, weil sie ein Mädchen war. Wie könnte sie klug auf das Fräulein reagieren? Die Mutter sprach alle unverheirateten Frauen mit Fräulein an, egal wie alt die waren. Der

Ehering war ein untrügliches Zeichen, darauf gingen der Mutter Blicke, wie von einem Magneten angezogen. Dass manche verheirateten Männer keinen trugen, interpretierte sie so, dass die Affären suchten und unverheirateten Frauen fälschlicherweise Hoffnung machten. Und was war mit Fräulein Lohmann? Sie würde sie von jetzt an mit Frau Lohmann anreden sonst könne sie zu Knaupp auch nicht länger Herr Knaupp sagen. „Männlein", lächelte sie, das würde sogar zu ihm passen. Jedenfalls war es in der zweiten Hälfte des 20. Jahrhunderts an der Zeit, Althergebrachtes abzuschaffen. Mit Frau Lohmanns Einverständnis, die erstaunt zuhörte, zog Sophia ihren Plan durch.

„Sie haben geheiratet und uns nichts gesagt?", riefen die Mädchen prompt, als Sophia „Frau Lohmann" sagte. Achteten die nicht auf den Namen?

„Wieso weiß Sophia etwas, was wir nicht wissen?", wollten andere wissen. Die Jungen sagten erst einmal nichts, lehnten sich auf ihren Stühlen zurück und beobachteten, was sich da abspielte.

„Es ist nicht, was ihr denkt, aber wenn wir Herr Knaupp sagen, müssen wir logischerweise auch Frau Lohmann sagen und mit den uralten, in der Gesellschaft verwurzelten Gewohnheiten brechen." Noch während sie sprach, ging ihr ein Licht auf. Frau Lohmann, das ist doch ein Oxymoron. Ob es den Namen Lohfrau gab und ein Mann Herr Lohfrau hieß, schoss es ihr durchs Gehirn. Am liebsten hätte sie das laut gesagt, aber sie wusste nicht, wie Frau Lohmann darauf reagieren würde, und von den Jungen hätte das vermutlich ein Riesengelächter zur Folge, aber nachforschen würde sie, ob es Familiennamen mit dem Suffix frau gibt. Wie wäre es, wenn sie sich als Schriftstellerin einmal so nennen würde: Lohfrau, Bergfrau, oder Schreibfrau? Lohfrau, da sah sie lodernde Flammen vor sich, auch wenn sie herausfinden sollte, dass die Namensbildung anderen Ursprungs war.

„Wie kommst du da drauf? Das ändert sich nie! Da bist du auf dem Holzweg! Was bezweckst du damit?", riefen die Jungs wild gestikulierend. Zwei Jungen wurden besonders laut, so als stünde für sie persönlich etwas auf dem Spiel. Sophia kam bei dem tumultartigen

Geschrei wieder zur Besinnung. Typisch, die reden, ohne nachzudenken, das war ja wie in der 3. Klasse beim Werkunterricht!

„Was wisst ihr schon", hörten sie da die blonde Erika in der hintersten Reihe. „Es wird Zeit, dass Bewegung in den überlieferten Mief kommt."

„Mädchen hießen schon immer Fräulein", übertönten die Jungen Erika.

„Oder bist du etwa Frau Erika, und wie steht es mir dir, Frau Sophia?" Es war Winfried, der das Letztere gefragt hatte.

„Und du, Winfried, bist du etwa ein Mann?", gab Erika zurück.

Winfried blieb die Antwort schuldig. Frau Lohmann bot ihnen an, bis zur nächsten Stunde erst einmal einige Punkte aufzuschreiben.

„Ich will aber Fräulein heißen", sagte Helga leise.

Helga, dachte Sophia, wie kann sie nur?

„Helga kennt noch ihren Platz, das ist ein Fräulein nach meinem Geschmack!", rief Walter triumphierend.

„Das hättest du lieber nicht sagen sollen, Walter", drohte Sophia.

„Mensch, du kommst aber auch mit Sachen", verteidigte der sich, „aber helfen musst du mir trotzdem, du weißt schon, was ich meine."

„Gott, seid ihr alle blöd!" Sophia schüttelte ihren Kopf.

„Gott hat das so eingerichtet", rief da einer der eher doofen Jungen und feixte. Die Jungen lachten laut, als hätte der einen guten Witz losgelassen.

Das sieht den Jungen ähnlich, die sind so unreif. Wollen die ihre Freundinnen vielleicht immer mit Fräulein anreden? Das war doch lächerlich. Wenn Jungen nicht verheiratet sein mussten, um mit Herr angeredet zu werden, dann brauchten Mädchen auch nicht verheiratet zu sein, um mit Frau angeredet zu werden, obwohl da eine Diskrepanz blieb, denn Frau war nicht gleich Herr. Wieso brauchten Frauen einen Mann und einen Trauschein, um zur Frau zu werden? Hatte das was mit Sex zu tun? Wo blieb da die Gleichberechtigung? Warum sollte sie als Fräulein neben ihren ebenso unverheirateten Herren Klassenkameraden leben?

„Also Schluss jetzt! Kommen wir zurück zum Unterricht", forderte Frau Lohmann mit Nachdruck. „Wer von Ihnen kann etwas zur Problematik der doppelten Katastrophe im *Erdbeben in Chili* sagen, also erstens über die Not der Liebenden und ihr ganz privates Schicksal, und zweitens über die Forderungen der Gesellschaft? Und welche Rolle spielt dabei die Kirche?"

Ausgerechnet diese Novelle! Aber die Probleme der Liebenden, die gegen die Regeln der Gesellschaft verstoßen hatten, passten zur Streitfrage. Trotzdem war Sophias Konzentration dahin, ihre Gedanken kreisten weiter um die Anrede unverheirateter Frauen und was es bedeutete, wenn es hieß: „Fräulein Müller verstand nicht gleich, wie die neue Maschine bedient werden musste. Da wurde *ihm* der Vorgang noch einmal von *seinem* Vorgesetzten erklärt, indem er sich tief über sie beugte." Das Fräulein verlor durch die Grammatik nicht nur ihr Geschlecht, sondern wurde auch noch belästigt. Wie anders klang das doch, wenn Herr Müller etwas nicht gleich begriff. Es entstand eine kollegiale Diskussion unter zwei Männern über die technische Bedienung einer Maschine, die mit einem Aufdieschulterklopfen endete. Das Fräulein nahmen die Männer nicht wirklich ernst, und so stellte sie sich unnötig unbeholfen an. Schließlich würde sie ja nie in eine leitende Stellung aufrücken, auch dann nicht, wenn sie die kompliziertesten Maschinen würde bedienen können, wenn sie immer ledig bleiben und ihr Leben lang bei derselben Firma oder auf derselben Behörde arbeiten würde. Ein solcher Aufstieg wäre Fräulein Müller auch nie in den Sinn gekommen.

In welcher geistigen und räumlichen Enge Frauen in untergeordneten Stellen an kleinen Schreibtischen und auf unbequemen Stühlen, weit weg vom Tageslicht oder in Vorzimmern ohne Fenster, arbeiteten! Und wenn sie jung war und gut aussah und der Vorgesetzte dem Fräulein die Sachlage noch einmal großmütig erklärte, und sie dicht nebeneinander standen, sie hilflos, er überlegen lächelnd, da ließ sich schnell etwas zuflüstern, und nach der Arbeit trafen sie sich in einer Bar oder auch luxuriöser. Sie saß mit übereinandergeschlagen Beinen auf dem

Barhocker, der Rock war bis zum halben Oberschenkel hochgerutscht und tat so, als merke sie es nicht. Ihre Erotik setzte die junge Frau auch ein, wenn es „Fräulein, bitte zum Diktat!", hieß, und sie mit Stenoblock und Bleistift auf Stöckelschuhen ins Büro des Chefs trippelte. Sie saß dem Chef beim Diktat genauso gegenüber, wie am Abend vorher an der Bar. Im rechten Moment hob sie das übergeschlagene Bein langsam neben das andere, wobei der enge Rock höher rutschte und er den Faden verlor, weil sein Blick sich in der dunklen Höhle verirrte. Wenn sie fand, dass es Zeit war, das zu merken, zog sie den Rock kokett mit Zeigefinger und Daumen der linken Hand zwei Zentimeter nach vorn und wackelte auf dem Po hin und her. Das verdeckte ihm zwar nicht die Sicht, wies ihn aber erst einmal in seine Schranken. Manchmal angelte sich die Sekretärin den Chef oder holte angenehmere Arbeitsbedingungen und bessere Bezahlung für sich heraus. Der Stärkere, weil besser verdienende, blieb er. Sophia hatte wieder vor Augen, wie der Direktor seine Hand schnell an sich zog und sich in seinen Sessel zurücklehnte, als sie, weil sie meinte, auf ihr Klopfen hin, ein „Ierein" gehört zu haben, eingetreten war, bevor der mit Diktieren fertig war. Sie wusste nicht, wohin sie blicken sollte. Am liebsten hätte sie mit der Sekretärin das Büro verlassen, als die kurz darauf aufstand und erhobenen Hauptes an ihr vorbei aus dem Zimmer segelte. Der Direktor wandte sich ihr sofort zu und sie tat so, als sei ihr nichts aufgefallen und trug ihr Anliegen vor, das ihr gewährt wurde.

Sophia nahm sich vor, wenn es schon Mädchen hieß, nur das weibliche Pronomen zu gebrauchen, genau wie bei Fräulein. Sie brauchte länger als gedacht, um sich daran zu gewöhnen, vor allem bei Kind und Mädchen. „Das Fürwort für das Geschlechtswort ‚das' ist ‚es'! Haben Sie kein Sprachgefühl?", belehrte sie Herr Beierlein, der Erdkundelehrer. Da prustete sie fast heraus vor Lachen, mit Sprachgefühl allein war es eben nicht getan. Sie wusste mehr über die sich langsam ändernde Stellung der Frau in der Nachkriegsgesellschaft, als Herr Beierlein. Oder glaubten die Männer, sie hätten es mit Sachen zu tun, wenn es um unverheiratete Frauen ging? Das hatte ja schon Goethe in seinem

Gedicht „Neue Liebe, neues Leben" besser gemacht, wenn er dichtete: „Hält das liebe lose Mädchen mich so wider Willen fest. Muss in ihrem Zauberkreise leben nun auf ihre Weise." Das klang so heiter, aber Goethe ging es besser als der Freundin.

Die Freundinnen gaben ihr zwar mit der Anrede für unverheiratete Frauen recht, aber es war ja nirgends anders, wie sie im Französisch- und Englischunterricht lernte. Sie sprach mit Dr. Wedekind darüber. „Sie haben da in mir etwas angestoßen", stimmte der ihr, wie immer amüsiert lächelnd, zu. „Ich muss gestehen, dass ich mir noch nie Gedanken darüber gemacht habe."

„Weil Sie ein Mann sind", preschte Sophia provozierend vor.

„Da haben Sie recht, wenn es uns nicht persönlich betrifft, aber geben Sie nicht auf. Sie wissen ja, wenn die Zeit für etwas gekommen ist, treten bestimmte Gedanken an mehreren Stellen gleichzeitig auf. Meine Frau hat das übrigens nie erwähnt, dabei ist sie sehr selbstbewusst und denkt sehr modern."

„Fragen Sie sie doch mal", schlug Sophia vor.

Von einer Frauenbewegung hatte sie bis dahin nichts gehört. Solche Nachrichten drangen nur langsam in kleine Städte. Was sie aber hörte, war, dass Männer den Frauen bestimmte Arbeiten verweigerten und sich noch brüsteten, sie würden die Frauen doch beschützen, wenn sie sie nicht an gefährlichen Orten arbeiten oder Maschinen bedienen ließen. Ihren Beitrag zum Aufbau hatten die Frauen aber nach dem Krieg geleistet und bewiesen, was sie konnten. Warum sollten also bestimmte Berufe für sie nicht geeignet sein? Pilotin war überhaupt kein Thema, Lokführerin auch nicht. War nicht auch sie gewohnt, in solchen Berufen nur Männer zu erwarten? In der DDR saßen Frauen auf Traktoren, worüber sie sich im Westen mokierten.

Religion kam ein Jahr lang dienstags als erstes Unterrichtsfach dran, was Sophia gelegen kam, denn es fiel ihr schwer, sechs Tage in der Woche schon kurz nach sechs zum Bahnhof rennen zu müssen. Also schwänzte sie Religion, fuhr an dem einen Morgen mit dem späteren Eilzug und gewann fünfzig Minuten. Nie sprach die Vikarin sie darauf an, und so lange sie die Note „gut" in Religion erhielt, war ja alles in Ordnung. Als sie dann doch einmal kam, weil ihr das häufige Fehlen etwas unheimlich wurde, hörte sie das Wort Beschneidung, verstand die Erklärung aber nicht, außer, dass dieser alttestamentarische Brauch an neugeborenen Jungen vollzogen wurde. Wussten alle, worum es ging, wunderte sich Sophia und wollte es auf einmal genau wissen. Aber gerade sie sollte doch mit so einer Frage nicht auffallen. Sie wurde sofort drangenommen und fragte: „Was ist Beschneidung?"

„Wer kann die Frage beantworten?", fragte Vikarin Wohlgemuth und weil sich niemand meldete, erklärte sie die Prozedur noch einmal frei heraus. Die Vikarin war schick gekleidet, saß auf dem Stuhl neben dem Pult und präsentierte ihre schlanken Beine vorteilhaft. Sophia begriff immer noch nicht, was da genau passierte, weil sie weder Worte wie Vorhaut noch Eichel je gehört hatte. Über solche Körperteile waltete zu Hause tiefstes Schweigen. Sie schielte zu den Jungs rüber, die sich nichts anmerken ließen.

Weil sie nach dieser Frage Frau Wohlgemuth bekannt war und keine schlechte Note auf dem Abiturzeugnis haben wollte, ging sie öfter zum Religionsunterricht. Sie diskutierten über Ethik und gelebtes Christentum. Immer hatte die Vikarin Fragen wie: „Wissen Sie, dass es in den westeuropäischen Sprachen kein eigenes Wort für die Frau gibt? Unsere Bibelübersetzer nannten sie einfallslos Männin, ist Ihnen das schon aufgefallen?" Wachgerüttelt fühlte sich Sophia in ihre Kindheit versetzt. Das war schon kurios. Die Schöpfung ist ja nicht nur doppelt in der Bibel dargestellt, sondern verläuft überhaupt chaotisch. Im ersten Schöpfungsbericht liest es sich so, als seien Adam und Eva zur gleichen Zeit erschaffen worden, aber laut des zweiten Berichts wurde die Frau erst erschaffen, als Gott sah, dass dem Mann seinesgleichen fehlte, was ihn zur unvollkommensten Kreatur machte. Wieso hatte der allwissende Gott nicht vorausgesehen, dass der Mann ohne Frau einsam sein würde, und da er kein Zwitter war, und sich auch sonst nicht würde vermehren können, es auch bleiben musste? Aber zerbrach sie sich nicht umsonst den Kopf über solche Fragen. War die Idee, die Frau aus dem Mann zu formen, den Schreibern nachträglich gekommen, um die Präeminenz des Mannes unmissverständlich aufzuzeigen, mit allen fatalen Folgen, die sich daraus für die Frauen und die ganze Menschheit ergaben? Zu welchen geistigen Verrenkungen die Männer beim Schreiben der biblischen Geschichten doch fähig waren, um ihre Vorherrschaft als von Gott gewollt zu erklären. Ließen Gott und Adam Eva deshalb allein, damit die Schlange sie verführen konnte? Und warum nahm Adam den Apfel und biss hinein? Und als er sich verantworten sollte, verriet er Eva, um seine eigene Haut zu retten. Wo blieb da die Liebe unserer Ureltern zueinander? Sophia schwante, dass Eva schon von Anbeginn dazu bestimmt war, Gottes Plan zu erfüllen und den Ungehorsam in die Welt zu bringen. Aber liegt nicht in Evas Tat, in der Geste des Darbietens der Frucht, die wirkliche Erlösung, ohne die es kein Leben auf Erden hätte geben können? Tat sie also nicht genau das, was die Menschen tun mussten, um sich zu erhalten und fortzupflanzen? Und wurde das Ganze dann so konstruiert, dass der Mann sich einmal übertölpeln ließ, damit Eva die Erbsünde zugeschoben werden konnte? Sophia versuchte, sich in Eva hineinzuversetzen, die mit Adam und Gott allein war, bis sie zwei Söhne gebar. Da waren es vier Männer, ehe Kain seinen Bruder Abel erschlug. Hätte das zweite Kind nicht besser eine Tochter sein sollen? Dann hätte es sicher nicht gleich Mord und Totschlag gegeben.

Nun, solche biblischen Geschichten sind eben Geschichten, die auf den Vorstellungen der Männer beruhen und damit einer eigenen Logik unterliegen. Für sie als Frau kam noch erschwerend hinzu, dass Gott sich der Menschheit als dreifaltiger Gott offenbarte – ohne weibliche Gottheit. Aber was genau gewannen die Männer durch diese ungleiche Verteilung, und was verloren die Frauen? Nein, die Frage war falsch gestellt, entschied Sophia, beide verloren unendlich viel. Genau hier lag doch der Ursprung unzähliger Missverständnisse und bitteren Streits zwischen Frau und Mann, der den Unfrieden in die Welt brachte. Denn wo gibt es schon Männer, die soviel Sensibilität besitzen, dass ihnen in ihrem Mannsein etwas fehlt, wenn sie die Frauen als minderwertig betrachten und sie daran hindern, ihre Kreativität und Intelligenz gleichberechtigt zu leben? Hatte sie nicht Dieter deswegen verlassen, weil sie nicht nur Handlangerin eines Mannes sein wollte?

Die Oberprima ging dem Ende zu, es war höchste Zeit, konkrete Pläne für ein Studium zu schmieden. Andere in ihrer Klasse waren Sophia da voraus. Sie wussten nicht nur, was sie studieren wollten, sondern bekamen von ihren Eltern die nötige Unterstützung. Einen Tag lang gab es eine Berufsberatung in der Schule. Das Gespräch brachte Sophia aber nichts außer dem Vorschlag, auf die Lehrerakademie zu gehen, nachdem sie eine Laufbahn bei den Behörden oder einer Bank abgelehnt hatte. Die Ausbildung würde nur zwei Jahre dauern, sie könne auch bald mit einer Beförderung und Versetzung in die Stadt ihrer Wahl rechnen. Sie würde gut Geld verdienen und viele Ferien hätte sie auch. Sophia nahm eine Broschüre entgegen und verließ den Raum leichten Schritts. Sie beneidete Uschi Pracht. Ihr Vater besaß eine Arztpraxis, ein Medizinstudium in Würzburg war für Uschi selbstverständlich und später würde sie die Praxis übernehmen. Ernst Hieronimus' Vater war Rechtsanwalt und Ernst wusste schon seit der Sexta, dass er Jura studieren würde. Heinz Kellers Vater war Zahnarzt. Heinz prahlte mit seinem Studienplatz und dass er in die väterliche Praxis eintreten würde. Andere Väter waren Winzer oder mittelständische Fabrikanten, ihre Söhne würden Volkswirtschaft studieren, und in den Betrieb einsteigen, um die Familientradition fortzusetzen. Von Heirat und Ehe sprachen sie nicht. Kinder waren Frauensache. Und Uschi? Sie würde einen Arzt heiraten und mit ihm praktizieren.

Mehrere Mädchen wählten die Lehrerakademie, Gundula Ehler ging ein Jahr als au pair nach London, Frieda Eppelsheimer träumte von Paris. Die anderen arbeiteten zu Hause im Geschäft mit, bis sie heiraten würden und die Kinder kamen. Von den Jungen wurde erwartet, dass die Eltern stolz auf sie sein konnten, von den Mädchen erhofften sie sich Enkelkinder. Geistreiche Gespräche führten die Männer mit ihren Kollegen und lasen Fachzeitschriften, die Frauen hatten Frauenzeitschriften mit praktischen Ratschlägen, Liebesgeschichten und Mode, sowie die Seite für die Frau in den Tageszeitungen, die die Mutter zur letzten Tasse Kaffee las. Es dauerte eine Weile, bis sie merkte, dass es keine Seite für Männer gab. Also war die Zeitung an sich für die Männer und nicht nur der Sportteil?

Sophias Eltern fehlte jegliches Vorstellungsvermögen, warum ein Studium für Sophia von Vorteil wäre. Der Vater war weiterhin nicht bereit, den Antrag auf Beihilfe zu unterschreiben. Also ging sie damit zur Mutter in die Küche, die ihn gar nicht erst ansah. „Wir haben dir doch klipp und klar gesagt, dass die Akademie das höchste der Gefühle ist. Etwas anderes können wir uns nicht leisten."

„Aber, Mutti, das ist doch kein Studium! Wenn du unterschreibst, bekomme ich Hilfe vom Staat. Bitte, lass mich nicht im Stich", flehte sie, „ich kann nicht mit Kindern arbeiten, womöglich noch auf einem Dorf, da gehe ich ein." Existenzangst überkam sie und sie zog die Möglichkeit in Betracht, von zu Hause wegzulaufen.

„Es gibt Schlimmeres, sei nicht so arbeitsfaul und pessimistisch."

„Ich finde ein Studium normal. Auf der Lehrerakademie würde ich todunglücklich. Ich muss denken können, ich will mit meinesgleichen arbeiten."

„Was todunglücklich ist, davon hast du keine Ahnung. Außerdem ist es ja nicht fürs ganze Leben."

„Ich will aber etwas fürs Leben! Volksschullehrerin, wie das schon klingt, das ist der absolute Horror, eine Sackgasse."

„Sag das deinem Vater, ich kann in der Sache nichts für dich tun. Du bist nicht allein, du hast jüngere Geschwister. Wo sollen wir das Geld herholen?"

„Deshalb musst du hier unterschreiben, dann bekomme ich BAföG, oder noch besser das Honnefer-Modell, mein Studium wird euch keinen Pfennig kosten."

„Und wie willst du wohnen? In einem engen Zimmer zur Untermiete, mit dem Fenster zum Hinterhof hinaus? Wo willst du dir die Haare waschen, wie willst du dich pflegen, du wirst nicht mal ein paar Nylonstrümpfe auswaschen und zum Trocknen über dein Handtuch hängen dürfen, ganz zu schweigen von der Unterwäsche. Sollen fremde Menschen etwa deine Intimwäsche sehen? Und was ist, wenn du deine Periode hast? Da würde ich mich an deiner Stelle schämen. Bei den Jungen ist das etwas ganz anderes mit ihrer Baumwollunterwäsche, die sie nach Hause mitnehmen oder als Wäschepaket schicken. Jungen sind nicht so empfindlich, Pickel haben die aber alle, ungepflegt sehen sie aus." Solche Worte wusste die Mutter! Ein Studium würde Sophia schon wegen dieser lächerlichen Dinge, die sie zu Riesenproblemen aufbauschte, nicht schaffen. „Und ob die Vermieterin dich mal ein Spiegelei braten, oder ein Würstchen heiß machen lässt, bezweifle ich", schloss die Mutter ungerührt.

„Essen gibt's in der Mensa." Die Mutter wusste rein gar nichts.

„Na, das Essen möchte ich sehen, und wovon willst Du das bezahlen? Herrenbesuch darfst du auch keinen aufs Zimmer mitbringen."

„Herrenbesuch! Was ist das denn für ein Wort!", fuhr Sophia hoch. „In welchem Jahrhundert lebst du eigentlich? Und nach Hause darf ich Herrenbesuch mitbringen? Wenn ich einen Freund habe, werden wir schon einen Ort finden, an dem wir zusammen sein können. Was hast du denn gemacht?"

Die Mutter wollte etwas entgegnen, besann sich aber eines besseren. Schließlich war sie mit ihrem Mann jahrelang vor der Hochzeit zusammen gewesen, ihre Eltern hatten es geduldet und Sophia wusste das.

„Warum willst du mich nicht verstehen?"

„Ich verstehe mehr vom Leben, als du denkst. Mir hat auch niemand geholfen. Du bist bockig. Denk mal darüber nach, dass es an dir und dir allein liegt, dir zu holen, was du willst. Wenn du studieren willst, dann sieh zu, wie du es schaffst."

„Was denkst du denn, was ich mache? Ich werde mir alles allein holen, dazu brauche ich aber eure Unterschrift, sonst nichts."

„Die will Vati nicht geben. Denk dich mal in seine Lage. Wenn wir dich noch zwei Jahre auf die Akademie gehen lassen, dann ist das ein großes Opfer für uns. Wie wär's, wenn du mal darüber nachdenken würdest."

„Dazu brauche ich auch finanzielle Hilfe, und wenn ich zwei Jahre mache, warum dann nicht vier? So oder so kostet es euch nichts."

„Du könntest dann aber schon Geld verdienen, außerdem kannst du während der Ausbildung bei uns wohnen und musst nicht in eine andere Stadt gehen", entgegnete die Mutter, und rannte, ehe Sophia noch etwas antworten konnte, mit einem Plastikeimer aus der Küche, um Kartoffeln im Keller zu holen.

Auf wessen Seite stand die Mutter eigentlich? Diese abwertenden Worte, wie ungerecht sie argumentierte. Sophia warf sich voller Zorn und Selbstmitleid aufs Bett. Das würde sie ihr nie verzeihen. Auch Frau Lohmann gab ihr keinen Hinweis, wie sie ohne die Unterschrift ihres Vaters BAfög bekommen könne, obwohl die doch gewusst haben musste, dass das Jugendamt hätte helfen können.

Sie musste raus, zu ihrem Lieblingsplatz auf den Berg, von dem aus sie weit ins Land blicken konnte. Ihr Trübsinn verflog. Da läuteten die Vesperglocken und wie sie aus dem Tal voll zu ihr hinaufschallten, klangen sie wie Hoffnung. Als sie die Wohnung wieder betrat, fragte niemand, wo sie gewesen war. Die Eltern glaubten wohl, sie sei endlich zur Vernunft gekommen. Nach dem Aufwasch schmökerte sie in Henry James' *Portrait of a Lady*. Seit ihren Englandreisen las sie englische und amerikanische Romane im Original. Um sich Mut zu machen, nahm sie ein DIN A 4 Heft und begann, ihre erste größere Prosa über eine Frau, die sie Elisabeth Freimuth nannte, und die gegen ähnliche Probleme ankämpfen musste. Sie ließ Elisabeth nach dem Abitur an einer technischen Hochschule Architektur studieren. Da fiel ihr etwas Unerhörtes auf. Den Frauen wurde von den Männern großzügigerweise eingeräumt, dass die, wenn sie schon unbedingt studieren wollten, es doch mit Sprachen und Literatur versuchen könnten, denn diese Fächer kämen ihrer weiblichen Art und Denkweise entgegen. Und was war mit der Denkweise der Männer, die diese Fächer bis dahin nicht nur studiert, sondern voll für sich vereinnahmt hatten? Wie die Männer darauf kamen, den Frauen Studiengänge ausdrücklich zuzugestehen, und wieso die meinten, das so aufteilen zu können, interessierte Sophia im Moment nicht so sehr, aber was die Frauen damit machten schon, denn sie glaubte, dass sie diese Gebiete nicht genug zu ihrem Vorteil nutzten. Und da Sprache Macht bedeutet, wunderte Sophia sich, warum die Frauen die Sprache so maskulin, wie sie sie vorfanden, übernahmen, so, wie sie von Männern über Jahrhunderte entwickelt und geprägt worden war, als nur sie Bücher schrieben, philosophierten, die Welt erforschten und Kriege führten? Warum gebrauchen die Frauen das wichtigste Verständigungsmittel derartig unreflektiert, ohne sich klar zu werden, dass es für Frauen, so wie es war, nicht wirklich taugte? Wenn wir Frauen eine größere Affinität zu Sprachen haben, wie uns neuerdings von den Männern bestätigt wird, warum entwickeln wir nicht unser eigenes charakteristisches Sprachgefühl mit dem entsprechenden Wortschatz und unserer unverkennbaren Denkweise, um ausdrücken zu können, wer wir sind, wie wir die Welt sehen und was wir wollen? Wie sprechen und schreiben Frauen überhaupt in ihrer Muttersprache? Benutzen wir dazu nicht eine Männersprache, die wir auch noch unbedacht an unsere Kinder weitergeben?

Sophia würde die Sprache durch ihre Heldin Elisabeth neutraler erscheinen lassen und Frauen immer direkt ansprechen und sie nicht nur, wie gewohnt, mitmeinen. Sie versuchte, ihr Deutsch behutsam aber ganz bewusst vom Maskulinen wegzuführen, um die Frauen davon zu überzeugen, dass die Sprache sich in der Grammatik und dem Vokabular frauenfreundlicher geben konnte, ohne albern oder gekünstelt zu wirken. Frauen mussten zu einer Sprache finden, die auch ihnen Ansehen bringen würde. Aber da wird noch mehr verlangt, dachte sie scharfsinnig. Sie musste weg von reinen Frauenthemen und sollte ihren Frauen mehr Möglichkeiten geben, sich zu entfalten. Es war nicht genug, Elisabeth ihr Leben in höherem Maße selbst gestalten zu lassen, sondern sie musste sie dahin führen und davon überzeugen, auch die Sprache zu ihrem eigenen geschmeidigen und dennoch für alle verständlichen Instrument zu machen, mit dem sie ihre Welt vorstellen und erklären konnte, um sie für sich neu zu schaffen und zu erobern, damit sie besser und sicherer als bisher in ihr würde leben können. Sophias These lautete: Nur indem Frauen umdenken und die Sprache auf neue Weise gebrauchen und für sich reklamieren, werden sie die Gleichberechtigung, die ihnen laut Grundgesetz zusteht, im Alltag auch erreichen und dabei mithelfen können, eine Gesellschaft zu schaffen, in der Frauen und Männer sich gleichermaßen zu Hause fühlen, in der sie mit- und nebeneinander arbeiten und die sie gemeinsam gestalten können. Sie hatte „gemeinsam meistern" schreiben wollen und sich, noch ehe das Wort auf dem Papier stand, eines besseren besonnen. Mit diesen Überlegungen glaubte sie, einen Einstieg in Elisabeths Geschichte gefunden zu haben.

Elisabeth Freimuth war die erste und einzige Studentin beim Architekturstudium. Der Lehrkörper bestand, wie überall, nur aus Professoren. Frau Löblich, die Sekretärin und einzige Frau der Abteilung, war Ende dreißig, aber ihr hätte sich Elisabeth nie verbunden fühlen können, denn deren ausschließliche Ambitionen schienen darin zu bestehen, nicht für die Studenten da zu sein, die Diktate des dienstältesten Professors, Dr. Dr. Emil Teufel, eilfertig entgegenzunehmen und schnellstmöglich zur Unterschrift vorzulegen – die anderen Professoren mussten sehen, wie sie zurechtkamen, – sowie irgendwelche Anordnungen Teufels unverzüglich in seinem Sinne umzusetzen, seinen Terminkalender musterhaft zu führen und ihn an seine Termine zu erinnern, alle internen Probleme so lange wie möglich von ihm fernzuhalten, denn er hoffte, dass sich vieles von selbst erledigen würde, und sie war von Teufel angewiesen, außer in einem absoluten Notfall, niemanden, vor allem keine Studenten, zu ihm vorzulassen. Mit denen schäkerte sie dann ein bisschen, um sie bei Laune zu halten und nahm dabei auch mal deren Anzüglichkeiten oder Beschimpfungen in Kauf.

Mit dieser Sonderstellung als einzige Studentin in ihrer Disziplin würde Elisabeth lernen müssen umzugehen. Bei der Anmeldung war ihr unverblümt zu verstehen gegeben worden, dass sie als Frau in der Abteilung nichts zu suchen habe, vor allem als bekannt wurde, dass ihr Vater kein Architekt war.

Aber da sie ein sehr gutes Abiturzeugnis mit einer Eins in Mathematik neben den beiden Einsen in Englisch und Französisch mitbrachte, konnte sie nicht ohne weiteres abgewiesen werden und durfte sich schließlich einschreiben, nachdem ihr andere, Frauen gemäßere Studiengänge vorgeschlagen worden waren, vor allem immer wieder Französisch als Hauptfach und Englisch als Nebenfach, oder umgekehrt, die sie aber abgelehnt hatte. Je mehr sie bedrängt wurde, umso weniger ließ sie sich umstimmen, ja, es machte sie regelrecht wütend. Selbst Lehrerinnen hatten sie vor einem Architekturstudium gewarnt und ihr klar zu machen versucht, wie schwer es sein würde, als Frau in diese Männerdomäne einzubrechen, wo sie sich auf dem Bau bei groben, biertrinkenden, verschwitzten Männern würde Gehör verschaffen und sich mit ihnen würde herumschlagen müssen, ja, sie würde lernen müssen, mit großen Maschinen umzugehen und selbst auch einmal einen Lkw oder Bagger zu fahren. Als all das nichts nützte, wurde sie feindselig gefragt, was sie denn eigentlich wolle und ob sie einen Mann zum Heiraten suche? Eine wirkliche Chance, dass sie bis zum Staatsexamen durchhalten würde, gab ihr schlichtweg niemand. Sie begriff, dass sie ihre Leistungen an den Erfolgen der besten Kommilitonen würde messen lassen müssen und dass sie würde kämpfen müssen, um in den Studiengruppen der Besten akzeptiert zu werden.

Die wenigen unbekümmerten Studentinnen in ihren weiten Röcken, hellen Blusen und Riemchensandalen, mit mutwillig kokett wippendem Gang und langen Haaren fielen auf. Die Kommilitonen scharten sich um sie, umwarben sie, schauten ihnen nach. Elisabeth hütete sich vor allzu dreisten Intimitäten und hätte manchmal doch so gern nachgegeben. Die Studentinnen, die in tristen Farben unvorteilhaft gekleidet und altmodisch frisiert daherkamen, und womöglich noch Brillen trugen, die alles bitterernst nahmen und an allen vorbeihuschten, übersah sogar Elisabeth. Sie hätte nicht gewusst, worüber sie mit ihnen reden sollte, obwohl sie Gespräche mit Frauen suchte.

Eines abends sprach sie vorm Kino ein Student an, der ihr in den Vorlesungen schon aufgefallen war, der aber nicht zu ihrer Arbeitsgruppe gehörte, mit der sie nicht zufrieden war. Die Kommilitonen in ihrer Gruppe trafen sich absichtlich ohne sie und übertrugen ihr die Aufgaben, die sie selbst *nicht tun wollten. Sie bemühte sich aber in der Hoffnung, das nächste Mal in eine andere Gruppe zu kommen. Im Hörsaal hatte sie schon mehrmals verstohlen zu dem Studenten hinübergeschaut, der jetzt vor ihr stand. Sie saß näher am Fenster, er in der Mitte, als sich ihre Blicke trafen und er ihr zulächelte. Ihr wurde heiß, sie schaute viel zu schnell weg. Dann blickte sie doch wieder in seine Richtung und merkte, dass er sie unentwegt frei heraus ansah. Da war es um ihre Konzentration geschehen.*

An dem Abend stellte er sich als Goetz Brinkmann vor, und sie erfuhr, dass er schon im fünften Semester war. Sie sagte ihren Namen.

„Und wie nennen dich deine Freundinnen?", wollte Goetz wissen.

„Lilli."

„Da nenne ich dich auch Lilli", entschied er. „Komm, Lilli, es ist Zeit, gehen wir rein, sonst sind die besten Plätze weg."

Sie wollte gar nicht ins Kino, sie stand nur davor und sah sich in den Schaukästen die Filmbilder für „Saat der Gewalt" an, weil sie Glenn Ford mochte. Er sah gut aus. Goetz kaufte zwei Karten und lud sie ein. Im Kinosaal griff er nach ihrer Hand und zog sie in die Mitte einer der Sitzreihen weit oben. Er hat also teure Karten gekauft. Es kam ihr wie ein Traum vor, neben ihm zu sitzen. Er sprach mühelos mit ihr, während sie kaum ein paar Worte herausbrachte. Vom Film bekam sie nicht viel mit. Goetz saß rechts neben ihr, ihre Schultern berührten sich leicht, dann nahm er ihre Hand und hielt sie in der seinen, als sei es schon immer so gewesen. Die Armlehne zwischen ihren Sitzen störte. Als er sie nach Ende des Films etwas zur Handlung fragte, konnte sie nicht viel sagen.

„Warst du eigentlich im selben Film?", neckte er sie.

Sie wollte sich nicht verraten und ihre Verwirrung auf keinen Fall preisgeben.

„Komm, gehen wir noch was spazieren", schlug er vor, zog sie mit sich in Flussrichtung und sie sprachen darüber, wie sie die von Zimmer gestellte Aufgabe lösen könnten. Seine Gruppe war schon viel weiter. Professor Zimmer hatte zwei Jahre in den USA gelehrt und war gerade erst zurückgekommen. „Wenn Sie wirklich Architektur studieren wollen, sollten Sie Neugier und Ausdauer mitbringen, sich nicht nur Bildbände anschauen, sondern mit

offenen Augen durch die Stadt gehen, und Sie sollten Freude am Gestalten haben und ein gutes räumliches Vorstellungsvermögen mitbringen", hatte er gesagt.

"Er ist durch die Zeit in den USA lockerer als seine Kollegen und spricht ein fabelhaftes Englisch. Wenn ich ihn mit Berthold ansprechen darf, habe ich es geschafft. Ich habe mich in den Kursus eingeschrieben, weil ich Zimmer unbedingt als Doktorvater haben will", erklärte Goetz.

"Doktorvater, was ist denn das für ein Wort?", entfuhr es ihr. Fast täglich wurde ihr bewusst, dass in ihrer Familie noch nie jemand studiert hatte und sie auf nichts zurückgreifen oder aufbauen konnte.

"So heißt der Professor, der die Dissertationen betreut. Irgendwann übernehme ich das Büro meines Großvaters, oder gründe meine eigene Firma. Es sind zwar noch einige Jahre bis dahin, aber Zimmer ist einfach der beste und da kann man sich nicht früh genug seine Aufmerksamkeit sichern."

"Und wenn es eine Frau wäre?"

"Eine Frau, wie meinst du das?"

"Wenn du deine Dissertation bei einer Professorin schreiben würdest?"

"Es gibt doch keine Professorinnen an unserer Fakultät. Die Architektur ist zum Glück fest in Männerhänden."

"Das ist schlecht für mich", sagte Lilli, "aber wenn es eine gäbe, wie würde sie dann heißen?"

"Wenn es was gäbe, Lilli, ich versteh dich nicht."

"Also, nehmen wir mal an, es gäbe eine Professorin und du würdest die Dissertation bei ihr schreiben?"

Der Gedanke schien Goetz vollkommen abwegig. "Dafür gibt es kein Wort."

"Also nicht Doktormutter?"

Goetz lachte laut, wie über einen guten Witz. Lachte er Lilli aus?

"Findest du das so lächerlich? Die Professorin würde mit dir genauso über deine Dissertation diskutieren und dich wissenschaftlich beraten, wie Zimmer. Für sie müsste es doch einen Namen geben. Mir gefällt Doktorvater nicht."

"Warum nicht, was hast du dagegen?"

„Das klingt einerseits so familiär, ich will aber keinen zweiten Vater, andererseits scheint mir dann diese Hierarchie zu ausgeprägt zwischen Professor und Student, das wäre ja wie Vater und Sohn. Ich würde gern Betreuer sagen, noch besser Betreuerin."

„Meinetwegen", entgegnete Goetz, „aber das ist nicht üblich. Ich mach' mir darüber keine Gedanken, für mich zählt allein, dass ich so schnell wie möglich fertig werde und beim besten Professor promoviere."

„Ich hoffe, dass es auch für mich nur eine Frage der Zeit ist und ich dann da bin, wo Zimmer heute ist. Für mich ist das eine aufregende, sehr spannende Vorstellung – aber was ist mit unserer Aufgabe von Zimmer?" Und Lilli erklärte, wie sie sich die Lösung vorstellte.

„Du bist ja doch nicht stumm! Und Mut hast du auch. Weißt du, dass wir uns jetzt einige Minuten lang fast gestritten haben? Aber mal ehrlich, was du da vorschlägst gefällt mir", gab Goetz zu. „Ich hatte schon gefürchtet, dass ich auch diesen Teil der Unterhaltung allein würde bestreiten müssen."

Seine Worte irritierten Lilli, würde er mit einem Mitstudenten auch so reden? Das war wieder einmal typisch Mann, wenig einfallsreich und so von oben herab, trotz des Leuchtens in seinen Augen. „Ich hab' das bei Otto Apel gelesen, über seine Bürobauten in Frankfurt und die Siedlungen in Godesberg – nachdem Zimmer ihn letzte Woche erwähnt hatte."

„Donnerwetter!", staunte der, „du meinst es also ernst."

„Und du, wie meinst du es denn mit dem Studium?"

„Entschuldigung, die Bemerkung war blöd von mir."

„Allerdings. Jedenfalls gefällt mir Apels Architektur nicht. Ich finde sie irgendwie unheimlich, sie ist modern aber kalt. Es fehlt eine Harmonie, die nach außen strahlt. Ich bin mir gar nicht einmal sicher, ob das modern ist oder einfach nur nicht sonderlich einfallsreich und für wenig Geld gebaut, die Mieten sind ja auch niedrig. Ich erkenne den Architekten Apel nicht in seinen Bauten, so wie bei Gropius oder Mies van der Rohe. Apel präsentiert zwar ein Gesamtbild, aber keine einfallsreichen Details. Bei den Mietshäusern gibt es eine endlose Häuserwand nur aus Balkons bestehend, fünf Stockwerke hoch, zehn nebeneinander, da weißt du ja gar nicht, wo du wohnst. Von weitem sieht so eine Wand wie ein Muster aus, das geht ja *noch, aber wenn ich davor stehe, ödet mich das an"*, stellte Elisabeth fest. *„Die Hauseingänge unterscheiden sich nur durch die Hausnummern. Außen an den Balkons dürfen keine Blumenkästen angebracht werden, die könnten ja das Gesamtbild stören. Nach Innen angebracht nehmen sie aber viel Platz auf den Balkons weg. Sonnenschirme sind auch nicht erlaubt und bei manchen Häusern sind sogar Markisen verboten, da hast du nachmittags pralle Sonne und kannst im Hochsommer nur früh und dann erst wieder gegen Abend draußen sitzen. Und da sollen Menschen gerne wohnen? Wie sollst du da lesen oder Kaffee trinken, wie dich entspannen? Wäsche aufhängen darfst du auf den Balkons auch nicht, das verstehe ich ja noch, das sähe sonst gleich nach Ghetto aus, oder wie in Italien, nur nicht so romantisch. Wenigstens kannst du niedrige Wäscheständer für die kleinen Teile aufstellen, denn im Trockenkeller würde ich meine Wäsche nicht aufhängen wollen, da riecht sie mir nicht frisch genug. Ich will sowieso mal mein eigenes Haus mit Garten, in dem ich machen kann, was ich will, wann immer ich will – die Gesellschaft an der Nase herumführen."*

„Donnerwetter!", rutschte es Goetz noch mal raus.

Lilli lachte übermütig. Sie diskutierte scharf und verteidigte ihre Vorstellungen mit Bravour. Ihre Kommentare über die Balkons und die Wäsche verrieten, dass sie eine Frau war, ihre Stimme klang warm und ausdrucksvoll, aber bestimmt. Es war eine Frauenstimme, die wusste, was sie wollte. Mit dem Wäschewaschen musste es für die Hausfrauen in den neuen Wohnblocks auch noch leichter werden.

(Notiz: Ich muss bei den Plänen an Valentins Vorschläge für praktischere Küchen denken. Ich könnte ihn Sebastian Hagen nennen – oder vielleicht doch Valentin Hausmann, als Andenken an ihn?)

Lilli hatte seit ihrer frühesten Kindheit eine Schwäche dafür, dass Ruinen von Kirchen, Schlössern, prachtvollen öffentlichen Gebäuden und stilvollen Wohnhäusern wie zum Beispiel aus der Gründerzeit, wieder aufgebaut wurden. Sie wollte in den Stadtzentren das Alte wiedersehen, sie brauchte das, wie ein Pflaster auf der Wunde, es half ihr über die Kränkungen und Verluste hinweg, versteckte die Schande, die der zweite Weltkrieg gebracht hatte, obwohl selbst dann eine Wehmütigkeit aufkam, denn der Neubau konnte ja kein wirkliches Vergessen dessen, was geschehen war, bringen, und wenn, dann war es ein erzwungenes Vergessen. Die Uhr konnte sie nicht zurückdrehen, aber spielen konnte sie mit ihren Vorstellungen: ‚Was wäre wenn‘ und das tat sie manchmal. Was die Leute in der Literatur jedoch mit der „Stunde Null" sagen wollten, kam ihr suspekt vor. Ein Neuanfang nach Kriegsende war nötig, nicht nur in den zerbombten Städten, sondern in den Köpfen der Menschen. Aber 1945 hatte ihrer Meinung nach nichts, aber auch gar nichts ganz von vorne begonnen, so, als sei vorher nichts gewesen. Es war überall notgedrungen irgendwie weitergegangen, trotz und mit den vergifteten Traditionen. Die Stunde Null, das war Wunschdenken. Und wenn etwas Neues entstand, das wurde auf Altem aufgebaut, auf Ruinen und aus den Steinen der Ruinen, von Trümmerfrauen abgeklopft. Auch die Gedanken erwuchsen aus den Traditionen der vorangegangen Jahrhunderte oder formten sich neu gegen sie, und das demokratische Bewusstsein erwachte und erstarkte wieder und erinnerte sie an die Verfassung von 1848. Wie hätte es anders sein können?

„Du bist in Gedanken, Lilli? Verrat mir, was dich bewegt?", unterbrach Goetz.

„Es ist nichts weiter, ich dachte nur an Ruinen."

„An Ruinen? Also so schlimm ist Apels Architektur auch wieder nicht!"

„So meinte ich das doch nicht ..." Wie sollte sie Goetz erklären, wo sie gerade gewesen war?

„Weißt du was, Lilli", Goetz legte seinen Arm um sie, „ich habe eine Idee. Wir treffen uns morgen nach der Vorlesung in der Mensa und diskutieren über Zimmers Aufgabe. Du hast da etwas in mir angestoßen, was sich andere nicht so schnell zu sagen trauen. Wenn sich das Moderne derart eintönig darstellt, muss das besser gelöst werden, da gebe ich dir recht. Überleg dir mal, wie du bauen würdest. Und ich guck‘, ob ich einen Bildband oder Fotos zur besseren Anschauung auftreiben kann. Du musst dich in deiner Gruppe durchsetzen, beim nächsten Thema gibt es neue Gruppen, dann arbeiten wir zusammen."

Lilli fühlte sich beflügelt, setzte sich noch am Abend hin und entwarf einige Zeichnungen von der Monotonie der Gebäude, senkrechte und waagerechte Striche in verschiedener Stärke und immerfort dachte sie an Goetz. Sie war hellwach, und da war wieder diese Leichtigkeit, die sie im ganzen Körper spürte. Nur studieren war ihr nicht genug, sie hatte viele Ideen, wollte etwas Eigenes in die Diskussionen einbringen, sie würde sich mehr engagieren! Es war ihr, als könne sie sich durch das Denken, das alle Grenzen und alle Schwerkraft zu überwinden schien, eine Freiheit schaffen. Sie sah sich mit ausgebreiteten Armen am Fluss entlang rennen, wo sie mit Goetz vor wenigen Stunden gegangen war.

Außer Atem, als sei sie wirklich gerannt, hielt Sophia im Schreiben inne. Sie war mit dem Anfang zufrieden. Ihre Heldin hatte es geschafft, an der Universität angenommen zu werden und sich unter ihren Kollegen durchzusetzen, und sie hatte einen Studenten getroffen, der intelligent und charmant war. So einen Typen hätte sie selbst gern kennengelernt. Darüber musste sie lächeln. Sie feilte am Text und überlegte, wie sie die Handlung ausbauen und weiterführen würde. Sie würde sich eine ganz neue Beziehung für die beiden während des Studiums einfallen lassen, aus der eine berufliche Partnerschaft und auch mehr entstehen könnte, und gab beiden Zeit, zueinander zu finden – in den Vorlesungen, bei gemeinsamen Projekten, während der Semesterferien auf Reisen und Gesprächen bei einem Glas Wein an einem milden Abend in einer Taverne in Rom oder einem Café in Paris? Oder doch einfach in einer Straußwirtschaft am Rhein?

Kapitel 17

Ein Amerikaner im Zug

An einem Sonntagnachmittag kurz vorm Abitur fuhr Sophia zu Monika nach Mainz. Sie sprachen stundenlang darüber, was sie nach dem Abitur machen würden, spazierten trotz des nasskalten Wetters am Rhein entlang und stülpten die Kapuzen ihrer Anoraks über. Je präziser Sophia ihre Gedanken formulierte, umso mehr schien sich die tiefhängende Wolkendecke zu heben. Der Nieselregen versiegte, es hellte sich auf, bis der Himmel sich vor Einbruch der Dunkelheit für die untergehende Sonne lichtete und die Freundinnen heiter stimmte. Sie sprangen wie kleine Mädchen über Pfützen durch die Rheinanlagen zurück zu Monika. Eine Zäsur hatte in ihrem Leben stattgefunden. Sophia nahm endgültig Abschied von der Kindheit und war frei, sich neuen Zielen zuzuwenden. Dieses Gefühl von Zuversicht und Aufbruch beglückte sie. Sie wusste, dass sie jung war, dass ihr Leben vor ihr lag, und es auf sie ankam, was sie daraus machen würde.

Monikas Mutter brachte ihnen belegte Brote. Es war erst gegen sieben, als Sophia, einer inneren Unruhe nachgebend, eher als geplant zum Bahnhof ging. Ihr verfrühter Aufbruch kam einer Flucht nach vorn gleich. Sie streckte sich, als griffe sie nach den Sternen, die jetzt über der dunklen Stadt silbern funkelten. Monika war ihr während der Oberstufe eine gute Freundin gewesen, aber die hatte nicht denselben Drang nach Bildung, obwohl sie aus einer wohlhabenden Familie stammte und überall hätte studieren können. Sie mochte Kinder, spielte gut Gitarre, konnte sehr schön singen und freute sich auf die Lehrerinnenausbildung.

Der Zug war nur mäßig besetzt. Sie saß in Fahrtrichtung und schaute, dicht ans Fenster gelehnt, weil sich sonst das Wageninnere in der Fensterscheibe spiegelte, hinaus auf den Bahnsteig, um die Menschen zu beobachten. Da nahm ihr gegenüber ein junger Mann Platz, der sie auf englisch ansprach, nachdem der Zug sich in Bewegung gesetzt hatte, und nach ihrem Namen fragte. Er war der erste Amerikaner, mit dem sie je in ein Gespräch kam. Wie sich herausstellte, war er als Leutnant in Deutschland stationiert und hieß mit Vornamen Terrie. Der Name klang ihr fremd für einen Mann. Er nannte sie Sophie und wie er das O aussprach, klang ihr Name amerikanisch. Terrie stellte viele Fragen, da hatten sie ihre Station schon erreicht. Kurz entschlossen stieg er mit ihr aus und sagte: „Let's have something to eat, I know a good little restaurant close by. I'm hungry, how about you, Sophie?" Sie stimmte spontan zu. Ihr war, als folge sie einer Sehnsucht. Sie eilten den Bahnsteig entlang, die Treppen hinunter und durchquerten die Bahnhofshalle. Bloß nicht in die Enge nach Hause, wo sie sich in ihrem Zimmer verschanzen würde. Noch draußen bleiben klang so verlockend, einen Menschen kennenlernen und amerikanische Worte aufschnappen.

Er führte sie in eine dieser kleinen Gaststätten, eigentlich war es eine Kneipe, und steuerte auf einen leeren Tisch links am Fenster zu. Dort waren sie weit weg von der Bar, an der junge Leute laut gestikulierend auf Hockern saßen, Bier tranken und stark rauchten. Eine Frau, die nicht wie eine Kellnerin aussah, fragte nach ihren Wünschen.

„Was gibt es heute abend, Marie?", fragte Terrie in seinem Deutsch mit amerikanischem Akzent.

„Immer dasselbe, das weißt du doch", lachte die Frau, deren Namen er wie Mary aussprach. „Bratwurst oder Schweineschnitzel natur mit Bratkartoffeln oder Kartoffelsalat, oder unsere Erbsensuppe mit Einlage."

„What would you like, Sophie? I think they also have smoked ham with good old German bread, butter and pickles."

„Schinken mit Brot, das nehme ich, bitte", sagte Sophia, „und ein Pils."

„Für mich dasselbe, und eine Portion Kartoffelsalat", sagte Terrie und wandte sich wieder Sophia zu. „Erzähl mir mehr von dir, Sophie, something is bothering you. I can feel it."

Wieso sah er ihr etwas an, oder war das nur so dahingesagt? Sie überlegte, was sie sagen sollte.

„Was hast du vor?"

„In zwei Monaten mache ich Abitur, danach will ich studieren, aber ..."

„Was ist mit aber?", hakte Terrie nach, sein Akzent klang lustig.

„Ich darf nicht."

„Warum darfst du nicht studieren, was heißt das?", wollte er wissen, während er große Gabeln voll Kartoffelsalat in den Mund steckte.

„Das ist eine lange Geschichte", wich sie aus.

„Wir haben Zeit, warum darfst du nicht studieren, das verstehe ich nicht."

„Willst du das wirklich wissen?", fragte sie nicht so richtig überzeugt. Sie hatte noch Mühe, ihm beim Vornamen anzureden und du zu sagen.

„Natürlich möchte ich es wissen, würde ich sonst fragen?"

„Also, meine Eltern wollen mich nicht studieren lassen, weil sie meinen ..." und dann erzählte sie von ihren Problemen. Terrie hörte interessiert zu und bestellte noch ein Bier für beide. Als Sophia sich bewusst wurde, dass sie einem fremden Mann ihre privaten Sorgen erzählte, war ihr das unangenehm.

Terrie legte seine Hand leicht auf ihre Rechte. „Don't worry, Sophie, du stehst erst am Anfang deines Lebens. Wie alt bist du, neunzehn?"

Sophia nickte und er sagte: „Ich bin fünfundzwanzig, habe in San Francisco Business studiert und habe mich für drei Jahre bei der Armee verpflichtet. In zwei Monaten muss ich zurück in die USA. Danach steige ich bei einer Firma in Los Angeles ein, die dem Vater meines besten Studienfreundes, Joe Walker, gehört. In Kalifornien gefällt es mir, ich werde viel auf Geschäftsreisen sein, vor allem nach Japan." Er sah auf die Uhr. „Es ist fast zehn! Ich bring' dich nach Hause, ich muss noch nach Mannheim. Wann sehen uns wieder, Sophie? Am Donnerstag habe ich frei, darf ich dich gegen drei mit meinem Auto abholen?"

„Ich würde mich freuen, um vier passt besser", sagte sie und strahlte. Das war ganz unverhofft. „Ich kann aber allein nach Hause gehen, es ist ziemlich weit und bis du wieder zurück bist, geht vielleicht kein Zug mehr."

„Are you sure?"

„Sicher, hier passiert nichts, ich bin das gewöhnt, ich komme oft erst so spät von Mainz zurück, heute bin ich eher gefahren."

„Du bist heute eher gefahren?", staunte Terrie, „da haben wir ja Glück gehabt, sonst hätten wir uns nicht getroffen!"

„Vielleicht, aber du solltest jetzt wirklich zum Bahnhof gehen."

„Also gut, Sophie, ich nehme das Angebot an, aber es kommt nicht wieder vor. Gib mir noch deine Adresse, hier, schreib sie auf diesen Zettel." Er las ihren Namen: „Steht Reimers neben der Klingel?"

Sie nickte: „Moritz Reimers."

Dann schrieb er seine Telefonnummer mit amerikanischen Ziffern auf. „Für alle Fälle, du musst nach Lieutenant Schwartz fragen."

„Ein deutscher Name?"

„Ja, aber mit ‚t‘, mein Großvater schrieb Leo Schwarz, noch ohne ‚t‘. Er stammte aus Frankfurt am Main. Ich habe gehofft, dass ich in dieser Gegend stationiert würde, damit ich mir Frankfurt ansehen und vielleicht etwas über unsere Familie herausfinden kann."

Sie verabschiedeten sich vor der Kneipe. „Bis Donnerstag, und komm gut nach Hause, ich bin um vier bei dir."

„Ja, komm auch gut zu deiner Armee", lachte sie und sah ihm nach, wie er mit langen Schritten zum Bahnhof eilte.

Sie sagte nicht viel auf die Fragen der Mutter, wie es bei Monika gewesen war, und ging ins Bad. Danach nahm sie sich Hauptmanns *Weber* für die Deutschstunde vor. Sie war aber zu aufgeregt, als dass sie sich hätte konzentrieren können, außerdem las sie Dramen nicht gern, es floss nicht so richtig, und die Bilder der vergangenen Stunden berauschten sie und kamen immer dazwischen. Sie lag noch lange wach, dachte über das Geschehene nach und begann zu träumen.

Als sie am nächsten Morgen aufwachte, dachte sie sofort an ihn, war sich sicher, dass er kommen würde und im nächsten Moment wurde sie wieder unsicher, denn warum sollte er, und wenn er käme, was würden sie tun? Die ersten Blicke, die sie ausgetauscht hatten, waren mehr als Geplänkel gewesen, aber war es schon ein Verliebtsein? Nein, aber doch eine Ahnung von etwas, was kommen würde, eine Sehnsucht oder auch eine Hoffnung auf eine Liebe, von der sie noch nichts wusste? Ihr wurde ganz schwindlig, wenn sie an Terrie dachte. Der war einer jener großen, blonden Amerikaner, der wie ein Deutscher aussah, hätte er nicht diesen militärisch kurzen Haarschnitt gehabt und amerikanische Schuhe getragen, an denen Amerikaner sofort zu erkennen waren. Er sprach langsam, Sophia kam es bedächtig vor, als denke er beim Sprechen über das nach, was er sagen wollte. Lag es daran, dass er deutsch gesprochen hatte, oder redete er immer so überlegt, wie Kleist es in seinem Aufsatz „Über die allmähliche Verfertigung der Gedanken beim Reden" forderte, den sie in der Deutschstunde besprochen hatten? Terries Wesen und seine Art zu sprechen imponierten ihr.

Die Mutter sah sie beim Frühstück fragend an, aber Sophia schwieg und paukte jede freie Minute fürs Abi. Sie schob die Gedanken an ein Studium beiseite, um den Kopf frei zu haben.

Terrie klingelte Punkt vier am Donnerstag. Sie flog die Treppen vom dritten Stock hinunter. Bevor sie die Haustür öffnete, verlangsamte sie ihre Sprünge, um nicht zu übereilig zu erscheinen. Sie erkannte seine Silhouette durch das milchige Glas der Haustüre, dann sah sie ihn zum ersten Mal bei Tageslicht. Er stand voll in der Sonne und freute sich, sie zu sehen. Sein „Hello, Sophie", klang übermütig. Er nahm ihre Hand, zog sie zum Auto und öffnete die Tür für sie. Es war ein neuer schwarzer Opel Kapitän. Bis dahin hatte sie außer in England kaum drei- viermal in einem Auto gesessen, sie hatten ja nicht einmal ein Telefon, auch keine Schreibmaschine, nur das Saba Radio, den Dual Plattenspieler und ein Telefunken Tonbandgerät, mit dem sie Schlager von AFN aufnahm.

„Das Auto nehme ich mit in die USA", sagte er, als er ihr Staunen bemerkte. „Es ist schon für Amerika ausgerüstet. Hast du Lust, mit mir nach Heidelberg zu fahren – oder möchtest du lieber ins Kino in der Kaserne gehen, es läuft gerade *How The West Was Won?*"

„Lieber Heidelberg", entschied sie und gab sich dem wunderbaren Fahrgefühl hin. Sie hätte sich ewig so durch die Gegend fahren lassen können.

„Do you like to ride in a car?" fragte er erheitert.

„Yes, very much!"

Terrie hatte ein selbstsicheres Auftreten und fuhr über deutsche Straßen, als gehöre ihm Deutschland, lässig, nur mit der linken Hand am Steuer seines Opels, während er mit der rechten auf die Landschaft zeigte, Sehenswürdigkeiten erklärte, so, als sei er hier zu Hause. Später würde er beim Fahren seinen Arm um ihre Schultern legen, aber auf dieser ersten Fahrt sah er sie nur immer wieder an, woran sie sich gewöhnen musste, weil seine Augen nicht auf die Straße gerichtet hatte.

„Keine Sorge, Sophie, ich pass schon auf", sagte er, als erriete er ihre Gedanken. „Kannst du Auto fahren?"

„Nein, wie denn, wir haben doch keins."

„Dann musst du das schnell lernen, ich bring's dir bei."

Sollte sie das nun glauben? Sie spazierten den Philosophenweg entlang, schlenderten über die alte Brücke, stiegen den Schlossberg hoch und erfreuten sich an der Aussicht auf die Stadt und den Neckar. Terrie machte viele Fotos, lud sie zum Essen in eins der Restaurants ein, in denen sich die Studenten treffen, und sie erzählte auf sein Drängen noch einmal, warum sie nicht studieren durfte.

Auf einmal fragte er: „Möchtest du mit nach Los Angeles kommen? Du könntest dort studieren. Wir haben auch sehr gute Universitäten."

Sophia traute ihren Ohren nicht. „Wie meinst du das?"

Terrie lachte ungeniert und freute sich über ihr verwundertes Gesicht. „Hast du nicht schon einmal darüber nachgedacht, nach dem Abitur ein Jahr ins Ausland zu gehen?", fragte er statt einer Antwort.

„Doch, natürlich", stammelte sie, „aber nicht nach Amerika. Eigentlich wollte ich sofort studieren und ein oder zwei Semester im Ausland machen. Ich will kein ganzes Jahr aussetzen, der Gedanke liegt mir nicht."

„Ein Jahr nach dem Abitur, das machen doch viele. Das ist mir aufgefallen, seit ich hier bin, und California wäre mal was ganz anderes", sagte er und lachte schon wieder. „Du sprichst sehr gut englisch, da kann gar nichts schief gehen. Aber du könntest auch gleich studieren. Sie würden dir *lower division units* vom Abitur anrechnen, da sparst du ein Jahr oder mehr."

Das mit den *units* und einem Jahr sparen verstand sie zwar nicht, fragte aber nicht nach. Statt dessen gab sie zu bedenken: „So viel Geld habe ich doch gar nicht und Kalifornien ist so weit weg."

„Das löst sich alles, du brauchst dich da jetzt noch nicht festlegen. You have plenty of time to think about it. Du kannst mich alles fragen, ich werde deine Fragen so beantworten, dass du dir leichter vorstellen kannst, was dich in Los Angeles erwarten würde." Er hielt ihr das Weinglas entgegen: „Zum Wohl, Sophie! Der Wein schmeckt wunderbar."

Sie hielt ihr Glas am Stiel, so wie die Mutter es ihr beigebracht hatte, damit die Gläser klingen. Er machte es ihr nach. „Zum Wohl, Terrie und danke für alles. Aber jetzt muss ich mich aufs Abitur konzentrieren, da werde ich wenig Zeit für andere Dinge haben."

„Du meinst wenig Zeit für mich? Dann treffen wir uns an den Wochenenden. Ich hol' dich ab, wir unternehmen etwas zusammen und lernen uns dabei kennen. Du kannst ja nicht immer nur lernen", schlug er vor.

„Also, da bleibt nur Sonntag, wir haben sechs Tage die Woche Schule."

„Ja, richtig, das hatte ich ganz vergessen. Aber wir könnten doch auch mal abends ins Kino gehen? Ich habe die Wochenenden meistens frei, wenn wir nicht gerade ins Manöver müssen, to play soldiers, oder ich jemanden vertreten muss."

Sie kamen spät zurück. Sophia öffnete lautlos die Wohnungstür und stahl sich in ihr Zimmer. Am Morgen schaute die Mutter sie durchdringend an, ließ aber kein Wort verlauten.

Von da an trafen sich Terrie und Sophia jeden Sonntag. Aus Terries Sicht lernte sie die Umgebung ganz anders kennen. Auf einem Fabrikgelände machte sie ihre ersten Fahrübungen, dann musste sie sich auf abgelegenen Landstraßen hinters Steuer setzten. Das machte Spaß und war einfacher, als sie es sich vorgestellt hatte.

„Du lernst schnell", lobte Terrie, „den Führerschein machst du in Kalifornien."

Seit sie fürs Abitur büffelte, blieb kaum Zeit, Nachhilfeunterricht in Englisch zu geben. Sie wollte nicht, dass Terrie immer bezahlte, also würde sie mit ihm darüber sprechen müssen. Aber wie? Mitten in solche Gedanken hinein platzte die Mutter ohne anzuklopfen in ihr Zimmer, blieb im Türrahmen stehen und konfrontierte sie ohne ein einleitendes Wort mit: „Und was ist, wenn du ein Kind kriegst?"

Sophia hatte die Mutter nicht kommen hören und fuhr zusammen. Ihre Schullektüre lag auf ihrem Schoß. Sie verstand die Frage nicht gleich. Dann begriff sie jäh und dachte: Warum spielt sie sich so auf? Die Gretchenfrage also, lebten sie denn noch im achtzehnten Jahrhundert? Vor dem Vater hatte sie schon Angst genug, dass der sie halb zu Tode prügeln würde, wenn sie ein Kind bekäme.

„Also, heraus mit der Sprache, ich verlange augenblicklich eine Erklärung!", schrie die Mutter so laut, dass es alle hören konnten. „Mit einem jungen Mann, noch dazu einem Amerikaner, dich hinter unserem Rücken zu treffen, und das müssen mir erst die Nachbarn sagen! Was unterstehst du dich? Du bringst mich ins Gerede und holst dir einen schlechten Ruf!"

Die Nachbarn! Daran hatte Sophia nicht gedacht! Warum kümmerten die sich nicht um ihren eigenen Dreck? Und wieso war die Mutter so fuchtig? Warum traute sie ihrer Tochter gleich das Schlimmste zu, anstatt ihrer Erziehung zu vertrauen, auf die sie so stolz war? Außerdem, hatte sie jemals mit Sophia über Sex gesprochen?

Nein, hat sie nie, nicht einen Satz hatte sie über ihre Lippen gebracht, so verklemmt wie sie war! Nur Drohungen des Vaters hatte sie weitervermittelt.

„Raus mit der Sprache, was ist! Antworte mir!"

„Wie soll ich ein Kind bekommen?", sagte Sophia ruhig, „wir unterhalten uns und gehen spazieren und ich lerne Englisch dabei."

„Das glaubst du ja wohl selbst nicht, dass ein junger Mann mit dir nur zusammen ist, ohne etwas von dir zu wollen!", konterte die Mutter erzürnt. „Lüg mich nicht an! Von jetzt an bist du um sechs zu Hause."

„Also, Mutti, was du sagst ist so unglaublich. Du wirfst mir alles Mögliche vor, sprichst aber nie mit mir, weißt du, dass du feige bist?"

„Jetzt hört sich aber alles auf!"

„Beruhige dich, er fasst mich nicht an. Wir sind nur gerne zusammen. Und um sechs kann ich nicht schon zu Hause sein, das weißt du selber."

„Wer ist das überhaupt, wie heißt er eigentlich? Warum verheimlichst du das, warum bringst du ihn nicht mit nach Hause, damit wir ihn kennenlernen können?"

Kennenlernen bedeutete soviel wie, dass die Mutter sehen wollte, ob er ein Mann für Sophia wäre. Die sagte: „Wie soll ich ihn mit nach Hause bringen, er wäre hier ja nicht willkommen. Außerdem muss er sowieso bald zurück in die USA." Sie hielt es für geraten, nichts von der Einladung nach Los Angeles zu sagen. Die Mutter beruhigte sich, trat ins Zimmer und schloss die Tür.

„Liebst du ihn?" Eine unverhohlene Neugier schwang in ihrer Stimme.

Wenn die Mutter doch nicht so prüde wäre! Laut sagte Sophia: „Er ist nett, ich bin gerne mit ihm zusammen, aber ich bin nicht verliebt, er ist doch viel zu alt für mich." Sie hatte ihre Gefühle absichtlich heruntergespielt, denn sie wollte in Ruhe gelassen werden und hoffte, dass diese Erklärung die Mutter beschwichtigen würde. Dieses ewige Hinterherspionieren, diese Vorurteile, sie wusste doch selbst noch nicht, was mit Terrie werden würde. „Klare Verhältnisse schaffen", nannte das die Mutter, wenn es um einen Mann ging. „Klar wie Kloßbrühe", amüsierte sich der kleine Bruder, der oft so blöde Sprüche draufhatte. Verliebt sein und heiraten schien das einzig wahre Ziel der meisten Mädchen in ihrer Klasse, alles drehte sich um die Jungs, die Gesprächsthema Nummer eins waren. Für Sophia, die aus dem evangelischen Osten in den katholischen Westen gekommen war, war es undenkbar, mit den einheimischen Jungs Freundschaften zu schließen, oder sich gar zu verlieben, denn die Eltern und die Kirchen verbaten den jungen Leuten strikt jede Beziehung mit Andersgläubigen. Da gab es herzzerreißenden Liebeskummer und nie endende Dramen.

Am Sonntag, vorm schriftlichen Abitur, gingen viele in die Kirche, was Sophia zweideutig vorkam. Hinterher trafen die sich in einer Eisdiele bei angerührten Quark mit frischem Obst. Sie brachte das schriftliche Abitur gut hinter sich. Für die mündliche Prüfung hatte ihr die Mutter ein zweiteiliges Kleid aus einem leicht glänzenden stahlblauen Stoff genäht, dazu trug sie eine Silberkette, schwarze Pumps und Lippenstift vom eigenen Geld. Sie wusste, dass sie gut aussah und schaute die Prüfungskommission offen an, alles Männer von der Stadt, die sie nicht kannte, dazwischen Herr Knaupp, der ihr zuzwinkerte, Frau Lohmann und Frau Siebert, die nebeneinander saßen, und ab und zu flüsterten. Als alles vorbei war, wurde ihr von Frau Lohmann entschuldigend mitgeteilt, dass es ein Versehen gewesen war, sie hätte an der mündlichen Prüfung nicht teilnehmen müssen, weil ihre schriftliche Prüfung so ausgezeichnet ausgefallen war.

Für den Abend verabredeten sich alle spontan bei Helga Wiemann, deren Bruder Joachim einen Jazzkeller im Untergeschoss ihres Hauses eingerichtet hatte. Sophia mochte Joachim und hoffte, ihn zu treffen, er war aber nicht da. Helgas Mutter brachte Platten belegter Käse- und Leberwurstbrote mit Gewürzgürkchen und Teller mit Streuselkuchen nach unten. Im Flur standen mehrere Kisten Bier, Rheinwein aus eigenem Anbau von Hermann Kamp und Cola. Alle rauchten. Sie legten Elvis Presley, Paul Anka, Petula Clark und Frank Sinatra auf, drehten die Lautstärke hoch und tanzten unbekümmert und ausgelassen. Ihr drehte im Kopf von der rauchigen Luft und dem Wein, den sie anfangs zu schnell getrunken hatte. Überall standen Gläser und leere Flaschen, die Aschenbecher quollen über.

Hans-Dieter Höss prahlte ziemlich angetrunken mit seinem Medizinstudium und seiner Studentenbude in Würzburg, aber zuvor würde er auf Safari gehen. Safari! Das Leben der Reichen, die Tennis spielten, Auto fahren lernten, einige kamen schon im eigenen Auto zur Schule, die Klavier- und Geigenunterricht hatten, Mitglied im Ruderclub waren, oder Langlauf und Wettschwimmen trainierten, konnte sich Sophia nicht vorstellen. Sie gab ihr selbstverdientes Geld für Bücher, Zeitungen und auch mal eine Theaterkarte aus. Bernt Ewald und Stefan Mahler verkündeten grölend, dass sie nach Freiburg gehen würden und mokierten sich über die Mädchen und die Lehrerakademien, das sei ja wie Kindergarten. Sie sah das zwar auch so, aber dass sie nicht studieren durfte, war weiß Gott nicht ihre Schuld. Sie beneidete die Jungen, fachte eine hitzige Diskussion über die Stellung der Frau in der Bundesrepublik an und verriet sich sozusagen.

„Ich denke, wir leben in einer Demokratie? Wieso werden wir Frauen dann so eklatant benachteiligt?", fragte sie kampfbereit in die Runde. „Wieso dürft ihr Jungen studieren, egal wie schlecht euer Abi ist, *man* kommt euch entgegen, ja, es wird von euch erwartet, während ich mit dem besten Zeugnis dafür kämpfen muss, weil ich mich nicht in freiwilliger Bescheidenheit mit einer Beamtenlaufbahn, einer Banklehre oder als Volksschullehrerin zufrieden geben will?"

„Eklatant! Donnerlittchen, Sophia, was für ein Wort!", rief Stefan.

Bernt, nicht gerade eine der Leuchten, der in Mathe bei der mündlichen Prüfung beinahe durchgefallen wäre und bei den Mathearbeiten immer von Stefan abgeschrieben hatte, blies ihr den Zigarettenrauch ins Gesicht. Er funkelte sie zornig an. Stefan hatte sich das Abschreiben gefallen lassen, weil Bernt immer gut bei Kasse war, wovon Stefan gern profitierte.

„Du kannst dich auch in Freiburg anmelden. Wir nehmen dich mit. Aber ich wette, du machst nicht fertig! Ihr Frauen heiratet noch während des Studiums einen Professor oder ein älteres Semester. Statt euren Doktor selbst zu machen, heiratet ihr einen." Stefan lachte, als hätte er den besten Witz erzählt, oder lachte er sie aus? Für ihn war alles ein Spiel. Der Zigarettenrauch brannte Sophia in den Augen.

Um Mitternacht verließ sie mit Monika das Fest. Sie würde bei ihr übernachten, weil keine Züge mehr gingen. Die frische Luft machte Sophia schwindlig nach dem Rauch und dem Wein, aber nach einer Weile war die Müdigkeit vergangen. Ihr bisheriges Leben war vorbei, sie standen am Anfang eines neuen Lebensabschnitts. So klar war ihr das vorher nicht geworden.

„Merkst du das auch, Moni? Heute ist alles anders. Wir müssen nie mehr in die Schule gehen und ich weiß immer noch nicht, was ich machen werde."

„Ich geh' erst mal zu meiner Tante nach München. Sie und mein Onkel haben dort eine Firma für Schreibwaren, Glückwunschkarten, Füllfederhalter und vieles mehr, da werde ich im Büro arbeiten. Die freuen sich auf mich. Wenn's mir gefällt, mach' ich eine Ausbildung im Geschäft. Du musst mich besuchen kommen, München ist sehr schön. Wir gehen dann zusammen in die Oper."

„Du hast es gut. Ich glaub', ich geh' weit weg – vielleicht nach Amerika."

„Nach Amerika! Bist du verrückt, Sophia? Was willst du denn dort? Davon hast du noch nie was gesagt!"

„Ich weiß es auch erst jetzt so richtig, Moni. Ich hab' jemanden getroffen, ich werde dort studieren."

„Amerika – ich bekäme da Heimweh. Und deine Eltern, was sagen die dazu?"

„Die wissen das noch nicht, aber ich werd' sie nicht fragen. Du weißt, dass die mich nicht studieren lassen wollen, also geh' ich weg."

„Und wenn sie dich nicht lassen?"

„Die werden mich lassen, dann sind sie das Problem los, oder was sie dafür halten. Was die sich für mich vorstellen, kann ich nicht, das will ich auch nicht."

„Überleg dir das bloß gut, Sophia, ich will deinen Freund kennenlernen, du hast mir nie von ihm erzählt. Ich dachte, wir sind Freundinnen. Du weißt alles von mir", hielt ihr Monika vor.

„Ich weiß, aber ich war mir bis heute noch nicht sicher. Terrie ist eigentlich auch nicht so richtig *mein* Freund, ich kenne ihn ja erst seit einigen Wochen. Er kommt am Sonntag gegen elf. Wenn du willst, machen wir einen Ausflug zu dritt."

„Du machst vielleicht Sachen, das hätt' ich nie von dir gedacht! Klar komm' ich mit, aber vorher bereden wir die Lage."

Sie hatten Monikas Haus erreicht, die schloss leise auf. Mit Sprudel und zwei Gläsern schlichen sie in ihr Zimmer und klönten bis in die frühen Morgenstunden.

Beim Abendbrot bestand der Vater darauf, dass Sophia sich beim Finanzamt bewerbe, und zwar sofort, es seien schon viele Bewerbungen eingegangen, das wisse er aus sicherer Quelle. Sie hätte aber Glück, dass er vermitteln könne und gab ihr das Formular. Die Mutter meinte, sie könne sich auch zu einer Ausbildung als Abteilungsleiterin im Kaufhaus bewerben, am besten solle sie beides versuchen. Sophia legte das Formular zur Seite und griff nach einem Brötchen. Jetzt hatte sie keine Ausflüchte mehr von wegen hart arbeiten fürs Abi. Die Mutter schenkte Tee ein und sah ihre Tochter streng an: „Mach uns nur keine Schande!"

„Ich nehm' die Bewerbung morgen mit aufs Amt. Setz dich dann sofort an den Schreibtisch, mach keine Fettflecke drauf und keine Tintenkleckse und Flüchtigkeitsfehler. Und bemüh dich um eine gute Handschrift!", ermahnte der Vater. „Ich leg' ein gutes Wort für dich bei meinem Kollegen ein, damit du ein Vorstellungsgespräch bekommst."

O, Himmel! Sophia rollte die Augen, während sie ihr Wurstbrötchen kaute. Was für eine Standpauke. Warum wollen die Eltern nicht begreifen, wer ich bin? Überfordere ich sie, sind sie egoistisch, oder halten sie ihr Drängen gar für pädagogisch? Aber wahrscheinlich wollen sie nur, dass ich Wirtschaftsgeld abgebe. Für die Mutter waren täglich vier Fragen von größter Bedeutung: Was koche ich heute, wie bringe ich bei dem knapp bemessenen Haushaltsgeld Abwechslung in den Speiseplan, wie pflege ich die Wohnung so, dass ich vor den anderen Frauen bestehen kann, und was ziehe ich an, wenn ich in die Stadt gehe?

Sophia glaubte, dass sie die Entscheidung, in Amerika zu studieren, in dem Moment, als sie das Formular vom Finanzamt beiseite gelegt hatte, aus Überzeugung getroffen hatte. Sie ließ sich von da an weder beirren noch umstimmen. Die Mutter warf ihr oft Eigensinn vor. Als sie das Wort langsam aussprach und in seine Teile zerlegte, gefiel es ihr. Sie wusste, was sie wollte und was ihr sinnvoll erschien. Dass es ihr eigener Sinn war, beglückte sie. Sie lächelte, als die Mutter ihr vorhielt: „Du wirst schon noch sehen, wo du mit deinem ewigen Eigensinn hinkommst. Das mögen Männer nicht. In dir lebt ein männlicher Geist, wenn du den nicht zügelst, schadet dir das, denn das sagt über eine Frau soviel aus, wie, eine eigene Meinung haben, wobei du nicht gerade diplomatisch vorgehst. Männer suchen aber eine Frau, die sie in allem unterstützt. Wann wirst du endlich begreifen, dass du dich fraulicher geben musst, wie oft soll ich dir noch sagen, dass du nicht so lange Schritte machen sollst, das wirkt so wenig damenhaft. Mach kleine Schritte, füg dich ein bisschen, oder willst du unverheiratet bleiben?"

„Ich laufe gern schnell, das beschwingt – ich denke ich bin dir nicht sportlich genug? In China wurden den Frauen die Füße gebunden, damit sie den Männern nicht fortlaufen konnten." Ob die Mutter wusste, dass sie eine Rolle spielte, in die sie auch ihre Tochter pressen wollte? Dieses Verharren in den klassischen Geschlechterrollen! Mit dem Satz: „Die Würde des Menschen ist unantastbar", beginnt das Grundgesetz. Gilt das auch für die Würde der Frauen? Sie wollte *ihr* Leben leben, und nicht ein Leben nach den Vorstellungen der Mutter oder der Gesellschaft. War Terrie zur rechten Zeit gekommen? Er hatte studiert, stand im Berufsleben, hatte viel von der Welt gesehen, und stammte aus einer privilegierten Familie, die gewisse Anforderungen an die Nachkommen stellte, aber auch die Voraussetzungen dafür bereithielt.

Kapitel 18

Autofahrt durch Franken
mit Liebeserklärung

Nach der Abschlussfeier wollte Terrie mit Sophia eine Fahrt auf der Romantischen Straße nach Würzburg und Rothenburg ob der Tauber machen. „Ich nehme zwei Zimmer", setzte er hinzu, ehe Sophia etwas sagen konnte. Jetzt musste sie die Geldfrage endgültig klären. Angesprochen hatte sie es schon, aber Terrie hatte abgewinkt und sein Portemonnaie gezogen, in dem er außer Dollarscheinen immer auch deutsches Geld hatte.

„Terrie, ich würde sehr gerne mitkommen, aber ich kann eine Übernachtung nicht bezahlen."

„Ich lade dich natürlich ein, Sophie. Du machst mir eine Freude, wenn du mitkommst, allein zu fahren macht längst nicht so viel Spaß. Außerdem brauche ich dich als Reiseleiterin", unterbrach sie Terrie.

„Ich würde mich besser fühlen, wenn ich für mich bezahlen könnte."

„Dass du für dich bezahlen möchtest, ehrt dich", antwortete er etwas steif. „Aber jetzt hast du erst einmal das Abitur gemacht und eines Tages wirst du genug Geld verdienen und dann kannst du mich einladen. Können wir das so ausmachen und am Wochenende zusammen fortfahren? Ich will dir viel erzählen, wir brauchen Zeit miteinander und nach Würzburg wollte ich schon lange, um den Barock besser zu verstehen. Ich will die Festung Marienberg sehen. Diese Festungen in Europa faszinieren mich."

Sophia sah ihn an. Was sollte sie jetzt sagen?

„Also, stimmst du zu und kommst mit, please?" Terrie strahlte sie an.

„Ich komme gerne mit, ich war schon mal in Würzburg. Du hast recht, wir müssen einiges besprechen, und vielleicht geht das unterwegs ja einfacher."

„I'll pick you up at eight on Saturday. Da sind wir mittags in Würzburg und haben den Rest des Tages vor uns", freute sich Terrie.

„I'll be ready! Ich kann es kaum erwarten."

Vorm Einschlafen versuchte Sophia, sich das erste gemeinsame Wochenende auszumalen. Was wollte er ihr wohl sagen und wie sollte sie die Sprache auf ein Studium in Los Angeles bringen? Komischerweise hatten ihre Eltern nichts dagegen einzuwenden, dass sie über Nacht wegbleiben würden.

Die Fahrt nach Würzburg über Michelstadt, Amorbach und Miltenberg war wunderschön. Sophia sah das alles zum ersten Mal. In Würzburg fuhren sie zuerst zur Festung Marienberg und eroberten sie gemeinsam. Terrie war begeistert. Der Blick auf die Stadt war ein Traum. Sie ließen nichts aus, vom Käpelle, dem Dom, der Heiligenbrücke und Balthasar Neumanns Residenz mit den Deckengemälden von Tiepolo, von Tilman Riemenschneider bis Wilhelm Conrad Röntgen. Und immer wieder umfing sie das Geläut der Glocken, bis sie an diesem, für die Jahreszeit besonders milden Abend, etwas außerhalb der Stadt im Garten eines Gasthofes beim Frankenwein zusammensaßen. Bunte Lampions hingen von den unteren Zweigen der Bäume. Sophia gab sich der romantischen Stimmung hin, als Terrie sein Weinglas hob, ihr zutrank und sagte: „What a beautiful day, Sophie, absolutely perfect! Ich wünsche mir für uns viele solcher Tage und Abende." Sophias Herz machte einen Sprung, sie fühlte ein Kribbeln bis in die Fingerspitzen. Terrie hatte sie zweimal auf ihren Spaziergängen durch Würzburg in die Arme geschlossen und sie hatte sich nicht gewehrt, weil es sich so wunderbar anfühlte, so, wie sie es noch nie erlebt hatte. Er liebte ihr Lachen und ihre lustigen Fragen.

O, Himmel, bin ich vielleicht verliebt, fragte sie sich und sah hinreißend lieblich aus. Ihre Augen leuchteten dunkel. „Ich muss dir was erzählen, Sophie, und möchte dir einen Vorschlag machen. Vor drei Tagen bekam ich den Befehl, mich in sechs Wochen bei der Marine Corps Air Station El Toro, nicht weit von Los Angeles, zu melden." Sophia zuckte zusammen, als sie das hörte, aber er beruhigte sie. „Das kommt auch überraschend für mich, aber genau betrachtet ist das sehr gut, denn dann bin ich gleich in der Nähe der Firma, bei der ich nach meiner Entlassung einsteigen will. Ich habe gestern mit meinem Geschäftsfreund telefoniert, es könnte gar nicht besser laufen. Und nun mein Vorschlag: Komm mit mir, oder komm ein paar Wochen später nach. Du kannst dich dann umschauen und selbst entscheiden, was du tun willst. Wenn wir erst einmal drüben sind, ergibt sich alles andere, und gute Universitäten haben wir gleich mehrere in Los Angeles." Terrie sah sie erwartungsvoll an. „Was sagst du dazu? Fügt sich das nicht wunderbar? Alles wird gut, ich liebe dich, Sophie." Er griff nach ihrer Hand. „Was ist, du zitterst ja. Freust du dich?"

„Ich liebe dich auch, Terrie. Ich weiß es auch seit heute, seit du mich beim Käppele umarmt hast."

Terrie stand auf, ging um den Tisch, zog sie hoch und küsste sie. „Ich bin so glücklich", flüsterte er.

„Was machen wir jetzt?" Ihr wurde schwach in den Beinen. Ein tiefes Vertrauen durchflutete sie, als sie seinen Körper spürte. Sie fühlte sich aufgehoben und zugleich frei, die Entscheidung für ein Leben mit Terrie zu treffen.

„Komm mit mir nach Kalifornien, du geliebte Frau. Bitte heirate mich."

„Heiraten?" Sophia war sprachlos.

„Ja, heiraten, ich möchte nie mehr ohne dich sein. Ich liebe dich schon lange, vom ersten Augenblick an, als wir uns im Zug trafen. Weißt du überhaupt, wie schön du bist und wie gut dir das Verliebtsein steht?"

Sophia hatte sich ein Liebesgeständnis gewünscht, aber was Terrie da sagte, überraschte sie. Ich muss aufpassen, dachte sie noch.

Terrie winkte dem Kellner, er bestellte Nachtisch und eine Flasche Trockenbeerenauslese.

„Lass uns auf unsere Liebe anstoßen, Sophie. Wenn wir noch hier heiraten, wäre alles einfacher. Wir würden ohne Schwierigkeiten ein Einreisevisum für Dich bekommen und könnten sofort eine *green card* beantragen."

„Was ist das denn für eine Firma in Kalifornien?", fragte Sophia, um nicht ganz den Boden unter den Füßen zu verlieren.

„Für Hotelausrüstungen, sozusagen eine Zulieferfirma. Die internationalen Hotelketten werden in den kommenden Jahren ganz groß expandieren."

„Und was genau beschafft ihr?"

„Einfach alles, was du in Hotels brauchst, von den Aschenbechern über Bettwäsche bis zu exklusiven Leuchten in der Empfangshalle. Die Produkte verändern sich laufend und immer kommen neue Dinge hinzu."

Viel konnte Sophia sich darunter nicht vorstellen, sie war noch nie in einem internationalen Hotel gewesen. Es war nach Mitternacht, sie spürte den Wein, als sie endlich aufstanden und zum Auto gingen. Sie war aufgeregt und überwältigt von Terries Vorschlägen. Im Morgengrauen schlief sie endlich ein. Sie blieben noch einen Tag in Würzburg und machten am dritten Tag einen Abstecher nach Bamberg. Im Bamberger Dom sagte sie: „Ich will keine Kinder, Terrie. Ich will nach dem Studium erst einen Beruf haben und was dann kommt, weiß ich nicht."

„Natürlich warten wir mit Kindern", pflichtete er ihr bei, „aber darüber brauchst du dir doch heute noch keine Gedanken zu machen."

„Ich muss das sagen, ich weiß ja nicht, wie du denkst." Er umarme sie.

Von Bamberg fuhren sie auf der Autobahn zurück. Terrie kam mit in die Wohnung, die Mutter lud ihn zum Abendessen ein und fragte Sophia, die bei der Vorbereitung half, nach ihrer Reise aus.

Terrie setzte sich auf den Balkon und las die *Herald Tribune*, die er auf dem amerikanischen Teil des Frankfurter Flughafens gekauft hatte. Während des Essens verkündeten sie ihre Pläne. Die Eltern fielen aus allen Wolken. Der Vater wollte ihr eine Heirat mit einem Amerikaner verbieten, er hätte ja so was geahnt! Und als Sophia ruhig wiederholte, dass sie fest entschlossen sei, mit Terrie in die USA zu gehen, drohte er ihr, dass er seine Einwilligung nicht geben würde, seine Tochter mit einem Amerikaner, das käme überhaupt nicht in Frage! Terrie nahm Sophias Hand. Die Mutter griff sich an den Kopf und sagte: „Wieso spielst du dich so auf, Moritz? Bist du von allen guten Geistern verlassen? Einen besseren Mann kann Sophia gar nicht finden. Du wirst sowieso nichts dagegen tun können, sie macht ja doch immer, was sie will."

„Na, das werden wir ja sehen!", rief der entrüstet. „Ich verbiete ihr das!"

„Dann bekommt sie eben meine Unterschrift", sagte die Mutter in einem Anflug von Selbstbehauptung.

„Ach, auf einmal bekomme ich deine Unterschrift, da hab' ich ja richtiges Glück. Soll ich da nun lachen oder weinen?", fragte Sophia.

„Das ist ja wohl ein Unterschied!", entgegnete die Mutter betont laut, „sei nicht immer so ungezogen."

„Mein Gott, bist du scheußlich, Mutti. Ihr wollt mein Liebesglück von eurer Unterschrift abhängig machen und damit alles auf eine – wie soll ich sagen – geschäftliche Ebene herunterziehen." Sich selbst musste sie zugeben, dass sie auch deswegen gehen würde, weil sie studieren wollte.

„Bitte, Sie brauchen keine Angst haben, Frau Reimers, Herr Reimers. Ich liebe Sophie", sagte Terrie, der zunächst geschwiegen hatte, förmlich. „Wir können über alles in Ruhe sprechen, aber jetzt muss ich erst einmal zurück, meine Arbeit fängt morgen früh um 5 an." Er stand auf und verabschiedete sich. Sophia begleitete ihn zum Auto, er umarmte und küsste sie. „Ich komme Übermorgen gleich nach Büroschluss, mein Schatz, bis dahin werden sich deine Eltern beruhigt haben. Mach dir keine Sorgen, es wird alles gut."

Ohne noch einmal darüber zu sprechen, gab der Vater seine Unterschrift zur standesamtlichen Trauung in Mannheim, die etwas überstürzt für einen Donnerstag Vormittag in drei Wochen geplant worden war. Terrie hatte zwei Freunde mitgebracht, Monika war auch gekommen, obwohl die mehrmals wiederholt hatte: „Sachen machst du, Sophia, so kenne ich dich gar nicht! Wie kannst du dich nur auf so ein Wagnis einlassen?"

„Du wirst mir fehlen, Moni", sagte Sophia, es zuckte verdächtig um ihre Mundwinkel. Sie umarmten einander und versprachen sich ewige Freundschaft.

„Das werden wir ja wohl hinkriegen", munterte Monika sie auf, „so einfach wirst du mich nicht los."

Aber was bedeuteten schon solche Worte in dieser verrückten Situation, dachte Sophia, und bangte dann doch um die Freundschaft. Zehntausend Kilometer sind es bis nach Los Angeles, hatte ihr Terrie stolz als etwas Wissenswertes mitgeteilt. Ihre Eltern und Geschwister kamen mit dem Zug. Claudia und Thomas hatten schulfrei bekommen. Zum Essen hatte Terrie alle in den *Officers' Club* eingeladen. Eine Hochzeitsreise würden sie später machen, nach Frankreich, Griechenland, Italien, wo immer Sophia hinwollte.

Auf dem Standesamt wäre beinahe noch alles in dem Moment schief gegangen, als der Standesbeamte Sophia als Frau Schwartz ansprach und sie bat, die Heiratsurkunde mit ihrem neuen Namen zu unterschreiben. Darauf war sie nicht vorbereitet, daran hatte sie nicht gedacht. Wie konnte ihr das passieren? Sie wollte nicht den Namen eines Mannes annehmen und zögerte sekundenlang, während der Standesbeamte ihr den Füllfederhalter entgegenhielt. Sollte sie aus dem Raum rennen, die Treppen runter, über den Marktplatz, auf und davon? Sie drehte sich um, blickte zur Türe. Die Mutter fing ihren Blick auf, verstand ihn falsch, und nickte ihr ermutigend zu. Sollte sie etwas erklären vom Eigenen-Namen-behalten-wollen? Aber war ihr Name nicht der Name eines Mannes, den sie obendrein nicht mochte, ja die Namen aller Frauen waren entweder die Namen ihrer Väter oder

Männer. An Terries Familiennamen war nichts auszusetzen, er klang neutral.

„Sophie", flüsterte Terrie und berührte sie leicht am Arm. Da war es schon vorbei, sie nahm den Füllfederhalter und unterschrieb. Als sie nach der Trauung allein im Auto saßen, fragte Terrie: „Hattest du Lampenfieber bekommen? Ich fürchtete schon, du würdest es dir im letzten Augenblick noch anders überlegen?"

„Nein, nein, das nicht. Es war etwas ganz anderes."

„Was denn, erzähl mir, was es war?", bat er.

„Wie soll ich das erklären, wir haben nie darüber gesprochen, ich hatte das in der ganzen Hektik vergessen."

„Was hattest du vergessen? Komm, sag schon, wir wollen doch keine Geheimnisse voreinander haben. Bereust du etwas?"

„Nein, natürlich nicht, aber ..."

„Also, was war? Come on, let's hear it."

„Wenn du es unbedingt wissen willst." Sie gab sich einen Ruck.

„Also, ich wollte nie den Namen eines Mannes annehmen. Aus Prinzip, weil das etwas mit meinen Rechten als Frau zu tun hat. Ich habe erst vor dem Standesbeamten begriffen, dass ich deinen Namen annehmen muss. Ich hätte mich ja auch für einen Doppelnamen entscheiden können."

„Magst du meinen Namen nicht?", fragte Terrie.

„Doch, natürlich, aber es ist dein Name und nicht meiner."

„Aber jetzt ist es doch auch deiner, mein Kleines."

So hatte er sie noch nie genannt. Ja sie war klein und dumm und hatte alle ihre Grundsätze über den Haufen geworfen, schlimmer noch, sie hatte überhaupt nicht darüber nachgedacht und obwohl sie wusste, wie das mit den Namen ging, hatte sie das nicht auf sich bezogen.

„Das ist es ja eben."

„Wie meinst du das? Was willst du damit sagen, Sophie?"

„Also, weil du es nun einmal wissen willst, ich hatte mir immer vorgenommen, meinen Namen zu behalten. Es ist doch gar nicht so einfach, den Namen zu ändern, der ist doch ein Teil von mir. Vielleicht kannst du dir das nicht vorstellen, für dich ist das etwas ganz anderes.

Jemand nimmt deinen Namen an, das schmeichelt. Aber ich will genauso frei sein und dasselbe Recht haben, wie ihr Männer."

Terrie sah seine Frau groß an. „Das war mir nicht klar, Sophie, du hast immer vom Studieren gesprochen und da wollte ich dir helfen. Ich liebe dich so sehr." Seine Stimme klang weich, er streichelte sie zärtlich.

„Ich liebe dich auch, Terrie." Sie küsste ihn. „Aber das mit den Namen ist eine grundsätzliche Frage. Ich war echt verzweifelt. Genau in dem Moment hast du ‚Sophie' gesagt und mich berührt. Und dann hätte ich den Namen fast falsch geschrieben, ohne ‚t', weil ich so aufgeregt war."

„Sophie, habe ich jetzt vielleicht eine Frauenrechtlerin geheiratet, die am Ende keine Männer mag?"

„Ach, du, Terrie, mach keine Witze, aber jetzt lässt es sich sowieso nicht mehr ändern. Jedenfalls ist es sehr ungewohnt, ich muss meine Papiere ändern lassen, meinen Reisepass – mit dem neuen Namen bin ich nicht mehr dieselbe Person und muss für mich erst noch herausfinden, wer ich jetzt bin. Verstehst du das?"

Terrie sah sie lange an. Ihr wurde mulmig. „Ich kann mir ja später einmal einen Künstlernamen zulegen – einen Künstlerinnennamen", lenkte sie ab.

„Ich glaube, ich verstehe dich, wenn du das so sagst, Sophie. Ich freue mich aber, dass du meinen Namen trägst. Es ist doch ganz selbstverständlich, dass die Frau den Familiennamen des Mannes annimmt, und ob du's glaubst oder nicht, ich wollte auch noch lange nicht heiraten. Ich wollte mir erst eine sichere berufliche Grundlage schaffen und mehr von der Welt sehen – und dann kamst du in mein Leben. An dem Tag war mein Auto wegen einer Kleinigkeit beim Händler, ich fahre nie mit dem Zug. Das war Schicksal, wir hätten uns sonst nie getroffen. Du hast innerhalb weniger Stunden alle meine Pläne über den Haufen geworfen, aber wir schaffen das, mein Schatz. Meine Kameraden wollten es zuerst nicht glauben, dass ich so Hals über Kopf heirate, und noch dazu eine so schöne und kluge Frau, die fließend englisch spricht. Übrigens planen die für Sonntagabend eine Party für uns im *Officers' Club*. Sie sind neugierig, alle wollen dich sehen."

Sophia hatte Angst vor der Party, was sollte sie sagen, wie sich benehmen?

„Mach dir keine Sorgen", beruhigte sie Terrie, „es wird ein schöner Abend und alle werden sehr nett zu dir sein. Außerdem werden wir die kaum je wiedertreffen. Und ich versprech' dir, dass ich immer an deiner Seite bleibe, einverstanden? Auf jeden Fall will ich dich meinem Vorgesetzten, Col. Smith, vorstellen, der ist ein netter Typ mit viel Humor, der wird Augen machen, wenn er dich sieht!"

Die Party, das Amerikanisch, das sie nicht immer sofort verstand, die Drinks, das amerikanische Essen und Bier, es war alles so neu, aber auch schön. Sie tanzten und lachten viel und alle hatten Geschenke mitgebracht, die Sophia auspacken und bestaunen musste. Terrie blieben noch zwei Wochen, bevor er nach Los Angeles fliegen würde und er schlug Sophia vor, einen Monat später nachzukommen. In der Zeit könne er alles drüben vorbereiten. Er würde zunächst in den *Officers' Quarters* wohnen und bevor sie komme, würde er in der Nähe von Bobs Firma eine Wohnung mieten.

„Zwei Wochen, auf keinen Fall mehr, Terrie, sonst sterbe ich vor Sehnsucht. Meine Freundinnen haben alle ihr eigenes Leben und zu Hause fühle ich mich richtig fremd. Wir haben ja nicht einmal Telefon und Briefe brauchen doch ewig."

„Zwei Wochen ist vielleicht etwas knapp, Sophie. Ich regle alles für dich, du kommst über *space available*. Harry wird dich nach Frankfurt bringen. Er ist mein bester Freund, wir können uns auf ihn verlassen. Nur Mut, mein Schatz."

Terrie brachte Sophia zwei *footlocker*, in die sie ihre Kleidung, ihre Bücher und anderen Sachen packen sollte. Er würde sie in ein paar Tagen abholen und mit seinen Sachen nach El Toro verschiffen lassen. „Pack aber keine Wintermäntel und gefütterten Stiefel ein, keine Wollmützen, Handschuhe, Schals, das brauchst du in Kalifornien alles nicht. Und wenn wir im Winter in die Berge fahren wollen, besorgen wir uns warme Sachen."

Von da an ging alles sehr schnell. Auf einmal jammerte die Mutter, dass ihre älteste Tochter sie verlassen würde. Zum Glück war viel zu tun. Sophia musste ihre Sachen sortieren, waschen und packen, wobei sie sich nicht ganz an Terries Ratschläge hielt. Sie verabschiedete sich bei Freundinnen und fuhr abends mit dem Zug zu ihm. Manchmal holte er sie mit dem Auto ab. Dann bestand die Mutter darauf, dass sie zum Abendbrot blieben. Sie war schon dabei, zwei Platten Schnittchen zu machen, damit sie gemütlich um den runden Wohnzimmertisch sitzen konnten. Terrie nahm das alles gelassen. Er war immer zuvorkommend und hilfsbereit. Solche Schnittchen kannte er nicht, sie schmeckten ihm vorzüglich und er unterhielt sich ganz unkompliziert. Sophia ärgerte sich über die Klagen der Mutter, die ihr nicht beigestanden hatte, als sie studieren wollte. Nun hatte sie ihren Wunsch, sie hatte geheiratet, aber eben einen Mann aus dem falschen Land. Damit war sie ausgegrenzt, sie konnte nicht so, wie sie es sich gewünscht hätte, am Leben ihrer Tochter teilhaben. Eines Abends sagte sie ihr, dass einen Amerikaner zu heiraten immer ein Hauch von Prostitution anhinge und einige Nachbarinnen und Bekannte die Nase darüber rümpften.

„Hoffentlich lässt du sie einfach stehen und würdigst sie keines Blicks", war Sophias kühle Antwort. Warum trug ihr die Mutter diese Gemeinheiten zu? Was hatten Terrie und sie mit solchen Vorurteilen und derart erbärmlichen Klatsch zu tun? Sie hatten sich kennengelernt wie andere junge Leute auch. Sie liebte diesen charmanten, gutaussehenden Mann mit jedem Tag mehr und ihr Ziel zu studieren war in greifbare Nähe gerückt. Terrie hatte sogar gesagt, dass er später einmal für die Firma in Frankfurt oder München arbeiten könne. Darauf hoffte sie, aber im Moment freute sie sich erst einmal auf Kalifornien.

Kapitel 19

In der neuen Welt

An einem Dienstag, genau zwanzig Tage nach seinem Abflug, holte Terrie sie auf dem Flugplatz von El Toro ab. Er stand mit einem Strauß roter Rosen am Rande des Tarmac, als Sophia die Treppe hinuntergelaufen kam, direkt in seine Arme. Unterwegs hielt er vor einem Geschäft, über dem „Delicatessen" stand und bestellte *two hot pastrami sandwichs with cheese and mustard for take-out*, die riesig ausfielen. Ihre Wohnung lag im ersten Stock eines Vierfamilienhauses, gleich neben dem *Air Base*, große quadratische Zimmer, große Fenster mit dunklem Fliegendraht, der viel Licht wegnahm. Das Wohnzimmer hatte einen Balkon. Für die Rosen konnte sie nur einen Plastikbehälter finden. Terrie holte Teller und Gläser und stellte alles auf einen *footlocker*. Vom Sandwich schaffte sie nur die Hälfte. Danach kuschelte sie sich auf der Couch an Terrie, der sie fest umschlungen hielt, ihr von seiner Arbeit erzählte und Zukunftspläne schmiedete, während der Fernseher lief. Sophia war müde, die Augen fielen ihr immer wieder zu. Durch die Zeitverschiebung schlief sie die erste Nacht nicht besonders.

Am Morgen musste Terrie früh raus und Sophia war allein. Sie trat auf den Balkon. Eine breite Straße mit Häusern, die rechteckigen Kisten mit Dächern ähnelten, davor gelbe Rasenflächen, auf beiden Straßenseiten riesige geparkte Autos, ein paar Bäume mit graugrünem verstaubtem Laub, ein wolkenloser Himmel, heiße Sonne, kein Luftzug. In der Wohnung ratterte ununterbrochen die Klimaanlage. Ein schwarzes Telefon stand auf einem Tischchen im Wohnzimmer, ein weißes hing an der Wand in der Küche.

Ihre Koffer waren schnell ausgepackt, aber ihr fehlten Kleiderbügel. In einem der *footlocker* fand sie eine Kristallvase, die ihr die Mutter heimlich reingelegt hatte. Sie war überrascht und gerührt zugleich, nahm die Rosen, schnitt die Stengel an und füllte sie in die Vase. Für die Bücher mussten sie erst ein Regal kaufen. Ihre beiden *footlocker* rückte sie als Nachttischchen auf beide Seiten ihres Bettes. Danach hatte sie nichts mehr zu tun. Sie wusste nicht, wo sie war, konnte nirgends hinlaufen, nicht einmal einkaufen gehen konnte sie zu Fuß. Irgendwann rief Terrie an und teilte ihr mit, dass er das Büro früher verlassen würde und kam gegen vier frohgelaunt nach Hause. Er sah in seiner Uniform unglaublich gut aus und holte Sophia aus ihrer leichten Verstimmung. „Du darfst nicht gleich verzagen, mein Schatz", tröstete er, „es wird alles gut. Ich zieh mich um, dann fahren wir in die Snack Bar, essen einen Hamburger und gehen danach in die Commissary einkaufen." Die Lebensmittel waren sehr amerikanisch. Es gab kein Brot, keinen Käse, keine Wurst – jedenfalls schmeckte das, was so hieß, nicht. Die Butter war gesalzen, die Marmelade fad und zu süß, alle Backwaren ebenfalls und der Kaffee war ungenießbar, Filtertüten für ihren Melitta-Filter gab es nirgends und Sophia behalf sich mit amerikanischen. Terrie erklärte ihr, dass der amerikanische Kaffee nicht zum Filtern sei und holte seinen *perculator,* damit schmeckte er aber noch schlechter. Er trank seinen Kaffee erst im Büro. Kochen und Backen hatte Sophia nie gelernt, das war ja das reinste Fiasko! Auch das nahm Terrie gelassen. „Einen deutschen Metzger und Bäcker finden wir", munterte er sie auf.

Am ersten Samstag fuhren sie nach Santa Barbara, wo Terrie ihr die Franziskaner-Mission und die im spanischen Stil gebauten öffentlichen Gebäude und Häuser zeigte. Sophia war überrascht von der Schönheit der Stadt, deren Geschichte sie faszinierte. Zu Mittag aßen sie in einem mexikanischen Restaurant, Terrie bestellte Margaritas, die in Gläsern wie große Sektschalen serviert wurden, und wunderbar schmeckten. Am Sonntag fuhren sie in die San Bernardino Mountains, weil Sophia in den Wald wollte. Es war aber kein richtiger

Wald und es gab keine Wiesen mit Wiesenblumen. Der Waldboden war von riesengroßen Tannenzapfen übersät. Begeistert sammelte sie einige besonders schöne auf und legte sie zu Hause vor den Kamin. Niemand war unterwegs. Die wenigen Wege, mehr für die Ranger und deren Fahrzeuge bestimmt, als für Wanderer, waren so trocken, dass bei jedem Schritt eine weißgraue Staubwolke hinter ihnen aufwirbelte und ihre Schuhe und Jeans schon nach wenigen Minuten einstaubte. „Du wirst sehen, im Frühjahr, nach der Regenzeit, blüht hier alles", tröstete Terrie seine deutsche Frau. Da lachte sie: „Was mache ich hier bloß? Ich wusste nicht, wie anders das Klima ist und überhaupt alles. Hier ist aber auch gar nichts wie in Deutschland. Ich komme mir vor, wie auf einem anderen Stern."

„Es ist anders, aber wunderschön! California ist für mich der schönste Bundesstaat, und wenn du wirklich mal Regen und Wald brauchst, fahren wir nach Oregon", scherzte er, „dort regnet es jeden Tag und alles ist immer nass und grün."

Auf seinem zukünftigen Arbeitsplatz warteten sie schon auf Terrie, in wenigen Wochen würde seine Zeit bei der Armee vorbei sein. Er hatte große Pläne, sein Unternehmungsgeist war nicht zu bremsen.

„Und wann fahren wir zur Uni?"

„Ich nehme mir Mittwochnachmittag frei, bis dahin musst du dich gedulden."

„Kann ich nicht mit dem Bus hinfahren?"

„Dafür ist es zu weit, außerdem möchte ich dir alles gern selbst zeigen."

Während sie über das weitläufige Unigelände mit Gebäuden im Stile der italienischen Renaissance wanderten, wurde ihr Wunsch zu studieren so stark, dass sie sich fast krank fühlte. Was Terrie ihr nicht gesagt hatte, weil er es gar nicht anders kannte, war die Tatsache, dass ein Studium in den USA sehr viel Geld kostete. Zu Hause las sie in einem Prospekt, dass sie, um die ermäßigten Gebühren als *California resident* zu bekommen, ihren Wohnsitz in Kalifornien für wenigstens ein Jahr würde nachweisen müssen und dass sie Steuern gezahlt hatte.

„Du machst Dir zu viele Sorgen, Sophie, diese Regelung gilt nicht für uns, weil ich in der Armee war. Außerdem hast du mich, ich helfe dir doch."

Bevor Terrie in Bob Walkers Firma anfangen würde, wurden er und Sophia Sonntagnachmittag zu einer Grillparty eingeladen. Wenn sie möchten, sollten sie Badezeug mitbringen. Es waren noch weitere zehn Leute von der Firma gekommen. Bob hatte Terrie aufgrund seines Studiums, seiner Erfahrungen in Deutschland und seiner guten Sprachkenntnisse als Juniorpartner in die Firma aufgenommen. Sophia traute ihren Augen nicht, als sie das riesige Haus mit Swimmingpool sah. Terrie war sofort in ein Gespräch mit Bob vertieft und schritt mit ihm durch den Garten, der einem Park glich.

Bob war einer jener großen Amerikaner mit kurzem braunen Haar, einem enormen gewölbten Brustkorb und einer Stimme, die alle übertönte, wenn er in bester Laune seine Geschichten erzählte. Er trug ein hellblaues Polohemd von Lacoste, khakifarbene Hosen und teure, amerikanisch geschnittene, mittelbraune Lederschuhe.

Bobs Frau Sherri war zierlich, ihre Hände und Füße waren sehr schmal, so wie es Sophia nur bei Amerikanerinnen aufgefallen war. Ihr hellbraunes, dichtes Haar fiel ihr in großen Wellen über die Schultern und ließ sie von hinten viel jünger aussehen. Sie trug ein tief ausgeschnittenes, weißes Sommerkleid mit einem rotem Gürtel, der ihre schmale Taille noch betonte, dazu weiße Turnschuhe. Da Bob und Terrie nicht so schnell zurückkommen würden, führte Sherri Sophia durchs Haus, wobei sie unentwegt auf sie einsprach, so dass Sophia nur „yes" und „no" sagen musste. In der ultramodernen Küche standen ein riesiger zweitüriger Kühlschrank, ein Gasherd mit sechs Kochstellen, zwei Backröhren auf Augenhöhe in die Wand eingelassen, eine Spülmaschine, zwei Spülbecken mit Abfallverwerter, der unheimlichen Krach machte und viel Wasser verbrauchte. Das Haus hatte eine Gästetoilette und drei Bäder mit Duschen, nur die Badewannen waren ganz ungeeignet flach. Solchen Luxus hatte Sophia noch nie gesehen. Im Wohnzimmer standen drei Sitzgruppen mit ausladenden Sesseln, tiefen Sofas, großen Tisch- und Stehlampen und dunkelbraunen Möbeln. Ein Esstisch mit zwölf Stühlen, über dem ein riesiger Kronleuchter hing, zog Sophias Blicke an. „We brought the chrystal chandelier back from Vienna", erklärte Sherri. Und obwohl sie in Südkalifornien waren, hatte jeder der drei Wohnräume sowie das Schlafzimmer, das sie *master bedroom* nannte, einen Kamin, wie Sophia sie nur aus Schlössern kannte. Über den Kaminen hingen golden gerahmte Spiegel oder Ölgemälde aus der Pionierzeit.

„How do you like our house, the fireplaces all work", hörte sie Bob, der dazugekommen war, zufrieden lachend. Bob, wie sie ihn nennen sollte, nahm Sophia nun seinerseits beiseite und sprach auf sie ein. Irgendwann verstand sie, dass er sie sofort anstellen wollte. Sie sollte die Korrespondenz und die Telefonate mit den Großkunden in der Schweiz und in Deutschland übernehmen. Sie bekämen viele Briefe auf deutsch, und dafür sei sie genau die richtige Person, wie Terrie ihm versichert habe. Sophia konnte nicht glauben, was sie da hörte. Bob, der wohl dachte, das unerwartete und großzügige Angebot verschlüge ihr die Sprache, lachte jovial. „I would be pleased if you could start tomorrow, we have so many orders to fill, you could help speed things up."

In dem Moment wurde Bob von seiner Frau zum Grillen gerufen. Fleisch grillen war Männersache und so lange gegrillt wurde, standen auch nur Männer um den Grill, mit einer großen Dose *Budweiser* oder *Coors* in der Hand. Terrie, der Sophia bei guter Laune halten wollte, verkniff sich, sich zu den Männern zu gesellen, holte zwei Martinis, zog sie mit sich und legte sich auf eine der Liegen am Rande des Pools. „Ich bin beeindruckt, die Firma ist viel größer, als ich dachte, das muss ich noch verdauen. Sie versorgen die internationalen Hotels weltweit und du kannst sofort mitarbeiten. Was hältst du davon? Das ist doch eine großartige Lösung. Da bist du gleich mitten im amerikanischen Leben und kommst auf keine dummen Gedanken", lachte er. Sophia wurde gar nicht gefragt, alle nahmen an, dass sie genauso begeistert war. Sie saß mit ihrem Martini auf einer Liege und blinzelte durch Palmenblätter in den tiefblauen Himmel. Es war heiß, aber immer wehte eine angenehme Briese vom Meer herüber.

„Komm, mein Kleines, die Hamburger sind fertig. Gib mir deine Hand." Terrie zog sie hoch, legte seinen Arm um ihre Schultern und sie schlenderten zu den anderen an den überdimensionalen Picknicktisch. Sie traute sich nicht, ihn zu fragen, warum er sie „mein Kleines" nannte. Kartoffelsalat und grüner Salat, für den es vier verschiedene Flaschen mit Dressing gab, wurden in riesigen Schüsseln serviert und schmeckten ganz anders, als sie es gewohnt war. Auf dem Eßtisch standen mehrmals Salz und Pfeffer, Flaschen mit verschiedenen Steaksoßen, Ketchup und Mayonnaise, dazu Platten mit zentimeterdicken, handtellergroßen Scheiben Tomaten, roten Zwiebelringen, sehr sauren Gurken, *iceberg lettuce* und *buns* mit Sesamkörnern. Sie guckte, was die anderen alles auf ihre ein Inch dicke, *medium rare* gegrillte Fleischscheibe, die Bob auf die untere Hälfte des *buns* gelegt hatte, türmten. Alle bissen mit großem Appetit in die enormen Hamburger, die sie mit beiden Händen zusammenhalten mussten. Der Fleischsaft lief ihr über die Hände und tropfte auf den Teller. Sie tranken Bier, Coke oder 7 up aus Dosen, die sie sich aus mit Eiswürfeln gefüllten Kübeln holten, große Glaskrüge mit *ice tea* wurden herumgereicht, Zitronenscheiben und künstlicher Süßstoff lagen bereit. Die Unterhaltung war locker, aber Sophia fühlte sich fremd, und atmete auf, als sie endlich wieder mit Terrie im Auto saß. Das Fleisch lag ihr schwer im Magen.

„What do you think of Bob's offer?" Terrie sprach, seitdem sie in Kalifornien wohnten, nicht mehr oft deutsch, aber jetzt sagte er: „Ist das nicht ein bestechendes Angebot? Er wird dich gut bezahlen, wir haben das schon besprochen. Die Firma ist gerade dabei, sich zu vergrößern, wir sind genau im richtigen Moment gekommen. Du musst schnell deinen Führerschein machen, wie wäre es mit einem VW Käfer für dich? Gelb oder hellblau, was meinst du?"

„Ich weiß nicht. Ich habe ja noch nie in einem Büro gearbeitet."

„Also gut, du fährst morgen früh mit und wenn du nicht bleiben willst, kannst du mit einem Taxi zurückfahren. Mit deinem Geld könnten wir mehr sparen, du wirst sehen, es dauert nicht lange und wir haben genau so ein schönes Haus wie die Walkers, in derselben exklusiven Gegend. Portuguese Bend, diese Weite, die Aussicht übers Meer, wir müssen bald mal nach Catalina fahren."

„Aber die Gegend ist so weit weg von allem", wagte Sophia einzuwenden, „und weit zur Firma ist es auch."

„Es ist eine der besten Adressen", erwiderte Terrie. Solche Argumente waren Sophia fremd, überhaupt hatte Terrie sich, seit sie Deutschland verlassen hatten, sehr verändert. Oder lag es an Bob, oder lernte sie jetzt eine andere Seite an Terrie kennen, die ihr bis dahin verborgen geblieben war?

Am Montag führte Terrie sie stolz in der Firma herum und stellte sie allen vor. Danach trafen sie sich in Bobs großem und elegant eingerichteten Büro. Sie würde viermal die Woche je fünf Stunden kommen. Ein Mitarbeiter fuhr sie nach Hause. Terrie kam schon gegen vier und verkündete, dass sie Autofahren üben würden, gab ihr ein Heft mit den Verkehrsregeln und nahm sie auf eine entlegene Straße am Ende der Base mit. Innerhalb zweier Wochen hatte sie ihre Fahrerlaubnis und sie kauften einen kanariengelben VW Käfer. Vorm Schlafengehen ging sie noch einmal zur Garage und sah sich ihr Auto neben Terries schwarzen Opel an. Es war ein Glücksmoment. Begann so für sie der amerikanische Traum?

Terrie arbeitete mit Hingabe in der Firma. Er verließ lange vor ihr das Haus, war selten vor acht abends zurück und fuhr selbst samstags ein paar Stunden ins Büro, so dass ihnen nur die Sonntage blieben. Für den Anfang nahm Sophia die vielen Überstunden hin, die Terrie aber nie so nannte. Er fand sechzig Stunden normal.

Bald begannen sie, sonntags nach Häusern zu schauen und hielten an, wo immer ein *For Sale* Schild auf dem Rasen eines Hauses stand, das ihnen gefiel. Sophia freute sich auf ein Haus, fand Terries Vorstellungen aber übertrieben.

„Wer soll das sauber halten, die vielen Zimmer, zwei, drei Bäder, eine große Küche und ein riesiger Garten?"

„Einen Gärtner stellen wir natürlich sofort ein, das sind meist Japaner, und wenn du mehr im Büro arbeitest, nehmen wir eine Maid. Aber im Moment schaffst du das schon, wir zwei machen doch das Haus nicht schmutzig."

„Terrie", traute sie sich, ihn daran zu erinnern, „ich will doch studieren."

„Das wird noch, du wirst sehen", versicherte er und lobte in euphorischen Worten die Firma und die exzellenten Aussichten. Sie gingen einer rosigen Zukunft entgegen. Wegen ständiger Treffen kam er allerdings immer später nach Hause, hatte dann meist schon gegessen und setzte sich zum Abspannen mit einem Bier vor den Fernseher.

„Können wir heute nicht mal spazieren gehen?", bat sie anfangs.

„Hier geht niemand spazieren, Kleines, es gibt ja nicht mal Fußwege. Außerdem ist es noch viel zu heiß draußen und ich bin müde."

„Aber es weht ein angenehmer Wind vom Meer, und nenn mich nicht immer Kleines, wenn ich machen soll, was du willst. Das Leben hier ist doch vollkommen neu für mich, das vergisst du wohl? Wir haben ja kaum mehr Zeit für einander."

„Komm, Sophie", er nahm sie in die Arme. „Lass uns nicht streiten, du hast recht, aber die Arbeit ist auch für mich neu und ich will einen guten Eindruck machen. In den Privatfirmen müssen alle mehr arbeiten. Ich werde mir mehr Zeit für uns nehmen, aber am Sonntag hat Bob uns eingeladen, mit ihnen in die Kirche zu gehen, danach gibt es ein Essen für die ganze Belegschaft in seinem Garten."

„In die Kirche, wieso denn das?", fragte Sophia ungläubig.

„Viele Leute gehen sonntags zur Kirche, und in unserem Fall gehört das sozusagen zum Geschäft. Es ist wichtig, das schafft ein gutes Betriebsklima und du kannst leicht neue Geschäftsverbindungen knüpfen", erklärte Terrie. „Das eine Mal wird schon nicht so schlimm werden."

„Dazu habe ich wirklich keine Lust, und dass wir aus geschäftlichen Gründen gehen sollen, macht es nicht besser. Wir wollten nach Santa Monica fahren und deutsche Zeitungen kaufen, das hast du mir versprochen."

„Ich guck mal, ob ich mir Montagnachmittag Zeit nehmen kann, am Sonntag geht wirklich nicht, Bob erwartet, dass wir kommen." „Bei dem einem Mal wird's nicht bleiben. Willst du von jetzt an etwa jeden Sonntag in die Kirche gehen?" Sophia war flexibel, aber ausgerechnet diesen Sonntag. Sie hatte sich so auf die Zeit mit Terrie und die Zeitungen gefreut. „Für mich ist es eher ein geselliges Zusammensein und geschäftlich von Vorteil", antwortete er. „Ich würde auch gerne noch einmal an dem Haus vorbeifahren, das uns beiden so gut gefällt." „Also gut", gab Sophia nach, „das Haus wäre wirklich schön."

Die Kirche sah wie ein überdimensionaler Versammlungsraum aus, mit hellen Holzbänken und einem großen, rechteckigen Tisch als Altar. Die neugotischen Fenster waren aus bunten Glasrechtecken zusammengewürfelt, einen Glockenturm gab es nicht. Die Menschen begrüßten einander herzlich im Foyer und unterhielten sich angeregt, bis der Gottesdienst begann. Sie sangen ein Kirchenlieder, von dem Sophia die Melodie kannte, dann sollten alle aufstehen und den Leuten neben, vor und hinter sich die Hand schütteln und sich einander vorstellen. Es wurde sehr laut, bis ein Mann ein Zeichen gab und alle sich wieder setzten. Ein Deacon, wie Terrie ihr zuflüsterte, las den Bibeltext vor. Die Leute griffen nach den Bibeln, die in Behältern an den Rücklehnen vor ihnen neben den Gesangbüchern steckten, oder schlugen ihre eigenen auf. Der Pfarrer begann die Predigt mit einigen Witzen, über die alle lauthals lachten. Terrie lachte auch, Bob übertönte alle, er röhrte richtig.

Der Bibeltext war aus dem 1. Brief des Paulus an die Korinther, Kapitel 14, Verse 29 – 40, über die der Pfarrer mit besonderer Hervorhebung der Verse 34 und 35 predigte, in denen die Frauen ermahnt wurden, in der Gemeinde zu schweigen und sich unterzuordnen. Sophia war irritiert, verstand sie da etwas falsch? Anscheinend bemerkte niemand etwas Anstößiges an den Zurechtweisungen. Auch Terrie schien nichts aufzufallen, oder war er in Gedanken? Mehrere Männer riefen zwischendurch laut „Amen!" und „Halleluja", um ihre Zustimmung kundzutun.

Vor Ende des Gottesdienstes las der Pfarrer noch die Bekanntmachungen und dankte den Frauen, die den Kaffee bereitet und den Kuchen gebacken hatten – als Dienst am Herrn. Mittwochabend kamen die Männer zusammen, um über das Wohl der Gemeinde zu beraten, wofür die Frauen ein schmackhaftes Essen bereiten würden. Dem Gemeinderat gehörten nur Männer an, eine Sekretärin führte das Protokoll, hatte aber kein Stimmrecht. Die Frauen trugen sich in den Plan ein, der im Vestibül auslag, damit alle wussten, wer was kochen und backen würde, wer den Tisch decken, das Geschirr spülen und die Küche wieder aufräumen würde. Eine der rührigen Frauen bestand darauf, Sophia die Küche und die anderen Räumlichkeiten zu zeigen, und fügte hinzu, dass sie hoffe, sie recht bald in der *Women's Auxiliary*, dem Frauenhilfswerk, begrüßen zu können. Terrie stand bei einer Gruppe Männern, die ihn ebenfalls rekrutieren wollten. Als Sophia hinzutrat, nutzte Terrie eine Pause und stellte sie vor, sie zogen Sophia aber auch jetzt nicht in ihr Gespräch ein. War es wirklich so, oder empfand sie es nur so, weil sie auf solche Bibeltexte empfindlich reagierte? Auf der Rückfahrt hielt Terrie in einem mexikanisches Restaurant, bestellte zwei Margaritas, eine doppelte Portion Guacamole, Salsa und *corn chips* und freute sich so sichtbar über den sonnigen Nachmittag, dass er Sophia mit seiner guten Laune ansteckte.

Seit zwei Wochen arbeitete Sophia schon in einem hellen Raum neben Bobs Büro. Sie passte sich reibungslos dem Büroalltag an, bestellte Wörterbücher und einen deutschen Kugelkopf für die IBM Schreibmaschine. Trotzdem stimmte etwas nicht, obwohl alle im Büro freundlich zu ihr waren. Zu Hause kamen ihr die Tränen. Sie saß auf dem *king size* Bett im *master bedroom* und bemitleidete sich. Was war nur los? Hatte nicht alles wie eine große Liebesgeschichte begonnen? Wie gerne hätte sie mit Monika gesprochen. Briefe waren nicht dasselbe, Telefonanrufe waren teuer und außerdem war da die Zeitverschiebung von neun Stunden. Von dem, was in der Welt los war, erfuhr sie nicht viel, das lokale Fernsehen brachte keine internationalen Nachrichten, selbst die *Los Angeles Times* erwähnte Europa kaum, außer der kalte Krieg erhitzte sich wieder einmal. Nur die Geschichten über die Nazis und den Holocaust hörten nie auf, sogar im Büro wurde über Hitler diskutiert. Andererseits waren die deutschen Geschäftspartner hoch angesehen, die Geschäfte mit ihnen florierten.

Am folgenden Tag fuhr Sophia nach der Arbeit nach Santa Monica, um sich deutsche Zeitungen zu kaufen und sich umzusehen, denn dort war das Leben europäischer. Der Blick zu beiden Seiten des Freeways war eintönig. Überall standen riesige Lagerhallen, Tankstellen mit Werbung auf meterhohen Stangen, Supermärkte und Banken, dazwischen Straßenzüge von Einfamilienhäusern mit Doppelgarage, einem Stück Gras und einem Baum davor und einem kleinen Garten dahinter. Unterwegs änderte sie ihren Plan spontan und fuhr weiter zur Uni, wo sie sich nach dem *Admission Office* durchfragte. Sie bekam allerhand Material und diverse Auskünfte und fand auch einen internationalen Zeitungsstand.

„Wo warst du denn, ich habe mir Sorgen gemacht", empfing sie Terrie, nur mühsam seine Erregung unterdrückend, als sie nach Hause kam. „Warum hast du nichts gesagt, keinen Zettel hinterlassen oder wenigstens angerufen?"

„Ich hatte nicht damit gerechnet, dass ich so lange wegbleiben würde. Ich war an der Uni und hab' mir Broschüren geholt und die *Frankfurter Allgemeine* und den *Spiegel* gekauft. Die Zeit verging wie im Flug."

„Sophie", sagte Terrie und zog sie an sich, „lass uns erst mal Fuß fassen, bitte. Bob braucht dich, du könntest dich in der Firma sehr schnell hocharbeiten."

„Da hätte ich auch in Deutschland bleiben und aufs Finanzamt gehen können, dort hätte ich mich auch hocharbeiten können. Ich fühle mich im Büro nicht richtig wohl, die Leute sind nett, aber sie sind so anders. Sie sprechen über Dinge, die mich nicht interessieren, *small talk*, wie ihr das nennt. Du hast mir versprochen, dass ich studieren kann. Ich kann doch nicht alle Pläne unbefristet auf Eis legen."

„Haben wir nicht geheiratet, weil wir uns lieben?" Terrie tat verletzt.

„Natürlich, aber wir brauchen nicht sofort so ein großes Haus, und wenn ich meinen Studienabschluss habe, verdiene ich mehr – außerdem will ich schreiben. Dafür brauche ich eine Schreibmaschine. Mir tut schon der rechte Unterarm innen weh, weil ich damit immer übers Papier gleite, die Haut brennt richtig."

Sophia massierte ihre Arme und rieb sie mit Crème ein.

„Ich schau morgen, ob ich im Büro eine finde, oder wir bestellen eine über die Firma, da bekommen wir sie billiger", bot Terrie an.

„Und was wird mit dem Studium? Die Frau an der Uni sagte mir, dass es Abendklassen gibt und viele Kurse nachmittags angeboten würden, ich muss nicht gleich morgens um acht dort sein."

„Die Universitäten sind alle weit weg, am besten fängst du an einem College in der Nähe an. Aber weißt du, Sophie, du musst den Frauen im Büro etwas mehr entgegenkommen. Die waren noch nie im Ausland, nicht mal in Tijuana. Die kennen die Welt nur in einem Umkreis von vielleicht fünfzig Meilen. Versuch's doch noch mal. Bob hat übrigens gefragt, ob du auch freitags kommen kannst."

„Ich werde mir Mühe geben, aber nicht freitags auch noch. Wenn ich im Büro bin, arbeite ich ununterbrochen, da bin ich nach fünf Stunden erledigt. Ich mach' nicht einmal eine Kaffeepause, weil jeden Tag so viel Arbeit auf meinem Schreibtisch liegt und ich oft von Bob unterbrochen werde."

„Dann teil dir die Arbeit doch besser ein, ich habe auch jeden Tag viel zu tun, das kannst du dir sicher nicht vorstellen."

„Doch, kann ich! Aber deine Arbeit ist interessanter und du machst genau das, wofür du studiert hast. Ich will jetzt nicht mit dir streiten, aber was du eben gesagt hast, war ungerecht. Wie soll ich mir meine Arbeit einteilen, kannst du mir das vielleicht mal erklären? Ich mache, was Bob mir gibt, er sagt, wann er was braucht, meistens alles sofort, da bleibt kaum Spielraum. Und so geht das jeden Tag."

„Das ist mir gar nicht aufgefallen, Sophie, ich lass mir was einfallen."

„Es ist ja nicht nur das. Wenn du abends nach Hause kommst, bist du erschöpft und früh bist du so schnell aus dem Bett und weg, dass für ein gemeinsames Frühstück keine Zeit bleibt." Im Bett fehlte es schon lange an Leidenschaft, so dass Sophia der Verdacht kam, dass ihm Sex nicht so wichtig war, sie sprachen aber nie darüber. Sie standen einander in der Küche gegenüber, dann ging Terrie wortlos ins Wohnzimmer und las Zeitung. Bald lief der Fernseher.

Kapitel 20

Spaziergang am Pazifik

Am nächsten Tag zog Sophia sich nach der Arbeit im Büro um und fuhr ans Meer. Wenn sie den feinen Sand spürte und das kalte Wasser ihre Füße umspülte, vergaß sie ihre Sehnsucht nach Wäldern, Bächen und Wiesen für eine Weile. Die unendliche Ausdehnung des Ozeans, der wie flüssiges Silber in der Sonne glänzte, und das Rauschen der Wellen hoben ihre Stimmung. Es gab keinen Kummer, von dem sie sich nicht freilaufen konnte. Ihre Haut war gebräunt, ihr blondes Haar heller geworden. Weit hinter ihr lag die Stadt, deren Lärm nicht bis zu ihr drang, und die aus dieser Entfernung fast außerirdisch erschien. Sie setzte sich auf eine Sandbank und dachte, den Amerikanern kann ich meine Geschichte, wo ich herkomme und was ich erlebt habe, doch gar nicht erzählen. Zunächst klingen ihre Fragen ja interessiert, aber sie geben sich mit wenigen Worten zufrieden und erzählen mir dann ihrerseits von einer Europareise nach Paris, London oder Rom. Danach kommt die Hitlerfrage, dafür muss ich mir noch Antworten zurechtlegen. Aber zuvor muss ich selbst besser Bescheid wissen. Vielleicht hat Terrie recht, ein Jahr könnte ich geben und erst einmal Land und Leute kennenlernen.

Eine Schar Möwen landete mit lautem Gekreische hinter ihr und riss sie aus ihrem Selbstgespräch. Die Sonne stand schon ziemlich tief, und als sie zu Hause ankam, war sie untergegangen. Es gab einen kurzen Nachschein, dann wurde es auch schon dunkel und merklich kühler. Sie fröstelte. Die Hitze des Tages stand noch in den Zimmern, als sie die Wohnung betrat. Sie öffnete alle Fenster, ging ins Bad und duschte den Sand und das Salz von ihrer Haut und aus den Haaren, zog ein Sommerkleid an, nahm ein Stück Kuchen, schenkte sich ein Glas kalifornischen Weißwein ein, und setzte sich mit einem Schreibblock auf die Couch, um sich einen Plan zu machen. Als Terrie kam, war sie in guter Laune. Sie fragte nach seinem Tag und merkte erst gar nicht, wie erschöpft er war.

„Lass mich erst einmal abschalten", sagte er gereizt, „heute war ein besonders harter Tag. Ich wollte dich anrufen und bitten, noch einmal reinzukommen, weil wir zwei wichtige Briefe aus München und Zürich per Einschreiben bekommen hatten, aber du hast nicht abgenommen. Wo hast du denn gesteckt, warum bist du nie zu Hause, wenn ich dich brauche? Also musste *ich* sie Bob übersetzen und per Telex beantworten, damit uns der Auftrag nicht verlorengeht. Dadurch kam ich mit meiner Arbeit in Verzug. Morgen früh musst du als erstes drüben anrufen, um alles zu bestätigen, am besten von zu Hause aus, damit du sie noch im Büro erreichst. Ich hab' die Unterlagen mitgebracht, lies dir schon mal alles durch."

Wie schön sie war und wie ihre Augen leuchteten, als er die Wohnung betrat, war ihm nicht aufgefallen. Er stürzte einen Whisky auf Eis hinunter und stellte den Fernseher an. Nach einer Weile setzte sie sich neben ihn und nahm seine Hand. Er ließ sie ihr, reagierte aber erst, als sie sich an ihn drückte. „Du", sagte sie, „ich weiß nicht, wie ich es dir recht machen soll, da musst du mir schon etwas dabei helfen, damit so was nicht wieder passiert."

„Es ist im Moment etwas viel."

„Ich habe mir heute alles durch den Kopf gehen lassen und bin bereit, uns ein Jahr zu geben. Ich habe mir einen Plan gemacht, aber ich will nicht mehr als viermal die Woche fünf Stunden im Büro arbeiten, sonst verliere ich mich. Wir sind kaum ein halbes Jahr verheiratet und waren noch nie ein paar Tage allein. Du fehlst mir, Terrie. Für mich sind die USA ein fremdes Land, ich muss mich einleben, es wäre schön, wenn wir etwas mehr Zeit füreinander hätten."

„Ich versteh' dich, Sophie, aber Bob verlangt täglich meinen vollen Einsatz. Ich habe eine verantwortungsvolle Stelle – es wird alles gut werden, du wirst sehen." Terrie drückte sie an sich. Als sie ihn wissen ließ, dass sie gern mehr hätte, reagierte er nicht. Er hatte einen Western eingeschaltet. An diese Filme konnte sie sich nicht gewöhnen, ihn entspannten sie aber, also musste sie sensibler reagieren und nach dem Film wiederkommen. Leicht resigniert stand sie auf und trat hinaus auf den Balkon. Beim Anblick der Lichter in den Häusern sann sie darüber nach, wie die anderen Menschen wohl lebten? Sie fühlte sich wie eine Gefangene. Dabei hätte sie doch jederzeit gehen können, sie hätte sich in ihr Auto setzen und einfach fortfahren können. Aber wohin hätte sie fahren sollen? War sie tatsächlich gefangen in einem fernen Land, mit einem Mann, der ihr, je länger sie zusammen waren, umso rätselhafter vorkam? Es war ein milder Abend, der Wind bewegte die Vorhänge leicht. Sie schüttelte den Kopf, als wolle sie die trüben Gedanken vertreiben und griff nach Bölls Roman *Und sagte kein einziges Wort*, den ihr die Mutter noch in den *footlocker* gelegt hatte. Der Inhalt tat ihr an diesem Abend nicht gut, sie las sich nur schwer ein und entsetzte sich über die Sprachlosigkeit der Frau, über das ärmliche Leben und die Geschichte des Verfalls der Familie Bogner im Nachkriegsdeutschland. Das war erst wenige Jahre her. Sie hatten als Familie Ähnliches durchlebt. Ihr stand der Schweiß auf der Stirn, ihr Mund war trocken. Sie holte sich ein Glas Apfelsaft. Der Western lief immer noch. Die Indianer waren im Begriff, die ungleiche Schlacht zu verlieren. Pferde bäumten sich auf, wieherten. Als sie vom Kühlschrank zurückkam, bat Terrie, ohne seine Augen vom Bildschirm zu nehmen: „Sophie, komm, setz dich neben mich." „Ich komm', wenn der Film vorbei ist." Terrie nahm ihre Antwort hin. Woher hätte er wissen sollen, wie es nach dem Krieg in Deutschland gewesen war? Sonst hätte er sich nicht von den Schlachten, dem Verrat an den Indianern und dem Sieg des weißen Mannes zerstreuen lassen können. Sie las weiter und litt mit Käte, deren heimliches Weinen sie an ihre Mutter erinnerte. Statt dass ich mein neues Leben kennenlerne, lese ich hier in Kalifornien versäumte deutsche Literatur. Das ist doch pervers!

In einem Abstellraum fand Terrie eine elektrische Schreibmaschine und nahm sie mit für Sophia. Sie hatte zwar keine Umlaute, aber es würde erst einmal genügen. Er stellte sie auf ein dunkelbeiges Metalltischchen mit Rädern, welches er ebenfalls mitgebracht hatte. Eine Packung von 500 Blatt blütenweißen Papiers hatte Bob persönlich mitgegeben. Den Roman über Elisabeth würde sie sich später vornehmen. Jetzt begann sie erst einmal eine Geschichte über eine Frau, die mehr ihren Lebenserfahrungen entsprach, und nannte sie Cornelia Lichter. Wenn Terrie vorm Fernseher saß, überarbeitete sie das Geschriebene, las viel, um sich weiterzubilden und um herauszufinden, wie andere schrieben.

Bald lag ein ansehnlicher Stapel beschriebener Seiten auf dem Schreibmaschinentischchen. Terrie nahm ab und zu ein paar Blätter, las sie und meinte, dass er ja gar nicht gewusst hätte, dass sie vor ihm einen Freund gehabt habe, in Spanien gewesen sei und José Ortega y Gasset gelesen hatte. Sie erinnerte ihn daran, dass sie einen Roman schreibe und einfach von Gassets Philosophie beeindruckt sei, vor allem von den Essays in *Triumph des Augenblicks – Glanz der Dauer*. Sie hatte mit Monika über diese Schriften voller Gedankenblitze diskutiert. Gasset war ein genauer Beobachter der Menschen und ein elitärer Denker, der die Welt ganz anders als die deutschen Philosophen erklärte, obwohl er während seiner Studienzeit in Deutschland vor allem von Nietzsche beeinflusst worden war und immer wieder nach Deutschland zurückgekehrt war.

„So this is fiction?" sagte Terrie, „du meinst es also ernst mit dem Schreiben?"

Da wusste Sophia nicht, ob sie sich ärgern oder freuen sollte.

Mit der Protagonistin, Cornelia und deren Freund, Andreas Frisch, probierte Sophia ihre Vorstellungen vom Zusammenleben zweier Menschen aus. Sie beschrieb, wie sie zueinander fanden, ihren Alltag gestalteten, sich ihre Wünsche gestanden und einander beglückten. Sie tastete sich vor, wunderte sich über ihre Kühnheit und ließ Cornelia und Andreas erfahren, was sie sich erträumte. Beide sprachen so offen miteinander, wie es Sophia und Terrie nie taten, und sie begriff schreibend, dass sie mit Terrie frei über ihre Wünsche und die Erfüllung der körperlichen Liebe reden sollte. Aber war es anders nicht romantischer? War es nicht die Rolle des Mannes, den Eroberer zu spielen? Immer hörte sie, dass Frauen den Männern das nicht wegnehmen dürften. Sie versteckte diese Seiten, bevor Terrie nach Hause kam, und fand aus einer Scheu nicht den Weg zu ihm, auch wenn sie manchmal fast vor Verlangen verging. Sie las das Geschriebene und ging mit sich ins Gericht über die beschränkten Möglichkeiten, die sie für Cornelia bereithielt. Wieso war die Liebe so wichtig, dass alles andere in den Hintergrund trat? War sie da in eine Falle getappt? Was war an dieser Frau für einen Mann überhaupt interessant? Und wie stand es mit ihr? War *sie* für Terrie interessant? Sie machte Änderungen und ließ die neu geschriebenen Seiten liegen. Ihr wäre es jetzt recht, wenn Terrie sie lesen würde.

Die deutsche Korrespondenz der Firma war für Sophia zur Routine geworden und sie hatte auch andere Aufgaben übernommen, wie das Prüfen neuer Angebote für Hoteleinrichtungen, das Vergleichen der Preislisten der Zulieferfirmen und die Qualität der Produkte. Auf dem Heimweg sah sie sich Häuser an, es war eine Art Zeitvertreib. Das Wort Zeitvertreib aber ging ihr ganz anders durch den Kopf, als sie einen Artikel im *Spiegel* über Vertreibung nach dem zweiten Weltkrieg las, und sie schämte sich, dass sie mit ihrer Zeit so achtlos umging.

Jahrelang hatte sie Vertriebene beobachtet, die, gebeugt von der Last ihres Schicksals und ihrer Rucksäcke, schwerfällig die Straßen entlang getrottet waren. Eine neue Heimat war schwer zu finden, egal wie weit nach Westen sie vordrangen. In Europa hatte nach Kriegsende eine Völkerwanderung begonnen, die sich durch immer neue Kriege und Bürgerkriege bald über die ganze Welt ausbreiten sollte. War sie nicht Teil dieser Völkerwanderung und war sie nicht durch eine glückliche Fügung in einer der schönsten Gegenden am äußersten Ende der westlichen Zivilisation angelangt? Hatte diese politisch bedingte Vertreibung nicht auch etwas gemeinsam mit der Vertreibung aus dem Paradies der Kindheit?

Terrie war neuerdings viel mit dem Auto in ganz Kalifornien und bis Las Vegas unterwegs, und weil er oft erst nach Mitternacht nach Hause kam, flog er immer öfter. Es spielte sich schnell ein, dass Sophia ihn zum Flugplatz schaffte. Während sie ins Büro zurückfuhr, verspürte sie Heimweh. Als sie es andeutete, wollte Terrie wissen, was ihr denn fehle und behauptete, dass er in Deutschland nie Heimweh gehabt hätte, weil er unentwegt gearbeitet habe und in seiner Freizeit viel gereist sei. Ungeduld und Unverständnis schwang in seinen Worten mit. Sophia brauchte eine Weile, bis sie verstand, dass für ihn die Zeit in Deutschland unter ganz anderen Vorzeichen gestanden hatte. „Du wusstest von Anfang an, dass deine Zeit begrenzt war", erinnerte sie ihn, „und konntest alles, was du brauchtest und dir vertraut war, auf den Army Posts und Air Bases kaufen, du konntest amerikanische Filme sehen, amerikanische Zeitungen lesen und warst während der Arbeit immer unter Landsleuten. Deutschland war ein Abenteuer für dich und eine Bereicherung. Ich dagegen bin weit weg von allem, was mir vertraut war. Es ist nicht leicht, mich in der amerikanischen Gesellschaft zurechtzufinden, auch wenn du meinst, das Leben in Kalifornien sei ganz unkompliziert und ich hätte doch jede Freiheit."

„Stimmt das denn nicht?"

„Ich empfinde das anders. Außerdem bringst du fast täglich Arbeit mit nach Hause und wir sprechen kaum zwei Sätze miteinander. Da fühle ich mich doppelt allein."

„Im Augenblick geht es nicht anders", verteidigte sich Terrie. „Wir können uns nicht erlauben, Aufträge durch die Finger gehen zu lassen, ich bin ständig auf Ausschau nach neuen Kunden. Deshalb hat Bob ja Maria Garcia eingestellt, die nach Mexico City, Guadalajara und Monterrey Fühlung aufnimmt und mir bei der routinemäßigen Büroarbeit hilft. Es wird nicht so hektisch bleiben, aber momentan habe ich keine Wahl. Dafür können wir uns von meinem Geld einiges gönnen."

„Leider fehlt uns die Zeit, es zu genießen." Dass er von seinem Geld sprach, ließ sie ihm durchgehen, weil sie keinen Streit wollte. An den

Abenden verschlang sie einen Roman nach dem anderen, durch die sie Europa verhaftet blieb, und ihr wurde vieles über diesen nun fernen Kontinent erst von Amerika aus klar. Sie hatte die Flucht aus dem Land ihrer Kindheit noch nicht verarbeitet, als sie schon die zweite Heimat verlassen musste. Die Tragödie der zwei Deutschland verstand Terrie nicht. Und sie hätte nicht sagen können, nach welchem Deutschland sie mehr Heimweh hatte. Es müsste Europa sein, Deutschland mitten in Europa.

Manchmal kam sie mit den Häusermaklern ins Gespräch, die sie fragten, woher sie sei. Wenn sie „from Germany" antwortete, folgten auf das Lob deutscher Tugenden sofort Fragen zu Hitler und den Nazis. Es war ein weites Feld, das differenzierte Erklärungen verlangt hätte, während die Makler nur stereotypische Antworten erwarteten, die das, was sie schon wussten, bestätigten. Einige rühmten sich damit, dass sie alle möglichen Wehrmachtandenken, Hakenkreuze, Naziplakate, Waffen und Bierkrüge hätten, andere fragten, ob sie *Mein Kampf* gelesen habe, oder erzählten ihr von deutschen Raketen, U-Booten und Panzern. Um Gesprächen über Nazis und den Krieg auszuweichen, sagte sie, sie sei aus Schweden oder Dänemark. Fragen über diese Länder stellte ihr niemand, ihre Haare waren blond genug, ihren Akzent konnten sie nicht so genau einordnen.

Eines sonntags rief Terries jüngere Schwester Tammy aus Boston an, um ihre bevorstehende Hochzeit anzukündigen, ehe die Einladungen verschickt würden. Tammy hatte ihren *Bachelor Degree in English Literature* mit *summa cum laude* abgeschlossen und würde mit ihrem zukünftigen Mann, John Roth, dem an der *University of Colorado* eine Assistenzstelle für Biologie angeboten worden war, während der Sommerferien nach Denver ziehen. Von da an telefonierten Tammy und Terrie oft, es war als hätten sie einander ganz neu entdeckt. Sophia hatte noch niemanden von Terries Familie kennengelernt, außer Max, einen älteren Cousin des Vaters, der in San Francisco lebte. Mit ihm hatten sie sich getroffen, als Terrie ihr diese europäisch anmutende Stadt zeigen wollte.

Wie Terrie erzählte, planten seine Eltern George und Dorothy eine große Hochzeit für Tammy, zu der Gäste aus ganz Amerika kommen würden. Sogar Verwandte aus England und der Enkel des Onkels aus Frankfurt, den Terrie dort aufgesucht hatte, hatten ihr Kommen zugesagt. Sophia und Terrie wollten schon Donnerstagmittag nach Boston fliegen und nahmen die gepackten Koffer mit ins Büro, um von dort aus direkt zum Flugplatz fahren zu können. Der Zeitpunkt war ungünstig für die Firma, aber Bob hatte ihnen dann doch zugestanden, sich den halben Donnerstag freinehmen zu dürfen. Für den Rückflug hatte Terrie für Sonntag einen Nachtflug gebucht. Sie wären gerne noch Montag geblieben, aber das ließ sich nicht einrichten, auch wenn George und Dorothy – immer hieß es „George and Dorothy", nie umgekehrt – sie gerne etwas länger behalten hätten. Diese rigorose amerikanische Arbeitsmoral hätte Sophia sich nicht vorstellen können, wenn sie es nicht selbst erleben würde. Dass Ferienmachen in der freien Wirtschaft verpönt war, nahm Terrie als selbstverständlich hin. „Ihr habt doch nach dem Krieg auch Tag und Nacht geschuftet und Deutschland wieder aufgebaut." Was sollte Sophia dazu sagen, denn was hatte das eine mit dem anderen zu tun?

Jedenfalls würden Terrie und Sophia Freitagvormittag bei der *rehearsal* der Hochzeit in der Kirche dabeisein. Auf ihre Frage, was das sei, erklärte ihr Terrie, dass der Ablauf der Hochzeit vorher geübt würde, ähnlich einer Generalprobe im Theater, denn die Trauung sollte ohne Zwischenfälle verlaufen und dafür mussten alle wissen, wann sie was tun mussten und wo sie stehen sollten.

„Tammys Hochzeit findet Samstag nachmittag in der Presbyterian Church of the Covenant statt", erklärte ihr Terrie, „und am Abend ist das Hochzeitsessen in einem der ersten Hotels Bostons geplant, zu dem zweihundert Gäste geladen sind."

„Zweihundert Gäste? Und du meinst, die kirchliche Trauung reicht?"

„Ja, wir haben eine große Familie", sagte Terrie stolz, „und Tammy und John haben viele Studienfreunde, eine standesamtliche Trauung brauchen wir in Amerika nicht. Die Urkunde, die der Pfarrer ausstellt, gilt überall."

„Aber ich dachte, Staat und Kirche seien in Amerika strikt getrennt?"

„Prinzipiell ist das auch richtig, aber die Unterschrift des Pfarrers und Siegel genügen", meinte Terrie.

„Bismarck!", rief sie, „das geht in Deutschland auf Bismarck zurück!"

„Was geht auf Bismarck zurück?" Terries Stirn legte sich in Falten, wie immer, wenn er etwas ihm Unbegreifliches hörte.

„Bismarck führte in Preußen die standesamtliche Trauung, also die Zivilehe, ein. Die Leute können sich zwar weiterhin in der Kirche trauen lassen, aber sie müssen vorher standesamtlich heiraten, so wie wir das gemacht haben."

„Ihr heiratet in Deutschland zweimal?"

„Die standesamtliche Trauung mit den Trauzeugen reicht. Die kirchliche Trauung mit der Familienfeier findet meistens am Wochenende darauf statt."

Terrie schüttelte den Kopf: „das war mir bis jetzt nicht klar gewesen."

„Macht doch nichts", lachte Sophia, „jedenfalls sind wir richtig verheiratet."

Zur Probe waren außer Tammy und John und denen, die bei der Trauung mitwirken würden, viele Verwandte, Freundinnen und Freunde gekommen. Alle waren in heller Aufregung. Unter den Gästen herrschte Hochstimmung. Terries Eltern hatten Sophia mitgenommen. Terrie wollte sich mit einem Studienfreund treffen und versprach nachzukommen, und so war Sophia das erste Mal mit ihren Schwiegereltern allein. Sie kam aus dem Staunen nicht heraus. Dorothy fand immer wieder etwas, was geändert werden musste. Der Hochzeitsmarsch aus dem Sommernachtstraum von Mendelssohn erklang mehrmals, bis alles klappte. John stand am Altar, und alle Köpfe drehten sich bei Beginn der Musik zum Eingangsportal, wo Tammy am Arm ihres Vaters langsam gemessenen Schritts den langen Gang in der neugotischen Kirche auf John zuschritt, der seine Augen nicht von seiner Braut wandte. Es gab sechs Brautjungfern, die alle die gleichen langen, hellrosa Kleider tragen würden, einen *best man* für John, aber keine Blumenkinder. Tammy würde ein langes weißes Brautkleid mit einem Schleier vorm Gesicht und einer mehrere Meter langen Schleppe tragen. Das Kleid durfte John vorher nicht sehen, denn das bedeutete Unglück. Den Schleier würde er irgendwann hochheben und nach hinten schlagen, um seine Frau vorm Altar zu küssen.

„Isn't she beautiful? Tammy is so happy that her father can give her away", flüsterte ihr Terries Mutter mit Tränen in den Augen zu. „He was very sick a few months ago and we thought he wouldn't be well enough for the wedding." Sophia begriff gar nichts. Wieso gab ihr Vater seine Tochter *weg*, und wieso musste die bestätigen, that she would love, honor and obey John? Tammy gehörte doch nicht ihrem Vater und würde nach der Trauung doch nicht John gehören?

Terrie schaffte es dann doch nicht zur Kirche. Sophia konnte ihn erst abends in ihrem Zimmer fragen, warum sein Vater Tammy John zuführen würde, sie also *weggab*, und wieso sie einen Schleier trug, da könne sie doch gar nicht richtig sehen und würde am Ende noch stolpern? Terrie meinte: „Das ist eben Brauch, ich hab' mich nie um diese Riten gekümmert, das ist Frauensache." Dass etwas Brauch sei, hatte ihre Mutter auch immer erklärt, aber ist das wirklich nur Frauensache?

„Aber weggeben! Wie kann ein Vater seine Tochter weggeben und wieso muss sie John gehorchen?"

„Tammy will eine traditionelle Hochzeit, das ist eine schöne symbolische Geste."

„Wieso ist die Geste schön und symbolisch wofür? Ich hätte mich nie von meinem Vater *weggeben* lassen, ich gehöre keinem Mann. Ich gehöre mir."

„Mach dir keine Sorgen wegen Tammy, die weiß genau, was sie will und wird sich immer durchsetzen."

251

„Wenn sie weiß, was sie will, warum dann dieses Spiel? Warum können sie nicht einfach nebeneinander zum Altar gehen? Ich wette mit dir, dass viele Männer bei dieser Zeremonie auf dumme Gedanken kommen. Solche Bräuche machen die Frau doch zum Objekt, das ist ja mittelalterlich. Ein Glück, dass wir nicht so geheiratet haben!"

„Soweit denkt bestimmt niemand", sagte Terrie, „die Leute finden das einfach nur schön und traditionsreich. Der Mann zeigt in der Öffentlichkeit, dass er das Geld verdienen und für seine Frau immer da sein wird."

„Ach, du heiliger Himmel! Also, doch keine Gleichberechtigung! Wenn der Mann das Geld verdient, dann hat er auch die Macht. Das weiß ich nur zu gut von meinen Eltern her. Ich dachte immer, in Amerika sei alles moderner, haben die Frauen denn nicht die gleichen Rechte, wie die Männer?"

„Sophie, jetzt hör aber auf. Was war denn in Deutschland los, wie wurden die Menschen denn unter Hitler behandelt, und welche Rechte hatten denn die Frauen, waren die vielleicht frei? Die sollten viele Kinder für Hitler bekommen, möglichst nur Jungen. Dafür bekamen sie das Mutterkreuz."

„Hitler, wieso kommst du jetzt mit Hitler? Was hat denn das eine mit dem anderen zu tun? Das ist aber total daneben gegriffen und unfair. Ihr hattet keinen Hitler, da kannst du froh sein. Du weißt, wie schlimm der Krieg meine Familie getroffen hat, aber seit 1949 haben wir wieder eine Verfassung, die modernste der Welt, in der Frauen ausdrücklich genannt werden! War es nicht schön, dass wir auf dem Standesamt nebeneinander nach vorn gingen?"

„Ich dachte, auf dem Standesamt ist es eben so, reine Formsache, ist es in der Kirche nicht genau wie hier?"

„Nein, Terrie, ist es nicht. Die Braut und der Bräutigam gehen durch das ganze Kirchenschiff nebeneinander zum Altar und vor ihnen laufen die Blumenkinder und streuen Blumen und Rosenblütenblätter."

„Lassen wir das. Du weißt nicht alles über meine Familie." Dann, als besänne er sich, nahm er sie in die Arme und flüsterte: „Komm,

Liebes, lass uns zu Bett gehen, ich bin todmüde und morgen wird ein langer Tag. Eine Hochzeit ist doch vor allem für die Frauen. Ich mache einfach mit."

„Was weiß ich nicht über deine Familie? Hast du mir etwas verschwiegen? Gibt's da dunkle Geheimnisse?"

„Wir reden ein andermal drüber, lass uns jetzt schlafen. Ich liebe dich, Sophie."

„Ich dich auch, trotzdem, bei solchen Andeutungen könnte ich ja direkt Angst bekommen. Aber ich bin auch müde, irgendwann wirst du mir schon anvertrauen, was ich über deine Familie wissen sollte."

Sophias verbindliche Worte klangen leicht spöttisch. Sie spürte, dass etwas zwischen ihr und Terrie stand, über das sie längst hätten sprechen müssen. Was es sein könnte, davon hatte sie nicht die geringste Ahnung. Die zwei Matratzen auf dem großen Bett waren separat mit Spannbettüchern bezogen, die oberen Bettücher und Wolldecken waren an den Seiten und am Fußende tief zwischen die Matratzen und die Sprungfederkästen gesteckt, wie überall, in den Hotels, Motels und bei Freunden. Wie Menschen nur so schlafen können? Sie würde Krämpfe bekommen, wenn sie die Füße nicht bewegen könnte und lief immer als erstes ums Bett und zog das obere Bettuch mit der Wolldecke ringsherum heraus. Nur Bettuch und Decke verrutschten dann immer, anscheinend bewegte sie sich zu viel. Sie drängte sich an Terrie. Es war etwas eng, wenn sie nicht in der Ritze liegen wollte. Er küsste und streichelte sie und flüsterte im Einschlafen liebe Worte.

Sie erwachten froh gelaunt. Es war ein wunderschöner Morgen. Terrie brachte ihr eine Tasse Kaffee und ein klebrigweiches Teilchen mit viel zu viel Zuckerguss und knallroten Kirschen in einer süßen roten Masse, das er a Danish nannte. Sie aß es, froh, nicht in die Küche gehen zu müssen. Wieder trug sie ihr zweiteiliges Kleid von der Abiturientenfeier, hier kannte es ja niemand und Terrie meinte, dass es ihr sehr gut stehe. Sie musste sich erst daran gewöhnen, in Amerika Kleider zu kaufen, alles war so anders, die Mode, das Material, die Größe. Wenn sie nur eine Freundin hätte, die mit ihr zu Bullocks oder

May Company gehen könnte. Einmal, als eine Verkäuferin sie ansprach, war sie aus lauter Panik weggelaufen.

Als Sophia neben Terrie auf der Holzbank in der Kirche saß und alles wie in einem Theaterstück verfolgte, bekam sie so furchtbare Kopfschmerzen, dass ihr schlecht wurde. Wenn sie die Augen schloss, überkam sie ein Schwindelgefühl. Terrie saß militärisch gerade neben ihr, so dass er noch größer wirkte. Er bemerkte ihr Unwohlsein nicht. Als die Trauung vorbei war und Tammy und John glücklich Hand in Hand an ihnen vorbei dem Ausgang zustrebten – Tammys Schleier war zurückgeschlagen und sie strahlte mit unbeweglichem Gesichtsausdruck – fühlte sie sich wie benommen inmitten der ihr fremden Welt. Terrie schob sie aus der Bankreihe in den Gang. Wie in Trance lief sie neben ihm dem sie blendenden Tageslicht entgegen. Auf dem weiten Platz vor der Kirche beglückwünschten die Hochzeitsgäste hingerissen das Hochzeitspaar, kommentierten die Trauung in den höchsten Tönen und immer neuen Superlativen. Die Stimmen der Frauen waren schrill, sie kippten fast über vor Begeisterung über Tammys Brautkleid und lange Spitzenschleppe. Sie konnten sich nicht satt sehen an ihrer ganzen makellosen Erscheinung und wiederholten, welch helle Zukunft sie an der Seite ihres Mannes haben würde, besser hätte sie nicht wählen können. Sophia meinte auch, ab und zu deutsche, mundartlich gefärbte Worte zu hören, deren Herkunft sie nicht hätte benennen können. Sie wollte Terrie fragen, aber der sprach unentwegt mit den Gästen, stellte Sophia freundlich oder durchdringend blickenden Personen vor, deren Fragen sie nicht immer verstand. Dann antwortete Terrie für sie. Die mussten ja denken, sie sei leicht beschränkt, dachte sie belustigt.

Die Kopfschmerzen vergingen an der frischen Luft, der Druck um die Augen schwand in dem Verhältnis, in dem die Menge sich nach und nach auflöste und die Menschen in ihre riesigen amerikanischen Autos stiegen, die langsam, auf und ab schaukelnd den Parkplatz verließen. Terrie führte Sophia zu einem Taxi. Sie ließ sich erleichtert auf den Rücksitz fallen und sagte: „Mir kam es so vor, als hätte ich deutsche Worte gehört, du hast mir nie etwas von deutschen Verwandten gesagt.

Die Männer tragen Kappen, wie in der katholischen Kirche, kommen die vielleicht aus Osteuropa?"

„Da hast du richtig gehört, wir hatten nicht nur Verwandte in Frankfurt am Main, sondern auch in Polen, in dem Teil, der heute in Russland liegt, aus der Gegend von Lemberg und Galizien. Ich wäre gerne dahin gefahren, aber es gibt diese *ten-k zone* und solange ich in der Armee war, durften wir uns dem Eisernen Vorhang nicht über diese Zone hinaus nähern – wir beantragen nächstes Jahr für uns Visa und fahren dahin, was meinst du? Du hast doch auch Verwandte dort?"

„Ja, aber meine Verwandten kommen aus dem früheren Schlesien, das heute in Polen liegt, aus Breslau und Ratibor und den kleinen Dörfern an der Zinna. Wieso hast du nie etwas gesagt? Ich hatte mich schon gewundert, als du so interessiert warst und so viel wusstest, das war ganz untypisch für einen Amerikaner."

„Ich wollte unser Kennenlernen nicht unnötig belasten. Dein Vater war ja Soldat in der Gegend", sagte Terrie, „verstehst du das?"

„Du hättest es wenigstens mir sagen können. Leute kommen doch von überall her, wer weiß, vielleicht hätte ich dich dann noch mehr geliebt?"

„Ich konnte wirklich nicht voraussehen, wie du reagieren würdest, es eilte ja nicht. Denk doch mal zurück, wir hatten so wenig Zeit."

„Trotzdem hättest du mich vorbereiten sollen, wenigstens vor unserem Flug nach Boston."

Er legte seine Hand beruhigend auf ihre: „Komm, Sophie, heute ist Hochzeit. Ich versprech' dir, dass ich dir zu Hause alles erzählen werde. Wir besuchen meine Eltern bald wieder und schauen uns dann gemeinsam die Familienfotos an."

„Gibt es Deutsche in deiner Familie in Amerika?"

„Nun, keine mit deutschem Pass, wenn du das meinst, aber Leute, die deutsch sprechen können schon. Deutsche gibt es nur in Frankfurt."

„Sind das Juden?", fragte sie einer plötzlichen Eingebung folgend, „und sprechen deine Verwandten hier jiddisch?"

„Ja."

„Und du? Was bist du?"

„Ich bin Halbjude. Von meiner Mutter her."

„Das steht doch nirgends", sagte Sophia etwas hilflos.

„Wo soll das denn stehen?"

„Ich weiß nicht, ich dachte nur – als Religion?"

„Warum? Ist das wichtig? Ich denke nie dran. Bob weiß das auch nicht, er hat nicht gefragt, sondern wahrscheinlich angenommen, dass ich Baptist bin, sonst hätte er mich wahrscheinlich nicht in die Kirche eingeladen", lachte Terrie. „Joe Walker war während meines Studiums mein bester Freund und ist es weiterhin."

Kapitel 21

Jüdische Verwandte

Während des festlichen, aus fünf Gängen bestehenden Hochzeitsmahls, war die Gesellschaft in ausgelassener Stimmung. Vorne rechts spielten sechs Musikstudenten, Tammy und Johns Studienfreunde, leichte Unterhaltungsmusik. Terrie und Sophia saßen dem Brautpaar gegenüber, umgeben von Verwandten, rechts neben Sophia saß die nette ältliche Tante Louise, die Sophia ununterbrochen mit allen möglichen Familiengeschichten unterhielt. Sophia kam kaum zum Essen und hoffte, dass Terrie sie endlich retten würde, aber der war mit Rachael, einer seiner Cousinen, die er schon viele Jahre nicht mehr gesehen hatte, in ein Gespräch vertieft und bemerkte Sophias missliche Lage nicht. Sie hatte Terries deutschsprechende Verwandte momentan vergessen, als ein kleiner Mann mit weißem Bart und Käppi, Terrie umarmte und laut begrüßte. „Terrie, my boy, du bist wieder da und meldest dich nicht bei deinem alten Onkel, der dich liebt wie einen Sohn, und sogar hier muss ich dich erst suchen! Wie geht es dir, was machst du in Kalifornien? Warum wohnst du nicht bei uns in Boston?"

„Uncle Abraham,!", rief Terrie sehr laut. Anscheinend war der Onkel schwerhörig. „Darf ich dir meine Frau Sophia vorstellen?"

„Deine Frau? Du bist verheiratet und hast mich nicht zur Hochzeit eingeladen?", dröhnte des Onkels Stimme tief beleidigt durch den Saal.

„Uncle Abraham, Sophia und ich haben in Deutschland geheiratet", sagte Terrie etwas verlegen, aber laut genug, so dass der Onkel und somit auch alle anderen ihn verstehen konnten. „Wir haben niemanden eingeladen. George und Dorothy haben euch doch von uns erzählt."

„In Deutschland geheiratet?", trompetete der verschrobene, zerbrechliche Mann, der wie Rumpelstilzchen aussah. „Ist sie eine Deutsche? Eine von denen, die uns alle umgebracht haben?!" Dabei erhob er seinen rechten Arm, sein Zeigefinger stach drohend in die Luft.

Sophia war bei den letzten Worten zu Tode erschrocken. Das Blut war ihr aus dem Gesicht gewichen. Im Saal war es schlagartig still geworden, niemand sagte ein Wort, niemand aß weiter, alle schauten auf Terrie, Sophia und Onkel Abraham, und warteten, was kommen würde.

„Uncle Abraham." Terrie stand blitzschnell auf und nahm den alten Mann beim Arm. „Uncle Abraham, Sophia ist meine Frau, beruhige dich. Komm, ich bring' dich zurück zu deinem Platz. Wo ist denn Tante Emma?"

Onkel Abraham wollte nicht weggeschafft werden. „Wo kommen wir in dieser Familie noch hin? Tammy heiratet wie ihre Mutter einen Goi in einer Kirche und du heiratest eine Deutsche!", jammerte er zutiefst verletzt. Als nichts Aufregendes weiter passierte, begannen die Gäste wieder miteinander zu sprechen, erst leise, dann schnell wieder lauter. Sophia aber war es so, als sprächen sie nun alle über sie und wäre am liebsten aus dem Saal gerannt. Just in dem Augenblick kam eine alte Dame mit flinken Schritten den langen Tisch entlang direkt auf sie zu. Die quirlige Frau strahlte übers ganze Gesicht und ihr weißes, leicht lila getöntes, lockiges Haar leuchtete im hellen Glanz der Kandelaber wie ein Heiligenschein um ihren Kopf. Sie würdigte ihren Mann keines Blicks, achtete auch nicht auf Terrie, der sie in die Arme nehmen wollte, sondern schob ihn beiseite, wandte sich direkt an Sophia und rief entzückt: „Willkommen in unserer Familie, Sophia, mein liebes Kind!" Anscheinend war das Tante Emma. Für ihre kleine Gestalt hatte sie ein lautes Organ und wieder hörten alle hin. „Terrie, mein Junge, was für eine schöne Frau hast du dir aus Deutschland mitgebracht, warum hast du sie uns bis jetzt vorenthalten? Kommt sie auch aus Frankfurt?"

Sophia war aufgestanden und Tante Emma umarmte sie herzlich. „Mach dir nichts daraus, was Abraham sagt, er versteht nichts mehr, er lebt in einer anderen Welt. Terrie ist sein Lieblingsneffe. Er hätte uns aber wirklich von dir erzählen sollen und wenigstens ein paar Fotografien schicken können! Sein Verschweigen eurer Hochzeit ist unverzeihlich!" Bei diesen Worten sah sie Terrie vorwurfsvoll an: „Wir hätten euch gerne ein Hochzeitsgeschenk gemacht – aber das holen wir nach, ihr müsst morgen zu uns kommen!"

Terrie wollte etwas sagen, aber Tante Emma kam ihm zuvor: „Keine Widerrede, mein Junge, sonst sind wir geschiedene Leute. Ihr kommt morgen zum Kaffeetrinken – wie in Deutschland", und Emma zwinkerte Sophia zu, als seien sie Verbündete. „George und Dorothy müssen auch mitkommen, der Tapetenwechsel wird George gut tun, dann kommt er auf andere Gedanken und verschmerzt den Verlust seiner Tochter leichter."

Das Eis war gebrochen, die peinliche Situation hatte Tante Emma taktvoll überspielt, aber nun war auch der folgende Tag für sie verplant, denn sie mussten der Einladung folgen. Dorothy entschuldigte sich, sie hatte Tammy und John, die die Hochzeitsreise antreten wollten, versprochen, sie zum Flugplatz zu bringen. Wieso hatte Terrie ihr seine Herkunft verheimlicht und es darauf ankommen lassen, dass Sophia zu Tammys Hochzeit von jüdischen Verwandten als Deutsche angegriffen werden konnte? Hätte er nicht alles daransetzen müssen, um das zu vermeiden? Und warum hatte sie nicht eher kombiniert? Sie hätte fragen sollen, nach welchen Verwandten er in Frankfurt suchte. Sophia konnte die Ressentiments des Onkels verstehen, aber dass sie mit der Familiengeschichte so unvorbereitet in einem englisch-jiddischen Sprachengemisch konfrontiert wurde, war unfassbar. Da stand Tammy neben ihr und legte ihren Arm um ihre Schwägerin.

Bei Tante Emma und Onkel Abraham im Wohnzimmer war es wie bei ihren Großeltern Hedwig und Eduard, die nicht ausgebombt waren, nur dass Emma und Abraham wohlhabender waren und die dunklen geschnitzten Möbel prunkvoller. Üppige Spitzengardinen verdeckten zu viel der Fenster, echte Teppiche lagen auf den Fußböden, die vielen Kissen auf Sofa und Sesseln waren mit Bommeln und Spitzen verziert, gehäkelte Deckchen lagen unter wunderschönen Deckelvasen und geschliffenen Kristallschalen. Ölgemälde deutscher Landschaften hingen an den Wänden. Das sinnlich schimmernde Rosenthalporzellan erkannte Sophia sofort, die Form Sanssouci mit rosa Moosröschen und Goldrand war zum Verlieben schön. Auf dem Tisch, lag eine elfenbeinfarbene bestickte Damasttischdecke, dazu zum Porzellan passendes Silberbesteck, und in der Mitte stand ein fünfarmiger, barocker Leuchter. Marmor- und Apfelkuchen schmeckten wie in Deutschland, und es gab Schlagsahne, wie in Deutschland. Durchbrochene Meißner Porzellanschälchen waren mit Pralinen gefüllt. Sophia tat einen Löffel Sahne in den Kaffee. Die Unterhaltung drehte sich um Familiengeschichten.

Als sie wieder im Flugzeug nach Los Angeles saßen, hatte sich die Welt für Sophia zum zweiten Mal innerhalb eines Jahres von Grund auf so verändert, wie sie es sich nie hätte vorstellen können. Derweil Terrie sein Dinner verschlief, von dem sie sich herauspickte, was ihr schmeckte, hatte sie Zeit, vieles zu durchdenken. Als sie aus dem Fenster schaute, flogen sie buchstäblich über den Wolken, die sich ihr leuchtend weiß von unten entgegenwölbten. Die Sonne strahlte durch nichts behindert so hell, dass sie nach ihrer Sonnenbrille griff. Über den Wolken dahinfliegen, wo gab es denn so was? Beglückt ließ sie sich ein zweites Glas Weißwein einschenken, das sie träumerisch genoss, und sann über die Veränderungen in ihrem Leben nach. Als abgeräumt war, lehnte sie sich gegen das Fenster und schaute in trunkener Hochstimmung ins All. Ideen begannen sich zu kristallisieren. Sie nahm Schreibblock und Kuli aus ihrer Handtasche und hielt fest, was sich in Boston ereignet hatte.

Terrie erwachte kurz vor der Landung und sprühte vor Tatendrang. Sie fuhren mit einem Zubringerbus zu ihrem Opel, den sie am Flugplatz abgestellt hatten. Beide waren erleichtert, dem Trubel und Druck der Familie wieder entkommen zu sein. Die Wohnungstür war kaum ins

Schloss gefallen, als Terrie Sophia in die Arme nahm und eng an sich drückte, so dass sie sein Verlangen spürte. „Komm mit, Sophie, komm ins Bett", flüsterte er und streifte ihre Jacke ab, die zu Boden fiel. Ihr folgte der Pulli. Terrie knöpfte sein Hemd auf, Sophia half mit, während er sie heiß küsste. Die Nacht wurde zu ihrer Liebesnacht. Es war, als sei es das erste Mal. Alles, was bis dahin gewesen war, verblasste im Sturm der Leidenschaft und Gefühle, die einmal Terrie und dann wieder Sophia von Neuem entfachte, wenn sie, kaum zur Ruhe gekommen, erneut nacheinander tasteten, sich umschlangen und einander ihre Liebe gestanden. Sophias Sinne waren erwacht. Wie elektrisiert fühlte sie Terries Berührungen im Gehirn und bis in die Fingerspitzen und jauchzte vor Glück. Sie konnten nicht voneinander lassen, als müssten sie alles Versäumte nachholen und als fürchteten sie, dass der Zauber jeden Augenblick verfliegen könnte. Noch nie hatten sie ihre Körper so erfahren und alle Geheimnisse aufgespürt, noch nie war die Liebe so wild und schön, so leicht und alles durchdringend gewesen. Sophia schien zu schweben, es war, als verließe sie die Erde in diesem schwerelosen Zustand, als öffnete sich das Weltall für sie. Sie hatte keine Angst mehr vor der Liebe, gab sich ganz hin und vertraute auf Terrie, dass er sie zurückbringen würde. Sie legte die Jupitersymphonie auf und lachte vor Freude, warf sich wieder aufs Bett und hielt die Tränen nicht zurück. Terrie küsste ihre Tränen weg, streichelte sie, schwor ihr ewige Treue und nie endende Liebe, und so schliefen sie in den frühen Morgenstunden fest umschlungen ein.

Sie überhörten den Wecker, bemerkten nicht die Sonnenstrahlen, die langsam über ihre Körper wanderten und sie in eine kosmische Wärme hüllten, bis auf einmal der schrille Klingelton des Telefons sie aus ihrem Schlaf riss. Bob wollte wissen, wo zum Teufel sie blieben.

„Hold on, Bob", sagte Terrie irritiert, „wir sind in zwei Stunden da."

„It's already nine, I need you NOW!" scholl Bobs Stimme so laut aus dem Hörer, dass Sophia ihn verstehen konnte.

„In zwei Stunden, eher geht es nicht, es gab eine Verzögerung", wiederholte Terrie jetzt hellwach und legte ungerührt auf.

Ohne sich abzusprechen gingen sie zusammen unter die Dusche, dann kochte Sophia Kaffee. Sie frühstückten seit langem gemeinsam, planten den Tag miteinander und fuhren zusammen dreiviertel elf mit dem Opel ins Büro, obwohl es nicht praktisch war, aber sie konnten sich nicht trennen.

„Was wird Bob sagen, dass wir so spät kommen?"

„Zu dir wird er gar nichts sagen, mein Schatz. Du sagst einfach ‚good morning', gehst in dein Büro und schaust die Post durch, der Stapel wird hoch sein. Wenn Bob unbedingt will, soll er mir Vorhaltungen machen, schließlich hatte unser Flug Verspätung." Terrie zwinkerte Sophia zu. „Aber der wird froh sein, dass wir wieder da sind. Ich habe einen Plan für unsere neue Geschäftsidee ausgearbeitet, mit der er nicht so richtig zurechtkam, den kann ich ihm vorlegen."

„Wann hast du das denn gemacht?", fragte Sophia. „Du hast doch gar nicht gearbeitet."

„Doch", antwortete Terrie lachend, „ich habe mir alles während der Hochzeit wiederholt durch den Kopf gehen lassen und Notizen gemacht. Das trage ich ihm vor. Du kommst mit. Er kann meine Ideen akzeptieren oder mit Gegenvorschlägen kommen. Die Reise war genau der richtige Tapetenwechsel, um auf die Gedanken zu kommen, die uns weiterbringen. Bob wird begeistert sein."

Bob war tatsächlich begeistert. Die Verspätung war vergessen. So würde es klappen, das war genau, was er sich vorgestellt hatte, und er gratulierte sich zum wiederholten Male, Terrie in seine Firma geholt zu haben. Wenn sie diese Idee verwirklichen konnten, dann war eine Expansion nach Japan nur noch eine Frage der Zeit. Von Kalifornien aus war Japan der neue logische Ort, und wenn das Japangeschäft erst einmal in Gang gekommen war, hoffte Bob auf eine Niederlassung auf Hawaii, auf halbem Wege sozusagen. Klüger hätten sie es gar nicht einfädeln können, das Geschäft mit Europa lief inzwischen Dank Sophias Einsatz fast von allein. Allerdings würde er sie mehr brauchen, denn während er und Terrie sich auf Japan konzentrierten, sollte sie die Kontakte zu Deutschland, der Schweiz und inzwischen auch Belgien und hoffentlich bald den Niederlanden, vertiefen. Terrie würde beide Geschäftszweige aufeinander abstimmen, damit fiel ihm eine Schlüsselstellung zu, und Sophia würde an allen Besprechungen teilnehmen. Ihr Englisch war inzwischen perfekt, für alle neuen englischen Worte suchte sie die deutschen im Rechts- und Wirtschaftswörterbuch, Zeitungen und Illustrierten. Von jetzt ab würde sie als Partnerin nach Frankfurt, München, Zürich und Brüssel fliegen.

Problematisch blieb trotzdem vieles. Sophia hasste die Pausen während der Zusammenkünfte der Mitarbeiter. Die infantilen Witze über Blondinen und Sex und die albernen Gespräche, die die Männer in kleineren Gruppen, die Hände in den Hosentaschen, die Krawatten gelockert, führten. Die zwei oder drei Frauen, das änderte sich von Firma zu Firma, die als Sekretärinnen, Assistentinnen, oder am Empfang arbeiteten, kreisten geschäftig um die Männer und himmelten sie an, legten mehr Sandwichs auf die Platten, füllten die Schüsseln mit Nüssen auf, machten frischen Kaffee. Für die Männer waren sie die Girls. War dieses Bedienen Aufgabe der Frauen, oder taten sie es, weil sie Frauen waren? Sophia stelle sich zu den Männern, schließlich vertrat sie ihre Firma.

Terrie und Sophia wurden auch privat von Bobs Geschäftspartnern eingeladen. Aber überall unterhielten sich Männer und Frauen getrennt. Die Männer verließen spätestens nach dem Nachtisch das Esszimmer, gingen auf die Terrasse und rauchten eine Zigarre oder guckten ein Basketballspiel, tranken Whisky auf Eis oder Bier aus der Dose und diskutierten über Aktien und Geschäftsideen. Die Frauen blieben mit ihren Themen über Kinder und Kochrezepte zurück, räumten den Tisch ab und luden alles in die Spülmaschine. Danach war Sophia nicht zu Mute. Unaufgefordert sich zu den Männern zu setzen, musste sie erst lernen, aber schließlich sprachen die weiter über Geschäfte, was auch sie anging. Sie war die einzige Frau mit leitender Stellung in einer Firma. Die Männer regelten den Lauf der Unternehmen, trafen sich in exklusiven Clubs, zu denen Frauen oft keinen Zutritt hatten, oder beim Golf- und Tennisspiel und schlossen auch mal auf den Toiletten Geschäfte ab.

„Terrie, was mach' ich jetzt? Ich bleib' nicht bei den Frauen", flüsterte sie ihm zu, „und wenn ich nicht zu euch komme, musst du mir über eure Beschlüsse berichten, was mich zu einer Mitarbeiterin zweiter Klasse abstempelt."

Ihm war die Situation nicht bewusst geworden. Während sie noch unschlüssig im Esszimmer standen, trat Harry Jones, der neue Manager vom Hilton Hotel, zu ihnen und sprach Sophia direkt an. „I am pleased to have you on board, Sophia. Erzählen Sie mir von Ihrer Arbeit in Frankfurt und Zürich. Worin bestehen für Sie die wirklichen Unterschiede zwischen dem europäischen und dem US Hotelmanagement? Wo können wir was verbessern, um den nationalen und internationalen Bedarf gerecht zu werden?" Sie waren augenblicklich in eine rege Diskussion vertieft. Terrie dirigierte sie zu einem runden Tisch mit vier bequemen Sesseln, holte eine Flasche Wasser, eine Flasche Rotwein und Gläser auf einem Tablett und schenkte ein. Da kam Bob, verlor einige witzige Worte darüber, dass sie Sophia ganz für sich behielten und war im nächsten Moment dabei. Es war elf als Harry auf seine Uhr schaute. Er entschuldigte sich, dass er gehen müsse, er hätte einen langen Tag gehabt und einen Termin am frühen Morgen, ehe er in ihre Firma kommen würde. Bei Sophia bedankte er sich für ihre Einsichten, die ihm neue Einblicke gewährt hätten, und dass er sich auf eine Zusammenarbeit freue. Terrie ergriff die Gelegenheit seinerseits, um zu sagen, dass auch sie gehen müssten. Dieser Abend war dank Harry Jones der beste, den sie in Bobs Haus verbracht hatten. Von da an wurde Sophia in alle Besprechungen einbezogen.

Auf der Heimfahrt betonte Terrie, dass er Sophia mehr denn je brauche. Sie seien auf einer Wellenlänge, er könne sich blind auf sie verlassen, so dass er sich ganz dem Geschäft mit Japan widmen könne. Dafür würde er regelmäßig nach Tokio fliegen müssen. Bob gestand Sophia großen Entscheidungsspielraum zu und ließ sie die Briefe nach Deutschland unterschreiben, nachdem sie die Antworten in großen Zügen besprochen hatten. Sie wäre tatsächlich nicht leicht zu ersetzen gewesen. Um sie von ihrer verantwortlichen Aufgabe vollends zu überzeugen und ihr Bleiben zu versüßen, abonnierte Terrie *Die Zeit*, den *Volkswirt* und den *Spiegel* an die Adresse der Firma, damit sie sie als Geschäftskosten mit *Newsweek*, *The Economist*, *Time*, der *New York Times*, sowie der *Los Angeles Times* absetzen konnten. Sophia freute sich über die Zeitungen und Terrie versprach ihr, dass sie, sobald alles glatt lief, mit Abendklassen am College würde beginnen können. Sie nahm sich vor, selbst Möglichkeiten auszukundschaften.

Angespornt durch die erfolgreiche Entwicklung der Firma, kauften sie innerhalb weniger Tage ein fast neues Haus mit Doppelgarage, drei Schlafzimmern, zwei Bädern, einer Toilette neben dem Eingang, einer modernen Küche, einem großen Wohnraum und Esszimmer sowie einem riesigen Garten mit Obstbäumen hinter einer weiten Wiese. Das Haus war hell und komfortabel und weit mehr, als Sophia sich je hätte träumen lassen. Sie unterschrieben den Kaufvertrag und die Hypothek und zahlten jeden Monat die doppelte Summe ab, was sie mit ihren beiden Gehältern mühelos schafften.

Sophia kaufte Topfpflanzen, um die Zimmer wohnlicher zu gestalten, denn die Möbel, die Terrie ausgesucht hatte, waren ziemlich dunkel, sie passten aber in die südliche Landschaft. Sie genoss den Blick vom Wohnzimmer über die Terrasse in den Garten mit den dunkellila und brennendroten Bougainvilleasträuchern, die schon aufs Garagendach geklettert waren und die ihre Blütenpracht wie ein Füllhorn von dort oben ausschütteten und konnte sich kaum an den ausladenden weißen und roten Oleanderbüschen sattsehen, deren gefüllte Blüten sich ihr wie ein Feuerwerk darboten und die Mauer zum Nachbargarten verdeckten. Weißer Oleander – weißer Flieder – immer dachte sie an die Gärten ihrer Kindheit. In Südkalifornien wuchs kein Flieder, dafür aber Hibiskusbüsche mit riesigen Blüten in einem satten Gelb und kräftigen Rosa, dazwischen Agaven, Geldbäume und andere südliche Pflanzen, deren Namen sie noch nicht kannte. Hinter der Wiese stand ein Olivenbaum mit seinen lanzettförmigen graugrünen Blättern. Der Boden darunter war mit schwarzen Früchten übersäht, und weiter links lag der Obstgarten. Vor dem Haus blühte Jasmin, dessen betäubendes Parfum nachts ins Haus drang. Und immer sah es draußen anders aus, von den frühen Morgenstunden, wenn die silbrigen Sonnenstrahlen über die Mauer und das taufrische Gras hinweg sich den Garten eroberten, bis zur heißen Mittagssonne, die dunkle kurze Schatten warf, so dass sie sehnlichst den Abend mit der kühlen Briese vom endlos sich nach Westen erstreckenden, dunkelgrünen Meer erwartete, die durch die weit geöffneten Verandatüren ins Haus strömte, alles erfrischend und belebend. Es war ein ewiges Zusammenspiel von Sonne, Meer und Himmel, an dem selten eine weiße Wolke schwebte, und den mit exotischen Pflanzen bewachsenen sanften Hügeln.

„Ihr lebt hier wie im Paradies", sagten alle, die sie besuchten und zum ersten Mal aus dem Haus in den Garten traten. Der Garten glich aber nicht den Paradiesgärtchen auf mittelalterlichen Bildern mit europäischer Flora. Er war viel ursprünglicher und sonniger in seiner mediterranen Pracht. Gab es das Paradies überhaupt, oder war es der Traum aller Menschen durch die Jahrtausende nach Glück und Trost im harten Alltag? Der Garten Eden, der im universalen Gedächtnis weiterlebte, und nach dem die Menschen sich im Innersten sehnten. So lange sie zurückdenken konnten, suchten die Menschen das verheißungsvolle Paradies, versuchten, sich an einen wunderschönen Garten zu erinnern, in dem es alles gab, nicht nur genug zu essen und zu trinken, sondern in dem seidene Kleider und Kissen bereitlagen, und in dem sie ewig froh und ohne Sorgen, ohne Krieg und Elend würden leben können. Der Garten vor dem Sündenfall, vor der Vertreibung und dem ersten Totschlag. Lebten sie hier, an der Grenze von Meer und Land nicht genau da, wo alles einmal begonnen hatte, wo die ersten Lebewesen aus dem Wasser ans Land gekrochen waren und am Ufer fanden, was sie brauchten, so dass sie sich von allem nur nehmen mussten?

Sophias Blick streifte über den Pazifik, auf dem Tanker und weiße Dampfer dahinzogen und an den Wochenenden unzählige Segelboote mit bunten Segeln wie Spielzeugschiffchen auf den Wellen tanzten. Sie konnte ungehindert bis zum Ende der Erdkugel schauen, es war eine neue, fremde Landschaft, die ihr dennoch wie eine Urheimat erschien. Wenn sie allein war, konnte es passieren, dass ihre Augen feucht wurden, und ihr vor Glück Tränen über die Wangen liefen, die ihre von der Sonne heiße Haut kitzelten und ein Lächeln hervorriefen. Da klingelte das Telefon, Terrie würde jeden Augenblick das Büro verlassen. Sie ging ein spätes Abendbrot zuzubereiten, für das sie den Tisch an dem milden Abend auf der Terrasse deckte. Während sie auf ihn wartete, dachte sie an jene stürmische Liebesnacht, in der Terrie sie in tiefster Seele aufgewühlt hatte. Sie sehnte sich nach vielen solchen Nächte und wartete, dass er wieder mit dieser Leidenschaft zu ihr kommen würde, aber sie sprach nie darüber. Warum blieb sie sprachlos, war da noch immer eine Schamgrenze, die sie beide davon abhielt, ihre Liebe so oft sie wollten auszuleben? War er ihr körperlich zu nahe getreten, oder hatte es ihr mehr bedeutet als ihm?

Die Firma wuchs zusehends, der Umsatz stieg über alle Erwartungen, neue Mitarbeiter wurden eingestellt und Bob schaffte die ersten Firmenautos an, einen schwarzen Buick und einen mittelblauen Ford Truck. Bob, Terrie und Sophia behielten alles im Auge, und wenn wirklich einmal etwas nicht wie geplant lief, war es schnell behoben, ehe Schaden entstand. Immer öfter wurde es später Nachmittag, ehe Sophia nach Hause fahren konnte. Zwei Jahre vergingen, dann noch eins, und auf einmal waren es sechs geworden. Finanziell ging es ihnen blendend, geschäftlich reisten sie getrennt, Terrie nach Westen, sie nach Osten. Den Gedanken an eine Hochzeitsreise hatten sie längst aufgegeben. Es blieben einige Wochenenden, an denen sie die Westküste erkundeten, einmal schafften sie es bis nach Vancouver, ein andermal nach Encinatas, und einmal flogen sie nach Mazatlan. Als sie einem Klempner klar machen musste, was im Bad kaputt war, entschloss sich Sophia, spanisch zu lernen. In jener Zeit wechselten die Gärtner von Japanern zu Mexikanern, und wenn sie Handwerker brauchten, erschienen ebenfalls Mexikaner, die ihre eigenen Methoden hatten, etwas zu reparieren, mit Muskelkraft Bäume fällten, aber kaum ein paar Worte englisch sprachen.

Das Leben war ein fortwährender Wirbel, ein Balanceakt zwischen Arbeit im Büro, Kundenbesuchen, Auslandsreisen, Parties und Privatleben, wobei letzteres immer zu kurz kam. Eine wirkliche Freundin hatte Sophia nie gefunden. Die Amerikanerinnen waren so anders mit vollkommen anderen Erfahrungen und Erwartungen. Themen wie Politik, klassische Musik, Geschichte, Architektur, die großen europäischen Romane des neunzehnten und frühen zwanzigsten Jahrhunderts oder Kunst lagen ihnen nicht. Sie wunderten sich aber darüber, dass Sophia nie Hummelfiguren oder Kuckucksuhren von ihren Reisen mitbrachte. Sie wiederum konnte sich in deren Alltagsleben nicht einfühlen. Boston war ihr europäischer vorgekommen, aber sie waren nie wieder dort gewesen, ja sie waren nicht einmal nach Denver gekommen, um Tammy und John zu besuchen, die wiederum ihren Weg nie nach Kalifornien gefunden hatten. Über den hektischen Aktivitäten für das Wohlergehen der Firma vergaß sie tagsüber ihre Einsamkeit. Ihr Verlangen nach Kultur und ihr Heimweh nach Deutschland unterdrückte sie.

Der anfänglich rege Briefkontakt mit Monika war mit der Zeit bis auf den Austausch von Glückwunschkarten versiegt. Die Freundin hatte sich nach dem Jahr bei ihrer Tante in München für ein Wirtschaftsstudium entschieden, und leitete seit ihrem Abschluss den Betrieb und als Monika einmal nach Frankfurt kam, um sich mit Sophia zu treffen, merkten beide, wie fremd sie einander geworden waren. Sie saßen im Garten eines Cafés. Sophia hatte Quarktorte bestellt, die es in den USA nicht gab, und begann, zerstreut mit der Gabel darin herumzustochern. Die beiden Kännchen Kaffee auf dem runden Tischchen erschienen ihr irgendwie absurd, seit sie Deutschland verlassen hatte, hatte sie nie wieder solche Kännchen gesehen und fühlte sich fremd im eigenen Land. Sie hätte gern über so vieles gesprochen, aber beide blieben wortkarg, und als Monika zum zweiten Mal auf die Armbanduhr schaute, verstand Sophia und begleitete sie zum Bahnhof. Beim Einsteigen sagte Monika: „Anton und ich wollen heiraten, wir werden die Firma übernehmen."

„Und das sagst du erst jetzt?"

„Ich schreib' dir … Aufwiedersehen …"

Sophia winkte, bis die Rücklichter des Zuges verschwunden waren, und hätte weinen können, als sie so allein dastand. Langsam lief sie zurück durch das Gewühl in der Bahnhofshalle. Im Hotel wollte Sophia die vielen Abendstunden nicht verbringen. Es war gegen fünf und zu spät, um noch mit Geschäftsfreunden Kontakt aufzunehmen, also ging sie zum Schauspielhaus und kaufte eine Karte. Das hatte mehr Mut gekostet, als sie sich eingestehen wollte, sogar zwei Karten kaufen wäre einfacher gewesen. Blieb noch die Frage, wo sie zu Abend essen sollte. Ein nettes Restaurant mit einem Tisch an der Wand, halb versteckt von den Blicken der anderen, müsste es doch irgendwo geben. Sie musste nicht nur das Gefühl des Fremdseins überwinden, sondern ihr wurde klar, dass dieser Nachmittag sie auf einer ganz neuen Ebene zur Emanzipation zwang. Frauen waren zwar gleichberechtigt, aber noch lange nicht emanzipiert. Sie nahm es Monika übel, dass die sie hatte sitzen lassen, das hätte sie umgekehrt nie getan. Überall sah sie Männer allein in Restaurants, die sich ihr Essen und den Wein schmecken ließen, Zigaretten rauchten und Zeitung lasen, aber nie eine Frau. Dieses Unbehagen war ihr als Frau anerzogen worden. Sie hatte es noch nicht überwunden, auch wenn sie sich schon weit vorgewagt hatte.

Zurück in Los Angeles, gaukelte ihr dieses strahlend helle Licht und die ewige Sonne an einem wolkenlosen Himmel nun schon zum wiederholten Male vor, dass alles in Ordnung sei und wieder ließ sie sich blenden. Aber gerade weil die Sonne so unentwegt schien und alles ausleuchtete, fand Sophia nirgends einen Ort, an den sie sich zurückziehen konnte und fiel in eine Depression, die sie lange nicht als solche erkannte. Sie fühlte sich ohne rechten Schwung, voller Unlust und jeglicher Art Arbeit abgeneigt. Sie musste sich zwingen, früh aufzustehen, sich fertig zu machen und ins Büro zu fahren, dort musste sie sich wiederum überwinden, mit den anderen beiläufig über nichts zu sprechen und sich an ihre Arbeit zu machen. Immer öfter passierte es, dass Dinge unerledigt für den nächsten Tag liegen blieben. Tränen standen ihr beim geringsten Anlass und auch ohne erkenntlichen Grund in den Augen. Nachdem Terrie ihre Lustlosigkeit einige Wochen erduldet hatte, forderte er von ihr, sich zusammenzunehmen und endlich wieder mit ihm am selben Strang zu ziehen. Sie empfand seine Zurechtweisung und den scharfen Ton, in dem er sie vorbrachte, als ungerecht und schrie zurück: „Warum willst du nicht verstehen, dass ich nicht immer so weiterleben kann, in diesem fremden Land?"

Sie hätte wohl noch lange nicht aus diesem schwermütigen Zustand herausgefunden, wenn sie nicht drei Bücher aus Deutschland mitgebracht hätte, die ihr nicht nur über das Gefühl, alleingelassen zu sein, hinweghalfen, sondern ihr noch einmal zeigten, dass es etwas Erstrebenswerteres gab. Sie arbeitete wieder konzentrierter, verließ das Büro spätestens gegen zwei, legte sich im Garten auf eine Liege und las und las. Terrie erschien immer später, weil ihn die Arbeit festhielt und er sich wohl auch gern festhalten ließ.

Das erste Buch, *Nachdenken über Christa T.* von Christa Wolf, deren Namen sie nicht kannte, hatte sie in einer Buchhandlung zufällig in die Hand genommen, und weil sie das Zitat auf der ersten Seite aufhorchen ließ: „Was ist das: Dieses Zu-sich-selber-kommen des Menschen?", hatte sie darin geblättert. Da das Zitat aber von Johannes R. Becher stammte, der den Text der DDR-Hymne „Auferstanden aus Ruinen" geschrieben hatte, kam es ihr fragwürdig vor und sie hatte es wieder weggelegt, als eine Verkäuferin, die sie beobachtet haben musste, ihr das Buch freundlich entgegenhielt und meinte, es lohne sich, diese Geschichte zu lesen. Etwas skeptisch, weil die Autorin von drüben war, nahm sie das schmale Buch und fühlte sich schon nach wenigen Seiten so direkt angesprochen, als sei es für sie geschrieben. Es war wie Therapie und half ihr aus ihrer gefühlten Machtlosigkeit und führte sie zu sich selbst. „Da bin ich machtlos", hatte sie ihre Mutter oft sagen hören, wenn die sich nicht gegen ihren Mann durchsetzen konnte. Einen solchen Satz, hatte sich Sophia vorgenommen, wollte sie kein einziges Mal sagen. Was war bloß losgewesen, wieso hatte sie sich so verrannt, dass ihr eine ihr unbekannte Frau sagen musste, wie sie zu sich selber kommen konnte? Nachdenken über sich und ihr Leben, das tat Not. War sie nicht aus der DDR geflüchtet, weil sie studieren wollte? Hatte sie sich nicht dafür das Abitur erkämpft? Eine Unruhe ergriff sie, so konnte sie nicht weiterleben.

Kapitel 22

Erfüllte Sehnsucht

Zu jener Zeit merkte sie, dass sie die Artikel im *Spiegel*, den sie weiterhin aus Gewohnheit las, nicht mehr verstand. Die Journalisten waren ihr fremd und sie erkannte die Gesichter der deutschen Politiker nicht mehr. Da fiel ihr Jessica ein, die zweimal die Woche zur Aushilfe ins Büro kam. Die war in ihrem Alter und hatte einen *Bachelor Degree*. Die würde sie fragen, den Mut würde sie aufbringen. Aber was heißt hier eigentlich Mut? Ich habe schon so viele Jahre gewartet, würde es nicht viel mehr Mut erfordern, so weiterzumachen wie bisher, wo ich weiß, dass ich etwas anderes brauche? Dieser Gedanke schlug wie eine Bombe ein, endlich hatte sie begriffen, dass es an ihr allein lag, was aus ihrem Leben wurde, und sie dachte noch, was für ein Quatsch, eine Bombe! Eine Bombe zerstört doch alles und hinterlässt einen tiefen Trichter. Nein, wenn schon ein Bild, dann war es eher wie eine Rakete, die sie in ein neues Leben katapultieren würde. Terrie hatte ihr einen Artikel über Wernher von Braun in *Newsweek* zu lesen gegeben. Das war die Wunderwaffe, die Hitler dem deutschen Volk versprochen hatte, mit der er siegen würde. Von der deutschen Vergangenheit kam sie nicht einmal in Kalifornien los.

Am nächsten Tag bat Sophia Jessica, kurz in ihr Büro, holte Kaffee für sie beide und zog die Tür zu. Sonst standen alle Türen immer weit offen, ein Brauch, an den sie sich hatte gewöhnen müssen.

„Is something wrong?", fragte Jessica.

Sophia holte tief Luft und sagte: „Jessica, I need your help. Ich will studieren, wie mache ich das, wo informiere ich mich?"

„Solange du nicht an einer Uni eingeschrieben bist, kommst du an keine Councellors heran, aber mein Mann Frank ist Professor für

Sozialkunde und ich studiere Gerontologie", sagte Jessica, als sei es das Normalste auf der Welt.

„Du studierst?", unterbrach sie Sophia.

„Ja, wusstest du das nicht? Deswegen arbeite ich hier, um wenigstens etwas Geld zu verdienen. Mir fehlen noch zwei Semester bis zum Magister. An der Magisterarbeit schreibe ich schon. Frank kennt eine gute Studienberaterin, ich werde ihn bitten, einen Termin für dich zu machen."

„Und wie komme ich dahin?"

„Ich gehe mit dir", war die spontane Antwort. „Such alles zusammen, was du aus Deutschland hast, deine Zeugnisse usw."

Sophia glaubte zu träumen. Da hatte sie ja doch eine Freundin!

Noch in derselben Woche fuhr Jessica mit Sophia an die Uni zu Dr. Ruth Michels. Die sah sich Sophias Abiturzeugnis genau an, hakte ab, was ihr angerechnet würde und schrieb drei Kurse auf, die sie noch brauchen würde, um aufgenommen zu werden. Die könnte sie auf einem City College machen. Das müsste sie in einem Semester schaffen. Sie würden dort nicht viel kosten, eine *Social Security Number* habe sie ja, und dabei könne sie sich auch gleich an das amerikanische System gewöhnen. Dann hatte sie Sophia noch gefragt, was sie als Hauptfach anmelden wolle. „Wahrscheinlich Business." Dafür brauche sie mehr Mathematik, erklärte Dr. Michels, aber auch diesen Kursus könne sie am College machen und dafür einen anderen weglassen. Zum Schluss bot sie Sophia an, sie jederzeit anzurufen, wenn sie noch Fragen habe, und überreichte ihr ihre Karte.

Sophia verließ mit dem Anmeldeformular und einer Liste von Unterlagen, die sie würde einreichen müssen, das Büro. Sie rannte den Flur entlang, die breiten Treppen hinunter, immer zwei Stufen auf einmal nehmend, dem Ausgang zu und wurde hinter der schweren Tür von der gleißenden Sonne empfangen. Sie wusste, hier war ihre neue Heimat und jauchzte auf. Ein Student, der auf sie zukam, lachte mit ihr. Die Jahre des Wartens und der latenten Angst, es doch nicht zu schaffen, waren vorbei! Dem Studium, von dem sie schon geträumt hatte, als sie mit Peter über die Gartenmauer hinweg gestritten hatte, stand nichts mehr im Wege.

Sophia sagte Terrie nichts von ihren Plänen, weil sie erst sehen wollte, wie sich alles entfalten würde. Als Terrie sie sonntags mit einem Textbuch, Schreibblock und Kuli im Garten sah, begriff er, dass sie nicht die dieselben Ambitionen für die Firma teilte, welche er, wie es aussah, eines Tages übernehmen würde.

„Warum hast du mir nichts gesagt? Hättest du nicht mit mir sprechen können, damit wir gemeinsam planen können?", fragte er vorwurfsvoll.

„Das habe ich ja oft genug versucht, aber du hast mich immer wieder hingehalten. Und zu meinem achtundzwanzigsten Geburtstag, an dem wir nach Catalina fahren wollten, musstest du plötzlich nach New York. Ich will nicht dreißig werden und immer noch dasselbe tun."

Terrie tat, was er immer in solchen Situation tat, er setzte sich mit einer Dose Bier vor den Fernseher, schmollte wie ein kleiner Junge und sprach den ganzen Abend kein Wort mit Sophia. Am nächsten Morgen fragte er, was sie vorhabe.

„Das weißt du doch."

„Wenn du voll studieren willst, müssen wir jemanden einstellen, der bereit ist, seinen vollen Einsatz zu geben."

„Sucht ihr einen Mann? Es klingt ganz danach."

„Am besten wär's. Ihr Frauen seid nicht zuverlässig genug. Wenn ihr nicht schwanger seid, macht ihr trotzdem, was ihr wollt und überhaupt. Wie kannst du mich so hängen lassen?"

„Wie kannst *du* mich so hängen lassen? Wir hatten vor unserer Hochzeit ausgemacht, dass ich in Kalifornien studiere. Schon am ersten Abend, als wir uns im Zug trafen, haben wir darüber gesprochen, und dass ich in den USA die Freiheit dazu haben würde. Deswegen hatte ich mich auf dieses Abenteuer eingelassen."

„Ach, nur deswegen?", fragte Terrie.

„Nein, natürlich nicht. Aber dass ich studieren wollte, war dir doch klar?"

„Aber jetzt ist dafür kein guter Zeitpunkt, verdammt noch mal, wir sind alle mit Arbeit überlastet und brauchen deine uneingeschränkte Hilfe."

„Wenn ich studiere, ist das auch für dich, es ist für uns beide."

„Im Moment ist das aber ganz schlecht."

„Ein günstiger Zeitpunkt wird nie kommen. Wie lange soll ich noch volles Verständnis zeigen und meine Wünsche hintanstellen!?"

„Du brauchst doch kein Studium, warum willst du dich unnötig quälen, du trägst mit deinen Vorschlägen und deinem ganz speziellem Wissen zum Vorwärtskommen der Firma bei – es geht uns gut, begreifst du das nicht?!"

„Es geht uns sogar sehr gut. Aber was heißt hier brauchen? Zum Geldverdienen anscheinend nicht, aber Geld wird für mich nicht immer genug sein. Ich brauche mehr, genauso wie du, als du studiert hast. Ohne dein Studium wärst du nie Bobs Partner geworden. Ich versacke hier in einer Routine mit Dingen, die mich geistig nicht auslasten, die eintönige Büroarbeit wird mir zur Qual. Das machen die Reisen nicht wett. Ich hatte mir unser Leben erfüllter und lebensfroher vorgestellt. Wir gehen ja nicht mal mehr ins Konzert. Die Musik fehlt mir."

„Ich bin abends einfach zu müde, um noch ins Music Center zu fahren."

„In Deutschland hatte alles anders geklungen. Und was ist mit unserer Liebe?"

„Was heißt denn Liebe, Sophie? Meinst du, ich liebe dich nicht mehr?"

Sophia sagte nichts dazu, ihr ging es ums Studium.

„Dann mach, was du willst, wenn du so uneinsichtig bist und auf deinen Standpunkt pochst. Du kannst meinetwegen Jessicas Arbeit übernehmen und ich besetze deine Stelle neu."

„Dann ist ja alles in Ordnung", spottete Sophia, „aber Jessicas Arbeit – du spinnst wohl – die nehme ich ihr bestimmt nicht weg!"

Einerlei war Sophia die Richtung nicht, die das Gespräch genommen hatte. Terries vorwurfsvolle Worte waren vollkommen übertrieben. Er benahm sich patzig, verließ grußlos das Haus und knallte die Tür hinter sich so laut zu, dass sie zusammenfuhr. Sie ging ihm nicht nach, dieses Mal nicht, obwohl sie versucht war, aber was hätte sie sagen sollen? Dass es ihr leid tue, ihn noch einmal bitten, sie doch zu verstehen? Im selben Moment überkam sie Angst, sie hörte den Motor anspringen, vernahm das Geräusch der Reifen auf dem Kies, dann gab Terrie Gas. Wenn er schon Ersatz für sie hatte, umso besser! Dennoch traf sie seine Einstellung. Dazu kam, dass die Briefe der Mutter voller Klagen darüber waren, dass ihre Tochter so weit weg wohne, und als Thomas auf dem Gymnasium versagte, war sie vollends entsetzt und wollte wissen, wann denn endlich ein Enkelchen komme. Sophia bekam Kopfschmerzen, nahm zwei Aspirin und rief Jessica an. Die beruhigte sie.

Nach dem Telefonat fuhr sie ins Geschäft. Die Tür zu Bobs Büro war geschlossen. Sie, erledigte ihre Arbeit. Dann ging sie zu Terrie, der ihr auf halbem Weg im Flur entgegenkam. Sophia gab ihm einen Kuss. Am Abend sprachen sie sich aus und kamen überein, dass sie ihre Arbeit im Büro wie bisher fortführen und nebenbei die Kurse am College absolvieren würde. Ein richtiges Studentenleben würde sie sowieso nicht führen, schließlich war sie zehn Jahre älter als die von der *High School* und hatte andere Ziele. Sie wollte aber das Haus nicht mehr saubermachen müssen. Terrie schlug Graciela Lopez vor, die das Büro putzte.

Während des Semesters meldete sie sich an der Uni an. Sie sollte ein Hauptfach eintragen und wenn möglich auch ein Nebenfach. Obwohl sie bis dahin geglaubt hatte, dass sie *Business Administration* wählen würde, und Terrie und Bob ihr dazu geraten hatten, entschied sie sich in einem Anflug von Heimweh für deutsche Literatur als Hauptfach und Philosophie als Nebenfach. Sie brauchte Menschen, mit denen sie deutsch sprechen konnte.

Beglückt tauchte sie in die Welt der Bücher und Ideen ein. Noch nie hatte sie so viel Literatur gekauft, um ihren Heißhunger auf Wissen zu stillen. Bis auf die neuesten Titel fand sie das meiste für wenig Geld in antiquarischen Buchhandlungen oder wenn die Bibliothek Tische voller ausrangierter Bücher zum Verkauf anbot und schleppte diese Schätze kistenweise nach Hause. Sie war wie im Rausch und gewann ihr inneres Gleichgewicht wieder. Ein Semester nach dem anderen verging wie im Flug. Terrie war stolz auf sie.

Bernhard, ein um einige Jahre jüngerer Student aus Zürich, der dort schon zwei Jahre studiert hatte, und von dem sie oft in ein Wortgeplänkel gezogen wurde, welches in tiefsinnigen Gesprächen endete, schenkte Sophia Hans-Georg Gadamers *Wahrheit und Methode*, das er bei einem *book sale* erstanden hatte. Von Gadamer hatte sie noch nie gehört. Sie verbrachte Wochen mit dem Buch. Nein, denken tat nicht weh, wie die Lehrer ironisch gesagt hatten, aber es erforderte Mut und nach Stunden der Lektüre sie war so müde, als hätte sie Steine geschleppt.

Am Ende eines Semesters bekamen sie die Leselisten für das Romantikseminar. Ein Dutzend Bücher waren Pflichtlektüre, von einer zweiten Liste sollten sie sich einen Titel für ein Referat auswählen. Während Sophia die Listen überflog und die Bücher abhakte, die sie schon besaß, begann das Blatt in ihrer Hand zu zittern. Es gab keinen einzigen Titel von einer Frau geschrieben.

„Wieso sind hier nur Werke von Männern auf der Liste, warum lesen wir nichts von Frauen?", platzte sie heraus.

Der Professor hieß Burkhard Lehmann. Er sah gut aus und erinnerte sie an das Porträt Achim von Arnims im Goethe Haus in Frankfurt am Main, obwohl er Arnim nicht ähnlich sah. „Was fehlt denn Ihrer Meinung nach, Frau Schwartz? Könnten Sie Ihre Kritik etwas präziser formulieren?", fragte er sofort gereizt.

„Warum wir nichts von Frauen aus der Romantik lesen, diese Listen sind doch vollkommen einseitig", provozierte sie. Lehmann war empfindlich, wenn es um seinen Ruf als Wissenschaftler ging. Ihr Herz klopfte, sie fühlte ihr Blut wallen und in den Schläfen hämmern. Kritik vorbringen, und sei sie noch so berechtigt, musste geübt werden und sie hatte darin wenig Übung.

„Dann machen Sie doch einige Vorschläge, wenn Sie meinen, dass es Literatur von Frauen gibt, die für uns interessant wäre", forderte Lehmann anzüglich.

Gerade in der Romantik hatten Frauen zum ersten Mal in größerer Zahl zur Feder gegriffen und auf sich aufmerksam gemacht. Diese Aufforderung, Frauen zu nennen, war doch die Höhe, wer war denn hier der Professor, wer hatte denn diese Listen zusammengestellt? Die wurden anscheinend schon Jahrzehnte unverändert so benutzt, als hätte es keine neuen Einsichten in der Romantikforschung gegeben. Wieso war Lehmann so unsachlich? Die diversen Leselisten gaben sowieso jedes Semester Anlass zu Kritik. Auch auf denen fürs 19. und 20. Jahrhundert gab es höchstens ein, zwei Schriftstellerinnen, meist fehlte die neueste Literatur, und wurde eine Frau überhaupt je Dichterin genannt? Die Erklärung war immer dieselbe: Frauen schrieben anders, würden weder Politik, Wirtschaft, Philosophie, noch den Staat einschließen, ihre Themen beschränkten sich aufs Familienleben, und wie ein Triumph wurde hinzugesetzt, sie hätten keine Biographien! Das Schreiben war seit Urzeiten eine Domäne der Männer, aber wer, wenn nicht die Frauen, konnte Licht auf ihre eigene desolate Situation werfen?

Sophia ärgerte sich, dass sie keine Unterstützung bekam, weder von den Frauen, noch von den Männern in der Klasse. Alle hörten geflissentlich weg. Schließlich waren sie vom Wohlwollen des Professors abhängig, der sich erinnern würde. Und warum würde er sich nicht positiv an Sophias Hinweis erinnern?

„Ich werde mich erkundigen", sagte sie, „ich weiß, dass es Romane von Frauen gibt und auch Ausgaben von Briefen."

„Diese Romane sind erstens nicht auf demselben literarischen Niveau wie die der Dichter und zweitens gibt es keine neuen Auflagen, wer kann schon die alte deutsche Schrift noch lesen! Und Briefe sind keine Literatur."

Eine doppelte Abfuhr. Wie primitiv, entsetzte sich Sophia. „Und was ist mit Reiseliteratur von Frauen? Ich denke da an Sophie von la Roches

Reisetagebücher oder *Die Geschichte des Fräuleins von Sternheim*. Die Bücher sah ich neulich in der *Research Library"*, sagte sie hartnäckig.

„Sophie von la Roche ist schon gleich die einzige, aber die taugt nicht für ein Seminar, das die Romantik tiefschürfend betrachtet. Ihr Stil ist typisch weiblich moralisierend, sie passt auch zeitlich nicht."

Da war es ja ein Glück, dass Frauen studieren durften, um den Männern und ihren Leistungen zu huldigen, dachte Sophia. Sie empfand Wut und Scham darüber, eine Frau zu sein, mit der so verfahren wurde, und sage: „Ach so, wir lesen nur Romane von Männern, und überhaupt keine Briefe, nicht einmal den Briefwechsel zwischen Goethe und Schiller? Ich finde aber, wir brauchen die Weltsicht der Frauen in einem Romantikseminar. Ich will wissen, was sie dachten, wie sie liebten und lebten."

„Wenn Sie sich für den Briefwechsel zwischen Goethe und Schiller interessieren, bitte, dann vermerke ich das sofort." Lehmann zückte seinen Kuli.

„Was ist mit Bettina Brentano, passt die auch nicht in die Zeit? Briefe geben Einblick in das Leben der Menschen, sie berichten von ihren Wünschen, Krankheiten, Sorgen und von der Liebe. Selbst wenn sie am öffentlichen Leben kaum teilnehmen konnten und nicht allein reisen durften, schrieben sie doch von ihren Verlusten! Kein Wunder, dass tatenlustige Frauen davon träumten, ein Mann zu sein und in Männerkleidung die Welt bereisten, um etwas außerhalb der häuslichen Enge erleben zu können", fuhr Sophia ungebremst fort.

„Moment mal", unterbrach sie Lehmann, „das Leben war damals so, das Reisen war äußerst beschwerlich, besonders für Frauen."

„Ich bin mir sicher, dass das den Frauen bewusst war und sie gerne alles auf sich genommen hätten, um mitfahren zu können. Frauen wussten, dass sie ohne Reiseerfahrungen armselige Geschöpfe waren. Von den Männern hörten sie ja, wie interessant das Leben sein konnte, wie spannend und abwechslungsreich es in der weiten Welt zuging, aus der sie Geschichten und Trophäen mitbrachten. Natürlich fehlte den Frauen vernünftigere Kleidung, für die beschwerlichen Reisen."

Sophia befand sich in größter Unruhe. Soweit hatte sie sich noch nie vorgewagt. Welche Schmach es für die Frauen bedeutet haben musste, nicht ohne männliche Begleitung reisen zu dürfen, und weil sie selten mitgenommen wurden, waren sie im wahrsten Sinne des Wortes unerfahrene, uninteressante Wesen für die Männer.

„Sie dürfen nicht vergessen, dass Frauen sich in ihrer Welt beschützt fühlten und den Schutz brauchten und auch ausnutzten, wann immer sie es ihnen Vorteile brachte", erklärte Lehmann.

„Klar, die Frauen brauchten Schutz in einer Welt, die die Männer für sie unsicher gemacht hatten und auch so halten wollten, damit sie sich nicht hervorwagten und ihnen gar Konkurrenz machten." Sophia musste sich zusammennehmen, um ruhig zu bleiben. Hatte nicht schon Montaigne vom Reisen als von der wirklichen Bildung gesprochen, dass wir andere Völker und deren Sitten erst dann verstehen, wenn wir mit eigenen Augen sehen, wie sie leben, wohnen, schlafen, wie sie sich kleiden? Erst wenn wir mit ihnen essen und trinken kommen wir einander näher und erkennen, dass ihre Sitten und Bräuche nicht schlechter sind als unsere, sondern nur anders.

„Dann schlagen Sie etwas vor, bringen Sie mir einen Roman von einer Frau", entschied Lehmann. „Lesen Sie den aber vorher – wenn er Ihr Interesse halten kann – Frauen haben keine Erfahrung im Schreiben." Und an alle gewandt fügte er hinzu: „Es steht Ihnen frei, Ihre Referate über Schriftstellerinnen der Romantik zu halten, versuchen Sie's, mich zu überzeugen."

„Würden Sie auch von Mme de Staël sagen, dass ihre Schriften nichts taugen? Ihr Buch *De l'Allemagne* haben wir im Französischunterricht in der Oberstufe gelesen", fragte Sophia lauter als beabsichtigt. Wenn ihr nicht die Lust am Studium vergehen sollte, würde sie sich aufmachen und beweisen müssen, dass Frauen mit ihrer Literatur ernstzunehmende Beiträge geleistet haben und neue Themen und Richtungen aufzeigten. Die Männer mussten sich einer solchen Beweisführung ihrer Arbeiten nicht unterziehen. Sogar die Frauen schienen das langsam zu begreifen. Es würde noch ein langer Weg in die Gleichberechtigung sein.

„Wie schon gesagt, überzeugen Sie mich." Damit verließ Lehmann den Raum.

„Unsere Emanze", feixte Clemens Fischer.

„Was besseres fällt dir wohl nicht ein!", blitzte ihn Sophia ab. „Sei doch mal ehrlich, so geht es nicht bis in alle Ewigkeit weiter. Ich war zwar zu der Zeit nicht mehr in Deutschland, aber den Spruch: ‚Unter den Talaren – Muff von 1000 Jahren' hab' ich mitgekriegt und der passt hier. Diese Listen", und sie wedelte mit ihnen in der Luft herum, „sind mehr als Muff, die sind frauenverachtend und geschichtsverfälschend! In welchem Jahrhundert leben wir eigentlich?"

„Hört, hört!" rief Roger, der sonst keinen Mucks von sich gab.

„Seid nicht so blöd. Irgendwann muss sich was bewegen, wir müssen doch endlich gemeinsam im 20. Jahrhundert ankommen! Mein Gott, nun sag schon mal was, Clemens! Ich will mehr darüber herausfinden, wie es den Frauen durch die Jahrhunderte ging, es muss schließlich auch im Interesse der Männer sein, dass ein gleichberechtigtes Zusammenleben mit Frauen selbstverständlich wird. Du hast doch schon so viel gelesen, das betonst du ja bei jeder Gelegenheit. Interessiert dich da nicht mal was Neues? Komm mit und such mit mir was in der Bibliothek."

„Du hast dich ja richtig in Rage geredet, was für eine Gardinenpredigt und welche Leidenschaft", lachte Clemens. „Das kenne ich an dir gar nicht."

„Du hast gut lachen, aber ihr Männer seid nicht aufrichtig. Bist du dir überhaupt im Klaren darüber, wieviel Potenzial über die Jahrhunderte brach lag und für alle verlorengegangen ist, weil Frauen nicht mitmachen durften? Wir beide schreiben Referate über Schriftstellerinnen, abgemacht?"

„Ja, also gut. Du hast ja recht. Stell schon mal eine Liste auf."

„Wieso ich? Das machen wir gemeinsam!"

Sie durchstöberten die Regale der mit deutschen Büchern sehr gut bestückten Bibliothek. Sophia staunte über das große Angebot an Literatur von Frauen, und war erbost darüber, dass es kein einziger

Titel davon auf die Leseliste geschafft hatte. Sollten sie immer nur aus zweiter Hand, von Männern, über Frauen erfahren? Und selbst wenn die Titel vergriffen waren, konnten sie ja relevante Kapitel kopieren. Schließlich wurden jedes Semester ganze Reclam-Hefte kopiert, weil die Bestellungen mal wieder zu spät rausgegangen waren. Sie wählte ein Buch von Karoline von Günderrode mit Gedichten, Phantasien und poetischen Fragmenten, von Bettina Brentano den Roman *Dies Buch gehört dem König* und als drittes nahm sie Caroline von Wolzogens Roman *Agnes von Lilien* mit, der bei Erscheinen großes Aufsehen erregt hatte, wie sie in der Einführung las, ja es wurde von einer literarischen Sensation gesprochen, die ihr Begehren nach Freiheit deutlich mache, so dass er als Dokument seiner Zeit gelten konnte. Für meine Freiheit kämpfe ich ja immer noch, dachte Sophia. Die Lektüre führte sie in eine ihr wenig bekannte Welt, aber das galt auch für die Romane der Männer, die sich ebenso spröde präsentierten. Eichendorffs Novelle *Aus dem Leben eines Taugenichts* und Heines *Deutschland, ein Wintermärchen* waren Ausnahmen. Ihr Deutsch las sich wunderbar leicht, aber gerade Heine verstieg sich dahin, gebildete Frauen als Verirrung der Natur zu bezeichnen.

Günderrode, Brentano und Wolzogen waren eigensinnige Frauen im wahrsten Sinne des Wortes. Sophia probierte aus, sie nur beim Nachnamen zu nennen. Uneingeweihte würden annehmen, dass es sich um Männer handelte, denn die Schriftstellerinnen der Romantik wurden meist nur beim Vornamen genannt. Wie lange sie manchmal brauchte, um etwas zu erkennen, weil sie es immer so gehört hatte, ärgerte Sophia. Die Erklärung der Literaturhistoriker war, dass alle sofort wüssten, von wem die Rede sei, wenn Bettina, Rahel oder Caroline gesagt wurde. Lehmann verstieg sich sogar soweit zu sagen, dass die Anrede mit dem Vornamen respektvoller sei und auf das besonders Weibliche hinweise, die Frau also als Individuum herausstelle, der Gebrauch der Vornamen würde bei den Lesern Vertrauen schaffen. Und wie steht es mit den Leserinnen, konnte da Sophia nur noch fragen. Umgekehrt käme bestimmt niemand auf die Idee, so etwas über die Wolfgangs, Heinriche oder Friedriche zu sagen. Sophia fand es respektlos, bei den Frauen auf den Familiennamen zu verzichten. Erklärte diese Angewohnheit vielleicht, dass diese geistreichen und selbstbewussten Frauen, die so viel Licht auf ihre Zeit warfen, die in den richtigen Kreisen mit den bekanntesten Schriftstellern, Musikern, Philosophen, Malern und Wissenschaftlern verkehrten, gerade deshalb von der Literaturgeschichte vernachlässigt und bald wieder vergessen wurden, weil sie nur Vornamen hatten und somit von vornherein nicht auf gleicher Stufe mit ihren Kollegen standen?

Selten verfügten Frauen über genug Geld, um ein finanziell unabhängiges Leben führen zu können. Günderrode, Brentano und Wolzogen sprachen von den Begrenzungen, die sie in ihren Lebensumständen antrafen, denn sie bekamen kaum Anleitungen im Schreiben und Malen, das Komponieren wurde ihnen untersagt, Bildhauerinnen gab es keine, von den Naturwissenschaften blieben sie ebenfalls ausgeschlossen. Wenn sich eine Frau doch einmal etwas zutraute, mussten ihre Werke unter dem Namen eines Mannes der Öffentlichkeit vorgestellt werden. Ein veritabler Teufelskreis. Sie wollten dabei sein, mitreden, reisen, schreiben, kurz etwas Rechtes vollbringen. Heldinnen wollten sie sein, wie die Männer Helden waren. Sie wollten nicht länger am Rande einer Gesellschaft den Abend lang unbeachtet und stumm auf einem Stuhl hocken oder gar durchs Schlüsselloch gucken oder hinter angelehnten Türen lauschen müssen, um etwas von der Unterhaltung der Männer mitzubekommen, nur weil sie Frauen waren und ihnen die ebenbürtige Bildung fehlte, die ihre Väter, Brüder, Verlobten und Freunde ganz selbstverständlich genossen hatten. Bei dem Gedanken an ein Schlüsselloch lachte Sophia. Wie oft hatte sie als Kind durchs Schlüsselloch geguckt, um zu erfahren, was die Eltern taten.

Weil Sophia durch ihre Arbeit nur zu ihren Klassen auf dem Campus war, kannte sie viele Professoren nur vom Sehen. Es gab da einen älteren Professor, der Seidensticker hieß und Mediävist war, bei dem sie aber nie einen Kursus belegt hatte. Eines Tages lud er sie zum Lunch ein. Sie war überrascht, nahm die Einladung aber an, denn bei der Gelegenheit könnte sie ihm ja einige Fragen über Frauen im Mittelalter stellen. Als sie zur verabredeten Zeit kam, saß er schon bei einer Flasche Weißwein auf der Terrasse.

„Ich war so frei und habe schon einmal Wein für uns bestellt", sagte er in bester Stimmung und schenkte Sophia ein.

„Zum Wohl!" Sophia hob ihr Glas.

„Zum Wohl, Sophia! Sagen wir doch du, ich heiße Erik." Sie stießen an. „Auf dich!" Er lachte sie an. Sie lächelte zurück.

Dieses Du hatte Sophia aus dem Konzept gebracht. Sie tat als hätte sie es nicht gehört und sagte unvermittelt: „Ich wollte Sie gerne einiges über die Frauen im Mittelalter und deren Rolle in der damaligen Gesellschaft fragen."

„Wo bist du denn mit deinen Gedanken an so einem schönen Tag, Sophia", witzelte der Professor, „und bitte, nenn mich Erik. Ich werde mein Bestes tun und dir zu deiner Zufriedenheit Rede und Antwort stehen. Wo drückt denn der Schuh?"

Sophia ging nicht auf die saloppe Redeweise ein und fuhr fort: „Also, ich bin sicher, dass auch schon im Mittelalter nicht nur die Frauen durch ihre aufs häusliche beschränkte Rolle viel verloren, sondern auch die Männer." Ihre Worte klangen ihr gestelzt, wie konnte sie nur so plump beginnen?

„Bestellen wir erst mal", wich Seidensticker aus. „Beim Essen spricht es sich leichter. Heute ist ja wieder ein wunderschöner Tag, der verleitet so richtig zum Nichtstun – und dann mit dir hier", schwelgte er.

„Das ist doch genau der richtige Tag, um mir etwas über die Frauen im Mittelalter zu erzählen, wie Männer und Frauen in jener Zeit lebten.?"

„Geht es etwas konkreter?"

„Wie gebildet waren sie, wie war ihr Leben am Hof, was wissen wir über den Umgang zwischen Frauen und Männern, wie war das mit der Liebe?"

Seidensticker hob sein Glas und prostete ihr erneut zu.

„Wollen Sie mich ablenken?"

„Liebend gern, wenn es mir nur gelingen würde. Die Sonne tut gut, findest du nicht auch, und die Anspielung auf die Liebe lässt hoffen." Sophia überging seine Antwort. „Also, ich kann mir vorstellen, dass Frauen schon damals unter ihren beengenden Verhältnissen litten, weil sie wussten, dass sie mehr konnten. Sie müssen doch Sehnsüchte gehabt haben."

„Hol mal Luft zwischendurch", empfahl Seidensticker süffisant. Sophia ließ sich nicht beirren. „Ich glaube nicht, dass kluge Frauen, die in ihren Kemenaten saßen und stickten und auf die Rückkehr ihrer Männer warteten, wirklich froh waren. Ich kann sehr gut sticken, aber es regt den Geist nicht sonderlich an, selbst wenn ich dabei Radio höre, ist es eine passive Arbeit. Die Muster sind vorgegeben oder du zählst Fäden ab, bleibt die Auswahl der Farben, aber selbst die unterliegen einer Mode. Sticken erfordert gute Augen und etwas Talent, aber wenig Kreativität."

„So habe ich mir das noch nie überlegt", gab Seidensticker verdutzt zu, leerte sein Glas in einem Zug, schenkte sich das dritte ein, lehnte sich zurück und sagte auf seinen Namen anspielend: „Ich habe zwar noch nie gestickt, aber du übertreibst da, Sophia. Das waren damals ganz andere Zeiten."

„Ach so, ich übertreibe? Nicht mitmachen dürfen, ausgeschlossen sein, ja weggeschlossen werden, daran litten die Frauen auch damals, das garantiere ich Ihnen. Sich fügen und verleugnen müssen, und zugleich mit ansehen, wie einfältig und schwerfällig sich die Männer oft anstellten. Es ist so wenig über das Leben der Frauen in vergangenen Jahrhunderten bekannt, alles erscheint so schemenhaft, so wenig ergiebig. Was bleibt von unseren Müttern, Großmüttern, oder gar unseren Urgroßmüttern? Aber selbst wenn uns von den Lebensläufen unserer Vorfahrinnen wenig bekannt ist, weil sie stumm bleiben mussten, kam dennoch etwas bis auf mich und ich werde es wiederum an meine Kinder weiterreichen. Einige Tagebücher und Briefe sind erhalten geblieben, darin finde ich längst vergessene Worte, denen ich nachlausche. Aber Papier war teuer, was sollten sie auch von ihren billigen Leben auf teures Papier schreiben – wenn sie schreiben konnten? Wie war es denn mit Mozart und seiner Schwester Nannerl. Auf die erste Italienreise durfte sie mit, weil sie wunderschön Klavier spielen und damit Geld für die Familie verdienen konnte. Beide waren Publikumslieblinge. Aber bei der zweiten Italienreise war sie schon zu alt, entschied der Vater. Und weil sie nicht mehr öffentlich auftreten durfte, verblasste ihr Ruhm in kürzester Zeit und ihr Talent verfiel. Und was war mit Fanny Mendelssohn?"

Sophia hatte ihren Salat kaum angerührt. Hatte sie sich eine Blöße gegeben? Seidensticker war zuletzt unruhig auf seinem Stuhl hin- und hergerutscht, winzige Schweißperlchen standen ihm auf der Stirn. Was er da zu hören bekam, schien ihm wenig zu munden. Er hätte Sophias Redefluss gern gestoppt, aber sie sprach so eindringlich und leidenschaftlich, dass er warten musste, bis sie fertig war.

„Die Frauen haben damals sicher nicht so gelitten haben, wie du annimmst. Sie kannten es ja nicht anders, da übertreibst du. Dass Fanny komponiert hat, wissen wir. Wir müssen mit unseren Interpretationen vorsichtig sein und können nicht aus heutiger Sicht auf damals schließen."

Solche Antworten kannte Sophia zur Genüge. „Aber genau das ist es ja! Wir wissen leider nur wenig von Fanny! Die Frauen der Romantik hatten begonnen, an ihren Lebensumständen etwas zu verändern. Sie wollten sich nicht länger mit den wenigen, gedankenlos weggeworfenen Krümeln begnügen. Und ihr Männer meint zu wissen, dass sie nicht darunter gelitten hätten?! Wie lest ihr diese Zeugnisse eigentlich?" Die Worte sprudelten nur so aus ihr heraus. „Und wie ist es denn heute? Selbst wenn wir Frauen inzwischen mehr *dürfen* und uns auch trauen, so leben wir doch weiterhin in einer Männergesellschaft. Ich muss manchmal einfach übertreiben, sonst reagiert ihr ja nicht. Habt ihr nicht auch jahrhundertelang übertrieben?" Sophia lachte. Sie war impulsiv und wissenshungrig.

„Woher meinst du, das alles zu wissen?", fragte Seidensticker pikiert.

„Ganz einfach, weil ich eine Frau bin und immer noch mit den gleichen Problemen kämpfe. Wenn ich lese, was Männer über Frauen schreiben, dann merke ich schnell, wie sie sich die Frauen wünschen."

Sophia hielt inne: „Seit wann sagen wir eigentlich du?"

„Seit wir vorhin Bruderschaft getrunken haben", sagte er feierlich.

„Bruderschaft, ach so. Bin ich da jetzt Ihr Bruder?"

„Du bist noch schöner, wenn du dich ereiferst", grinste Seidensticker. „Außerdem studierst du ja, es geht dir gut, du hast doch alles, was du brauchst. Warum machst du dich mit dem verrückt, was früher war? Aber wenn du die Sprache verändern willst und so absonderliche Sachen sagst, na dann prost. Der Wein ist übrigens nicht schlecht." Er drehte das Glas vor sich in der Sonne.

„Typisch! Warum wollt ihr Männer das nicht verstehen? Wie die Frauen früher lebten, das ist ein Teil von mir, das ist mein Erbe. Für mein Studium musste ich kämpfen. Ich konnte zwar immer mit meinem Mann mithalten, und weiß viel mehr, als die Frauen seiner Kollegen, deren Gespräche sich allein um Kinder und Ehemänner, Häuser und Haustiere drehen. Sie tauschen eigenartige Rezepte für Aufläufe und cookies aus, planen Tupper Ware und Amway Parties, auf denen sie über Putzmittel oder Plastikbehälter in allen Farben und Formen in Verzückung geraten, sie laden zu Kindergeburtstagen, sowie Arts and Crafts Projekten ein, und ich muss aufpassen, nicht eingeladen zu werden – aber ich schweife ab. Jedenfalls haben die Frauen damals gelitten, das können Sie mir glauben!"

„Nimm es nicht so persönlich, ich bitte dich!" Er streichelte ihre linke Hand.

Sie entzog sie ihm, er griff wieder nach ihr.

„Was wollen Sie eigentlich von mir?" Sie wusste die Antwort, wollte es aber hören.

„Alles", sagte er und blickte ihr ungeniert in die Augen.

Sophia hielt seinem Blick stand. Auf einmal ekelte sie sich. Sie wusste tatsächlich wenig vom Leben als Studentin. Diese Einsicht ließ sie lächeln. Sicher verstand er ihr Lächeln falsch. Sie schaute auf ihre

Armbanduhr, stand auf und sagte: „Entschuldigen Sie mich, aber ich muss jetzt gehen. Clemens und ich wollen unsere Referate über Frauen der Romantik aufeinander abstimmen. Das ist viel Arbeit, es gibt kaum Sekundärliteratur, die müssen wir erst schaffen."

Seidensticker war so überrascht, dass er ihr nur ein „Ciao", nachrief und nach ihrem noch fast vollem Glas Wein griff.

Nach dem überstürzten Aufbruch war Sophia unzufrieden mit sich und dass sie auf Seidensticker reingefallen war. „Wie mich das umtreibt, wie nahe mir das geht, die Schicksale der Frauen, die schiefgelaufene Unterhaltung", murmelte sie. Die Romantikerinnen geisterten ihr im Kopf herum, sie fühlte sich ihnen verwandt, wie sie mit ihren Großmüttern oder Großtanten verwandt war, nur war es eine viel aufregendere geistige Verwandtschaft. Diese Frauen, von denen viele Vornamen trugen, die heute altmodisch klangen, waren dennoch so modern und lebendig. Als sie aufblickte, kam ihr Clemens entgegen.

„Wo willst du denn hin?", fragte sie überrascht.

„Zur Bibliothek, aber die Sonne scheint so verlockend, dass ich viel lieber draußen bleiben möchte – und du, was hast du vor?"

„Die Sonne scheint hier doch immer", lachte Sophia, „hast du schon gegessen?"

„Nein", antwortete Clemens gedehnt, als müsse er erst noch darüber nachdenken, aber wahrscheinlich überlegte er, ob er genug Geld hatte.

„Ich hab' einen Riesenhunger, komm, ich lad' dich ein, da können wir draußen sitzen und überlegen, wie wir für das Romantikseminar vorgehen wollen."

„Lunch klingt verlockend, mit dem anderen, das werden wir sehen."

„Ich will schon mal einige Punkte festhalten, da können wir umso länger guten Gewissens sitzen bleiben und die weiche Luft genießen. Ich fühle mich den Frauen der Romantik einfach verpflichtet. Ihr Werk wirft auch ein interessantes Licht auf die Arbeit der Männer."

„Wenn du es sagst."

„Zieh dich nicht so. Wenn du ehrlich bist, musst du mir recht geben."

„So schnell muss ich gar nichts", lachte er und ließ sich von ihr hofieren. Auf dem Weg zur *Cafeteria* sah sie, wie Seidensticker schlendernd zur Schönberg Hall lief, nur gelang ihm das Schlendern nicht so richtig, auch nicht mit der rechten Hand in der Hosentasche, denn er war gerade mal so groß wie sie mit hohen Absätzen. Wie menschlich er doch war, für wie unwiderstehlich er sich hielt.

Clemens, der den Grund ihres Lächelns nicht wissen konnte und es auf sich bezog, meinte erfreut: „Gott sei Dank steigt deine Laune, lass uns mal entspannen." Sie suchten sich einen Tisch am Rande der Terrasse mit einer hohen Hecke im Rücken, wo sie ungestört wären, legten ihre Bücher ab, holten sich ihr Lunch und kamen näher ins Gespräch. Dabei stellten sie Hergebrachtes in Frage und erörterten neue Interpretationsmöglichkeiten. Der Gedanke, dass alles möglich war, beglückte sie. Einfach nur über Literatur diskutieren und in der Sonne sitzen. Dieses unbeschreibliche Gefühl von Freiheit, diese Leichtigkeit des Seins!

„Hast du einen Freund, weil du immer so schnell fortläufst?"

Sophia wollte schon erklären, dass sie verheiratet sei, besann sich aber blitzschnell eines anderen. Absichtlich hatte sie es nicht verheimlicht, sie war nur nie gefragt worden. Clemens wäre jemand, in den sie sich verlieben könnte.

„Du bist schön", flüsterte er und nahm ihr Gesicht in beide Hände. Da war es schon passiert, die innere Aufregung, das flaue Gefühl im Magen, das rasende Herzklopfen. Clemens küsste sie. Junge Paare küssten sich überall, aber dass *sie* geküsst wurde und sich küssen ließ und zurückküsste – ihr schwindelte.

„Du bist sehr intelligent."

„Du auch, deswegen will ich ja mit dir arbeiten."

„Ich dachte, du seiest mit jemandem zusammen. Wo wohnst du eigentlich?"

„Ziemlich weit weg, in Portuguese Bend."

„Und da kommst du jeden Tag an die Uni?"

„Dreimal die Woche."

„Das ist mir nie aufgefallen, mir kam es vor, als sähen wir uns täglich."

Sophia lachte: „Bist du etwa jeden Tag hier?"

„Ja, schon, ich sitze viel in der Bibliothek, hier lässt sich gut arbeiten, ich kann bei mir nicht draußen sitzen, laut ist es auch. Kannst du bleiben?"

„Bleiben?"

„Na, bei mir, über Nacht."

„Über Nacht? Heute geht das schlecht." Sophia war nicht einmal überrascht. Sie schaute auf die Uhr. Es war schon fast drei. Sie war wieder voll da und dachte, wie soll das gehen? „Ich müsste jetzt los."

„Wo hast du geparkt? Ich bring' dich zum Auto."

Sie war froh, dass sie sich noch nicht sofort trennen mussten. In der Garage küssten sie sich lange, befühlten sich, seine Hände waren überall, sie ließ ihn, fühlte auch ihn. „Willst du nicht doch zu mir kommen?"

„Morgen, wenn du willst morgen. Ich ruf' dich später an."

„Wann?"

„So gegen zehn? Ich muss jetzt fahren, sonst sitze ich stundenlang im Verkehr." Sie wunderte sich, wie sie das so ruhig sagen konnte.

„Bis später dann. Fahr vorsichtig."

„Ja, bis später!" Trunken vor Sehnsucht nach körperlicher Berührung fuhr sie nach Hause.

Als sie die Haustür aufschloss, klingelte das Telefon. Terrie sagte ungehalten, dass er schon mehrmals versucht habe, sie zu erreichen, er hätte auch eine Nachricht für sie im Sekretariat der Uni hinterlassen, weil er gehofft hatte, sie noch ins Büro bitten zu können. Wenn sich die Verhandlungen bis Mitternacht hinzögen, würde er im Hotel übernachten und sich vor der Arbeit ein frisches Hemd holen. Es klang sehr nüchtern. Er vergaß sogar: „I love you", zu sagen, bevor er aufhing. Nach zehn wählte sie Clemens' Nummer. Er hob sofort ab. Sie machten ein Treffen nach dem Seminar aus und wünschten einander gute Nacht.

Sophia träumte sich in den Schlaf und wachte erst auf, als sie Terrie ins Haus kommen hörte. Es war schon hell. Sie fuhr hoch, warf sich den Bademantel über und eilte in die Küche, um Kaffee zu kochen. Terrie gab ihr einen flüchtigen Kuss, und sagte: „Kannst du sofort ins Büro kommen, ich hab' viel Arbeit mitgebracht. Das muss unbedingt alles noch heute raus."

„Ja", sagte sie, „aber ich habe auch viel zu tun. Vielleicht muss ich dann länger an der Uni bleiben."

„Wenn du mir vorher hilfst, dass wir fertig werden."

Sophia war unkonzentriert bei der Arbeit, die zum Glück nicht kompliziert, aber zeitaufwendig war. Sie hätte sich gern noch auf das Seminar vorbereitet, aber dafür blieb keine Zeit. Im Hinauslaufen schnappte sie sich einen dieser zuckersüßen *doughnuts*, von denen täglich mehrere Kartons in der Küche neben dem *perculator* standen. Der Kaffee schmeckte bitter, *Cremora* und *Sacharin* machten ihn nicht besser. Sie schlang das runde Hefegebäck mit drei Bissen hinunter, leckte ihre klebrigen Finger ab, wischte mit dem Handrücken über den Mund, trank einen Schluck aus diesen fünf Gallonen Wasserbehältern, die auf den Gängen und in der Küche standen, und war schon unterwegs. Hatten Terrie und sie sich tatsächlich auseinandergelebt, nahmen sie ihre Ehe nicht ernst genug, glaubten sie, das Leben währe ewig, dass sie sich eine solche Schluderei leisten konnten?

Ihr Herz machte einen Sprung, als sie Clemens sah, der in der Newman Hall vor dem großen Fenster am Ende des Gangs auf sie wartete.

„Da bist du ja endlich", rief er und gab ihr einen Kuss.

„Es ging nicht eher, ich hatte heute besonders viel im Büro zu erledigen."

„Im Büro? Arbeitest du?"

„Jeden Vormittag. Wovon denkst du, dass ich lebe?"

291

„Darüber habe ich noch nicht nachgedacht", gestand er.

„Wir wissen wenig von einander", bemerkte sie.

„Das müssen wir ändern, aber warum bist du nicht *teaching assistant?*"

„Da würde ich viel weniger verdienen."

„Wieso kannst du hier arbeiten – hast du eine Arbeitserlaubnis?"

„Darüber sprechen wir später", wich sie aus.

„Arbeitest du schwarz?"

„Natürlich nicht."

„Aber wenn du an der Uni unterrichtest, bekommst du doch vier Kurse umsonst. Verdienst du denn so viel, dass sich das für dich lohnt?"

„Mein Studium bezahlt die Firma, das ist hier so, dass Betriebe die Ausbildung oder Weiterbildung ihrer Mitarbeiter bezahlen."

„Da musst du aber eine richtig gute Stelle haben", staunte Clemens.

„Hab' ich ja", lachte Sophia vergnügt. Sie wurde sich in diesem Augenblick bewusst, wie gut es ihr finanziell ging.

Im Seminar saßen sie nebeneinander um den langen Tisch und taten so, als sei das Zufall. Sie würde mit Terrie sprechen müssen, aber erst mal sehen, was mit Clemens ist. Ja, sie würde über Caroline Wolzogen referieren, antwortete sie.

„In zwei Wochen?", wollte Lehmann festhalten.

„Kann es etwas später sein, es ist schwer zugängliches Material."

„Sie wollten es ja so – also gut, heute in drei Wochen."

Blöde Bemerkung, grollte sie, nickte aber zustimmend und steckte ihre Bücher im allgemeinen Aufbruch in die Tasche.

Clemens griff nach ihrer Hand und zog sie mit sich fort. Sie war so überrascht, dass sie es geschehen ließ.

„Gehen wir zu mir?"

„Lass uns erst was essen, ehe ich zusammenklappe. Ich hab' außer einer Banane und einem *doughnut* heute noch nichts gegessen."

„Wir können unterwegs was kaufen", schlug er vor.

„Ich brauch' sofort was. In der Cafeteria können wir schon mal über einiges reden – an unserem Tisch. Du fängst an und erzählst mir von Dir." Sie wollte mehr von ihm wissen, ehe sie viel über sich preisgab. „Ich will unser Kennenlernen ganz bewusst erleben." Wo kamen diese Worte her? Clemens schaute sie seltsam an. Sie musste lachen. Ihr Lachen war ansteckend, da waren sie schon an ihrem Tisch.

Clemens war ein Einzelkind. Als er in der Oberstufe war, hatten seine Eltern immer mehr Zeit in die Firma gesteckt. Ihm schwebte der gehobene öffentliche Dienst vor, dafür war ein ausgezeichnetes Englisch Voraussetzung. Seine Eltern hofften allerdings, dass er die Firma übernehmen würde. So wie er erzählte, war er etwa drei Jahre jünger als Sophia. Sie hatte Spaghetti Bolognese gegessen und fühlte sich wiederbelebt. Die letzte Gabel voll ließ sie liegen und schob den Teller beiseite. Etwas ließ sie immer auf dem Teller zurück, seitdem ihr Vater sie, als sie acht war und den dicken Erbsmuskleister, der ihr am Gaumen festklebte, nicht aufessen wollte, vor ihren Verwandten vom Stuhl gerissen und verprügelt hatte. Alle hatten zugesehen, niemand hatte eingegriffen.

„Hörst du mir überhaupt zu?", fragte Clemens.

„Natürlich höre ich zu, mir fiel bloß was ein."

„Was denn?"

„Dass wir für unser Glück selbst verantwortlich sind, dass es an uns liegt, was wir aus unserem Leben machen."

„Und das soll neu sein?"

„Hab' ich das gesagt? Aber das gerät schnell in Vergessenheit, weil es Mühe macht, unser bequemes Leben zu verändern. Ich glaube, ich bin oft leichtsinnig mit der Zeit umgegangen, ich habe mich ablenken lassen und vertröstet, die Jahre vergehen aber unwiederbringlich."

„Klingt pathetisch", meinte Clemens.

„Manchmal brauchen wir das, um zur Besinnung zu kommen."

„Und warum sagst du mir das?"

„Durch dich weiß ich noch einmal, dass ich mit meinem Leben nicht zufrieden bin, und dass ich etwas Grundlegendes ändern muss."

„Ja, erzähl …" Clemens sah sie erwartungsvoll an.

„Also gut. Niemand an der Uni weiß davon …"

„Mein Gott, mach's nicht so spannend!"

Sophia erzählte vom Kampf ums Abitur und ums Studium, wie sie Terrie getroffen hatte, dass sie geheiratet hatten, zusammen arbeiteten und sie sich endlich eingeschrieben hatte, nachdem er sie immer wieder hingehalten hatte.

„Ich war auf vieles gefasst, aber nicht auf solche Offenbarung. Mein Gott, Sophia."

„Ich bin so ausgehungert nach Wissen, ich bin einen weiten Umweg gegangen, aber zumindest weiß ich jetzt, dass ich in diesem Land Geld verdienen kann. Übrigens, weißt du, dass Angelica Kauffmann heute als Genie gilt, dass aber zu ihren Lebzeiten die Bezeichnung Genie ausschließlich Männern vorbehalten war – und jetzt brauch' ich einen starken Kaffee."

„Den gibt es hier nicht, ich mach' uns den besten Kaffee. Bei mir können wir ungestörter reden. Immerhin versteh' ich jetzt, warum du dich so für die Frauen einsetzt – du bist mir wichtig, Sophie." Dass Clemens keinen blassen Schimmer hatte, wer Angelica Kauffmann war, und ihren Namen zunächst unter den Schriftstellerinnen gesucht hätte, gestand er ihr erst später.

„Sophie nennen mich die Leute, wenn sie mich gern haben."

Sie gingen zur Garage.

„Weißt du was, Sophie, lass dein Auto hier, auf meiner Straße gibt es nur wenige Parkmöglichkeiten." Clemens zog sie zu seinem Auto. Ihr fiel ein, dass sie die Bücher im Kofferraum verstauen und ihre Jacke mitnehmen wollte, denn es wurde kühl. Sie fuhren an ihrem Auto vorbei, dann ging's zu Clemens. Ein paar Stunden würde sie sich treiben lassen.

Clemens machte Kaffee, sie sah sich derweil um. So sieht also eine Studentenbude aus. An den Wänden standen Regale voller Bücher, das heißt, richtige Regale waren es nicht, sondern einfach Bretter, die rechts und links auf durchbrochenen, quadratischen Bausteinen auflagen. Mindestens einen Meter Reclamhefte und viele Bücher aus der Bibliothek waren dabei. Außerdem gab es eine alte Couch mit einer grell bunten mexikanischen Decke drapiert, ein alter Schreibtisch stand schräg vorm Fenster mit Telefon, Schreibmaschine, Stößen von Papier und Zeitungen, davor ein Holzstuhl. Clemens setzte zwei Töpfe mit Kaffee auf ein Tischchen vor die Couch, dazu die übliche Frage: „Milch und Zucker?"

„Nur Milch, bitte."

Sie saßen nebeneinander und tranken ihren Kaffee. Die Unterhaltung stockte. Sophia war nervös und betrachtete eingehend den Kaffeetopf vom Sands Hotel in Las Vegas. Schließlich nahm Clemens ihn ihr aus der Hand, setzte ihn ab und zog sie an sich. Einfach loslassen, nachgeben, dachte sie. Sie hatte schon lange nicht mehr die Wärme eines Mannes gespürt und merkte, wie angespannt sie in letzter Zeit gewesen war. Sie war hin- und hergerissen – noch bei Terrie, schon bei Clemens. Nein, schoss es ihr durchs Gehirn, sie schnellte hoch und saß kerzengerade am Rande der Couch. Nein, sie wollte nicht schon bei einem neuen Mann angekommen sein, bevor sie vom alten weggegangen war. Und überhaupt würde sie alles daransetzen, um mit dem Studium fertig zu werden. Sie hatte sich entschlossen, dass sie ihren Doktor machen würde.

Clemens zog sie wieder an sich und küsste sie. „Lass uns eine größere Wohnung mieten", flüsterte er ihr ins Ohr.

Sophia lächelte, fühlte sich geschmeichelt, sagte aber: „Wenn ich wirklich ausziehe, dann muss ich erst mal allein sein, um herauszufinden, was ich will. Aber wir können zusammen arbeiten und uns austauschen. Ich fände das schön."

„Zwei Wohnungen kosten so viel mehr, mit einer hätten wir für andere Dinge mehr Geld und Zeit."

„Ja, aber zwei Wohnungen sind billiger, als einander schon nach kurzer Zeit auf die Nerven zu fallen. Zusammenziehen können wir immer noch." Die Nacht blieb sie trotzdem bei Clemens. Sie rief Terrie an und sagte, es würde spät werden, deshalb wäre es besser, wenn sie bei einer Freundin übernachte. Terrie meinte: „Also dann bis morgen, kommst du direkt ins Büro?" Er fragte nicht einmal nach dem Namen der Freundin.

„Wir müssen vor allem reden." Interessiert dich unser Leben überhaupt noch, hätte sie am liebsten in den Hörer geschrien. „I'll see what I can do." Damit hing Terrie auf.

Das Gespräch am folgenden Abend war ruhig verlaufen, als sei die Frage nach dem Sinn einer Ehe und das sich abzeichnende Ende das Normalste auf der Welt. Sie solle ihren Doktor machen, wenn sie das unbedingt wolle, meinte Terrie großmütig, er hoffe aber, dass er sich weiterhin auf ihre Arbeit in der Firma würde verlassen können und bat sie, im Haus wohnen zu bleiben, sie brauchten ja nichts überstürzen. Von da an waren sie äußerst zuvorkommend zueinander. Der große Garten mit den südländischen Pflanzen und der unendlichen Aussicht übers Meer schürte das Fernweh in Sophia genauso wie das Heimweh. Der ferne Osten war längst nicht so fern, dafür war Deutschland umso weiter weg. Ein Leben im Exil war es nicht, schließlich hatte sie nicht fliehen müssen, wie Lion und Marta Feuchtwanger und die anderen Exilanten. Sie war durch die Uni zu einer Besichtigung ihrer Villa in den Pacific Palisades eingeladen worden und Marta Feuchtwanger hatte ihr beim Abschied spontan eine Telefonnummer zugesteckt und sie gebeten wiederzukommen. Sophia hatte sie in der Villa Aurora, wo sie mit ihren Schildkröten nach dem Tod ihres Mannes weiterlebte, oft besucht und schätzen gelernt, während sie Martas faszinierenden Geschichten lauschte.

Das Romantikseminar gestaltete sich eher wie Schule. Etwas wirklich Neues, über das hinaus, was in der Sekundärliteratur zu lesen war, erfuhren sie nicht. Auch die folgende Ankündigung Lehmanns ließ niemanden aufhorchen: „Das nächste Mal kommen wir zu Friedrich Schlegels *Lucinde*. Das ist ein wichtiger Text, in dem Schlegel seine Sicht des Zusammenlebens von Mann und Frau darlegt. Er beschreibt die Ehe als Glücksgemeinschaft und Weg zur Selbstverwirklichung.

Seine Ansichten waren sehr fortschrittlich, aber bevor ich über *Lucinde* referiere, sagt erst einmal jeder, was er denkt." Diese Aufforderung ging fast unter im allgemeinen Aufbruch. Letzte Notizen flogen aufs Papier, Bücher wurden zugeklappt. Sophia war in Gedanken schon woanders, als Echo hallte der letzte Satz nach. Sie sah sich um und registrierte die Anwesenden. Dabei wusste sie doch: Clemens war der einzige Mann unter zwölf Frauen im Seminar.

„Ich fühle mich nicht angesprochen", sagte sie lauter als beabsichtigt.

„Wieso denn nicht?", fragte Lehmann. Auf seiner Stirn erschienen für alle Fälle schon mal zwei steile Falten. Sophia beobachtete seine Mimik.

„Sie sagten gerade, jeder solle sagen, was er denke, wir sind aber zwölf Frauen und nur ein Mann." Ihr Herz klopfte, aber verdammt noch mal, sie war kein jeder und auch kein er, sondern eine jede und eine sie.

„Also, so was Undurchdachtes und Aufreizendes habe ich noch nicht gehört", entrüstete sich Lehmann. „So sprechen wir schließlich, Sie sind mitgemeint, Sophia, oder sollte ich Frau Schwartz sagen? Frauen sind immer mitgemeint, auch ohne direkte Aufforderung oder Abänderung der Grammatik! Sie können das nächste Mal beginnen." Sein Blick schweifte von einer zur anderen – ‚von einem zum anderen' – hätte er gesagt. „Alle Frauen hier in unserer Runde sind mitgemeint, *jeder* von Ihnen ist aufgerufen, in der nächsten Stunde *seine* Meinung einzubringen."

„Basta!", sagte Sophia. Wie oft hatte sie sich das schon anhören müssen, aber die Männer meinten es mit der Inklusion von ihrem Standpunkt aus betrachtet wahrscheinlich ernst. Und doch war es nicht so, das konnte ihr niemand weismachen, denn sie fühlte es anders. Der Fortgang der Streitfrage interessierte sie: „Sie sprechen einen Mann an und zwölf Frauen sollen mitgemeint sein? Und ich soll mich ausdrücklich mitgemeint fühlen?"

„Ja, natürlich, was denn sonst?" Lehmanns Miene verfinsterte sich zusehends.

Es war ein Wortwechsel zwischen ihm und Sophia, die anderen hörten nur halb hin, sprachen sich ab, machten Pläne für den Rest des Tages, dann schauten sie aber doch auf, mehr angezogen vom ungewohnten Tonfall des Wortaustauschs als vom Inhalt, als Sophia sagte: „Ich will aber nicht nur mitgemeint sein, ich will angesprochen werden, so wie Sie auch. Was hätten Sie denn gesagt, wenn Clemens, unser einziger Mann im Seminar – außer Ihnen natürlich – nicht hier gewesen wäre? Das würde mich interessieren. Ich frage mich nur, wenn Frauen trotz der maskulinen Grammatik ausdrücklich mitgemeint sind, warum haben sie dann nicht ganz selbstverständlich die gleichen Berufschancen und bekommen die gleiche Bezahlung wie Männer, warum sind sie da nicht mitgemeint, sondern explizit ausgeschlossen und müssen um Anerkennung kämpfen?"

Lehmann hatte sich nicht mehr in der Hand, murmelte etwas, was wie „unverschämt" klang, raffte seine Bücher zusammen und floh wortlos den Raum. Eine Zeitenwende. Er ging sonst nie allein zurück ins Büro, immer liefen einige mit, die noch über das gerade Besprochene diskutieren wollten. Alle hatten das Theater mitbekommen, keine der Frauen war ihr zu Hilfe gekommen, sie hatten Sophia einfach im Stich gelassen – und damit sich selber.

Clemens war ebenfalls stumm geblieben, jetzt wollte er wissen: „Warum hast du das gesagt, der wird dir das nachtragen."

„Mensch, seid ihr alle feige", schoss sie zurück. „Ich war angeeckt, ich habe mich an Lehmanns Sprache gestoßen, das hat weh getan, es war nicht das erste Mal. Ich musste das mal an den *Mann* bringen", lachte sie. „Merkst du nicht wie dumm unsere Sprache oft klingt? Nur einen Roman über eine Frau lesen, der auch noch von einem Mann geschrieben wurde, da kann ich mir doch nur an den Kopf greifen. Und wenn ihr", sie blickte zu den vier Studentinnen, die noch im Raum waren, „wenn ihr das hinnehmt und euer Selbstverständnis aus den männlichen Personalpronomen schöpfen wollt, dann werdet ihr ja sehen, wohin ihr damit kommt. Und ihr Männer", sie lachte Clemens an, „ihr Männer gewinnt damit auch nichts. Menschen, die nicht angesprochen werden, identifizieren sich nämlich nicht voll mit einer Sache und geben dann auch nicht alles. Das findet oft ganz unterschwellig statt, aber da macht sich Unlust breit, da werden leichter Entschuldigungen vorgebracht, oder eine Arbeit wird ohne einen Mann nicht fortgeführt, weil eine Frau dazu auf eine Leiter steigen oder etwas Schweres heben müsste, oder weil etwas zu technisch ist. Und ihr Frauen merkt nicht, dass ihr euch mit einer solchen Einstellung selbst schadet und nehmt euch nicht nur die Freude an der Arbeit, sondern verderbt euch die Zukunft. Aber ohne uns Frauen seid auch ihr Männer nur halb so viel wert und kommt nur halb so weit."

Sie war weiter vorgeprescht, als sie es sich noch wenige Minuten zuvor hätte vorstellen können. Diese seltsame Aufforderung mit der Lucinde war der Auslöser gewesen, es hatte zwar schon lange in ihr geschwelt, aber just in dem Augenblick erkannte sie, dass die Sprache, wie sie benutzt wurde, nicht neutral war, sondern das Verhalten und Selbstbewusstsein der Männer förderte und ihnen mehr Einfluss gab. Ihr war schon lange aufgefallen, wie selten Frauen ihre Meinung in der Öffentlichkeit verlauten ließen, wie schüchtern sie diskutierten, oft mit der rechten Hand vorm Mund, als sei da ein Makel, den sie verdecken müssten, als wollten sie die Worte nicht herauslassen oder gar wieder hinunterwürgen, bis sie daran erstickten oder Magenkrebs bekamen. Frauen sprachen von aller Herren Länder, herrlichen Aussichten, einem herrenlosen Koffer und von der Hausherrin, und die juristische Sprache schließt Frauen und Kinder von vornherein aus.

Clemens spürte Sophias Erregtheit und versuchte sie zu beruhigen. „Wenn du mich davon abbringen willst, die deutsche Sprache richtig zu verstehen und zu gebrauchen, dann spar dir die Mühe, sonst steigt in mir ein Groll hoch, den du nicht so leicht wirst besänftigen können", warnte sie.

„Allein schaffst du's sowieso nicht, was zu ändern."

„Mit dir wären's schon zwei, außerdem bin ich sicher nicht die einzige, der was auffällt. Aber dass ihr Männer euch um die Sprache keine Gedanken macht, verstehe ich, euch kommt es ja gelegen."

„Wenn du's so siehst, dann müsste so vieles zurechtgerückt werden, da gibt es noch ganz andere Dinge, die wirklich wichtig sind."

„Ach so, und was ist, wenn ich das wirklich Wichtige durch den schlampigen, durchweg maskulinen Gebrauch der Sprache nicht richtig benennen kann?"

„Lass uns den Tag genießen, Sophie, lass uns was unternehmen", bat Clemens, als er merkte, dass er nicht gegen sie ankam. „Wie wär's mit einem Spaziergang entlang der Palisades von Santa Monica?"

„Das ist eine wunderbare Idee!" Sie liefen über den Campus zur Garage, als das Glockenspiel zur vollen Stunde erklang. Schon nach den ersten Tönen horchte sie auf. Die Melodie entfaltete sich, es war der zweite Satz von Haydens Kaiserquartett. Ob die überhaupt wissen, dass das auch die deutsche Nationalhymne ist? Wie nah mir das geht, dachte sie, und blieb stehen.

„Ich will das zu Ende hören", sagte sie, als Clemens sich wunderte.

„Bist du immer so sentimental?"

„Manchmal schon, bei der Melodie immer."

Während Clemens und sie wenig später den Blick von den Palisaden übers Meer genaßen, fragte Sophia sich, ob sie ihrer Sprache im Ausland näher kam, sie klarer vernahm, weil sie sie nicht verlieren wollte, und deshalb genauer hinhörte und darüber nachdachte, wie sie etwas sagte. Überhaupt lernte sie Deutschland auf eine unerwartete Weise vom Ausland her kennen, vor allem durch die Sicht der Amerikaner. Laufend musste sie sich mit den Unterschieden im Alltag auseinandersetzen, fühlte sich fremd, wurde sich ihres Deutschseins bewusst. Es ließ sich allerdings nichts einfach gegenüberstellen, auch wenn die Deutschen das gerne taten. Sie wollte die Dinge nicht als besser oder schlechter bewerten, nichts billiger oder teurer sehen, sie wollte nicht immer umrechnen zwischen Mark und Dollar, um herauszufinden, wieviel etwas kostete, weil die Preise nicht vergleichbar waren. Der Lebensstandard wurde doch an den Lebenshaltungskosten gemessen, und nicht am Umtauschkurs und was dann ein Brot kostete.

Sie fanden eine leere Bank, auf die riesige Palmenwedel ihre Schatten warfen, und wenn sie sich zurücklehnte, verschwanden der Pacific Coast Highway und der weite Strand unter ihnen. Über ihr blieb der endlos blaue Himmel und darunter, im aufregenden Kontrast, das kabbelig dunkelgraue Meer mit den weißblitzenden Schaumkronen. Sophia ließ sich von der Sonne wärmen. Schläfrig lehnte sie sich an Clemens. Der nahm sie auf, sie gaben einander Halt. Möwen flogen schreiend über sie hinweg. Es war ein romantischer Ort, der ein Gefühl von Zeitlosigkeit und ursprünglicher Ruhe verbreitete. Himmel, Meer, Palmen und Licht. Clemens erzählte ihr mit ruhiger Stimme, so, als sei es ein Märchen, von der Literatur und den verschiedenen Interpretationsmethoden, die in den USA nicht erwähnt wurden.

Sie redete sich Mut zu. Sie würde behutsam vorgehen und die Sache mit der Sprache intelligent und gut durchdacht anfassen müssen, wenn sie andere auf neue Möglichkeiten der Kommunikation aufmerksam machen wollte. „Wir können nicht denken, wofür wir keine Worte haben!" flüsterte sie. „Was macht unsere Gedanken für andere verständlich? Sind wir nicht zum Schweigen verurteilt, wenn wir unser Anliegen nicht logisch ausdrücken können?"

„Das klingt philosophisch, ist aber nicht ganz Wittgenstein", gab Clemens zu bedenken. „Hat auch wenig mit dem Alltag zu tun."

„Wieso nicht? Sind wir nicht gerade im Alltag aufgefordert, uns verständlich auszudrücken? Mit den maskulinen Pronomen sind wir Frauen auf das Wohlwollen der Männer angewiesen, die unser Schicksal in ihrem Sprachverständnis regeln. Die Sprache muss femininer werden. Es ist schlimm genug, dass die Gesellschaft bis weit ins 20. Jahrhundert hinein so funktionierte und wir diese, der männlichen Weltsicht angepasste Sprache, unbedenklich weiter benutzen. Es ist Zeit, dass sich die Frauen der Sprache annehmen. Sie muss für uns ebenso ausdrucksstark werden, um uns zu begeistern und aus uns herauszuholen, was wir zu geben haben. Wir Frauen müssen uns effektiver einbringen, damit wir wirksamer mit den Männern zusammenarbeiten können. Das führt dann ganz von selbst zu einem für beide Geschlechter akzeptableren Sprachgebrauch."

„Wie meinst du das?"

Sophia war über die Jahre hellhörig geworden. Sie kannte viele Beispiele, wie die Menschen sich verhielten, miteinander umgingen, wie sie Hierarchien aufrecht erhielten und neue Barrieren aufbauten. Das Fräulein war immer noch nicht ausgerottet. Wie fügsam und freiwillig angepasst sich die Frauen nach wie vor gaben, wie sie sich durch den herkömmlichen Gebrauch der Sprache selbst betrogen, so dass sie weiterhin als Instrument der Unterdrückung taugte. Der Umlernprozess war schwieriger, als Sophia gedacht hatte. Sie ertappte sich immer noch dabei, wie ihr aus Gewohnheit das *man* herausrutschte.

„Hör doch mal genauer zu, wie Frauen sprechen. Laufend benutzen sie für sich das Indefinitpronomen *man* und sagen: wie soll man das verstehen, du siehst einen so seltsam an, als ob man etwas falsch gemacht hätte. Wie künstlich und steif das klingt! Was spricht denn dagegen zu sagen: Wie soll ich das verstehen, du siehst mich so seltsam an, als ob ich etwas falsch gemacht hätte? Klingt es so nicht glaubwürdiger und vertrauter, als dieses vertrackte *man*? Wenn wir *ich* sagen, müssen wir uns mehr Gedanken machen. Warum verstecken die Frauen ihr Ich, ihre eigene Person, hinter dem unbestimmten Fürwort *man*, wie übrigens ihr Männer auch? Wenn Frauen so sprechen, ist es ein doppeltes Versteckspiel, denn *man*, so steht es im Duden: „... ist der zum unbestimmten Pronomen der 3. Person gewordene Nominativ Singular des Substantivs *Mann*."

„Donnerwetter! Du zitierst den Duden?", lachte Clemens.

„Mach dich nur lustig! Solange sich an der Sprache nichts ändert, wird sich auch im täglichen Leben nichts ändern. Schau dir doch mal die Zeitungen an. Auf den Fotos aus Wirtschaft und Politik sind nur Männer in schwarzen Anzügen mit weißen Hemden und dunkler Krawatte zu sehen. Und wenn es tatsächlich einmal eine Frau auf einem

Foto mit einer Gruppe Männern gibt, ist das eine Sekretärin, deren Name unbekannt ist, während ich die Männer allesamt beim Namen nennen kann. *Gruppenbild mit Dame* trifft den Nagel auf den Kopf. Der Titel provoziert und reizt. Wie mag Böll wohl darauf gekommen sein? Weißt du das?"

Clemens erzählte irgendwas, statt gleich nein zu sagen.

„Sag doch, dass du es nicht weißt. Ist ja auch egal. Ich habe den Roman über eine Frau im Alter meiner Mutter neulich gelesen. Leni Pfeiffer war gescheit und sinnlich, aber sehr naïve, und kämpfte in der traditionellen Frauenrolle gegen gesellschaftliche Zwänge an und bekam dabei die ganze Ungerechtigkeit der fünfziger Jahre zu spüren. Stell dir vor, im Vorwort heißt es zu Leni, sie sei ungebildet. Da frage ich mich, ob die Schlosser, Fleischer oder Anstreicher im selben Buch mit ihren wenigen Jahren Volksschule, die sich jeden Abend mit Bier vollaufen ließen und ihre Frauen in den Küchen verfluchten, als gebildet galten?"

Clemens sonnte sich, sein rechter Arm lag um Sophias Schultern.

„Bist du immer so anstrengend?"

„Typisch, die Frage! Ich hätte mir jedenfalls mehr Selbstbewusstsein für meine Mutter gewünscht. Die hat sich viel zu sehr gefügt. Sag mal, beruhen eigentlich die Frauen in der Literatur auf männlichen Wunschbildern? Denn die haben in eigener Sache wenig zu sagen, so kommen wir nicht voran. Und in Filmen gibt es Frauen nur neben starken Männern, in die sie verliebt sind, auf die sie sehnsüchtig warten, während sie in der Küche ihr Wesen trieben. Die Handlung wird von Männern bestritten, die Frauen sind einfach nur schön und schmücken das Umfeld. Früher hatte ich das übersehen."

Statt etwas zu sagen, küsste Clemens Sophia. Er küsste gut.

Nach dem M.A. hatte Sophia ein leeres Gefühl. Intellektuell war sie nie an ihre Grenzen gestoßen und das änderte sich auch im Doktorprogramm nicht. Sie konzentrierte sich sofort auf die Dissertation, anstatt mit anderen ewig über Fragen zu diskutieren, die sie nicht vorwärts brachten, oder in einem Pub in Santa Monica Ale vom Fass zu trinken und *Fish and Chips* zu essen.

Nebenbei begann sie auch wieder, Erlebtes aufzuschreiben. Die einsiedlerische Abgeschlossenheit ihres Hauses, der Garten und der Blick übers Meer inspirierten sie. Es störte sie hingegen zunehmend, dass ihre Schreibmaschine keine deutschen Symbole hatte, und als sie schon darüber nachdachte, eine deutsche zu kaufen, brachte ihr Terrie freudestrahlend eine IBM-Schreibmaschine, die er sehr preiswert bei einer Firmenauflösung erstanden hatte. „Für die Dissertation, und die alte ist für die Anmerkungen. Übertragen kannst du die später." Das war eine großartige Idee. Nun brauchte sie nur noch einen deutschen Kugelkopf. Dass Terrie die Gelegenheit ergriffen hatte! Hoffte er, dass sich ihre Beziehung wieder einrenken würde? Er beteuerte, dass er ihre Intelligenz und schnelle Aufnahmefähigkeit schätze und nahm sie vermehrt zu geschäftlichen Treffen und Parties mit. Auf der Heimfahrt fragte er nach ihren Beobachtungen, die ihn neue Möglichkeiten ins Auge fassen ließen. Nur über ihr Studium sprachen sie selten. Anregungen dafür holte sie sich von Clemens oder Bernhard. Mit Bernhard, dessen lockere Art sie schätzte, geriet sie immer wieder einmal aneinander, denn seine politischen Ansichten waren sehr von der Schweiz geprägt. Die Menschen waren während zweier Weltkriege davongekommen und die Frauen nahmen noch weniger am öffentlichen Leben teil als anderswo. Ja, er behauptete allen Ernstes, dass die Frauen das Stimmrecht selbst nicht wollten, im Gegenteil, sie fänden es richtig, wenn die Männer die Politik machten und sie sich um die Familie kümmerten. Wollte er wirklich Frauen, die sich mit einer derart untergeordneten Stellung in der Gesellschaft zufrieden geben? Dazu meinte er, das müsse ja nicht in jedem Fall so sein, seine Schwester Karin zum Beispiel habe Musik studiert und gebe als Geigerin weltweit Konzerte.

„Und die will nicht wählen dürfen?", fragte Sophia ungläubig.

„Na, wählen schon, aber die Politik überlässt sie gerne den Männern, sagt sie immer. Sie will sich ganz auf die Musik konzentrieren."

„In einer Männergesellschaft?"

„Sei doch nicht immer so polemisch, das steht dir nicht", kritisierte er.

„Du provozierst. Warum soll das eine das andere ausschließen? Ich will schreiben, will aber trotzdem an der Politik teilnehmen und wählen können und überhaupt die gleichen Rechte wie die Männer haben."

„Was und wie du was sagst, klingt manchmal so radikal. Vergiss nicht, Rechte bringen auch Pflichten, dann solltest du auch auf Versammlungen gehen und dich wenigstens auf der Gemeindeebene engagieren", belehrte sie Bernhard. „Ein politisches Engagement kostet Zeit, erfordert spezielles Wissen und man braucht gute Nerven. Die meisten Frauen gehen doch lieber ihren eigentlichen Aufgaben nach und folgen ihren Neigungen."

„Ach, und *man* hat gute Nerven? Und was sind denn deiner Meinung nach die eigentlichen Aufgaben einer Frau? Der Mann, der Haushalt und die Kinder? Das ist ja hinterwäldlerisch." In dem Moment mussten beide lachen.

Sekretärinnen und Kellnerinnen, aber auch Studentinnen, hießen bei Bernhard weiterhin Fräulein. Nachdem Sophia ihm einmal deswegen in ihrer Küche Vorhaltungen gemacht hatte, und ihm beinahe ins Gesicht gesprungen wäre, weil er ihre Argumente absolut nicht begreifen wollte, bis er sich belustigt ob ihres Eifers, ergab, um Ruhe zu haben, erkannte sie, dass es keinen Zweck hatte, mit ihm über Dinge zu streiten, bei denen sie so schnell zu keinem Konsens kommen würden, sondern dass sie mit ihm, der philosophische Fragen verständlich vortragen konnte, besser darüber diskutieren sollte. Irgendwann würde auch er vom Fräulein abrücken – wenn die Frauen nicht mehr darauf reagierten.

Buddhismus und Meditation waren plötzlich in aller Munde und kursierten als mögliche Dissertationsthemen. Hesse hatte mit *Siddhartha* Hochkonjunktur, aber diese Ideen lagen Sophia nicht. Wenn schon Religion, dann wollte sie erst einmal ihre eigene verstehen. Die Romantiker hatten sich intensiv mit Religion beschäftigt und sie entschloss sich, über deren Bedeutung in deren Schriften zu schreiben. Sie wählte je einen katholischen, protestantischen und jüdischen Dichter, Bettina Brentano und die Frauen ihres Kreises würden zwischen allen vermitteln. Sophia hatte sich die Seminare, die sie noch brauchte, sowie die Kapitel ihrer Dissertation, über die kommenden zwei Jahre genau eingeteilt, um alles mit den preiswerteren *dissertation units* abschließen zu können, bevor der volle Preis wieder fällig werden würde. In ihren Tagesablauf plante sie vier Stunden für die Dissertation, was eine einsame Arbeit war, von der sie sich leicht ablenken ließ. Wieso eigentlich? Das konnte sie sich doch zeitlich gar nicht leisten, das brachte ihren Plan durcheinander. Terrie war immer ganz bei der Sache und ließ sich in seiner Arbeit durch nichts stören. Lag darin das Erfolgsgeheimnis der Männer? Was die können, kann ich auch, sagte sie und nahm sich vor, sich sofort wieder ihrer Arbeit zuzuwenden, sobald ihr bewusst wurde, dass ihre Gedanken abschweiften. Nach drei Wochen hatte sie es geschafft und fühlte eine Euphorie in sich aufsteigen. Wieder hatte sie eine Freiheit errungen und die Arbeit kam zügig voran.

Clemens sollte recht behalten, Lehmann war nachtragend, und das hatte er sich für die Abgabe ihrer Dissertation aufgehoben. Sie hatte sich einen Monat vor dem Abgabetermin zu einer letzten Konsultation angemeldet. Die Universität hatte gerade alle Büros streichen lassen, die Fakultät durfte sich neue Möbel aussuchen. Was da jetzt in manchen Räumen stand, darüber mokierten sich die Studentinnen. Als sie Lehmanns Büro betrat, sah sie als erstes die lange grüne Couch. Davor stand ein niedriger Couchtisch und zwei passende Sessel. An den Wänden hingen Originale moderner Maler, die Aussicht nach Westen erinnerte an Italien. Das Zimmer war an diesem Vorfrühlingsnachmittag sonnendurchflutet.

„Ganz pünktlich, wie immer, komm rein, bitte, nimm Platz", sagte Lehmann und zeigte auf die Couch.

Auf dem Tisch standen trotz Sonnenscheins zwei brennende Kerzen, ein Stövchen mit Kaffeekanne, zwei Tassen, und dann lag da ein rechteckiges Päckchen mit Schleife. Sicher ein Buch. Sophia lächelte und blieb stehen. „Bitte", wiederholte Lehmann mit einer einladenden Handbewegung zur Couch hin. Er war äußerst charmant. Sie ging hinter den Tisch, setzte sich auf die Seite zur Tür und legte ihre Mappe rechts neben sich. Lehmann plazierte sie auf den Tisch, nahm neben Sophia Platz, machte sie auf den Blick aus dem Fenster aufmerksam und rückte dabei noch näher. Sie tat, als merke sie es nicht, denn sie wollte nicht zu den Frauen gehören, die ihren Initialerfolg den Männern verdankten, weil sie sich mit ihnen eingelassen hatten. Sie empfand es unpassend zu sagen: weil sie mit ihnen geschlafen hatten, denn was heißt da schlafen? Es war Sex, egal wie und wo. Lehmann machte eine Bemerkung zum Nachmittagslicht, die ihr wie der Übergang zu einem Austausch von Zärtlichkeiten vorkam. Ein leichtes Neigen, das leiseste Lächeln und sie würden einander in den Armen liegen. Das Schlimme war, dass er einer der bestaussehenden Männer war. Fast zwanghaft wiederholte er des öfteren, dass er seine Frau nie verlassen würde. Sie waren nicht das erste Mal allein, Sophia hatte in Gedanken alles durchexerziert. Mit einer ganz so plumpen Annäherung hatte sie jedoch nicht gerechnet. Ihr fiel nichts ein, um das Gespräch auf die Dissertation zu lenken. Er legte seine Hand auf ihren Arm. Auf einmal nahm sie ihre Mappe und das Buch – ja, das Buch nahm sie mit – schlängelte sich nach links zwischen Couch und Tisch hervor und war draußen, ehe Lehmann ein Wort sagen konnte. Lieber rechtzeitig weglaufen, als mich wehren müssen, war alles, was sie denken konnte.

Ihr Herz raste. Sie hastete den düsteren Flur entlang der Treppe zu. Das Klacken ihrer Absätze hallte laut durch den Gang. Zum Glück begegnete ihr niemand. Erst als sie schon auf dem Freeway war, begriff sie, wie unreif sie sich benommen hatte. Warum war sie nicht einfach demonstrativ von ihm abgerückt, hatte ihre Stichpunkte vorgenommen und sachlich ihre Fragen gestellt? Warum nur war sie geflohen? Nun wussten beide, dass sie es wussten.

Sie entschloss sich, die Episode zu ignorieren und ihre Dissertation, wenn nötig, ohne ein weiteres Gespräch mit Lehmann zu beenden. Bernhard hatte erwähnt, dass seine Tante in Zürich, die auf einer Bank arbeite, ihm die Dissertation tippe. Das war ja die Lösung! Sophia hörte sich um und fand Johanna, eine junge Studentin aus Österreich, die ihr die über vierhundert Seiten mit Anmerkungen tippen würde. Wieder war eine Hürde genommen. Sie ließ zwei Kopien machen, eine für Professor Hofbauer aus dem *Music Department*, die andere für Professor Meyer aus dem *German Department*, die ihre Dissertation lesen und beurteilen würden. Beide gratulierten ihr zu ihrer Arbeit, wünschten ihr viel Glück und hatten die unterschriebenen Unterschriftenblätter dazugelegt. Damit ging sie zu Lehmann. Ihre Knie waren weich und ihr Mund trocken, als sie ihm die endgültige Fassung sowie die beiden Blätter gab, auf denen noch seine Unterschrift fehlte. Am nächsten Tag fand sie eine Notiz in ihrem Postfach mit der Bitte, während seiner Bürostunde zu ihm zu kommen. Lehmann teilte ihr knapp mit, dass er ihre Arbeit so, wie sie jetzt sei, nicht annehmen könne, dass sie mehrere Kapitel umschreiben, Absätze streichen und andere neu schreiben müsse. Seine Ausführungen waren so umfangreich, dass ein Semester wohl kaum reichen würde.

Sophia blieben drei Wochen einschließlich der Semesterpause, um die Dissertation noch im laufenden Semester einzureichen und antwortete: „Ich schaue mir die Anmerkungen an und ändere, was möglich ist. Übernächste Woche lasse ich die zwei vorgeschriebenen Kopien machen, eine für die *Library of Congress*, die andere fürs Department, lege je eine Seite mit den Unterschriften bei und gebe alles ab." Sie fühlte, wie ihr das Blut vor Angst in den Adern stockte.

„Meine Unterschrift bekommst du erst nach der vollständigen Überarbeitung."

„Ich hole mir die Unterschrift in zwei Wochen – sonst gehe ich zum Dean." Zum ersten Mal war das für die *Humanities* eine Frau, Dr.

Miriam Osborn. Sophia hatte viel gewagt. Die beiden Seiten mit der Unterschrift lagen Ende der Woche in ihrem Postfach.

Sie war nicht nur die erste in ihrer Familie, die studiert hatte, sondern die erste, die das Studium bis zum Doktor durchgezogen hatte. Die Mutter gratulierte ihr am Telefon. „Wir sind stolz auf dich, wenn ihr nur nicht soweit weg wäret, und wann bekomme ich das erste Enkelkind?"

Kapitel 23

Ein Wochenende im Schnee

Ihren Doktor wollte Sophia mit einer kleinen Reise feiern. Sie waren noch nie im Skiurlaub gewesen, das Wetter wäre gerade richtig, um nach Vale zu fliegen und dabei Tammy und John zu besuchen. Aber Terrie winkte ab, wenn es denn unbedingt Schnee sein müsse, könne er mit ihr nur nach Lake Arrowhead fahren. Als er ihre Enttäuschung sah, schlug er vor, ohne ihn seine Schwester zu besuchen.

„Denver ist nicht Vale und ohne dich hab' ich keine Lust. Ich kenne Tammy und John ja kaum, dann schon lieber Lake Arrowhead."

Clemens war verstimmt, weil Sophia nicht mit ihm in die Berge fuhr, aber was wollte der eigentlich? Er war ja oft genug mit anderen Frauen zusammen. Sie hatte längst festgestellt, dass sie sehr verschiedene Ziele verfolgten und sich ihre Pläne nicht deckten. Er sprach davon, nach Deutschland zurückkehren zu wollen, einen Gedanken, den er noch bis vor kurzem weit von sich gewiesen hatte. Sie könnten zusammen das Geschäft seiner Eltern weiterführen, das füge sich gut, da sie ja schon Erfahrungen habe. Damit traute er sich tatsächlich zu ihr? Auch Terrie hatte schon gefragt, ob sie jetzt nicht wieder voll in die Firma kommen könne und wollte wissen, wie lange sie noch für das Manuskript brauchen würde?

„Das weiß ich nicht."

„So ungefähr?"

„Mein Gott, Terrie, dräng mich nicht so. Die Geschichte *muss* ich schreiben. Alles andere wird sich zeigen."

Am Freitag fuhren sie tatsächlich schon mittags los. Es war Schnee angesagt. Auf halbem Berg mussten sie Ketten auf die Reifen aufziehen.

Terrie hatte befürchtet, so kurzfristig kein Zimmer mehr zu bekommen, als ein Paar absagte und die *Honeymoon Suite* mit Sauna frei wurde.

Auf einer Wanderung nach einem ausgedehnten Sonntagsbrunch eröffnete Sophia Terrie, dass sie die Familie Nickels wieder besuchen wolle. Terrie riet ihr entsetzt davon ab, sich noch tiefer in Angelegenheiten der DDR einzumischen, so ein Unterfangen könne sie und die Firma, in Gefahr bringen, sie könnten bespitzelt und unter Druck gesetzt werden, jetzt, wo alles so gut lief. Die Telefonanrufe mit den europäischen Partnern könnten abgehört werden, und ob sie wirklich etwas würde ausrichten können, sei doch sehr fraglich. Aber die Erinnerung an Hannah und die damit verbundene Dringlichkeit zu handeln waren wieder ganz stark da.

„Da verstehst du mich falsch, Terrie. Schon allein, dass jemand sie besuchen kommt, gibt den Nickels doch Mut. Ich kann nicht nur an irgendwelche Gefahren denken. Außerdem habe ich ja dich", lachte sie, „du wirst mich schon wieder befreien, wenn sie mich wirklich festhalten sollten. Vielleicht bekomme ich ja auch Hilfe von amerikanischen Politikern?"

„Wieso nimmst du das so auf die leichte Schulter? Gerade du müsstest wissen, wie unberechenbar und skrupellos die Kommunisten sind."

„Sicher, Terrie, aber ich muss wieder zu Frau Nickels. Die Menschen in der DDR trifft es ja doppelt hart, erst Hitler und dann die Sowjets. Ich kann nicht so tun, als ginge mich das alles nichts an – eben weil ich von drüben bin. Ich kenne mich doch etwas aus", versuchte sie Terrie zu beruhigen und gab ihm einen Kuss. „Ich kann jetzt nicht aufgeben, ich muss das zu Ende bringen. Deine Familie hätte auch dringend Hilfe gebraucht!"

Dieser Gedanke war Terrie im Zusammenhang mit dem Vorhaben seiner Frau noch nicht gekommen. „Also gut, wenn du unbedingt meinst. Wir besprechen alles noch bis ins Kleinste, damit ich immer genau weiß, wo du gerade bist."

Wieder zurück setzte sich Sophia sofort an die Schreibmaschine in ihrem wunderschönen Haus auf der Cinnamon Lane in Portuguese

Bend, um Governor Ronald Reagan und Dante B. *Fascell, Democratic Representative* und *Chairman of the Commission on Security and Cooperation in Europe*, ganz konkret um Hilfe für Familie Nickels zu bitten. Die menschenunwürdige und oft lebensbedrohliche Lage der Bevölkerung in der DDR bedrückte sie immer mehr. Bewegt schilderte sie Günter Nickels Schicksal, erinnerte an die Versprechen der amerikanischen Politiker in der Helsinki Schlussakte und bat Terrie, ihre Schreiben durchzulesen und die Adressen herauszufinden. Terrie schüttelte zwar den Kopf über den Eifer und die seltsamen Ideen seiner Frau, half ihr aber beim Formulieren der Bittschriften, überlegte, was auf Politiker wirken würde und brachte ihr die Adressen. Dabei kamen sie sich einander wieder näher. Dass Sophia so politisch dachte, sich derart engagieren würde und so sehr unter der deutschen Teilung litt, hätte Terrie nie für möglich gehalten.

„Wie seid ihr eigentlich aus der DDR geflohen? Wart ihr im Flüchtlingslager?", fragte Terrie, „du hast mir nie darüber erzählt."

„Du hast nie gefragt. Es fällt mir schwer, darüber zu sprechen. Aber wir hatten Glück im Unglück, wie es so schön heißt. Mein Vater konnte für genug Ostgeld drei Karten auf Pan Am von Berlin nach Frankfurt am Main kaufen. Claudia durfte umsonst auf dem Schoß meiner Mutter mitfliegen. Sonst hätten wir in ein Notaufnahmelager gemusst und wären irgendwann ausgeflogen worden."

„Wart ihr nicht froh wegzukommen?"

„Natürlich wollten wir weg, aber es tut trotzdem weh, die Heimat unter solchen Umständen für immer verlassen zu müssen."

Sophia überlegte, was sie Terrie von ihren Fahrten hinter den Eisernen Vorhang sagen sollte, und wie sie es ihm am besten erklären könnte, damit er sich nicht zu viele Sorgen machte. Immer wenn sie im Mietauto auf diese *ten-k zone* zufuhr, einer Sperrzone, wie auf Warnschildern auf englisch zu lesen war, welche Mitglieder der amerikanischen Armee davon abhalten sollten, sich der Grenze darüber hinaus zu nähern, überkam sie eine Beklemmung. Zugleich fuhr sie in das Land ihrer Kindheit. Der

Begriff *ten-k zone* war Terrie in Boston so leicht über die Lippen gegangen, aber konnte er sich überhaupt vorstellen, bei Herleshausen über diese Zone hinauszufahren und tatsächlich zu sehen, wie es dahinter aussah? Je näher sie der Grenze kam, umso mehr lichtete sich der Verkehr. Fast alle, die dann noch auf der Autobahn waren, würden mit ihr die Grenze in die DDR passieren. Sie reduzierte die Geschwindigkeit. Nach wenigen Minuten erreichte sie die Absperrung auf der Autobahn, von der sie eine Umgehungsstraße an die innerdeutsche Grenze führte, die sich in eine Art einspurige Schneise verengte, und sie an Wachtürmen und dem Grenzzaun der Zonengrenze entlangschleuste. Wenden hätte sie nicht mehr können. Alles war bewacht und überwacht, auch wenn sie niemanden sah. Sie traute sich weder, seitwärts aus den Fenstern zu gucken, noch den Menschen, in den ihr entgegenkommenden Autos, ins Gesicht zu sehen. Hoch erregt überkam sie ein Gefühl der Hilflosigkeit, als sie immer weiter dieser unwirklichen und gefährlichen Welt entgegenfuhr, ein Gefühl, das sie während ihres ganzen DDR-Aufenthaltes nicht verlassen sollte.

Nach etwa einem Kilometer öffnete sich die Straße zu den Baracken am Grenzübergang, und sie wurde vom „Kommando Grenze" der Nationalen Volksarmee in eine Spur eingewiesen. Ihr Herz schlug heftig, als sie ihre Papiere vorzeigte, die ihr abgenommen wurden und in einem Schlitz in der Barackenwand verschwanden, während Grenzer um ihr Auto gingen, ihr Gepäck sehen wollten und nach dem Grund ihrer Reise fragten. Darauf antwortete sie immer: „Ich möchte meine Tante besuchen." Ihre Einladung hatte sie ja mit ihrem Reisepass abgegeben. Ganz gleich, wie oft sie die Grenze überschritt, es war immer mit diesem unguten Gefühl verbunden, etwas zu tun, wofür sie jederzeit und ohne Erklärung abgeführt werden könnte. Das wurde nicht besser, wenn sie endlich mit 10 km/h weiterfahren durfte und nach einigen Kilometern wieder auf dieselbe Autobahn geleitet wurde, von der sie auf der westdeutschen Seite hatte abfahren müssen. Nur langsam ließ ihre erhöhte Anspannung nach, der Schrecken darüber, dass sie jetzt auf Feindesgebiet war, klang mit dem Blick auf die wunderschöne

Landschaft etwas ab. Bald erblickte sie die Wartburg, diese feste Burg, zu ihrer Rechten, und erinnerte sich an Luthers Flucht von Worms, wo er vor Kaiser Karl V gestanden hatte, und, da er standhaft blieb, war die Reichsacht über ihn verhängt worden. Freunde hatten ihn entführt und auf der Wartburg in Sicherheit gebracht.

Nur noch 100 km/h fahren zu dürfen war anstrengend. Krampfhaft schaute sie auf den Tachometer, um die Nadel unter hundert zu halten, während, je weiter sie von der Grenze ins Landesinnere fuhr, umso mehr Trabis, Ladas und Wartburgs, in denen nur Männer am Steuer saßen, an ihr vorbeizogen und die Insassen sie beäugten. Eine Sekunde lang dachte sie, was wohl wäre, wenn sie plötzlich Gas geben und alle überholen würde, während sie unter sich das eintönige dumpfe Klack – Klack hörte, verursacht von den Nähten der aneinandergereihten Betonplatten der ehemaligen Reichsautobahn, und ein schwerer Mercedes mit mehreren Insassen und Westberliner Nummernschild an allen vorbeiraste.

„Terrie, ich möchte, wenn ich Ende des Monats nach München fliege, anschließend nach Leipzig fahren. Alle Unterlagen, die auf unsere Firma hinweisen könnten, lasse ich natürlich in der Bundesrepublik", sagte Sophia und das klang so, als plane sie etwas ganz Normales.

„Recht ist mir das nicht, Sophie, ich habe wirklich Angst um dich. So eine Reise ist gefährlich, ich darf mir gar nicht ausmalen, was alles passieren könnte. Sie kennen dich ganz bestimmt schon an der Grenze, wer weiß, was die inzwischen alles über dich rausgefunden haben und ob sie dich wieder so ohne weiteres ein- uns ausreisen lassen werden."

„Ohne weiteres ist gut, ohne weiteres geht das nie. Aber ich verspreche dir, dass ich aufpassen werde und nichts mitnehme, was mich irgendwie mit den Nickels in Verbindung bringen könnte."

„Wer weiß, ob die nicht schon davon wissen, und nur noch nichts unternommen haben, um dich in Sicherheit zu wiegen. Die beschatten die Nickels doch."

„Bitte mach mir nicht unnötig Angst. Woher sollen die wissen, dass ich wiederkomme? Ich fahre dieses Mal über Rudolphstein bei Hof rüber."

Fotos in deutschen Zeitungen zeigten Helmut Schmidt und Erich Honecker nebeneinander sitzend beim Unterzeichnen der Helsinki Schlussakte.

Sophia hatte ihr Zimmer wohnlicher eingerichtet. Der Schreibtisch stand jetzt schräg vorm Fenster und der Terrassentür, damit sie bei der Arbeit in den Garten blicken konnte. Sie hatte sich einen tiefen Sessel zum Lesen reingeholt, eine Stehlampe gekauft und einen Tisch für die Manuskripte an die eine freie Wand gestellt. Vier Bücherregale, ein Fernseher auf einem fahrbaren Fernsehtisch und ein Radio vervollständigten die Einrichtung. Es war ein schönes lichtes Zimmer. Jeden Morgen, nachdem Terrie das Haus verlassen hatte, arbeitete sie mehrere Stunden. Sie vermisste niemanden. In der südkalifornischen Landschaft erschienen ihr die Probleme der Menschen in der DDR direkt irreal. Dennoch machte sie weiter, bat um Termine in Washington D.C. mit Representative Dante B. Fascell sowie im *State Department* für die Zeit nach ihrer Rückkehr. Als eines vormittags das Telefon klingelte, meldete sich Governor Reagan. Er dankte ihr für ihr Schreiben und ihre Bereitschaft, für die Menschenrechte einzutreten und versprach ihr, für Familie Nickels zu tun, was er könne und den Fall auch in Washington D.C. vorzubringen. Sein Büro würde deswegen noch mit ihr in Verbindung treten.

Wenig später klingelte das Telefon zum zweiten Mal. Norbert Nickels war mit neuen Informationen am Apparat. Sie besprachen ihre Pläne bis in alle Einzelheiten, er würde ihr alles per Einschreiben nach München schicken.

Als sie beim Frühstück darüber nachdachte, wie sie am besten weitermachen könnte, war ihr plötzlich flau im Magen. Hatte sie am Vorabend etwas Unbekömmliches gegessen? Oder kam es von der unterschwelligen Angst vor ihrer Reise in die DDR? Mit ihren Plänen würde sie sich aus Sicht der DDR strafbar machen und sie nahm sich vor, sich dieses Mal an die Zollvorschriften zu halten und nichts Verbotenes mitzunehmen. Nach einiger Zeit war das unangenehme Gefühl weg, es stellte sich aber von da an jeden Morgen ein. Sie erzählte Terrie davon. Der schaute sie an und sagte: „Du bist schwanger, Sophie, du siehst seit Tagen so anders aus – ich wollte dich schon fragen." Da wurde ihr erst recht schlecht. Sie hatte diese Möglichkeit weit von sich gewiesen. Das konnte nur in Lake Arrowhead passiert sein! Dieses eine Mal, das war doch sehr unwahrscheinlich, hatte sie sich beruhigt und es dann vergessen. Ihr wurde heiß, eine Welt stürzte für sie zusammen. Was sollte jetzt werden? Dass das erste Wochenende nach ihrem großen Erfolg solche Konsequenzen haben würde! Die Urkunde zu ihrem Doktor lag in einer dunkelblauen Mappe auf ihrem Schreibtisch. Terrie hatte sie rahmen und aufhängen wollen, aber sie wollte das nicht.

„Komm, Sophie, mein Schatz, komm, lass dich umarmen, ich liebe dich mehr als du denkst – ich freue mich auf das Kind." Und da sie ihn nur verstört anblickte, setzte er hinzu: „Sophielein, das ist doch ein guter Zeitpunkt, denk mal drüber nach – du hast deinen Doktor, in der Firma läuft alles bestens, wir sind zusammen, lass uns glücklich sein."

„Ich bin aber ganz und gar nicht glücklich, ich wollte kein Kind, jedenfalls jetzt noch nicht, das weißt du", schluchzte sie.

„Aber Sophielein, du hast das Studium so schnell und so gut gemacht, du kannst stolz darauf sein. Es tut mir auch leid, dass ich dich nicht mehr unterstützt habe, das war egoistisch von mir. Aber wir haben es geschafft, und jetzt bekommen wir ein Kind, das ist doch wunderbar."

„Du meinst, *ich* bekomme ein Kind. Das greift vor allem in mein Leben ein, du verfolgst weiter deine Karriere."

„Sophie, ich bin für dich und das Kind da, bitte. Ich komm' heute abend eher nach Hause und wir gehen in unser Lieblingsrestaurant – ich versprech's dir, spätestens um sechs bin ich da, mein Liebes. Ich lass einen Tisch am Fenster reservieren, mit Blick über den Hafen." Er umarmte sie wieder und streichelte sie. „Du wirst sehen, es wird alles gut."

„Wie soll alles gut werden, ich will das nicht." Sie brach in Tränen aus. „Ich hab' mich immer zusammen genommen und mir nie eine Schwäche zugestanden. Aber jetzt bin ich am Ende meiner Weisheit. Du weißt, dass ich die Pille nie genommen habe, weil ich meinen Hormonhaushalt nicht durcheinanderbringen wollte. Immer haben wir Kondome benutzt, nur in Lake Arrowhead nicht, weil wir sie vergessen hatten. Du wolltest aufpassen."

„Aber Sophie, ich mach' dir doch kein Kind, ohne dass wir darüber sprechen und uns einig sind. Ich wollte das auch nicht, jedenfalls nicht so. Ich hab' dich lieb, aber jetzt muss ich los. Wenn was ist, ruf mich an – bitte!"

Verzweifelt taumelte sie durchs Haus, sah alles verschwommen durch den Tränenschleier, fühlte sich aus der Bahn geworfen, dachte an ihre deutschen Freundinnen. Alles war so lange her, wie mag es Monika wohl gehen? Sicher hatte die inzwischen zwei, drei Kinder, sie wollte immer eine große Familie. Nein, Monika würde sie jetzt nicht anrufen, vielleicht später. Den Frauen an der Uni war sie nie nahe gekommen, sie erschienen ihr so oberflächlich, die hatten ganz andere Ziele. Und jetzt das! Aber wer will schon eine schwangere Frau trösten? Sie gab sich die Schuld, spielte Lösungen durch, dachte das Wort Abtreibung. Abort, so hieß das Klosett bei ihren Großeltern.

Langsam beruhigte sie sich und legte Beethovens 6. auf. Die Musik holte sie aus ihrer Schwermut. Ihre Tränen versiegten, sie sortierte ihre Sachen, legte eine Packung Papier neben die Schreibmaschine, setzte sich davor, zog geübt eine Seite ein, so wie sie es tausendmal für ihre Dissertation getan hatte und schickte sich an, über die politischen Gründe nachzudenken, die zu ihrer Flucht aus der DDR geführt hatten, die sie damals noch Ostzone nannten, mit der Erklärung, dass die sowjetisch besetzte Zone, dieser zweite deutsche Staat, ein Provisorium sei, dass es irgendwann eine Wiedervereinigung geben würde, nur konnte sich niemand vorstellen, wie es dazu kommen sollte und wann. Die Politik in Ost und West pflegte den Status quo, die Menschen hatten sich auf beiden Seiten des Eisernen Vorhangs eingerichtet und auseinandergelebt. Sie schrieb den ersten und den zweiten Satz und immer weiter, der Bogen Papier bewegte sich nach oben, sie kam unten an und zog die erste Seite aus der Maschine. Eine zweite und dritte füllten sich, immer mit einer Leerzeile zum leichteren Korrigieren. Langsam fand sie ihr Gleichgewicht wieder, die Zukunft erschien nicht mehr so ausweglos. Alles andere war für Stunden ausgegrenzt, bis das Telefon klingelte und sie aufstehen und in die Küche gehen musste. Das war das nächste, ein Telefonanschluss in ihrem Zimmer. Sie würde gleich nach dem Gespräch AT&T anrufen.

Es war Monika. Die Freundin erreichte Sophia ganz unerwartet, obwohl sie noch vor wenigen Stunden in Gedanken bei ihr gewesen war. Sophia horchte angestrengt, dann vernahm sie die unterdrückten Tränen in Monikas Stimme. Es dauerte einige Sekunden, bis sie die spärlichen, stockenden, mutlosen Worte aufnahm, deren Sinn sich ihr nicht gleich erschloss. Als sie begriff, was Monika sagte, wurde ihr eiskalt, trotz der warmen Luft, die durchs Küchenfenster hereinfloss. „Die zweite Fehlgeburt, Sophia, die zweite Fehlgeburt innerhalb von elf Monaten", schallte es aus dem Hörer. Sophia schaute auf die Uhr, Mitternacht war es bei Moni. Die Mitte der Nacht ist der Anfang des Tages, hatte sie noch am Vorabend gedacht, ehe sie das Nachttischlicht ausgeknipst hatte und gerade noch sah, wie der große Zeiger die Zwölf verließ und sie selbst einer Verzweiflung nahe gewesen war, und in dieser mondlosen Nacht darauf gehofft hatte, dass ihr der Tag eine Lösung bringen würde. Jetzt musste sie Moni trösten. Ein Glück, dass sie nicht angerufen und einen anderen Trost von ihr verlangt hatte.

„Soll ich zu dir kommen, Moni? Ich wäre jetzt so gerne bei dir." Ihr war, als müsse sie sofort zu Monika fliegen.

„O, Sophie, ich weine seit vorgestern, als es dann wieder passiert ist. Ich hatte so eine Vorahnung und habe alles versucht, um es zu verhindern, ich war nur einen Tag im Krankenhaus, ich wollte nicht bleiben, schon der Krankenhausgeruch erzeugte Übelkeit in mir. Jetzt fühle ich mich so leer und allein. Anton kam gestern abend erst spät nach Hause. Er war betrunken, er hält mein Weinen nicht aus, ich weiß nicht, wo er war, was er fühlt und denkt. Beim ersten Mal war er sehr fürsorglich und hat mich getröstet, aber jetzt habe ich das Gefühl, als gäbe er mir die Schuld. Vielleicht hätten wir mit dem zweiten Versuch noch warten sollen?"

„Moni, das tut mir sehr leid. Du fehlst mir, ich brauche jetzt ein paar Tage Deutschland. In drei Wochen bin ich wieder für unsere Firma drüben."

„Ja, komm mich besuchen, du fehlst mir genauso, Sophia."

„Hast du eine Freundin, bei der du dich aussprechen kannst?"

„Nein, eigentlich nur meine Tante, aber der geht es nicht so gut. Ich will sie nicht mit meinen Problemen belasten, sie hat erhöhten Blutdruck."

„Umso wichtiger, dass ich komme, Moni, ich freue mich auf dich!"

Sophia flog drei Tage eher als geplant, die Wochen des Übelseins waren vorbei. Die Freundinnen saßen stundenlang im Garten. Sie hatten Tempo Taschentücher neben sich liegen, tranken frisch gepressten Orangensaft und Monika bestellte die edelsten Leckerbissen aus dem Feinkostgeschäft an der Ecke. Sie sprachen über alles, was sie seit dem Abitur erlebt hatten und fanden wieder zueinander. Im Büro erledigte Monika nur das Nötigste, die Geschäfte liefen gut. Einen Nachmittag lang gingen sie im Englischen Garten spazieren.

„Du behältst das Kind, Sophia, du musst das auch für mich tun!"

„Und du hörst auf deine Ärztin und wartest ein Jahr, und dann probiert ihr's noch einmal."

„Wenn Anton nicht geht. Seit einigen Monaten kriselt es in unserer Ehe."

„Er wird dich doch nicht verlassen, Moni! Und was ist mit der Firma?"

„Sie gehört uns beiden zu gleichen Teilen. Er hat sein Geld mit eingebracht, nachdem meine Tante sich zurückzog, damit wir uns vergrößern und modernisieren konnten. Wir sind jetzt konkurrenzlos in Süddeutschland. Trotzdem mache ich mir Sorgen, mir ist als kennte ich Anton nicht mehr. Wenn er ginge, würde es finanziell schwierig. Auf unseren Prokuristen könnte ich mich zwar hundertprozentig verlassen, und meine Tante würde mir weiterhin mit ihrem Rat zur Seite stehen ..."

„Bei uns bin ich diejenige, die immer wieder gehen will. In unserer Ehe fehlt etwas ganz Elementares. So lieb und geduldig Terrie zwischendurch sein mag, es reicht mir letzten Endes nicht zum wirklichen Glück."

„Dann kommst du zu mir, du und ich, wir führen das Geschäft hier gemeinsam und kümmern uns um das Kind. Dann hat es zwei Mütter."

„Was du für Gedanken hast, du rechnest damit ..."

„Wir zwei können das", unterbrach Monika die Freundin, „wir ergänzen einander fabelhaft, wir wären die erste internationale Firma, die gleich von zwei Frauen geleitet wird – eine gute Werbung, findest du nicht? Und die Leute würden vielleicht gucken. Mal hättest du das Kind auf dem Arm, mal ich, niemand wüsste, wem es gehört, und wir würden sie nicht aufklären."

„Die würden am Ende denken, wir hätten es adoptiert."

„Ach du liebe Zeit", lachte Moni, „soweit ist unsere Gesellschaft noch nicht, stell dir vor, zwei Frauen adoptieren ein Kind und leiten eine Firma. Das gäbe vielleicht Schlagzeilen!"

„Einen Skandal! Das Wort lesbisch würde fallen. Aber so viele Kinder brauchen ein gutes zu Hause, ich frage mich, wie lange wir uns diese Borniertheit als Gesellschaft noch werden leisten können. Und dann der Makel, der den Kindern anhaftet! Es muss sich noch viel ändern, es wird noch dauern, aber wir sind auf dem Weg." Sophia war trotz ihrer Leidenschaft fürs Schreiben und Philosophieren sehr realistisch und praktisch, sie war umsichtig, konnte räumlich denken, jede Arbeit ging ihr spielend von der Hand.

„Sollen wir's nicht versuchen?"

„Ich will schreiben, ich will das seit ich acht bin. Jetzt schien endlich der Zeitpunkt gekommen, beim Schreiben der Dissertation habe ich viel gelernt, obwohl ein Professor meinte, dass ich nicht schreiben könne, weil ich nicht denken könne – die haben auch schon Existenzangst – und dann passiert mir das. Terrie freut sich auf das Kind. Komisch, ihm war das sofort klar, als es mir morgens kotzübel war. Aber die Erziehung bliebe allein an mir hängen, er ist mit seiner Arbeit verheiratet, das wird sich nie ändern."

„Lass uns drüber nachdenken. In ein paar Monaten wissen wir mehr."

„Ich glaube, du hast Recht, Moni wir Frauen müssen gemeinsame Sache machen. Ich hatte einmal ein aufwühlendes Gespräch mit Wegemeyer über Sokrates nach einer Philosophiestunde, weil ich ihm sagte, dass ich mich oft durch die Behandlung der Männer nicht ernst genommen oder schlimmer noch, gedemütigt fühle, und dann auch noch den Namen eines Mannes tragen soll und dass die europäische Geschichte mit phallischen Universalien durchsetzt und besetzt ist. Da sagte er, dass das schon nach Sokrates begann, dessen Mutter Hebamme war, und dass er der letzte bekannte Muttersohn des Abendlandes war, der ganz bewusst aus dem Handwerk seiner Mutter gelernt hatte, wie Ideen in die Welt kommen. Er war sozusagen Geburtshelfer für philosophische Gedanken. Ich glaube, wir Frauen können uns damit gut identifizieren. Alle nach ihm kommenden Philosophen beziehen sich nur auf ihre Väter und haben unsere abendländischen Traditionen leider vollkommen maskulin geprägt – und gegen alles Weibliche."

„Prost, Sophia!" – „Prost, Moni!" Sie tranken einander mit Selterswasser zu. Terrie hatte sie gebeten, während der Schwangerschaft keinen Alkohol zu trinken. ‚Auch das noch', hatte sie geantwortet.

„Muttersohn ist doch ein schönes Wort, oder? Ich hatte das vorher nie so gehört, nur abwertend als Muttersöhnchen. Aus Island kenne ich Vatertochter für den Namen der Frauen, das ist immerhin schon etwas, aber nicht Muttertochter oder gar Muttersohn, als ob es keine Frauen gäbe. Merkst du, wie unser Gebrauch der Sprachen uns verrät?"

„Also, du machst dir Gedanken", staunte Moni. „Du überraschst mich immer wieder mit deinen Vorstellungen!"

„Denk mal drüber nach, wir sind die erste Generation Frauen, die in die Universitäten und auf den Arbeitsmarkt drängt, die studieren, mitreden und Verantwortung übernehmen wollen. Das ist aufregend, aber wir müssen auch doppelt stark sein, wir müssen uns um die Kinder kümmern und uns eine neue Welt schaffen – gegen zweitausendfünfhundert Jahre Geschichte. Schlimm ist, dass unsere Mütter uns dabei nicht unterstützen. Sie wollen das Althergebrachte bewahren und sind damit gegen uns. Meine Mutter weiß nicht einmal, dass ich in Deutschland bin, ich wüsste nicht, worüber ich mit ihr sprechen sollte. Verständnis und wirkliche Hilfe bekäme ich von ihr sowieso nicht, sie will nicht sehen, dass eine neue Zeit angebrochen ist. Es kann sein, dass sie deshalb nichts davon wissen will, weil sie dann selbst anders leben müsste."

„Vielleicht überfordern wir unsere Mütter, die hatten ganz andere Sorgen. Als ich nach dem Abitur nach München ging, traute mir meine Mutter einfach nicht zu, dass ich Betriebswirtschaft studieren würde, es gab kaum Frauen in dem Bereich, dabei war das gar nicht schwer."

„In Amerika ist die neue Zeit schon deutlicher spürbar, aber es gibt auch dort weiterhin unzählige junge verheiratete Frauen, deren Männer sehr gut verdienen, und die in ihren großen klimatisierten Häusern in den Vororten, die nur über Freeways erreichbar sind, vor Langeweile auf die dümmsten Gedanken kommen und zu trinken beginnen. Da breitet sich eine neue Hysterie und Unzufriedenheit aus. Ich möchte nie mit Hunden, Katzen und mehreren Kindern in einem Haus in einer dieser *suburbs* von Los Angeles wohnen. Am schlimmsten ist es im San Fernando Valley. Die Frauen fahren riesige *station wagons*, die sich wie Schiffe auf den breiten Straßen fortbewegen, eine Gelassenheit vortäuschend, die total künstlich ist. Ich mag diese überdimensionalen Autos nicht, in denen sie ihre Kinder früh zur Schule fahren, nachmittags abholen und danach noch zum Tennis-, Musik- und Schwimmunterricht bringen. In den Supermärkten kaufen sie ganz unbesonnen vollkommen ungesunde Lebensmittel ein, die vom Personal in Packpapiertüten eingepackt und in die riesigen tiefen Einkaufswagen zurückgesetzt werden, die sie wiederum auf die Parkplätze fahren und für dich hinten in die Autos laden – alles ohne Trinkgeld! Zu Hause werden die Einkäufe in überdimensionale Kühlschränke, Tiefkühltruhen und Vorratsschränke sortiert."

„Du weißt etwas, was du nur wissen kannst, weil du in Kalifornien lebst, aber dass du deinen Doktor gemacht hast, hätte selbst ich nicht für möglich gehalten. Du lebst ein sehr privilegiertes Leben und hast viel mehr Freiheiten als wir hier."

„Ich bin mir da nicht so sicher, ich frage mich, was die Deutschen, die nach dem Krieg in den frühen Fünfzigern nach Amerika gingen, unter Freiheit verstehen, die sie immer so rühmen. Als erstes sagen sie dir auf englisch: ‚We have so much freedom here, we can do and whatever we want wherever we want to. We have a big house with a pool and two cars, we would never go back to Germany.' Sie sprechen kaum noch deutsch und für alles Neue wissen sie nur das englische Wort, aber englisch haben sie auch nie richtig gelernt. Dass sich das Leben auch in Deutschland verändert, bekommen sie nicht mit. Andererseits denken sie nicht darüber nach, dass die Strafgesetzgebung in den USA sehr hart ist, dass Schwarze weiterhin als Bürger zweiter Klasse behandelt werden und überhaupt erst seit wenigen Jahren in Bussen und Restaurants neben Weißen sitzen dürfen, was sie sich durch zivilen Ungehorsam erkämpft haben. Hast du Rosa Parks gehört, die irgendwann vorn im Bus nicht mehr aufstand, als Weiße ihren Sitzplatz haben wollten? Trotzdem werden weiterhin unverhältnismäßig viele Schwarze schon wegen geringfügiger Delikte zu hohen Haftstrafen verurteilt und die Todesstrafe gibt es auch noch. Für mich sind Todesstrafe und Demokratie unvereinbar. Als Terrie und ich im Spätherbst 1968 mit unserem Auto von New York nach Los Angeles durch die Südstaaten fuhren, um Schnee und Glatteis auszuweichen, konnte ich kaum glauben, was ich da sah. Eine solche Armut gab es in Deutschland längst nicht mehr. In Los Angeles war ich noch nie im Stadtteil South Central. Terrie hat mir eingeschärft, dass es dort zu gefährlich sei. Da wird zu jeder Tages- und Nachtzeit geschossen. Wir fahren nur auf dem Freeway durch diese

Gegend, Terrie sagt dann: jetzt fahren wir durch Watts, hier darfst du um Himmels Willen nie abfahren, auch nicht zum Tanken. Ich müsste mal genauer darüber nachdenken und für mich den Begriff der Freiheit in den USA definieren. Ich erfahre Freiheit ganz persönlich, indem mir niemand sagt: das macht man doch nicht, so wie meine Mutter es mir immer vorhielt, und ich erlebe Freiheit in der unendlichen Weite und der exotisch anmutenden Schönheit der Landschaft. Unterwegs im Auto bist du mutterseelenallein, da begegnest du nur aller halben Stunde einem dieser riesigen Trucks oder Tankwagen, ganz selten kommt dir mal ein Pkw entgegen. Eine Amerikareise müssten wir einmal machen!"

„Was du da sagst ist ja unglaublich. So wie du es erzählst, klingt vieles ganz anders, als ich es immer gehört habe", staunte Monika.

„Weißt du, Amerika ist ein Land extremer Gegensätze. Wo wir wohnen, gibt es keine Schwarzen. Anfangs ist mir das gar nicht aufgefallen, weil ich es ja von Deutschland her nicht anders kannte. Von Gleichberechtigung für Schwarze kann keine Rede sein, an der Uni sind höchstens zwei, drei Prozent der Studenten schwarz und auch nur in bestimmten Abteilungen. In den Geisteswissenschaften, was die Amerikaner *humanities* nennen, gibt es keine. In der Firma arbeiten auch keine, schwarze LKW-Fahrer bringen schon mal Ware oder holen was ab, manchmal kommt eine schwarze Putzfrau, das ist aber schon alles. Terrie spricht nicht gerne darüber, er sagt glatt, das könne ich nicht beurteilen, und Bob ist Rassist und auch noch stolz drauf. Aber der ist mit seiner Auffassung bei weitem nicht allein. Sehr interessant finde ich, dass die Amerikaner den Deutschen nach dem Krieg Demokratie beibringen wollten, es aber zur gleichen Zeit noch keine Gleichberechtigung für die Frauen und Schwarzen im eigenen Land gab."

„Ich kann mir das alles kaum vorstellen", schüttelte Moni den Kopf.

„Na ja, das musst du selbst erlebt haben und vielleicht würdest du einiges auch anders sehen. Aber weißt du, der Krieg in Vietnam macht mich kaputt. Ich begreife diese Politik nicht. Jeden Sommer, wenn ich meine Cousins und deren Familien in Leipzig, Dresden und Erfurt mit einem Mietauto voller Geschenke und Dinge besuche, die sie in der DDR nicht bekommen können, fragen sie mich: ‚Was macht ihr eigentlich in Vietnam? Habt ihr überhaupt eine Ahnung, was mit den Menschen dort passiert?' Als würden sie nicht in einem Unrechtsstaat leben. Sie sagen ‚ihr', als hätte ich etwas damit zu tun, dabei haben sie den Eisernen Vorhang noch nie gesehen, sie dürfen ja von ihrer Seite nicht bis an die Grenze. Wenn wir allein sind, sagt Heidrun, die Frau meines Cousins Karl-Heinz, schon mal: ‚Anscheinend geht es uns noch zu gut, dass wir bleiben.' Einen Ausreiseantrag stellen erfordert eben Mut, und ob sie ausreisen dürfen, ist vollkommen ungewiss, aber sie verlieren sofort ihre Arbeit, manche kommen sogar ins Gefängnis, wie bei den Nickels."

„Davon weiß ich wenig, ich hab' ja überhaupt keinen Kontakt zu den Menschen da drüben", erklärte Monika.

„Es ist schon komisch, aber mir fällt es schwer, mit Heidrun ehrlich über die politische Situation in der DDR zu reden, wahrscheinlich, weil ich mich vor ihr dafür schäme, dass es mir besser geht, und weil ihre Lage so aussichtslos ist. Heidrun ist Mathematikerin und hatte mich gebeten, ihr einen *Texas Instruments* Taschenrechner mitzubringen. Kannst du dir vorstellen, dass die in den Betrieben immer noch alles mit dem Rechenschieber berechnen? Also habe ich einen Taschenrechner für sie rübergeschmuggelt. Sie hielt ihn wie etwas Zerbrechliches in der Hand und sagte schließlich: ‚Wenn ich damit Montag früh meine Arbeit für die ganze Woche beginne, bin ich am Abend fertig und hätte den Rest der Woche frei.' ‚Den darfst Du doch nicht ins Büro mitnehmen, von wegen Westkontakten!' rief ihr Mann entsetzt. Das sind so die verrückten Situationen in der DDR. Und wenn der Vietnamkrieg in Los Angeles aufkommt, und ich sage etwas dazu, verbieten mir die Amerikaner das Wort mit der Begründung, gerade ich, als Deutsche, hätte kein Recht, darüber zu urteilen. Ich sehe aber, wenn die Schiffe aus Vietnam im Hafen von Long Beach einlaufen und die Särge ausgeladen und in der prallen Sonne abgestellt werden. Danach finden dann tagelang Beerdigungen statt. Den Ehefrauen oder Müttern wird feierlich die zusammengefaltete amerikanische Flagge überreicht, die vorher den Sarg bedeckte und ich frage mich, wieso nehmen sie die Flagge, der Tod ihrer Männer und Söhne war ja so sinnlos. Mir scheint, als begreife die amerikanische Bevölkerung gar nicht, was da so weit weg geschieht. Ich glaube nicht, dass die Leute wissen, wie brutal Krieg für die vietnamesische Zivilbevölkerung ist und wie er ihre eigenen Soldaten seelisch und körperlich kaputt macht. In den USA fahren keine Panzer auf den Straßen, da wird nicht gekämpft, da sterben keine Menschen – außer in den Ghettos der Schwarzen, und das wird gern vertuscht. Als Kind betete ich vorm Schlafengehen für die Wiedervereinigung Deutschlands, weil ich solches Heimweh hatte. Lange glaubte ich, dass es ungehörig sei, Gott darum zu bitten, bis ich lernte, dass auch Korea und Vietnam geteilt waren. Da dachte ich, nun kann ich getrost für die Wiedervereinigung aller drei Länder beten. Wir Deutschen waren ja fest davon überzeugt, dass es nie wieder Krieg geben würde. Da haben wir uns ganz schön geirrt, was? Ich muss auch immer an die Aufstände von 1953 in den Städten der DDR denken, als die Sowjetarmee mit ihren Panzern in Berlin alles niederrollte und auf Menschen schoss, die mit Pflastersteinen warfen ..."

„Mach es dir doch nicht so schwer, du kannst da allein nichts ändern", unterbrach Moni Sophias Redefluss.

„Sicher, aber ich kann nicht immer nur so in den Tag hineinleben und vor den Problemen die Augen schließen. Aber noch mal zu uns, Moni. Ich werde über dein Angebot mit der Firma nachdenken. Wir sollten etwas zusammen unternehmen. Was Ihr herstellt, brauchen wir für die Hotels. Ich werde Terrie vorschlagen, dass wir miteinander ins Geschäft kommen. Euer Standort wäre für uns genau richtig. – Und jetzt habe ich noch eine ganz große Bitte an dich, Moni, flieg mit mir nach Rom! Bitte, sag nicht nein. Rom war schon immer mein Traum. Ich will nicht wieder zurückfliegen, ohne Rom gesehen zu haben! Ich brauche noch ein paar Tage Europa, wenn ich aus Leipzig zurück bin. Um mich abzureagieren."

„Ich war auch noch nie in Rom, aber ich kann doch nicht einfach so weg."

„Wenigstens vier Tage", bettelte Sophia. „Ich muss endlich Michelangelos David sehen, und von Raffael kenne ich nur die Sixtinische Madonna, mit der bin ich aufgewachsen. Komm, wir gehen jetzt gleich ins Reisebüro, kaufen zwei Flüge und buchen ein wunderschönes Hotelzimmer in der ewigen Stadt."

Da lachte Moni. Sophias Idee war einfach zu verrückt, aber sie würde mitmachen. Ja, sie würden nach Rom fliegen!

Kapitel 24

Michelangelo, Veronica und Bernstein

Als Sophia zwei Wochen später in der Sixtinischen Kapelle eine halbe Ewigkeit auf einer der in die Seitenwände eingelassenen Bänke saß, ohne auf die sich durch den Kirchenraum drängenden und schiebenden Besucher zu achten, und sich von dem einen schmalen, über die ganze Breite der hohen Decke laufenden Gemälde festhalten ließ, das die Erweckung Adams zum Leben durch den, kraftvoll durchs Universum heranschwebenden, von seinen himmlischen Heerscharen umgebenen Gott Vater zeigt, der mit feurigem Blick, auf den, auf einem Felsen hingestreckten, Gott schläfrig entgegenblinzelnden Menschen, dessen Haut ungesund grau ist, zueilt, ergriff sie die leidenschaftliche Gewalt des Bildes, und sie meinte zu spüren, wie Adam, dessen rechter Arm noch müde auf seinem rechten, spitz angewinkelten Knie ruht und dessen leicht ausgestreckter Finger schlaff nach unten zeigt, durch den starken, rechten, ausgestreckten Zeigefinger Gottes ins Leben gerufen wird. Hier geht die ganze schöpferische Energie von Gott aus, dessen Finger nur noch wenige Millimeter von der Berührung Adams entfernt ist. Die Spannung im Bild lässt keinen Zweifel am Gelingen des großen Plans. Die Zuschauer um und hinter Gott sind erregt, schrecken skeptisch zurück. Da dachte sie wieder an das Gemälde von der Himmelfahrt über dem Altar der kleinen ehemaligen Bischofsstadt, deren Maler ihr unbekannt war und das in ihr als Kind keine Zuversicht hatte aufkommen lassen, so wie der Jesus und die Menschen sich voneinander entfernten, und sie wunderte sich, ob es nur am mangelnden Können des Malers lag, dass die göttliche Kraft sie nicht erreicht hatte?

Schopenhauers Buchtitel *Die Welt als Wille und Vorstellung* begriff Sophia in der Sixtinischen Kapelle ganz neu. Welchen Machtanspruch dieser Titel vorstellt! Religionen sind solche Vorstellungen der Menschen, in der sie ihre Kreativität ausleben, und ihrem Ego frönen, und sich Götter auszudenken, die unbedingten Gehorsam fordern. Andere suchen die Religion, um sich wohlfühlen zu können, oder um nicht für alles selbst verantwortlich sein zu müssen, und vergleichen es mit der Sehnsucht nach Heimat und Geborgenheit. Aber die Religionen werden den Menschen auch auf verschiedenste Weisen zum Verhängnis. Warum suchen wir eigentlich immer wieder einen so festen Rahmen für uns? Sophia blickte weiterhin nach oben. Ihr Genick war schon ganz steif. Die Erschaffung Evas war dagegen enttäuschend – längst nicht so dramatisch, wie das Inslebenrufen Adams – die entsprach überhaupt nicht ihrem Selbstverständnis als Frau und Adam sah nicht wie derselbe Mann aus! Was hatte sich Michelangelo dabei gedacht?

„Komm, es gibt noch so viel zu sehen." Monika nahm ihre Hand.

„Was meinst du, Moni, stimmt es, dass wir ohne das Christentum nicht wüssten, was gut und böse ist? Ich frage mich hier, in der Sixtinischen Kapelle, ob es nicht gerade das Christentum war, das die Welt in Gut und Böse aufgeteilt hat und dann noch entschied, wer gut und wer böse war?"

„Ich seh' schon, du brauchst frische Luft", lachte Monika, „darüber können wir heute abend diskutieren. Rom wartet auf uns."

Während des Rückflugs über Dallas nach Los Angeles dachte sie über den Besuch bei Familie Nickels nach, machte sich Notizen und überlegte, was ihre nächsten Schritte sein könnten. Terrie war froh, seine Frau wieder heil in die Arme schließen zu können und bat sie, vor der Geburt ihres Kindes nicht mehr in die DDR zu fahren. Sie versprach es, aber die Nickels würde sie nicht im Stich lassen. Sie schrieb wieder Berichte, die sie an amerikanische Politiker sandte und flog nach Washington D.C. zu Dante Fascell. Terrie kam mit und sie besuchten auch seine Eltern, die vor Freude über das erste Enkelkind ganz außer sich gerieten.

Drei Monate nach ihrem Besuch bei den verschiedenen Behörden erhielt Sophia einen Anruf von Günter Nickels. Er war ganz unerwartet und ohne jede Erklärung aus dem Gefängnis entlassen und nach Westberlin abgeschoben worden. Wie seine Freilassung zustande gekommen war, ob er freigekauft wurde, wusste er noch nicht, jedenfalls würde seine Familie in den nächsten Tagen aus Leipzig eintreffen. Er bedankte sich wortreich für ihre Hilfe und lud sie ein, sie sobald wie möglich in Köln zu besuchen.

Sophia drehte es im Kopf, als sie auflegte, und machte Luftsprünge vor Freude.

Veronica kam sechs Wochen zu früh zur Welt. Dass Terrie ihren Namen mit c schreiben würde, wäre Sophia nie in den Sinn gekommen. Als sie auf der Geburtsurkunde Veronica Schwartz las, versetzte ihr das einen Stich. Sie erinnerte sich an das Gespräch mit Valentin und die Nachnamen für Frauen und ihr eigenes Versäumnis bei der Hochzeit. Veronica wog nur 2400 Gramm. Eine Frühgeburt war nicht zu erwarten gewesen, denn Sophia hatte nie irgendwelche Beschwerden gehabt. Die Ärzte gaben Veronica aber die besten Prognosen, sie würde alles in kürzester Zeit aufholen, und wenn es keine Komplikationen gebe, würde sie schon in wenigen Tagen allein atmen und in vier Wochen würden sie ihr Kind nach Hause holen können. Sophia wurde nach drei Tagen entlassen und verbrachte von da an die Tage und halben Nächte bei Veronica. Sie wusste, dass Terrie ihr mit dem Baby kaum helfen würde, auch wenn er seine Tochter liebte, sie in die Arme nahm und schon Zukunftspläne für sie schmiedete. Vier Wochen nach ihrer Geburt durfte Veronica endlich nach Hause. Sophia saß zehn Minuten lang im Auto und wartete auf Terrie, bis er endlich kam und sie ins Krankenhaus fuhren.

„Was war denn los?", fragte sie ungeduldig.

„Eine Überraschung für Dich." Er freute sich unbändig. Wohl etwas fürs Kind oder einen Strauß Rosen, dachte Sophia.

Der erste Weg war mit dem schlafenden Baby ins Kinderzimmer, in dem alles für Veronica bereit stand. Auch aus Deutschland waren zwei große Pakete mit Babysachen eingetroffen, die Mutter hatte ihren Besuch in sechs Monaten angekündigt. Sophia legte Veronica in einen traumhaft schönen Stubenwagen, in dem die Kleine einfach weiterschlief. Terrie machte Fotos. Dann führte er Sophia in ihr Arbeitszimmer. Den Strauß langstieliger roter Rosen auf dem Schreibtisch in der hohen Kristallvase von der Mutter, sah sie sofort und wollte Terrie schon einen Kuss geben. Da sagte der: „Die Rosen sind für heute, Sophielein, aber was sagst du zu der Überraschung?"

„Welche Überraschung?" In dem Moment sah sie den Rechner unter der *Zeit* verdeckt. Terrie zeigte seine Freude unverhohlen und stellte den Computer an. „Komm, setz dich, ich zeig dir, wie's geht." Er zog einen zweiten Stuhl heran. „Hier ist das Handbuch, aber du kannst es auch so lernen und mich fragen, die Anweisungen lesen sich eher verschlüsselt. In allen Büros stehen jetzt Computer, nächste Woche kommt jemand, um alle Mitarbeiter einzuweisen, aber ich habe mir das meiste schon selbst beigebracht." Terrie zeigte ihr, wie sie schreiben, ihre Tippfehler korrigieren und Wörter und ganze Sätze per Tastendruck umstellen konnte. Ein Programm für die deutsche Tastatur hatte er auch schon installiert.

„Das ist ja unglaublich! Wie kamst du auf diese Idee?"

„Damit du schneller schreiben kannst, Sophielein, weil du jetzt mit Veronica weniger Zeit hast, und weil ich dich liebe." Er nahm sie in seine Arme: „Ich möchte nicht in einer anderen Welt leben als du. Wir drei bleiben zusammen." Und auf den Computer blickend fügte er hinzu; „Jetzt brauchst du nie wieder etwas neu schreiben, du kannst alles ganz einfach korrigieren und wenn eine Geschichte fertig ist, druckst du sie aus oder speicherst alles auf einem *floppy disk*."

Einfacher konnte es nicht gehen. Die Tasten waren viel leichter zu drücken, ihre Handgelenke würden selbst nach Stunden nicht weh tun. Sophia saß jede freie Minute vor ihrem Rechner. Es war ihr, als hätte sie auf dieses Instrument gewartet. Die wichtigsten Befehle konnte sie schnell auswendig und es erschien ihr sinnvoll, das Manuskript über Cornelia Lichter von den Schreibmaschinenseiten in den Computer einzugeben und dabei zu überarbeiten. Immer etwa sechzig Seiten passten in eine Datei. Tagsüber schob sie den Stubenwagen in ihr Zimmer, um schnell bei Veronica sein zu können. Die Schreibmaschinen standen noch eine Weile auf dem Tisch an der Wand, aber sie benutzte sie nie wieder, und eines Tages gab sie sie weg, um Platz zu schaffen.

Zum ersten Mal traute Sophia sich freimütig einzugestehen, dass sie es geschafft hatte. Von der Kleinstadt in der Oberlausitz nach Los Angeles. Trotz vieler Umwege und Verzögerungen hatte sie ihr Ziel erreicht. Beglückt schaute sie in den Spiegel und war zufrieden mit sich. Hier müsste ich eine Friedenstaube fliegen lassen, lachte sie, nahm Veronica in die Arme und küsste und streichelte sie. Ihre Tochter würde nicht so kämpfen müssen, ihr würde sie den Weg ins Leben ebnen, sie sollte es einmal besser haben.

Sie ging mit Veronica durch den Garten und ließ sich von der Sonne wärmen. Wieder empfand sie diesen schwerelosen, heilsamen Zustand, der sich so glücklich auf ihr Wohlbefinden auswirkte und ihr heitere Stunden bescherte, in denen nur das Sein zählt, das Atmen, das Licht, von Urzeiten aus dem Universum kommend, das vom ersten Schöpfungstag an, als die Gottheit es in ihrer Weisheit von der Dunkelheit schied, Kraft spendet. „Das Licht war gut", heißt es in den ersten geschriebenen Sätzen. Seitdem sehnen wir uns nach Licht, das in uns die Lust zur Erforschung der Welt weckt und sie für uns ausleuchtet. Veronica löste für sie viele Rätsel, sie stieß zu immer atemberaubenderen Erkenntnissen vor.

Der Cursor flackerte von früh morgens in einem tiefen Bernsteingelb auf fast schwarzem Hintergrund, blinkte ungeduldig, als warte er darauf, mit ebensolchen bernsteinfarbenen Buchstaben den Bildschirm blitzschnell zu füllen. Die Buchstaben und Zeichen sprudelten aus ihm heraus, er schien Sophia gierig immer mehr Worte immer schneller zu entlocken, aus denen Sätze entstanden, Zeile um Zeile, ein Absatz nach dem anderen, Seite um Seite. Der Text wuchs und rollte am oberen Rand weg. Bernstein sah sie blinken, wie von den Wellen der Ostsee blank gerieben und an den Strand gespült, auch durch die Jahrmillionen verkrustete Stücke, deren Güte nicht sofort erkennbar war, sondern die erst gereinigt und poliert werden mussten. So wie echter Bernstein in allen farblichen Nuancen vom fast weißlich milchigen Gelb über ein sattes honigfarbenes durchsichtiges Goldbraun bis zum tief dunklen Schwarzbraun, angenehm glatt und warm in der Hand liegend und die Geheimnisse längst vergangener geologischer Zeitalter umschließend, die sie umso besser erkennen konnte, wenn sie die Stücke blank rieb und gegen das Licht hielt, so leuchtend und poliert sollten auch ihre Sätze sein: Aus lichten Gedanken entstanden, die es zu erforschen, zu formen und zu glätten galt, bis sie, durchsichtig und verständlich geworden, weitergaben, was sie wusste, und dabei den eigenen Rhythmus finden, ganz tief in sich hineinhorchen, die eigene Sprache schreiben. Wie viel ein Bernstein mit seinen eingeschlossenen Pflanzenteilen, Amöben und Insekten vom Entstehen unserer Welt erzählen könnte, ganz zu schweigen von den Generationen von Menschen, die ihn suchten, aufhoben, zu Schmuck verarbeiteten oder wertvolle Gegenstände damit verzierten, mit denen sie dann in aller Welt handelten, oder über die Ostsee, entlang der Bernsteinstraße bis nach Italien und immer weiter. Trug nicht auch sie die Geheimnisse des ganzen Menschengeschlechts in sich, die der Frauen und die der Männer, bereit, sie nach ihren abendländischen Vorstellungen und nach ihrem Willen zum Leben zu erwecken, zu formen und weiterzugeben?